MUTTER DER BRAUT

WEITERE TITEL VON SAMANTHA HAYES

In deutscher Sprache

Der Nachbar

Die Verlobung

Der Abend der Verabredung

Das Treffen

Das glückliche Ehepaar

Die Frau des Lügners

Gesteh mir ein Geheimnis

Mutter der Braut

In englischer Sprache

Mother of the Bride

The Inheritance

The Engagement

The Ex-Husband

The Trapped Wife

Single Mother

The Happy Couple

Date Night

The Liar's Wife

Tell Me A Secret

The Reunion

SAMANTHA HAYES

MUTTER DER BRAUT

Übersetzt von Alexandra Titze-Grabec

bookouture

Die Originalausgabe erschien 2024 unter dem Titel
„Mother of the Bride"
bei Storyfire Ltd. trading as Bookouture.

Deutsche Erstausgabe herausgegeben von Bookouture, 2025
1. Auflage März 2025

Ein Imprint von Storyfire Ltd.
Carmelite House
50 Victoria Embankment
London EC4Y 0DZ

deutschland.bookouture.com

Der gesetzliche Vertreter in der EEA ist Hachette Ireland
8 Castlecourt Centre
Dublin 15 D15 XTP3
Ireland
(email: info@hbgi.ie)

Copyright der Originalausgabe © Samantha Hayes, 2024
Copyright der deutschsprachigen Ausgabe © Alexandra Titze-Grabec, 2025

Samantha Hayes hat ihr Recht geltend gemacht, als Autorin dieses Buches
genannt zu werden.

Alle Rechte vorbehalten. Diese Veröffentlichung darf ohne vorherige
schriftliche Genehmigung der Herausgeber weder ganz noch auszugsweise in
irgendeiner Form oder mit irgendwelchen Mitteln (elektronisch, mechanisch,
durch Fotokopie oder Aufzeichnung oder auf andere Weise) reproduziert, in
einem Datenabrufsystem gespeichert oder weitergegeben werden.

ISBN: 978-1-83618-871-1
eBook ISBN: 978-1-83618-870-4

Dieses Buch ist ein belletristisches Werk. Namen, Charaktere, Unternehmen,
Organisationen, Orte und Ereignisse, die nicht eindeutig zum Gemeingut
gehören, sind entweder frei von der Autorin erfunden oder werden fiktiv
verwendet. Jede Ähnlichkeit mit tatsächlichen lebenden oder toten Personen
oder mit tatsächlichen Ereignissen oder Orten ist völlig zufällig.

*Für all meine unglaublichen Leser:innen!
Danke, dass ihr immer wieder umblättert ...*

PROLOG

Die Kirche ist bis auf den letzten Platz besetzt und die Glocken läuten. Zweige mit weißen Blüten zieren das Ende jeder Kirchenbank und der Altar ist mit einem prachtvollen Bouquet aus Rosen, Hortensien, Stockmalven und Eukalyptus geschmückt. Der Organist spielt den Hochzeitsmarsch von Wagner, der die gesamte Kirche erfüllt und den Rahmen für eine traumhafte Hochzeit bildet – die lang erwartete und sehnlichst gewünschte Verbindung zweier Menschen, die einander von ganzem Herzen lieben.

Die Braut steht direkt unter dem alten Eichentor, ihr Vater neben ihr – seine Augen glänzend vor Tränen des Stolzes, wie er da in seinem schicken Anzug mit der rosafarbenen Krawatte steht, bereit, seine Tochter dem Mann zu übergeben, den sie liebt.

Hinter ihnen steht die Trauzeugin in ihrem cremefarbenen Satinkleid, in der einen Hand hält sie einen schlichten Blumenstrauß, mit der anderen nestelt sie am Schleier der Braut herum, damit dieser perfekt um ihre Schultern fällt.

Und die Braut – ein Bild der Vollkommenheit in ihrem Kleid aus weißer und cremefarbener Spitze, das ihre schlanke

Figur betont, ohne überladen zu wirken. Das dunkle gewellte Haar ist in einem hübschen Chignon zusammengenommen und mit schlichten Maßliebchen geschmückt, das leichte Make-up verleiht ihr ein frisches und klares Aussehen. Die Braut lächelt, doch am schönsten ist das Strahlen aus ihrem Inneren.

Die Hochzeitsgesellschaft schreitet langsam den Mittelgang entlang, während der Organist weiterspielt. Doch plötzlich gibt es eine Verzögerung. Die Braut bleibt stehen, ihr Gesichtsausdruck verändert sich – zunächst ein ausdrucksloser Blick, dann ein Anflug von Besorgnis, Unruhe, Angst ... Dann flüstert ihr die Trauzeugin etwas zu und die Braut geht weiter, gleitet geradezu den Mittelgang entlang, den Arm durch den ihres Vaters geschoben – das Lächeln wieder dort, wo es hingehört.

Vor dem Altar steht der Pfarrer, der mit beiden Händen das ledergebundene zeremonielle Buch umfasst, lächelnd, während die Braut sich nähert, geduldig wartend, als der Vater sie dem Bräutigam übergibt. Der Trauzeuge des Bräutigams sieht zu, sein Blick springt zwischen Braut und Trauzeugin hin und her, unter seinem Auge zuckt es ein wenig, als er überlegt, nachdenkt, abwägt. Die Gäste sind hingerissen, als das Paar sich die Hände reicht und nun Seite an Seite steht, bereit, den Rest des Lebens miteinander zu verbringen.

Die Orgelmusik verebbt und der Pfarrer beginnt zu sprechen, heißt alle in dieser herrlichen Kirche willkommen.

»Liebe Anwesende ...«, hebt er an, seine Stimme reicht bis in die letzten Ecken des Gebäudes.

Die Braut dreht sich zu ihrer Trauzeugin um, dann wieder zum Pfarrer und schenkt ihrem Bräutigam ein warmes Lächeln. Der Bräutigam drückt, unbeobachtet von allen anderen, zärtlich die Hand seiner Braut. In nur wenigen Augenblicken werden sie verheiratet sein.

»Deshalb frage ich euch ...«, fährt der Pfarrer feierlich fort. »Wer von euch einen Grund vorbringen kann, warum dieses

Paar nicht den heiligen Bund der Ehe eingehen soll, der möge jetzt sprechen oder für immer schweigen.«

Stille.

Jemand hustet.

Etwas raschelt.

Noch mehr Stille.

Dann klingt eine Stimme durch die Kirche – scharf und klar. Eine einzige Silbe.

»Nein!«

Die Stimme einer Frau.

Langsam dreht sich die Braut um, eiskalt läuft es ihr über den Rücken, als ihr bewusst wird, wer gesprochen hat.

Dann bleibt ihr der Mund offen stehen, als sie direkt in die kalten, schwarzen Augen ihrer Mutter blickt.

EINS
ZWEI WOCHEN ZUVOR

»*Schätzchen!*«

Das einzelne Wort scheint die gesamte Zufahrt einzunehmen – nein, das gesamte *Dorf,* als es zwischen den knallroten Lippen meiner Mutter hervordringt.

»Schätzchen«, wiederholt sie, als hätte das erste Mal nicht gereicht. Doch ihr Gesicht ist dabei ausdruckslos, und ich kann nicht sagen, ob sie sich freut, mich zu sehen, oder nicht.

Ich werfe Owen einen letzten Blick zu, als er unsere Reisetasche aus dem Kofferraum nimmt und wir die Zufahrt entlang zur Eingangstür gehen, wo Mum uns erwartet.

Vielleicht der letzte Blick, solange er noch einen Rest von Liebe oder Respekt für mich empfindet, schießt es mir durch den Kopf.

Ich wollte eigentlich gar nicht hierherkommen, aber jetzt, da wir verlobt sind, war Owen natürlich ganz wild darauf, meine Familie kennenzulernen. Dabei habe ich meiner Mutter noch gar nichts von unserer bevorstehenden Hochzeit erzählt. Ganz abgesehen davon ist das Eingepferchtsein in Peters winziger Wohnung in London, wo wir seit unserer Rückkehr aus dem Ausland untergekommen sind, kein Idealzustand, und wir haben seine Gastfreundschaft schon mehr als überstrapaziert. Das ist die Gelegenheit, um ihm die dringend nötige Luft zum Atmen zu bieten. Peter ist einer meiner engsten Freunde und war so freundlich, uns Unterschlupf zu gewähren. Wir hatten eigentlich gar nicht vor, so lange bei ihm zu bleiben.

Ich hole tief Luft, als ich mich meiner Mutter nähere und rufe mir ins Gedächtnis, dass es ja nur für ein paar Tage ist – ein gemütliches Wochenende in den Cotswolds – und rein gar nichts schiefgehen wird. Ich rede mir außerdem selbst gut zu, dass ich kein Kind mehr bin und auch kein Opfer, und dass ich nicht verantwortlich bin für Mums unberechenbare Ausbrüche, sollte sie denn welche haben, und dass es auch nicht mein Job ist, sie zu beruhigen oder zu besänftigen, wenn sie wieder einmal einen *Gehirnaussetzer* hat, wie mein Vater ihre heftigeren Launen bezeichnete, als meine Schwester und ich hier aufwuchsen.

»Hallo Mum«, sage ich und bleibe möglichst nahe bei Owen, während wir uns der Eingangstür nähern, meine Finger eng mit seinen verschlungen. Mein Mund ist trocken und mein Herz rast.

Ein rascher Rundumblick verrät mir, dass sich hier nicht sehr viel verändert hat. Medvale House ist ein idyllisches Cotswolds-Haus, das eigentlich in eine Wohnzeitschrift gehört – honigfarbenes Mauerwerk, hübsche Bleiglasfenster mit unebenem Glas, alte Rosemary-Tonziegel auf dem Dach und üppig gefüllte Blumenrabatten in dem riesigen Garten. Das alte Anwesen ist heute viel zu groß für Mum und Dad, aber ich bin mir sicher, dass Mum niemals zustimmen würde, es zu verkaufen. Ein Haus wie dieses zu besitzen ist Teil ihrer Identität – eindrucksvoll, erstrebenswert, teuer.

Der Geisteszustand meiner Mutter beschäftigt mich allerdings weit mehr als der Zustand der rosa Rosen um die Tür oder der Bottiche mit scharlachroten Geranien auf jeder Seite des Kieswegs. Das, was letzten Sommer passiert ist, hat dazu beigetragen, dass ich mich in ihrer Gegenwart noch angespannter und unwohler fühle.

»Mum, das ist Owen«, verkünde ich, wenn auch mit flacher Stimme. Es fühlt sich an, als hätte ich ihn bereits verloren, nur weil ich ihn auf den Stufen meines Elternhauses vorstelle – dem Eingang zu dem, was meiner Überzeugung nach unser Untergang als Paar sein wird.

»Es freut mich sehr ...«, Mum hält inne und mustert Owen mit ihren silberblauen Augen von oben bis unten, ehe sie wieder bei seinem Gesicht landet und ihn eingehend betrachtet, während ihre Lippen sich zu einer dünnen Linie verspannen. »... Sie kennenzulernen«, sagt sie schließlich und streckt eine Hand aus, die mit schwerem Goldschmuck behängt ist.

Meine Mutter ist ganz in Schwarz gekleidet – locker sitzende Hosen und eine langärmelige Tunika –, an ihren Fingern glänzen klobige antike Goldringe, an den Handgelenken baumeln alle möglichen Armreifen und -ketten. Ich wette, das, was sie da allein an ihren Händen trägt, ist mehr wert als das Auto, in dem wir gekommen sind – ein Volvo, der auch schon bessere Tage gesehen hat und der, das hat Owen versprochen, nur eine Notlösung ist, bis wir beide wieder verdienen und uns etwas Besseres leisten können, wenn das Baby da ist.

Ich muss unwillkürlich lächeln, als meine Hand wie von allein auf meinem Bauch zu liegen kommt. Man kann noch rein gar nichts erkennen, und nur Owen und ich wissen, dass ich schwanger bin. Dabei belassen wir es fürs Erste auch.

Doch das Überraschendste an Mum – und das mag meiner Fantasie geschuldet sein, meinem innigen Wunsch, alles wäre, zumindest für die nächsten zwei Tage, normal – ist die Tatsache, dass sie sich nicht ganz so streitlustig anhört wie gewöhnlich. Sogar ein wenig *verhalten*. Weshalb ich mich frage, was wirklich in ihrem Kopf vor sich geht.

»Kommt rein, kommt *rein,* ihr beiden«, sagt sie, immer noch

Owens Hand schüttelnd, während sie ihn anstarrt. Es scheint ewig zu dauern, als würde sie ein geheimes Waffenarsenal zusammenstellen, das sie durch bloßen Körperkontakt gegen uns einsetzen kann. Ich weiß, dass sie jedes kleinste Detail an ihm taxiert, um zu beurteilen, ob er sich als Partner für mich eignet. Vor ein paar Tagen wusste sie noch nicht einmal, dass es Owen überhaupt gibt.

In Mums Augen ist niemand gut genug für ihre Töchter, und ich habe nicht vor, ihr etwas von unserer Verlobung zu erzählen. Sobald sie Wind davon bekommt, dass der Klang von Hochzeitsglocken in der Luft liegt, ob sie ihn nun für gut befindet oder nicht, wird sie alles an sich reißen wollen, damit sich alles nur mehr um sie dreht.

»Sie haben hier ja ein wunderschönes Plätzchen, Mrs Holmes«, sagt Owen, als wir über die Schwelle treten. Ich flüstere ihm zu, er solle unsere Tasche bei der Tür abstellen. *Falls wir schnell die Flucht antreten müssen.*

»Danke Owen«, erwidert Mum und geht uns den langen, mit Steinplatten gefliesten Flur voran. Sie wirft einen Blick zurück über die Schulter. »Und bitte, nenn mich doch Sylvia.«

Als wir an der knarrenden Eichentreppe vorbeigehen und ich die kühle, stille Luft von Medvale House einatme, versetzen mich die vertrauten Gerüche zurück in die Vergangenheit. Ich sehe mich beinahe selbst, wie ich nach oben hetze und mich in meinem Zimmer verkrieche, um den Folgen von Mums jüngstem Drama zu entgehen. Seit damals weine ich um das arme kleine Mädchen – hilflos und verängstigt, das ständig fortlief und sich versteckte, und einen großen Teil seiner Kindheit irgendwo kauernd verbrachte. Damals hatte ich noch keine Ahnung davon, dass die unvorhersehbaren Launen meiner Mutter noch der am wenigsten beängstigende Teil von ihr waren.

»Die sind für Sie«, sagt Owen und zieht einen leicht verdrückten und angewelkten Blumenstrauß hervor, den wir an der Tankstelle erstanden hatten, als ich auf die Toilette musste.

»Oh, wie nett«, sagt Mum und nimmt ihn mit einem kleinen Lächeln an. Ich wappne mich und warte auf den unvermeidlichen Kommentar über *Tankstellensträuße* oder *wie günstig man Chrysanthemen heute schon bekommt.*

Aber es kommt nichts.

Stattdessen ist Mum damit beschäftigt, eine Vase zu suchen und die rosa Blumen im Wasser zu arrangieren.

»Na bitte«, sagt sie, »entzückend«, und stellt sie auf den Küchentisch.

Mums freundliche Reaktion verursacht mir fast ebenso viel Unbehagen, als hätte sie tatsächlich losgelegt.

»Wie war die Reise?«, fragt sie und füllt den Kessel mit Wasser.

»Der Verkehr aus London heraus war schlimm, danach war es kein Problem«, erwidert Owen und zwinkert mir zu. »Lizzie musste ja immer wieder halten, um ...«

»Der Garten sieht toll aus, Mum«, schreie ich fast. Alles, um ihre Gedanken abzulenken, damit sie nicht die Richtung einschlagen, in die sie unwillkürlich gehen würden, hätte Owen weitergeredet. *Immer wieder halten, um auf die Toilette zu gehen, bedeutet schwanger ...* Das wäre ein einfacher (und korrekter) Gedankengang für den wachen Geist meiner Mutter, aber ihr vorzuenthalten, dass wir ein Baby erwarten, gibt mir das Gefühl, mein ungeborenes Kind vor ihr zu beschützen. Zumindest fürs Erste.

»Das ist Prestons Verdienst«, sagt Mum und tritt zu mir ans Fenster. »Schau dir nur die Rosen an. Sind die Farben nicht hinreißend? Und sie blühen immer noch, sogar jetzt im September.«

Hinreißend, denke ich. Niemals zuvor habe ich Mum ein so abstruses und belangloses Wort sagen hören, um etwas zu beschreiben. Fürchterlich, abscheulich, Desaster und Katastrophe standen ganz oben auf der Liste ihrer Lieblingswörter. Der Knoten in meinem Inneren löst sich ein kleines bisschen, obwohl ich sicher bin, dass Mum ihre Maske nur allzu bald fallen lassen wird.

»Preston?«

»Mein neuer *Mann*«, brüstet sich Mum. Einen flüchtigen Augenblick lang erhasche ich einen Blick auf die Frau, die ich so gut kenne – scheinheilig, gefährlich und gestört. »Mit neuer Mann meine ich natürlich Gärtner.« Es folgt ein mädchenhaftes Lachen, wie ich es von ihr noch nie gehört habe.

»Was auch immer er mit den Rosen anstellt, sie lieben ihn dafür.«

»Eine herrliche Farbe«, sage ich vorsichtig. Gespräche über den Garten, Mums Kirchen- und Spendenarbeit und unverfängliche Themen wie das Wetter sind, wie ich aus Erfahrung weiß, am sichersten.

»Ja, in der Tat«, erwidert Mum und widmet sich wieder der Zubereitung des Tees. »Ein wunderbar intensives Rot. Wie die Farbe von Blut.«

ZWEI

»Ich brenne darauf, zu erfahren, wie ihr zwei euch kennengelernt habt«, beginnt Sylvia, sobald wir zu dritt am Küchentisch sitzen. Auf dem rot-weißen Baumwolltischtuch stehen mehrere Teller mit dreieckigen Sandwiches, und auf einer Etagere, die ich noch aus meiner Kindheit kenne, ist gekauftes Mandelgebäck arrangiert. Mum reicht uns jeweils einen geblümten Porzellanteller, ehe sie uns Tee einschenkt und uns auffordert zuzugreifen. »Ich will alle pikanten Details hören«, fügt sie mit einem Blick auf Owen hinzu.

Ich sehe meinen Verlobten an und fühle Gänsehaut auf meinem Arm. Instinktiv lasse ich meine linke Hand unter den Tisch gleiten, damit sie meinen Ring nicht sieht, und nehme mir vor, ihn später abzunehmen. Seit ich mit achtzehn von zu Hause ausgezogen und auf die Uni gegangen bin, habe ich Mum über mein Leben nur das Nötigste erzählt. So war es einfacher, besonders nach den Geschehnissen im ersten Winter, nachdem ich fort war.

Sämtliche Details konnte ich nie in Erfahrung bringen, da mich Shelley, meine ältere Schwester, wie immer beschützte, obwohl sie damals, glaube ich, selbst nicht sehr viel mehr wusste. Sie erwähnte nur etwas von einem Besuch der Polizei und dass Mum plötzlich ihren Job aufgab (auch wenn sie keine Ahnung hatte, warum), ganz zu schweigen von dem Stress, dem unser Vater ausgesetzt war und was ihm in der Folge zustieß. Aber ich verschloss die Ohren vor alldem, beschloss, mich nicht hineinziehen zu lassen und meine neu gewonnene Freiheit zu genießen.

Im Nachhinein betrachtet hätte ich wohl für meinen Dad und meine Schwester da sein sollen, aber ich war jung und entschlossen, mein erstes Stückchen Freiheit – *Freiheit von meiner Mutter* – auszukosten. Ich hatte mein ganzes Leben lang versucht, wegzulaufen, und als es mir endlich gelungen war, hätte mich höchstens ein Mord wieder zurückgebracht.

Seitdem beschränke ich meine Besuche auf ein- oder zweimal im Jahr, hauptsächlich, um Dad und Shelley zu sehen. Auch auf Mums Anrufe reagiere ich nur gelegentlich. Dank des sporadischen Kontakts ist es mir gelungen, jegliche »pikanten Details« über mein Leben vor ihr geheim zu halten, weshalb ich jetzt auch einspringe, um ihre Frage zu beantworten, ehe Owen eine Chance hat, zu sprechen.

»Ich habe zwei Kindern in Dubai Privatunterricht gegeben«, setze ich an und schaue rasch zu Owen hinüber. Wir wechseln einen Blick und ich unterdrücke ein Lächeln beim Gedanken daran, was an dem Nachmittag, an dem wir uns kennenlernten, wirklich geschah. Doch für Mum will ich die Geschichte so knapp wie möglich halten. »Der Vater der Kinder, der zufällig in der gleichen Branche wie Owen arbeitet, veranstaltete eine Party für Kunden und Geschäftspartner, und dort haben wir uns kennengelernt, Mum.«

Hast dich halbnackt am Pool präsentiert, nicht wahr?
Hure ...
Ich nehme an, du hast eine Affäre mit dem Vater der Kinder gehabt.
Widerlich ...

Ich versuche, die Stimme in meinem Kopf zum Schweigen zu bringen, aber seltsamerweise antwortet Mum: »Wie romantisch. Genau wie damals, als dein Vater und ich ...«

Während sie spricht, klinke ich mich aus und rufe mir Owens Antrag, nur sechs Monate nach unserem Kennenlernen, in Erinnerung. *Das* war romantisch – ein Abendessen in einem Wolkenkratzerrestaurant im Zentrum von Dubai, der Blick über die unglaubliche Küste mit den endlosen Stränden, Jachten und glitzernden Lichtern. Die perfekte Kulisse. Er war auf die Knie gegangen, nachdem wir uns ein Dutzend Austern geteilt hatten, und hatte mich mit einem wunderschönen Ring überrascht – einem Diamant-Solitär in einem Weißgoldring. Mir war schwindlig vor Glück.

Bis ich an meine Mutter dachte.

»Las Vegas, wir kommen«, hatte ich gescherzt und fühlte mich schrecklich, als der glückliche Ausdruck aus Owens Gesicht wich.

»Du willst keine richtige Hochzeit?«, hatte er gefragt. »Eine hübsche Dorfkirche zu Hause, mit sechs Brautjungfern und du in einem zauberhaften Kleid? Ich stelle mir ein Partyzelt auf dem Rasen eines Landhotels vor, eine Live-Band, Caterer. So etwas in der Richtung.«

Damit beschrieb er wortwörtlich das, was meine Mutter in der Sekunde, in der ich ihr von unseren Heiratsplänen erzähle, zu organisieren beginnen würde. Ob ihr Owen nun gefiel oder nicht, ich wusste, dass sie augenblicklich alles an sich reißen würde. Mum hatte es immer schon verstanden, ihre Feinde nicht aus den Augen zu lassen.

»*Natürlich* will ich eine richtige Hochzeit«, hatte ich erwidert und versucht, fröhlich zu klingen. »Aber ...«

Owens verwirrter Gesichtsausdruck zwang mich, ein wenig von meiner Mutter zu erzählen, obwohl ich mich bei den Details sehr zurückhielt. Ich wollte den Abend nicht verderben. Unser gesamtes *Leben* nicht verderben.

»Mum ist ...« Ich wusste nie so genau, wie ich sie beschreiben sollte. »Die Sache ist die ...«, fuhr ich fort und versuchte immer noch, die richtigen Worte zu finden.

»Sie ist was?«, fragte er lachend, aber ich spürte die Besorgnis in seiner Stimme. Ich verstummte, als der Kellner den Champagner servierte, den Owen bestellt hatte.

»Mum ist ... nun, sie ist eine *ganze Menge*«, sprach ich mit einem Lächeln weiter. »Aber sie meint es gut«, fügte ich hinzu, weil ich Owens leicht gerunzelte Braue wahrnahm. Ich wollte ihn nicht gleich ganz verschrecken.

Obwohl wir erst ein paar herrliche Monate zusammen waren, als er um meine Hand anhielt, wusste ich fast augenblicklich, dass er »der Richtige« war. Und er behauptete das Gleiche von mir. Das Schicksal hatte uns am unwahrscheinlichsten aller Orte zusammengeführt, und jetzt, da wir nach Großbritannien zurückgekehrt waren, soll ich verflucht sein, wenn meine Mutter es ruiniert. Ich habe nicht umsonst mehr als dreitausendfünfhundert Meilen zwischen uns gebracht.

»Na ja, sie hat mir dich gegeben, also liebe ich deine Mum jetzt schon abgöttisch«, hatte Owen in Dubai über den Tisch hinweg gesagt und sein Glas erhoben, während ich innerlich zusammenzuckte.

Ich hatte mich zu einem weiteren schmalen Lächeln gezwungen und über die Stadt unter uns geblickt. Der Abend war viel zu romantisch, um ihn mit Gesprächen über meine Mutter zu verderben.

»Auf die Mutter der Braut«, hatte Owen dann ausgerufen und sein Champagnerglas an meines gestoßen.

Jetzt, da wir in der Küche meiner Mutter sitzen, Owen neben mir, lächle ich in mich hinein, da ich weiß, Mum kann mir zumindest diese Erinnerung nicht nehmen.

»Es war wirklich ein sehr romantisches Kennenlernen«, sagt Owen und holt mich zurück in die Gegenwart. »Lizzie saß unter einem Sonnenschirm und spielte mit den Kindern Wortspiele, während ich auf der anderen Seite des Pools einen multinationalen Ökoenergie-Deal verhandelt habe. Unsere Blicke haben sich immer wieder über das Wasser hinweg getroffen.«

Mum verschränkt die Hände unter dem Kinn. »Ich kann es mir richtiggehend vorstellen. Aber diese Hitze wäre nichts für mich. Das muss schrecklich für deine helle Haut gewesen sein, Elizabeth.« Sie wendet sich mir zu.

Du bist so käseweiß wie dein Vater ...

So unansehnlich ...

»Dort gibt es überall Klimaanlagen, man kann der Hitze also, wenn nötig, gut entkommen«, erklärt ihr Owen. »Und Lizzie hat immer auf Sonnenschutz geachtet.« Er stößt unter dem Tisch gegen mein Bein und wirft mir einen liebevollen Blick zu.

»Du hättest mir erzählen sollen, dass du so einen gut aussehenden Kerl kennengelernt hast, Schatz. Nicht einmal eine Postkarte von ihr, Owen«, wirft mir meine Mutter über den Tisch hinweg zu. »Aber ich weiß, wie beschäftigt mein Mädchen ist, mit diesem Jetset-Leben auf der ganzen Welt.«

»Es ist eigentlich kein Jetset-Leben, Mum. Es war eine sechsmonatige Stelle als Privatlehrerin, die ich über eine Agentur bekommen hatte, weil ich die Arbeit wirklich brauchte.«

Sie hat keine Ahnung, dass ich pleite war und Schulden abzahlte, die nicht einmal meine waren – meine Kreditwürdigkeit, ohne mein Verschulden, in Trümmern. Und ich habe keinerlei Absicht, ihr das auf die Nase zu binden. Die Schadenfreude und das »Ich hab's dir doch gesagt« würden kein Ende finden.

»Wärst du letztens nicht an Lizzies Handy gegangen, Owen, hätte ich nie etwas von euch beiden erfahren, geschweige denn herausgefunden, dass ihr verlobt seid und heiraten wollt«, sagt Mum auf enervierend ruhige Art und Weise. So spielt sie ihre Trumpfkarte aus, aber ich bin sicher, dass sie noch mehr davon in petto hat. »Töchter, nicht wahr?«, sagt sie in Richtung Owen, als würden die beiden schon einen Insiderwitz teilen.

Ich ersticke beinahe an meinem Sandwich, sehe Owen an, wie er auf seinem Stuhl herumrutscht, während er mir einen entschuldigenden Blick zuwirft.

Eins zu null für Mutter ...

»O nein, er hat mir alles über den Anruf erzählt, Mum«, sage ich, da sie nicht glauben soll, sie habe Owen in Schwierigkeiten gebracht. Ich wusste, dass er einen Anruf von ihr entgegengenommen, jedoch nicht, dass er ihr von unserer Verlobung erzählt hatte. Er hat wohl vergessen, mir dieses Detail zu erzählen, vielleicht wurde ihm auch erst im Nachhinein bewusst, dass das ein Fehler war. Ich nehme mir vor, ihn später dazu zu befragen, auch wenn ich Owen kaum dafür verantwortlich machen kann. Er hat keinen blassen Schimmer, wie der durchtriebene Verstand meiner Mutter funktioniert.

»Zeig mir deinen Ring«, sagt Mum und greift nach meiner linken Hand. »Nun ja ...«, fährt sie fort, meine Finger fest in ihren. Sie schenkt dem Diamanten einen raschen Blick. »Schlicht und einfach ist heute wohl der neue Trend. Das Gute daran ist, dass euch mit der billigeren Variante mehr Geld für eine Anzahlung für ein Haus bleibt.«

Und da ist sie wieder ...

»Mum!«, setze ich entsetzt an, doch Owen drückt mein Bein unter dem Tisch, was mich davon abhält, den Köder zu schlucken.

»Ich habe Mummys antiken goldenen Ehering für dich. Den kannst du an deinem großen Tag tragen. Aber ich befürchte, er wird sich schrecklich mit deinem silbernen Verlobungsring beißen.«

»Es ist kein Silber, es ist Weißgold«, schieße ich zurück, und spüre, wie die Hitze in mir aufsteigt.

»Kein Problem«, fährt Sylvia, mich ignorierend, fort. »Ich

habe auch Mummys Verlobungsring. Den musst du stattdessen tragen. Es ist ja nicht so, als würde ihn deine Schwester noch brauchen.« Den letzten Satz murmelt sie. »Trotzdem, wie aufregend. Noch eine Hochzeit zu organisieren. Ich muss mir einen neuen Hut kaufen. Ich kann ja kaum den tragen, den ich aufhatte bei Shelleys ... *Fiasko*. Nein, das wäre absolut unmöglich.«

DREI

»Was meinst du mit ›*Sie ist nett*‹?«

Ich gehe den schiefen Boden meines alten Kinderzimmers auf und ab. Hier in Medvale habe ich das Gefühl, wieder neun Jahre alt zu sein – machtlos und kindlich. Und wir sind erst vor einer Stunde angekommen.

Obwohl in dem Raum keine der Kisten mehr steht, die ich vor ein paar Jahren gepackt habe (Dad hat sie letzten Sommer auf den Speicher gebracht, kurz bevor es mit seiner Gesundheit bergab ging), kann ich alles immer noch so deutlich vor mir sehen, wie es immer war. Hier drinnen kann ich meine Kindheit geradezu riechen – die Angst, den Kummer, die Unsicherheit. Ich wusste, dass Mums Widerwille dagegen, meine und Shelleys Kindersachen loszuwerden – noch ein paar Jahrzehnte nachdem wir das Haus verlassen hatten –, daran lag, dass sie die Vergangenheit nicht loslassen konnte. Eine Vergangenheit, die sie nicht hinbekommen hatte.

»Ich finde deine Mum nett«, wiederholt Owen und streckt sich auf dem Doppelbett aus, das seit Neuestem in meinem alten Zimmer steht – offensichtlich ist es jetzt das neue Gästezimmer, auch wenn niemals jemand zu Besuch kommen würde.

»Ziemlich harmlos«, fügt er hinzu. »Man merkt, dass sie sich echt Mühe gibt.«

Ich gehe weiter die knarrenden Bretter auf und ab und bleibe kurz an dem kleinen, mit Sprossen unterteilten Fenster stehen, um in die Landschaft zu blicken. Warum zum Teufel habe ich diesem Wochenende je zugestimmt? Ich verfluche mich selbst dafür und denke an gestern Abend in Peters Wohnung zurück, als Owen und ich einen ruhigen Abend mit bestelltem Essen und einem Film geplant hatten, gefolgt von einem Wochenende, das wir der Wohnungssuche widmen wollten.

»Unverheiratet, schwanger *und* obdachlos«, hatte ich vom Sofa aus gestöhnt und dabei sehnsuchtsvoll auf Owens Weinglas geblickt.

»Hormone?«, hatte er mit einem Zwinkern gefragt. »Nicht sehr hilfreich.«

Am liebsten hätte ich ihm für die Bemerkung eine reingehauen, aber ich musste doch zugeben, dass er vermutlich recht hatte. Doch ich ließ mich trotzdem gern von ihm umarmen, auch wenn das bedeutete, seinen Weinatem riechen zu müssen, und das an einem Freitagabend, und ihm dabei zuzusehen, wie er unseren Lieblings-Rioja allein leerte.

»Tut mir leid«, sagte ich und lehnte meinen Kopf an seine Schulter. »Ich mache mir einfach Sorgen wegen unserer Situation.«

Owen hörte auf, die Immobilien-Website hinunterzuscrollen, und sah mich an, der warme Blick seiner Augen einer der Gründe, weshalb ich mich in ihn verliebt hatte – tief, dennoch verträumt, ernst, aber auch jungenhaft.

»Wir stehen das gemeinsam durch, Lizzie«, antwortete er und berührte meinen Verlobungsring. Und dass du schwanger bist, war die schönste Nachricht, die ich je bekommen habe.« Dann beugte er sich zu mir hinüber und küsste mich, was mich vor Erleichterung ganz schwach werden ließ.

Ich war nicht ganz sicher gewesen, wie er auf die Schwangerschaft reagieren würde, als ich ihm die Neuigkeit eine Woche zuvor präsentiert hatte, aber ich glaube, er war erst einmal genauso geschockt wie ich angesichts der Tatsache, dass wir erst sechs Monate zusammen waren.

Doch der intime Augenblick gestern Abend war unterbrochen worden, als Peter, mein bester Freund aus Unitagen, nach Hause gekommen war. In *sein* Zuhause. Sein *winziges* Zuhause, in dem wir untergekommen waren. Schon viel zu lange untergekommen waren. Nach unserer Rückkehr aus Dubai sollten es eigentlich nur ein oder zwei Nächte werden, aber hier waren wir also immer noch, okkupierten Platz – buchstäblich den Großteil des Platzes, mit all unseren Habseligkeiten in Kisten und Koffern – und das acht Wochen später.

Peter nieste erst einmal, viermal hintereinander, bevor er auch nur die Gelegenheit hatte, seine Jacke auszuziehen.

»Minnie ist im Schlafzimmer eingeschlossen«, sagte ich und fühlte mich schuldig, weil ich ihm nicht nur uns und unser ganzes Zeug, sondern auch meine Katze aufgedrängt hatte.

Als ich in Übersee arbeitete, war Minnie in einer Katzenpension untergebracht gewesen. Nicht ideal, und es hatte mich zudem ein Vermögen gekostet – eine weitere Belastung meiner ohnehin schon angespannten Finanzen. Aber ich liebe sie und sie hat mir durch einige schwierige Zeiten geholfen, nachdem meine letzte Beziehung vor zwei Jahren in die Brüche gegangen war und ich mit weitaus mehr als nur einem gebrochenen Herzen dastand.

Nämlich mit Schulden, von denen ich nicht wusste, dass sie in meinem Namen gemacht worden waren, und einem ohne mein Wissen geplünderten Sparkonto. Dank seines riesigen Spielproblems hatte David mir ein finanzielles Chaos hinterlassen, das ich gerade erst anfange, in den Griff zu bekommen, mit regelmäßigem Privatunterricht über eine Agentur, der schließlich in dem Job in Dubai gipfelte.

»Ich verspreche, du bist uns bald los«, hatte Owen zu Peter gesagt und sich einen Weg um einen Stapel Kisten gebahnt, um ein Glas aus dem Schrank zu nehmen. »Ich habe vielleicht gerade die perfekte Wohnung für uns gefunden. Die meisten werden uns schon vor der Nase weggeschnappt, bevor ich noch die Agentur anrufen kann. Trinkst du ein Schlückchen von dem Roten mit uns, um darauf anzustoßen?«, hatte er Peter gefragt. »Du kannst Lizzies Anteil haben.«

Rasch hatte Peter den Kopf gehoben. »Ach?«, hatte er mit einem Blick auf mich gesagt. »Hört sich gut an, das mit der Wohnung. Aber du trinkst nichts, Lizzie?« Ich wusste, dass seine Gedanken in die richtige Richtung gingen.

»Im Augenblick nicht«, hatte ich vage geantwortet. Owen und ich wollten warten, bis der dritte Monat vorüber war, ehe wir anderen von der Schwangerschaft erzählten. Bis dahin wollten wir unsere Baby-News nicht im gleichen Atemzug mit einer »Save the date«-Ankündigung für unsere Hochzeit verkünden – die wir ebenfalls noch nicht geplant haben. Vielleicht sollten wir schön langsam damit anfangen.

Die Wahrheit ist, ich bin mir immer noch nicht im Klaren darüber, ob ich wirklich aufs Ganze gehen soll, mit einer bombastischen Hochzeit in Weiß, oder ob wir uns lieber heimlich aus dem Staub machen, nur wir zwei, an irgendein romantisches Plätzchen, und uns ein paar Zeugen von der Straße schnappen. Alles ist so schnell gegangen – von unserem Kennenlernen zu unserer Verlobung, dann die Schwangerschaft, und jetzt die Suche nach einem gemeinsamen Zuhause.

Aber allein der Gedanke an die Reaktion meiner Mutter auf die Ankündigung einer Hochzeit ließ mich zu Plan zwei tendieren – eine ruhige Hochzeit, nur wir beide. Was Mum angeht, wird kein Mann jemals gut genug für eine ihrer Töchter sein, obwohl auch das sie nicht davon abhalten würde, sich einzumischen und meine Hochzeitspläne an sich zu reißen. Mum muss unter Kontrolle gehalten werden.

»Du bist doch nicht schwanger, oder?«, hatte Peter gefragt und sich mit überkreuzten Beinen vor uns auf den Boden gesetzt.

Ich warf Owen einen Seitenblick zu, aber er scrollte auf seinem Handy gerade durch noch mehr Wohnungen und hörte gar nicht zu. »Ähm, nein. Antibiotika«, erwiderte ich und sprang auf, da mich der eingehende Anruf auf meinem Telefon vor einer genaueren Befragung rettete.

Als ich jedoch sah, wer dran war, bekam ich Herzklopfen.

Meine Mutter.

Für gewöhnlich lasse ich ihre Anrufe auf die Mailbox umleiten und gebe mir ein paar Tage Zeit, ehe ich auf ihre Litanei antworte, aber um einer Inquisition durch Peter zu entgehen, nahm ich ihren Anruf diesmal an.

»Hi, Mum«, sagte ich mit ausdrucksloser Stimme und erhaschte einen Blick auf die Fotos auf Owens Bildschirm. Eine Mietwohnung – eine sehr schöne Mietwohnung, nach dem zu schließen, was ich sehen konnte. »Ja, mir geht's gut, danke. Wie geht's dir? Und ... und wie läuft es bei Dad?« Ich schluckte die Schuldgefühle hinunter, als ich meinen Vater erwähnte. Ich hätte ihn besuchen sollen.

»Mir würde es viel besser gehen, wenn du mal kommen würdest ...«, klang die schrille Stimme meiner Mutter durch die Leitung. Kein Wort über Dad. Sie sprach so laut, dass ich sicher war, Owen und Peter konnten sie ebenfalls hören.

»Ich weiß, Mum, ich komme dich bald besuchen. Ich bin mit der Arbeitssuche beschäftigt, seit ich zurück im Land bin und ...«

»Brauchst du Geld, ist es das?«

»Nein, nein, es geht schon«, antwortete ich, gab nicht zu, dass sie recht hatte. Ich *brauchte* Geld. Zumindest, um über die Runden zu kommen, bis ich Arbeit gefunden hatte.

Owen wartet auf ein großes Beratungshonorar von seinem Vertrag in Dubai, das jeden Tag eintreffen kann, und sobald das ausgezahlt ist, sind wir aus dem Schneider. Er war so großzügig und hat mir ständig versichert, dass er mich gern unterstützt, bis ich eine neue Lehrstelle gefunden habe, besonders, da wir doch bald heiraten werden.

»Also, wirst du?«, sagte meine Mutter. »Lizzie?«

»Entschuldige, Mum. Die Verbindung war gestört.« War sie natürlich nicht. Ich hatte bloß nicht zugehört. Und da bestand sie darauf, dass wir kommen und dort übernachten.

Nachdem ich Owen von der Einladung erzählte, war ein Hoffnungsschimmer über Peters Gesicht geglitten.

»Tolle Idee!«

Und augenblicklich erkannte ich darin seine Bitte um mehr Platz, um während dieser Zeit zusammen mit seinem Partner allein in der Wohnung sein zu können.

Darauf erwiderte Owen: »Ich hoffe, du hast deiner Mum gesagt, dass wir kommen«, gefolgt von: »Wenn sie nur ein bisschen so ist wie du, dann weiß ich schon, dass ich sie lieben werde.«

Stille, bis ich ein schwaches »*Aber* ...« zustande brachte. Doch da war Owen schon am Telefon, um die Immobilienmaklerin anzurufen. Es kam mir selbstsüchtig vor, die Einladung auszuschlagen. Denn ich sagte mir, es sei doch nur natürlich, wenn mein Verlobter meine Familie kennenlernen wolle. Und schließlich musste Peter seit Wochen auf dem Sofa schlafen, weil er uns sein Bett überlassen hatte, und es war höchste Zeit, dass wir ihm eine Pause gönnten.

»Klar«, flüsterte ich schließlich, obwohl es mir eiskalt den Rücken hinunterlief, als Owen mich mit meiner Mutter verglich. Wir hätten gar nicht unterschiedlicher sein können.

Immerhin habe *ich* niemanden umgebracht.

VIER

Immer noch starre ich aus dem kleinen Fenster in meinem Zimmer und ich fröstle bei der Erinnerung daran, wie ich hier an meinem Schreibtisch saß, versucht habe, mich auf meine Hausaufgaben zu konzentrieren, das Kinn in die Hände gestützt, und gebetet habe, Dad würde von der Arbeit heimkommen, damit sich die Atmosphäre im Haus beruhigt. Doch an den meisten Tagen pendelte er nach London und kam erst spät abends nach Hause.

»Wann lerne ich denn deinen Vater kennen?«, fragt Owen, der auf dem Bett liegt und mich auffordert, mich zu ihm zu gesellen. Ich lege mich neben ihn, bette den Kopf in die Mulde seiner Schulter und frage mich, ob er meine Gedanken lesen kann. Bislang habe ich darauf geachtet, nicht zu viel über meinen Vater zu sprechen, wenn das Gespräch auf meine Eltern kam. Ich hatte nicht erwartet, gar so schnell in das Leben in Little Risewell zurückkatapultiert zu werden, wo die Wahrheit über ihn zwangsläufig ans Licht kommen wird. Da ich mir keine cleveren Entschuldigungen ausgedacht habe, beschließe ich, dass die grundlegenden Fakten fürs Erste die sicherste Option sind.

»Dad lebt gerade nicht hier.«

Owen hebt den Kopf und sieht auf mich herunter. »Sind deine Eltern getrennt ... oder geschieden?«

»Nein«, erwidere ich und verschweige dabei, dass sie das eigentlich sein sollten. »Dad ist in ... er ist in einer Art ... in einer Art Pflegeeinrichtung, nicht weit von hier.« Ich bin erleichtert, dass Owen meine Augen nicht sieht. Er wüsste, dass ich lüge.

»Das tut mir sehr leid. Ich hatte ja keine Ahnung. Warum hast du mir das nicht erzählt?« Owen verändert seine Lage und setzt sich auf, was mich zwingt, das Gleiche zu tun.

Ich zucke mit den Schultern. »Aus keinem besonderen Grund.«

»Ist er dement oder so etwas?«

Ich schüttle den Kopf.

»Ein Schlaganfall oder ein Herzinfarkt?«

Ich schüttle wieder den Kopf.

»Vielleicht ist es einfacher, du sagst es mir einfach.«

Ich seufze und schlinge die Arme um meinen Körper. »Dad geht es nicht gut, seit ...« Ich stocke, nicht in der Lage, ihm die ganze Geschichte zu erzählen – weder, was vergangenen Sommer bei Shelleys Hochzeit passiert ist, noch, was in dem Winter geschah, als ich bereits auf die Universität ging. Denn beide Ereignisse führen zu meiner Mutter. »Er ist an einem Ort namens Winchcombe Lodge, etwa fünf Meilen von hier. Es ist ... es ist eine private Klinik und ...«

»Eine *Klinik*? Ach Lizzie, das tut mir so leid. Können wir ihn besuchen? Ihm etwas bringen? Wann kommt er wieder nach Hause?«

Ich weiß nicht, wo ich bei all den Fragen anfangen soll. »Ja, wir können ihn besuchen«, sage ich. »Aber ich weiß nicht, wann er wieder nach Hause kommt.« Ich schwinge meine Füße aus dem Bett, um aufzustehen, aber Owen ergreift meinen Arm.

»Was hat er denn, Lizzie? Wird ... wird er wieder gesund?«

Dem leichten Zittern in Owens Stimme nach zu schließen, denkt er wohl, Dad sei in einer Art Hospiz.

Nach dem, was seiner eigenen Familie zugestoßen ist, weiß ich, dass der Gedanke, einen Elternteil zu verlieren, ihn ängstigt. Ich konnte meinen Schock kaum verbergen, als er mir, bald nachdem wir uns kennengelernt hatten, von dem Auffahrunfall erzählte, bei dem seine Mutter, sein Vater und sein Bruder vor drei Jahren ums Leben gekommen sind. Der betrunkene Fahrer war ins Gefängnis gekommen, aber natürlich würde keine Strafe sie je wieder zurückbringen. Finanziell war Owen nichts geblieben, da das bescheidene Vermögen seiner Eltern gerade reichte, um ihre Schulden zu decken. Es vergeht kein Tag, an dem er nicht um sie trauert.

Ich weiß, dass ich ihn über Dad aufklären muss. Aber noch nicht jetzt.

»Du hättest mir übrigens sagen können, dass du Mum gegenüber unsere Verlobung erwähnt hast, als du damals den Anruf auf meinem Handy entgegengenommen hast.« Ich stehe auf und gehe wieder zum Fenster. Einerseits fühle ich mich mies, weil ich ihn damit konfrontierte, andererseits will ich jedoch auch das Thema wechseln und von meinem Vater ablenken.

»Das tut mir so leid, Lizzie. Ich ... ich schätze, ich habe es einfach vergessen«, gibt Owen zu. »Ich hab mir nichts dabei gedacht. Und ich bin davon ausgegangen, dass du es ihr ohnehin schon erzählt hast.« Er steigt ebenfalls aus dem Bett, schlüpft in seine dunkelblauen Slipper und stellt sich zu mir ans Fenster.

»Verstehe«, sage ich, fühle mich jedoch leicht auf den Schlips getreten. »Es ist schon eine recht große Sache, so etwas zu vergessen, oder? Ich habe dir doch gesagt, wie Mum ist und dass sie recht *schwierig* sein kann.« Obwohl ich ihm nicht das ganze Paket serviert habe, als wir über meine

Mutter sprachen. Da habe ich ihm eher Sylvia Light aufgetischt.

»Entschuldige, Liebes, das war wirklich keine Absicht. An dem Abend, kurz nachdem wir aus Dubai zurückgekommen sind, warst du gerade unter der Dusche, und ich hielt es für eine gute Gelegenheit, mich vorzustellen und ihr die gute Nachricht zu überbringen. Wir hatten es eilig, um rechtzeitig ins Kino zu kommen, also ist es mir wohl entfallen.«

Ich nicke und gehe in mich. Ich will nicht, dass irgendetwas zwischen uns steht. Und ganz sicher nicht meine Mutter. Er wollte ja nur helfen. Irgendwann hätte ich meiner Mutter sowieso von unserer Verlobung erzählen müssen, es sei denn, ich verbanne meine Familie komplett aus meinem Leben. Zumindest werden wir morgen um diese Zeit schon wieder auf dem Rückweg nach London sein. An diesen Gedanken klammere ich mich.

»Tut mir leid«, sage ich mit hängenden Schultern. »Es ist nur so: Wenn ich hier bin, fühle ich mich ...« Ich zögere und weiß nicht, was ich sagen soll. Ich bin mir nicht sicher, ob Owen versteht, was ich zu erklären versuche – dafür müsste er meine ganze Kindheit erlebt haben. Aber was noch wichtiger ist: Ich bin mir nicht sicher, ob ich überhaupt *will*, dass er es versteht. Denn ich bin eigentlich ganz zufrieden damit, Dubai-Lizzie, London-Lizzie, schwangere Lizzie und baldige Ehefrau-Lizzie zu sein.

Nicht Lizzie, die Tochter von Sylvia Holmes.

Plötzlich drehe ich mich um. »Hast du das gehört?«, flüstere ich, die Augen starr auf die Tür gerichtet.

»Was gehört?«, sagt Owen, schlingt seine Arme um mich und schnüffelt an meinem Nacken, fast so, als wüsste er, dass er kribbelt.

Mit angehaltenem Atem lausche ich. »Ein Geräusch. Auf dem Flur.« Ich lege einen Finger auf die Lippen, während ich weiter lausche. Aber da ist nichts. »Tut mir leid. Wieder hier zu sein macht mich nervös.«

»Ich weiß, ich weiß«, flüstert er leise in mein Haar. »Ich bin bei dir. Alles wird gut.«

Ich nicke, lege den Kopf zurück und küsse ihn.

Dann flüstert er mir ins Ohr: »Das wird es allerdings nicht mehr sein, wenn ich nicht sofort ins Bad gehe.«

Ich lache und erkläre ihm, dass es sich genau gegenüber auf der anderen Seite des Flurs befindet. Er rennt los, bleibt jedoch abrupt stehen, nachdem er die Schlafzimmertür geöffnet hat.

»Oh, Sylvia«, ruft er erschrocken aus, als er sie direkt vor unserer Tür stehen sieht.

»Hallo Owen.«

Ich fahre herum, beim Klang der Stimme meiner Mutter schlägt mein Herz schneller.

Zeit für die Schule, Schatz!

Aber Mummy, es ist doch noch mitten in der Nacht ...

Oder:

Komm sofort herunter und denk darüber nach, was du getan hast ...

Nein ... nein, bitte nicht wieder in den Keller ...

Als ich ein Kind war, spionierte sie hinter mir her – Tag und Nacht –, horchte vor meiner Tür, öffnete sie einen Spalt, ohne dass ich merkte, wie sie da stand, mich stumm beobachtete, ehe sie eine Strafe verhängte, ohne jeden Grund, außer der Überzeugung, ich verdiene eine.

Mums Mund verzieht sich zu einem schmalen Lächeln. Sie blickt zu Owen auf, dann schreitet sie ins Zimmer, auf dem Arm einen Stoß weicher, weißer Handtücher, die sie auf das Bettende legt.

»Ich habe vorher vergessen, die hinauszulegen, nachdem es ja so kurzfristig war.« Sie schaut zu mir hinüber. »Hättest du mir gesagt, dass du kommst, hätte ich alles vorbereiten können.«

»Aber Mum, du hast uns doch einge...«

»Also, was haltet ihr davon, unten im Pub zu Abend zu essen? Die machen die besten Steaks weit und breit, sind aber samstagabends immer sehr ausgebucht. Ich muss also anrufen, um einen Tisch zu bekommen.«

»Ich finde das eine gute Idee«, antwortet Owen, immer noch mit gerunzelter Stirn und kopfschüttelnd wegen dem, was da gerade passiert ist. »Dann sparen wir uns das Kochen. Passt das für dich, Lizzie?«

Ich weiß, es hat keinen Sinn, mit Mum zu streiten oder sie zu rügen, weil sie vor unserer Tür herumgeschlichen ist, anstatt anzuklopfen. Ganz nebenbei ist ihr Verhalten in der Öffentlichkeit meist ungewöhnlich vernünftig und normal, was uns zumindest ein paar äußerst riskante Stunden erspart – auch weil es abends, wenn sie den Wein hervorholt, immer besonders heikel wird.

»Na gut«, sage ich und wage es, meiner Mutter direkt in die Augen zu schauen.

Hinter dem eisig blauen Blick lauert etwas Arrogantes und Selbstgefälliges – aber auch etwas Trauriges und Tragisches. Als Kind war mir aufgefallen, wie sich die Farbe von Mums Augen je nach ihrer Stimmung oder dem Drama, das sie heraufbeschworen hatte, veränderte, wie eine Art Frühwarnsystem, das ich schon sehr früh zu lesen lernte. Jetzt weisen sie die Farbe von ruhigem Wasser auf, einer Lagune, was mir ehrlich gesagt noch mehr Angst macht als alles andere. Die Ruhe vor dem Sturm.

FÜNF

»Also Owen, nun erzähl doch mal, was genau arbeitest du eigentlich?«, fragt Mum, sobald wir uns an einem Tisch in dem gut besuchten Pub niedergelassen haben. Das Golden Lion mit seinem Charme der alten Welt, dem Reetdach, den Balken und dem Holzfeuer im Kamin, ist in den umliegenden Dörfern der beliebteste Platz, um essen zu gehen.

Ich bin immer noch schockiert wegen unseres Einstands vor ein paar Minuten, und peinlich berührt, weil Owen die Szene miterleben musste. Ehe wir das Haus verließen, hatte Mum das Restaurant dreimal angerufen und sich dafür mein Handy ausgeborgt, da ihres keine Akkuladung mehr hatte, und verlangt, man möge uns einen Tisch reservieren. Sie weigerte sich zuzuhören, als man ihr sagte, alles sei ausgebucht, und bestand darauf, trotzdem zu kommen.

»Wollen Sie Ihren Job behalten oder nicht?«, blaffte Mum den Kellner vor dem Eingang an. Einige Gäste drehten sich um und starrten, und ich hörte Wörter wie »Gemeinderat« und etwas über die enge Freundschaft mit dem Pub-Besitzer, außerdem eine Erwähnung von Bewertungen auf Tripadvisor, wenn wir nicht augenblicklich einen Tisch bekämen. Aber da war ich schon ein paar Schritte zur Seite getreten und versuchte die Unverschämtheiten meiner Mutter auszublenden.

»Keine Sorge«, hatte Owen mir zugeflüstert, der sah, wie beschämt ich war, als der arme Kellner schließlich nachgab. Wir folgten ihm zu einem Tisch und sahen zu, wie er das »Reserviert«-Schildchen, das dort bereits stand, wegwischte. Keiner sagt »Nein« zu Sylvia Holmes.

»Meine Arbeit ist ziemlich alltäglich«, sagt Owen jetzt, die Speisekarte in der Hand. Seine Blick fällt auf Mums Hand, die mit ihrem Besteck herumspielt – eine nervige Angewohnheit, die sie immer schon hatte. »Im Grunde genommen bin ich Berater im Bereich Energieindustrie und versuche neue Abschlüsse zwischen Partnern anzuleiern. Also viele Meetings. Heute dreht sich doch alles um die Umwelt.«

»Bemerkenswert«, sagt meine Mutter und klopft jetzt mit ihrem gerillten Steakmesser auf den Tisch. »Wie klug du sein musst. Ich werde all meinen Freundinnen erzählen, dass mein zukünftiger Schwiegersohn ein bedeutender Wissenschaftler und Hauptverantwortlicher für die Rettung des Planeten ist.«

Während Mum Owen ansieht, ihre Hand fest um den Messergriff gelegt, bin ich versucht, sie darauf hinzuweisen, dass sie gar keine echten Freundinnen hat, halte jedoch lieber den Mund und überzeuge mich davon, dass dies immer noch die Sylvia-Light-Version ist. Ich will ja nicht das nächste Level auslösen.

Der Kellner kommt zurück, um unsere Getränkebestellung aufzunehmen, und Mum zeigt mit der Messerspitze auf eine Position der Weinkarte. Mit einem tiefen Seufzer geht der Kellner zurück in die Küche.

»Ich bin nur ein Mittelsmann. Sozusagen das Bindeglied«, erzählt Owen weiter von seiner Arbeit und blickt auf Mums Hände. »Es ist ... es ist nichts Besonderes, und ich bin sicher kein Wissenschaftler, aber mein Beruf sorgt dafür, dass ich unsere Rechnungen bezahlen kann.« Er wirft mir ein Lächeln zu. »Also das wird es, wenn wir unser eigenes Zuhause haben und tatsächliche Rechnungen.«

»Wenn wir schon von der Rechnung sprechen«, sagt Mum und greift nach meiner Hand, mit der anderen immer noch das Messer fest umklammert. »Ich bestehe darauf, deine Hochzeit zu bezahlen, mein Schatz.«

»Sylvia, das ist ein unglaubliches Angebot«, sagt Owen, noch ehe ich die Gelegenheit habe zu antworten. »Aber wir können unmöglich ...«, fährt er fort und verstummt, während er mir einen Blick zuwirft.

»Nein, das können wir keinesfalls«, erwidere ich, spüre jedoch, dass Owen es nicht so meint, wie er es sagt. Ich meine es jedoch genau so. Ich will auf keinen Fall, dass meine Mutter die Kosten für unsere Hochzeit übernimmt.

Tapp ... tapp ... tapp ... erklingt das Messer wieder auf der Tischplatte.

»Blödsinn«, wirft meine Mutter zurück. »Es ist ja nur ... nach dem, was dem Verlobten deiner Schwester letztes Jahr zugestoßen ist ...« Sie macht eine Pause und wedelt mit der freien Hand vor ihrem Gesicht herum, zittert sichtlich, und ihre Augen füllen sich mit Tränen.

»*Mum* ...«, sage ich mit warnender Stimme. Ich will nicht, dass sie genau jetzt über Shelleys Hochzeit spricht, nicht vor Owen. Er ist der letzte Mensch, der darüber etwas hören sollte. Er weiß, dass meine Schwester ihren Mann verloren hat, die Details habe ich ihm jedoch verschwiegen.

»Das ist ein sehr freundliches Angebot«, sagt Owen und zuckt zusammen, als ich ihm unter dem Tisch einen Tritt versetze. »Aber wie Lizzie schon sagte, können wir nicht zulassen, dass du die Kosten übernimmst.«

»Das vergangene Jahr hat in einer solchen Tragödie geendet«, fährt Mum fort, den Blick auf die hintere Wand des Restaurants gerichtet. »Ich werde niemals darüber hinwegkommen, was dem armen Rafe zugestoßen ist, weißt du.«

Tapp ... tapp ... tapp ...

»Mum, ich finde nicht, dass jetzt der richtige Zeitpunkt ist ...«

»Genau an seinem Hochzeitstag«, fährt Mum flüsternd fort und lehnt sich zu Owen, ihre Knöchel weiß um den Griff des Holzmessers. »Es hat mich beinahe umgebracht, weißt du.« In ihren Mundwinkeln sammelt sich Speichel.

Dann, plötzlich, hebt sie die Hand und sticht die Messerklinge, mit der Spitze nach unten, fest ins Holz.

Instinktiv schreit Owen auf, zieht die Hand weg und begutachtet seine Finger.

»O mein *Gott* ... bist du okay?«, frage ich, greife nach seiner Hand und funkle Mum an.

»Alles okay, mir geht's gut.« Owen lacht nervös und wirft mir einen Blick zu.

»Um Himmels willen, Mum, pass doch auf. Du hast ihn um einen knappen Millimeter verpasst.« Ich reiße ihr das Messer aus der Hand und lege es neben mein Besteck. »Und außerdem denke ich, das letzte Jahr war auch für Shelley ganz schön hart, wenn du dich erinnerst.«

Himmel, ich will einfach nur, dass dieses Essen zu Ende geht und ich zurück in mein Schlafzimmer kann, um mich bei Owen auszuheulen und meine Wut dann wegzuschlafen. Und wenn ich aufwache, sind wir der Rückfahrt nach Hause ... oder, besser gesagt, zu Peters Zuhause, schon sehr viel näher. So wie die Dinge liegen, gibt es kein Zuhause.

Plötzlich schrillt ein Klingelton durch das Lokal.

»Oh, entschuldigt, das ist meines«, sagt Owen und nestelt sein Handy aus der Innentasche seiner Jacke. Er blickt auf den Bildschirm. »Da sollte ich besser rangehen«, sagt er. »Es ist das Maklerbüro«, flüstert er mir zu.

»Wirklich?«, erwidere ich, aber Owen ist schon durch das Restaurant zur Tür, um den Anruf draußen anzunehmen. Ich bete, dass es gute Nachrichten sind.

Ehe wir London heute Morgen verlassen haben, quetschten wir noch einen frühen Besichtigungstermin für die Wohnung ein, wegen der Owen am Abend zuvor angefragt hatte – Wohnung 3, Belvedere Court.

»O mein Gott, das ist *umwerfend*«, rief ich aus, als wir vor dem Haus einparkten und zu dem viktorianischen Gebäude hinaufblickten. »Sieh dir diese Schiebefenster an!«

Drinnen war alles so, wie wir es uns erhofft hatten. Ich folgte der Maklerin und stellte mir vor, wo in dem geräumigen Wohnzimmer die Möbel stehen würden, während Owen und ich unsere Finger ineinander schlungen.

Wir wussten beide, dass die Wohnung perfekt war. Ebenso wie wir wussten, dass es eine ganze Reihe potenzieller Mieter gab, die sie ebenfalls wollten.

»Ich kann gleich Montag früh eine Kaution als Sicherstellung überweisen«, sagte Owen, nachdem er zwanzig Prozent mehr als die verlangte Miete geboten hatte. In der Zwischenzeit hoffte ich im Stillen, dass seine Rechnung bald bezahlt würde.

Die Maklerin hatte uns von all den anderen, bereits vereinbarten Besichtigungen erzählt und uns geraten, ein Bewerbungsformular auszufüllen und es Montagmorgen ans Büro zu mailen. Als wir uns verabschiedeten und nach Medvale fuhren, hatten wir nur wenig Hoffnung, die Wohnung zu bekommen.

»Er ist ... nun, er ist ... entzückend, Schatz«, sagt Mum jetzt, nachdem Owen den Raum verlassen hat, und greift mit einer Art mitleidigem Gesichtsausdruck nach meiner Hand. Ihre Haut fühlt sich warm und überraschend weich an für jemanden, den ich, zumindest als Kind, für ein Reptil gehalten habe.

Ich lächle. Oder vielmehr erzwinge ich ein Lächeln, nach dem, was sie gerade mit dem Messer aufgeführt hat.

»So jemanden darf man nicht gehen lassen, das steht fest«, gebe ich zu und bereue es im selben Augenblick. Nur das Nötigste, ist die Regel, die für Mum gilt. Liefere ihr keine Munition, die sie anhäuft, um sie später auf dich abzufeuern.

Und ich werde ihr gegenüber sicher nichts von unseren Wohnproblemen erwähnen.

Mums Blick wandert hinüber zur Eingangstür des Pubs. »Aber bist du dir sicher, was die Hochzeit angeht?«, fragt sie und zieht die Augenbrauen zusammen. »Ich meine ... geht das nicht alles ein bisschen schnell?«

Und los geht's, denke ich. Ich werfe einen Blick über die Schulter, um zu sehen, ob Owen schon wieder zurückkommt.

»Ich denke, wenn du es weißt, dann weißt du es«, erwidere ich. Klischeehafte, bedeutungslose Phrasen waren in der Vergangenheit sehr nützlich. Mum würde meine Gefühle für Owen einfach nicht verstehen, und dass er anders ist als all meine früheren Partner. Es ist jetzt zwei Jahre her, dass die Sache mit David zu Ende gegangen ist, und dank der Narben auf meinem Herzen weiß ich zumindest, was ich besser vermeiden sollte. Ich kenne Owen vielleicht erst seit guten sechs Monaten, aber ich weiß, dass ich endlich alles richtig gemacht habe.

»Er würde buchstäblich sein Leben für mich opfern«, erkläre ich Mum und wünschte wieder, ich hätte nichts gesagt. Obwohl ich niemals den Moment vergessen werde, in dem er mein Leben tatsächlich gerettet hat, in den Pool sprang, um mich herauszuholen, nachdem ich reingefallen war und mich bei der Party zum Affen gemacht hatte. Glücklicherweise war ich nicht verletzt – es war bloß ein ungeschickter Schritt nach hinten gewesen. Zumindest die Kinder, die ich unterrichtete, fanden es rasend komisch.

Besorgt, dass ich mir den Kopf angeschlagen hatte, war Owen hineingesprungen und hatte mich an der Taille gepackt. Wie in Zeitlupe trieben unsere Körper unter Wasser.

»Das wäre doch nicht nötig gewesen«, sagte er, als wir wieder auftauchten, seine Arme um mich geschlungen. »Sie hatten meine Aufmerksamkeit doch schon.« Und dann stellte er sich vor.

»Sei einfach vorsichtig, Schatz«, sagt meine Mum, nachdem sie mich weitere fünf Minuten vollgeschwafelt hat. »Ich will mich ja nicht einmischen, aber ich habe letzte Nacht von dir geträumt. Dass du jemanden kennengelernt hast. Nenn es ruhig eine Vorahnung, wenn du willst, aber für deinen Verlobten ist es nicht gut ausgegangen ...«

»Tut mir leid«, unterbricht uns Owen, der plötzlich wieder am Tisch steht, gerade als ich mich an meinem Soda mit Limette verschlucke. Ich schnappe mir eine Serviette und wische mir den Mund ab. »Habe ich etwas versäumt?«

»Nichts«, erwidere ich, starre meine Mutter an und frage mich, ob ich mich gerade verhört habe. »Rein gar nichts.« Ich hole tief Luft und wende mich Owen zu. »Was hat die Maklerin gesagt? Hat der Vermieter unser Angebot für die Wohnung angenommen?« Unter dem Tisch kreuze ich meine Finger.

»Ihr habt eine Wohnung?«, sagt Mum. »Das schreit nach Champagner!« Erneut greift sie sich die Weinkarte.

»Eigentlich gibt es gar keinen Grund zum Feiern«, sagt Owen und rutscht auf seinem Stuhl hin und her. »Die Wohnung ist leider bereits an jemand anderen gegangen, Liebes«, seufzt er leise. Er nimmt meine Hand und drückt sie leicht. »Aber es werden andere kommen.«

»O nein ... na ja, nicht so wild«, antworte ich und versuche, meine Enttäuschung zu verbergen. »Obwohl es mich ärgert, dass wir nicht einmal unsere Unterlagen einreichen konnten.«

Owen nickt mir rasch zu und verzieht dann das Gesicht, was bedeutet, dass ihn noch etwas anderes bedrückt. »Als ich draußen war, habe ich rasch Peter angerufen, um zu fragen, wie es Minnie geht. Ich weiß, wie sehr du dich um sie sorgst.«

Ich richte mich abrupt auf, meine Augen weiten sich. Ich greife nach Owens Handgelenk. »Ist alles in Ordnung mit ihr? Ihr ist doch nichts zugestoßen, oder?«

»Wer in aller Welt ist Minnie?«, fragt Mum, aber keiner von uns antwortet.

»Entspann dich, ihr geht's prächtig«, sagt Owen. »Die Sache ist die, Liebes …« Er nimmt einen tiefen Atemzug und lehnt sich nahe zu mir hinüber. Dann flüstert er, damit Mum uns nicht hört. »Ich weiß nicht, wie ich es dir sagen soll, aber …« Owen schließt kurz die Augen. »Peter hat uns gebeten, nicht mehr zurückzukommen.«

SECHS

»Ich kann es immer noch nicht fassen«, sage ich, als wir wieder zurück in Medvale sind.

Als wir endlich allein oben in unserem Zimmer waren, habe ich mich als allererstes aufs Bett geworfen und mit den Fäusten auf mein Kopfkissen eingedroschen. Hätte ich mich in diesem Zimmer nicht schon bei meiner Ankunft wie ein kleines Kind gefühlt – jetzt tue ich es mit Sicherheit, während meines Mini-Wutausbruchs, auf den mein zweijähriges Ich stolz gewesen wäre. »Es ist so untypisch für Peter, mich so hängen zu lassen. Und noch dazu so plötzlich.«

Nachdem wir vor zwanzig Minuten aus dem Pub zurückgekommen sind, hat Mum den Kessel aufgesetzt und scharwenzelte dann um Owen herum, nachdem dieser sich bei mir über leichte Kopfschmerzen beklagt hatte.

»Es kann nicht der Wein gewesen sein«, sagte sie und kramte im Küchenschrank nach einer Kopfwehtablette, obwohl Owen ihr versicherte, er würde keine brauchen. »Ich habe die teuerste Flasche auf der Karte genommen.«

»Alles gut«, erwiderte Owen und warf mir einen Blick zu, der aussagte, er hätte lieber nichts gesagt. »Ich brauche einfach nur ein bisschen Schlaf«, fügte er hinzu, weil Mum nicht aufhörte, die Tabletten zu suchen.

»Ah, *hier* sind sie«, rief sie schließlich aus und holte ein braunes Pillenfläschchen aus den Tiefen des Schrankes. Sie kniff die Augen zusammen, um das verblichene Etikett lesen zu können. »Ich bin mir ziemlich sicher, dass das Paracetamol ist.«

Sie reichte ihm ein paar mit einem Glas Wasser und sah zu, wie er sie widerstrebend schluckte.

»Ich kann es auch nicht glauben«, sagt er jetzt und lässt sich neben mir auf das Bett fallen. Sanft massiert er meinen Rücken. »Vor deiner Mum wollte ich nicht zu viel sagen, aber Peter hat selbst schlechte Nachrichten erhalten. Ich glaube, irgendwelche Familienmitglieder kommen ihn besuchen ... oder so etwas. Der arme Kerl, er war sehr aufgebracht und hat nur so drauflos geredet.«

Ich rolle mich auf den Rücken und setze mich auf. »O nein, das ist furchtbar. Hat er gesagt, was passiert ist? Ich muss ihn anrufen.« Ich greife hinunter zum Boden, um das Handy aus meiner Tasche zu kramen.

»Nicht wirklich, und ich würde lieber nicht nachbohren. Er war sehr aufgewühlt und ich habe gemerkt, dass er nicht gerade wild darauf war, mir die schlechten Nachrichten zu überbringen. Er hat gebeten, dass wir ihm fürs Erste ein bisschen Abstand lassen, also habe ich ihm gesagt, wir verstünden das total. Ich hoffe, das war richtig.«

»Ja, ja, natürlich«, sage ich zögernd, das Handy noch in der Hand. »Dann störe ich ihn heute besser nicht mehr. Ich rufe ihn dann morgen oder so an.« Ich drücke die Home-Taste auf meinem Handy, um zu sehen, ob ich irgendwelche Nachrichten bekommen habe.

Doch als der Bildschirm aufscheint, erstarre ich.

»Was zur *Hölle*?«, sage ich und werfe Owen einen Blick zu. »Mein Hintergrundbild war ein Foto von uns, also wie zum Teufel ist *das* hier hergekommen?«

Owen wirft einen Blick darauf. »Verdammt, das ist ein bisschen ... unheimlich«, sagt er und verzieht das Gesicht.

Ich starre wieder auf das Bild, für den Fall, dass ich Gespenster sehen sollte, aber der alte, halb mit Efeu bedeckte Grabstein ist immer noch da, darüber ein Blätterdach aus Eiben, das gespenstische Halbschatten auf die Gräber im Hintergrund wirft.

Rasch wechsle ich das Bild wieder zu dem Selfie, das ich von Owen und mir in Dubai aufgenommen habe, und durchsuche meine Bildergalerie nach dem Friedhofsbild. »Schau mal, das Foto wurde diesen Abend hinzugefügt, um 18.40 Uhr.«

»Und du kannst dich bestimmt nicht daran erinnern, dass du das getan hast?«

»Nein! Warum in aller Welt sollte ich unser Foto gegen einen Grabstein austauschen?« Ich schüttle den Kopf und hole tief Luft. »Aber ich glaube, ich habe schon eine Ahnung, wer das getan hat, und glaube mir, in der Früh werde ich ein Hühnchen mit ihr rupfen.«

Als ich mein Handy zurück in die Tasche stecke, umarmt Owen mich. Dann denke ich wieder über das Telefonat mit Peter nach. Ich habe keine Ahnung, was in aller Welt meinen ältesten, liebsten und verlässlichsten Freund dazu veranlasst haben könnte, seine Meinung zu ändern, aber ich weiß, es kann ihm nicht leichtgefallen sein. Wir sind seit beinahe zwanzig Jahren befreundet. »Es ist *dermaßen* untypisch für Peter. Irgendetwas Schreckliches muss passiert sein.«

»Ich glaube, es wäre klug, ihn heute Abend nicht mehr zu belästigen. Wir melden uns ganz bald bei ihm.«

»O Gott, was, wenn es wegen *uns* ist?« Ich klettere aus dem Bett, gehe zum Fenster hinüber und lehne mich ans Fensterbrett. »Wir waren in den vergangenen Wochen so selbstsüchtig, oder?« Rasch drehe ich mich um, halte jedoch inne, als ich Owen mit der Hand auf dem Mund sitzen sehe. Das gesamte

Blut scheint aus seinem Gesicht verschwunden zu sein. »Owen, geht's dir gut?«

Er schüttelt den Kopf und schließt die Augen. »Ich fühle mich plötzlich überhaupt nicht gut«, sagt er mit erstickter Stimme. Ich sehe mich suchend im Zimmer um und greife mir den kleinen Abfalleimer, der neben dem Toilettentisch steht.

»Hier«, sage ich und halte ihm den Eimer hin. Er sieht aus, als müsste er sich gleich übergeben.

Ein paar Augenblicke lang sitzt er da, den Kopf zwischen den Knien und in den Händen vergraben. Ich setze mich neben ihn aufs Bett und reibe ihm über den Rücken.

»Ich fühle mich ganz merkwürdig«, sagt er und umklammert seinen Oberbauch. »Schwindlig, und mir ist schlecht.«

Dann spüre ich, wie mir die Farbe aus dem Gesicht weicht, aber nicht, weil ich mich krank fühle. »Glaubst du, es waren diese Tabletten? Mum schien sich nicht sehr sicher zu sein, dass es Paracetamol ist.«

Owen atmet tief ein, bedeckt wieder seinen Mund, als ihn eine weitere Welle der Übelkeit übermannt. »Ich ... ich weiß nicht ... Es wird schon wieder«, sagt er und greift nach dem Glas Wasser, das ich neben sein Bett gestellt habe. Er nimmt ein paar Schlucke, dann legt er sich wieder hin, sich die Magengegend haltend. Seine Stirn fühlt sich kalt und klamm an.

»Was für eine Kacke«, flüstere ich und lasse den Kopf in die Hände fallen – jetzt in Sorge um Owen, aber auch in Gedanken an Peter und die schlechten Nachrichten, die er erhalten haben mag. Dann frage ich mich, ob seine Probleme mit diesem neuen Typen, Jacko, zu tun haben, mit dem er sich trifft. In den letzten Wochen war er total verknallt.

»Liebling«, sagt Owen mit einem schwachen Lächeln. »Ich liebe es, dass du dir so viele Sorgen machst – über mich *und* deinen Freund –, aber Peter hat sich weder verärgert noch böse auf uns angehört. Er war einfach nur ein bisschen abgespannt und besorgt. Wir lassen ihm den Raum, den er braucht, und sehen dann weiter.« Er greift nach meiner Hand.

Schniefend nicke ich. »Du hast recht. Du hast immer recht.« Ich lächle zurück und bin froh, dass seine Wangen jetzt wieder rosiger sind. »Aber wo zum Teufel sollen wir wohnen? Und was ist mit unserem ganzen Krempel?«

»Die erste Frage kann ich gerade nicht beantworten, nicht, wenn ich mich so fühle. Aber am Telefon habe ich mit Peter ausgemacht, dass wir unsere Sachen morgen Nachmittag holen. Und Minnie, natürlich. Es sollte alles in den Volvo passen, wenn wir die Rücksitze umlegen.«

»Na gut«, sage ich und grüble weiter. Ich habe keine Ahnung, wo wir jetzt hin sollen, besonders mit einer Katze.

»Ich checke mein Konto stündlich«, sagt Owen und nimmt noch ein paar Schlückchen Wasser, dann legt er sich wieder zurück. »Sobald dieses Geld eintrifft, nehme ich uns ein Airbnb. In einer anständigen Gegend, bis wir eine Wohnung finden. Und in der Zwischenzeit gehen wir, wenn es nötig ist, für ein, zwei Nächte in ein Hotel. Meine neue Kreditkarte ist vielleicht schon gestern, nachdem wir losgefahren sind, bei Peter in der Post gelandet.«

Ich nicke und frage mich, wo wir so kurzfristig ein katzenfreundliches Hotel finden sollen. Mein Magen verkrampft sich vor lauter Sorge – besonders wenn ich daran denke, dass Owen vergangene Woche in der U-Bahn bestohlen wurde. Er musste alle seine Karten sperren lassen.

»Ich würde ja meine eigene Kreditkarte nehmen, wenn ich nur eine hätte«, sage ich und verdrehe die Augen. Owen kennt die ganze Geschichte über David und darüber, wie er meine Kreditwürdigkeit ruiniert hat, indem er in meinem Namen Darlehen aufgenommen hat – Darlehen, von denen ich nichts wusste. Das ganze Geld ist für seine Spielsucht draufgegangen. »Wie fühlst du dich?«, frage ich, mehr besorgt um Owen als um irgendetwas anderes.

»Ich werd's schon überleben«, murmelt er schwach und schließt wieder die Augen. Und aus irgendeinem Grund verkrampft sich mein Magen noch mehr bei dem Gedanken daran, dass das vielleicht nicht der Fall ist.

»Guten Morgen, ihr beiden«, trällert Mum, als wir frisch geduscht und angezogen in die Küche kommen. Sie war immer schon eine Frühaufsteherin. Als ich noch jünger war, habe ich mich tatsächlich immer gefragt, ob sie denn überhaupt je schläft. Doch trotz ihrer Schlaflosigkeit ist ihre Haut für eine Frau Mitte sechzig bemerkenswert makellos. Und nachdem sie im Gegensatz zu mir weder Augenringe noch Tränensäcke hat, fühle ich mich heute wie eine Hundertjährige. Ich habe kaum geschlafen, mich die ganze Nacht vor Sorge herumgewälzt und ein Auge auf Owen gehabt.

»Guten Morgen, Sylvia«, sagt Owen und reibt sich mit den Händen über das Gesicht. Auch er hat nicht gut geschlafen, zudem hat uns in den frühen Morgenstunden ein Gewitter geweckt. Die alten bleiverglasten Fenster polterten unheilvoll im Sturm und dicke Regentropfen prasselten auf die Scheiben. Owen trägt seine alte Jogginghose und ein T-Shirt. Er sagt zwar, es gehe ihm besser, aber ich sehe, dass es nicht so ist.

Mum hält kurz inne und blickt ihn einen Moment lang an, den Hauch eines Lächelns im Gesicht, dann macht sie weiter Kaffee.

»Morgen, Mum«, sage ich ausdruckslos und lasse mich auf einen Stuhl am Küchentisch fallen. »Würdest du mir vielleicht erklären, weshalb du gestern das Bild eines Grabsteins auf mein Hany geladen hast?« Ich verschränke die Arme und sehe durchdringend zu ihr hinauf.

»Hast du nicht gut geschlafen, Schatz?«, sagt sie und lauert in ihrem langen schwarzen Kaftan über mir. »Bist du deswegen so schlecht gelaunt?« Sie lehnt sich nach vorn, um einen besseren Blick auf mich zu haben, legt einen Finger unter mein Kinn und hebt mein Gesicht an. »Du siehst aus wie der Tod.« Aber als sie das sagt, schaut sie Owen direkt ins Gesicht.

»Beantworte meine Frage.« Ich halte mein Handy hoch und rücke von ihr weg, als ich ihr das Foto des Grabes in meiner Bildergalerie zeige. Ich sage ihr nicht, dass ich den Großteil der Nacht darüber nachgedacht habe.

»Oh, *das*«, sagt sie und ein kleines Lächeln schleicht sich um ihre Lippen. »Als ich mir gestern dein Handy ausgeborgt habe, dachte ich, du würdest vielleicht gern ein Foto der Kirche hier sehen. Ich habe es von der Website des Dorfes. Mit dem ganzen Gerede über Hochzeiten dachte ich, es würde dich vielleicht inspirieren.«

»Mum, das ist die Nahansicht eines *Grabes*. Die Kirche dahinter kann man kaum sehen.«

»Ach, mit Technik kenne ich mich einfach nicht aus«, winkt Mum mit einem Lachen ab. »Ich kriege Bilder nie gerade hin.« Sie verdreht die Augen und tippt sich seitlich an den Kopf. Dann wird ihr Gesicht wieder ernst und sie wirft Owen einen weiteren Blick zu. »Also, wer will Kaffee? Owen, du siehst aus, als könntest du einen vertragen. Hast du auch nicht gut geschlafen?«

»Ehrlich gesagt nicht wirklich, Sylvia. Wir sind nur ein bisschen ratlos, weil wir nicht wissen, wo wir hin sollen, wenn wir hier später wegfahren«, platzt Owen heraus. Ich schnelle herum und starre ihn an. »Wo uns Peter doch aus seiner Wohnung geworfen hat.«

Was genau *tut* er da? Obwohl ich ihm nicht ausdrücklich gesagt habe, er solle kein Wort über unsere Wohnungsmisere verlieren, bin ich doch davon ausgegangen, es sei klar, dass ich es keinesfalls meiner Mutter erzählen will. Owen weiß doch, wie es mir dabei geht – und was unsere Obdachlosigkeit für sie bedeutet. *Kontrolle.*

»Was für eine Schande, dass Peter euch im Stich gelassen

hat«, sagt Mum. Ich kann beinahe sehen, wie sie geifert, im Kopf die Möglichkeiten durchspielt, die sich dadurch bieten. »Ich konnte ihn nie wirklich leiden. Wie dem auch sei, ihr braucht nicht länger ratlos zu sein. Ihr bleibt einfach beide hier bei mir, bis ihr wieder auf den Füßen seid.« Mum stellt eine Kanne Kaffee auf den Tisch, gefolgt von frisch geröstetem Toast mit verschiedenen Marmeladen und Aufstrichen. »Ein Nein akzeptiere ich nicht. Wenn man genauer darüber nachdenkt, hätte es doch gar nicht besser kommen können.«

»Mum, das ist sehr nett, aber ...«

»Nein, nein, hör zu. Ihr zwei zieht hier bei mir ein – ich klappere hier sowieso herum wie eine Murmel auf einer Bowlingbahn – und Lizzie, du und ich, wir können weiter deine Hochzeit planen. Wir könnten den Empfang sogar in einem großen Partyzelt auf dem Rasen abhalten ...«

»Mum, hör auf! Es ist völlig ausgeschlossen ...«

»Ich wette, wenn wir uns anstrengen, haben wir in ein paar Wochen alles erledigt. Was du heute kannst besorgen ..., oder?« Sie geht zu Owen hinüber und legt ihm zu meinem Entsetzen die Arme um den Hals. »Und vom Regionalbahnhof sind es nur knapp eineinhalb Stunden nach Paddington, du kannst also immer noch pendeln und deine Geschäfte erledigen, Owen. Ich will jetzt wirklich keine Widerrede mehr hören.«

»Mum, bitte. Du bist viel zu voreilig ...« Ich fühle, wie mir das Blut aus dem Kopf weicht, und ich kann nicht begreifen, warum sie jetzt eine Hundertachtzig-Grad-Wende hinlegt, nach ihren besorgten Einwänden gegen meine übereilte Hochzeit gestern Abend. Jetzt kann es ihr plötzlich nicht mehr schnell genug gehen, meine Hochzeit zu planen.

Am meisten ängstigt mich allerdings, was sie noch plant.

Die Geschichte wiederholt sich, denke ich panisch. *Und es ist noch nicht einmal Geschichte ... Das, was Rafe zugestoßen ist, ist erst vor zwölf Monaten passiert.*

Mum lockert ihren Griff um Owen und ich bemerke den

Ausdruck des Unbehagens auf seinem Gesicht, als er über ihre Schulter zu mir lugt. *Entschuldige* ... formt er mit dem Mund und lächelt dabei peinlich berührt.

Dann schießt mir plötzlich ein Bild dessen, was ich am Hochzeitstag meiner Schwester vorgefunden habe, durch den Kopf – Mums scharlachrotes Ansteckssträußchen in der Farbe von frisch vergossenem Blut, kaum einen Schritt entfernt von Rafes Leiche.

SIEBEN

Schließlich hat es doch noch aufgehört zu regnen, doch Mum hat trotzdem darauf bestanden, dass wir einen der riesigen Regenschirme nehmen, die in dem alten Eisenständer neben der Eingangstür stehen. Sie hat viel Wirbel um uns gemacht, ehe wir gingen, besorgt, dass uns zu kalt, zu heiß, zu feucht, zu *alles* wäre, bis ich ihr die Hände fest auf die Schultern legte.

»Mum, hör auf. Ich bin neununddreißig, Owen ist sechsunddreißig. Wir spazieren nur zu Shelleys Haus und unternehmen keinen Ausflug zur dunklen Seite des Mondes. Sollte das Wetter wieder schlechter werden, kann uns Shell mit Sicherheit heimfahren. Es ist ja nur ein paar Meilen entfernt.« Dann fühlte ich mich schuldig, weil ich schnippisch war.

»Sie weiß genau, was sie tun muss, damit ich mich erbärmlich fühle.« Owen und ich trotten den Weg entlang, während die ersten Herbstblätter zu Boden segeln und sich am Wegesrand als Matsch sammeln. »Aber es ist so schwierig, das jemand anderem begreiflich zu machen.«

»Sei nicht zu hart zu ihr«, sagt Owen lachend. »Sie ist eben Mutter. Ich kann sehen, wie sehr sie sich freut, dich zu Hause zu haben. Ich mag sie.«

Die leise Traurigkeit in seiner Stimme bleibt nicht unbemerkt. Ein paar Tage, nachdem wir aus Dubai zurückgekommen sind, reisten wir mit dem Zug nach Norden, um das Grab seiner Eltern und seines Bruders auf dem Friedhof zu besuchen – ein Familiengrab mit einem schwarzen Marmorstein, der ihre Namen, die Geburtsdaten und einige von Owen ausgewählte Worte in goldenen Buchstaben aufweist.

»Mum, Dad, Luke ... ich möchte euch Lizzie vorstellen«, hatte er gesagt, als wir im Gras daneben saßen. »Sie ist etwas ganz Besonderes für mich und ich weiß, dass ihr sie genauso lieb gehabt hättet wie ich.«

Wir blieben eine Stunde, zupften ein bisschen Unkraut von dem kleinen Rasenstück, arrangierten die Blumen, die wir mitgebracht hatten, und Owen erzählte mir alles über sie, unterhielt mich mit Geschichten über ihre Kindheit im Nordosten, wie stolz sein Dad – ein Ingenieur – auf seine beiden Söhne gewesen war.

»Mum war Krankenschwester und liebte ihre ›drei Jungs‹, wie sie uns nannte, abgöttisch«, erzählte er mir mit Tränen in den Augen. »Ich kann immer noch nicht fassen, dass sie nicht mehr hier sind.«

Jetzt, da wir hier spazieren, versuche ich, mich nicht allzu sehr über Owens Kommentar über meine Mutter zu ärgern. Natürlich fühlt er sich an seine eigene Mutter erinnert, und will jetzt, da wir heiraten, ein Teil meiner Familie werden. Ich seufze und halte, Owen zuliebe, mit meinen wahren Gefühlen hinter dem Berg.

»Du hast recht«, sage ich und blicke, während wir gehen, auf meinen Handybildschirm. »Ich wünschte trotzdem, sie würde mir nicht das Gefühl geben, ich sei noch ein kleines Kind.« Ich beschließe, es dabei zu belassen, und warte darauf, dass der Browser meines Handys lädt.

»Familien, oder?«, lacht Owen und drückt mich. »Spring mir nicht gleich an die Gurgel, aber hast du dir überlegt, das

Angebot deiner Mutter, eine Weile bei ihr zu wohnen, anzunehmen? Es würde gerade all unsere Probleme lösen.«

»Ha!«, kreische ich. Aus einer nahen Eiche ist ein Vogel aufgeflogen. »Ich weiß nicht so genau, ob das so eine tolle Idee ist.« Ich sage ihm nicht, dass ich eher im Straßengraben schlafen würde. »Komm schon, *lade,* verdammt noch mal.«

»Was suchst du denn?« Er späht in mein Handy.

»Immobilienbüros in London. Wir werden in genau acht Stunden obdachlos sein. Ich weiß ja nicht, wie es dir dabei geht, aber ich bin ein wenig besorgt.«

Ich nehme ein leichtes Zögern in Owens Schritten wahr, weshalb wir, da wir Arm in Arm gehen, ein wenig aus dem Schritt kommen.

»Ich bezweifle, dass heute irgendein Immobilienmakler geöffnet hat. Es ist sinnlos, Liebes. Ganz nebenbei ...« Er zögert einen Augenblick. »Das Geld aus Dubai ist leider immer noch nicht angekommen. Selbst wenn wir morgen etwas finden würden, könnten wir es nicht bezahlen. Tut mir sehr leid.«

Ich schlurfe über den Boden und versuche zu begreifen, was das bedeutet. Ich weiß, dass Owens Rechnung schlussendlich irgendwann bezahlt wird – aber das nützt uns jetzt nicht sehr viel. Wäre nicht mein gesamter Verdienst zur Abzahlung der Schulden meines Ex-Freundes draufgegangen, hätte ich uns jetzt mit Freuden ein Airbnb oder ein Hotel gebucht, solange es eben nötig wäre. Ich hatte es damals für das Beste gehalten, mich finanziell zu übernehmen und das Chaos zu beseitigen, das David hinterlassen hatte.

Tatsächlich hatte Owen mich dazu ermutigt, da er der Ansicht war, es wäre das Beste, um meine Kreditwürdigkeit wiederherzustellen. Nach dem finanziellen Durcheinander, das seine Eltern ihm hinterlassen haben, hält er nichts davon, sich Geld zu leihen und Schulden zu machen, und ich weiß, er selbst würde sein Konto nicht überziehen, nicht einmal übergangsweise. Das Guthaben auf meinem Bankkonto reicht bei

Weitem nicht aus, um eine Kaution und eine Mietvorauszahlung zu begleichen. Vermutlich nicht einmal für eine Nacht in einem Hotel, wenn ich ehrlich bin. Wir haben darauf gezählt, dass diese Rechnung bezahlt wird.

Ich drücke auf die Telefonnummer auf dem Bildschirm und warte auf eine Verbindung. »Anrufbeantworter«, sage ich einen Augenblick später und hinterlasse eine kurze Nachricht. Ich versuche es bei vier anderen Immobilienbüros, aber es ist überall das Gleiche. Der nächste Versuch, jemand antwortet, aber es ist nutzlos. Die Aussichten sind düster – alle vernünftigen Mietobjekte oder Hausanteile sind, sobald sie online sind (wenn sie es denn überhaupt so weit schaffen) innerhalb von ein paar Stunden vom Markt. Und die Vermieter legen mehr Wert denn je auf Mieter mit regelmäßigem Einkommen.

»Ich versuche es bei ein paar Freunden, vielleicht können wir irgendwo für ein paar Nächte auf dem Sofa schlafen. Natürlich könnte ich Shelley fragen, aber nach dem, was sie durchgemacht hat, will ich sie nicht noch zusätzlich belasten, wenn es nicht sein muss.« Ich rufe einige Nummern aus meiner Kontaktliste an, aber nur eine Person antwortet.

»Lizzie?«, sagt die Stimme. »Oh ... *diese* Lizzie«, fährt die Frau fort. »Gott, das ist Jahre her ... Es muss bei dieser Alumni-Party vor fünf Jahren gewesen sein, dass wir uns das letzte Mal gesehen haben.«

Als ich aufgelegt habe, schiebe ich das Handy in meine Tasche. »Das ist echt scheiße. Keiner von meinen engeren Freunden hebt ab und die letzte erinnert sich kaum mehr an mich. Sie ist offensichtlich auf Urlaub mit ihrem neuen Freund.«

»Jetzt genießen wir doch erst einmal ein paar Stunden mit deiner Schwester, oder? Vergessen wir das Ganze mal für eine Weile«, schlägt Owen vor und zieht mich an sich. »Und erfreuen uns an diesem grandiosen Ausblick.«

Ich nicke, weil ich ja weiß, dass er recht hat. Wir gehen also weiter in Richtung Wendbury, dem Dorf, in dem Shelley lebt. Das letzte Mal habe ich sie Ende Februar gesehen, ein paar Wochen, bevor ich den Job in Dubai angenommen habe, aber ich habe die ganze Zeit an sie gedacht, als ich weg war.

Seit ihrem Hochzeitstag im vergangenen August ist Shelley zu einem Schatten ihrer selbst geworden. Was kaum überraschend ist. Anstatt die Kirche mit ihrem frisch angetrauten Ehemann in einem mit Schleifen geschmückten Rolls-Royce zu verlassen, verließ sie sie auf dem Rücksitz eines Polizeiwagens, mit einer groben braunen Decke über ihrem Hochzeitskleid, da sie aufgrund des Schocks nicht mehr aufhören konnte zu zittern.

»Diesen Weg entlang«, sage ich und zeige auf einen schmalen Pfad, kurz nachdem wir das Ortsschild von Wendbury passiert haben. Einige Pflanztöpfe mit leuchtend bunten Blumen säumen den Weg – ein letzter Gruß des Sommers.

»Lebt deine Schwester schon lange hier?«, fragt Owen. »Sie hat sich ein wunderschönes Dorf ausgesucht.«

Das Schnauben kann ich mir zwar nicht verkneifen, aber ich spare mir das, was ich eigentlich sagen wollte. Dass Shelley sich Wendbury eigentlich nicht *ausgesucht* hat – vielmehr hat unsere Mutter es für sie ausgesucht. »Sie ist hier, seit sie vor Jahren ihre Ausbildung in Bristol abgeschlossen hat«, erzähle ich ihm. »Sie ist vierundvierzig, also fünf Jahre älter als ich, das ist also ...«

»Und arbeitet sie in der Umgebung?«, unterbricht Owen meine Berechnungen.

»Ja, in der Praxis in Stow, ein paar Meilen entfernt.« Ich habe ihm schon erzählt, dass meine Schwester Tierärztin ist – wie ihr verstorbener Verlobter, Rafe – und dass sie sich bei der Arbeit kennengelernt hatten, als Rafe zum Team gestoßen war. Aber die Geschichte, wie meine Mutter Shelley das kleine Cottage gekauft hat, gleich nachdem Shelley mit der Ausbildung fertig war, oder wie sie ihren Studienkredit abgezahlt hat, habe ich Owen vorenthalten. Mum hat das Geld unseres Vaters mit Vergnügen ausgegeben, und es passte ihr ganz gut, Shelley in der Nähe zu haben. Mit mir hatte sie natürlich das Gleiche versucht, aber ich schlug einen anderen Weg ein – um bei der nächstbesten Gelegenheit von hier wegzukommen.

»Steht ihr zwei Schwestern euch nahe?«

»Sehr«, antworte ich mit einem Lächeln, aber ich erzähle ihm nicht, wie mich Shelley als die Ältere, als wir noch Kinder waren, oftmals vor Mums emotionalen Ausbrüchen beschützen musste. Eine meiner frühesten Erinnerungen ist die, dass ich mich in Shelleys Zimmer in einer Burg versteckte, die sie aus Decken gebaut hatte, die zwischen etlichen Stühlen gespannt waren. Sie hatte das Innere des Zelts mit Keksen, Büchern und einer Schere ausgestattet.

»Spielen wir *Verstecken vor dem Monster*«, flüsterte sie mir eines Tages vor dem Abendessen zu, noch ehe Dad nach Hause gekommen war. Mein Magen schlug vor Aufregung Purzelbäume. Im Rückblick weiß ich, dass wir eigentlich *Verstecken vor unserer Mutter* gespielt haben.

»Shelley liebte es, die große Schwester zu sein«, sage ich, damit ich mich nicht in der Erinnerung verliere. »Aber wir gingen auf unterschiedliche Schulen. Shelley ging auf die Oberschule in der nächsten Stadt. Sie war immer schon sehr klug.«

Heute kann ich fast schon darüber lachen, aber damals hat es wehgetan. Als Kind wollte ich immer nur in ihre Fußstapfen treten, aber Mum hatte gemeint, ich sei nicht intelligent genug, um die Prüfung zur Oberschulreife zu bestehen.

»Welche Oberschule?«, fragt Owen.

»St Lawrence«, sage ich. Und ich ging in die Filbert-Gesamtschule.

»Ich *verstehe*«, sagt Owen nachdenklich und hebt die Augenbrauen, als wäre er von Shelleys Fähigkeiten beeindruckt.

»Ehrlich gesagt glaube ich, sie hatte es in St Lawrence nicht ganz leicht. Sie war zwar immer die intelligentere von uns beiden, aber weil ...« Ich zögere und frage mich, ob ich Owen erzählen soll, dass meine Mutter in eben dieser Schule Lehrerin war. Das führt möglicherweise zu noch mehr Fragen über ihre berufliche Laufbahn und besonders über ihren Ruhestand. Ich wusste nie so genau, was da vorgefallen war, weil ich damals schon zur Universität ging, und Shelley wusste ebenfalls nicht viel, aber ich weiß, dass Mum ihren Job unter düsteren Vorzeichen verlassen musste.

»O wie schade«, sagt er nachdenklich. »Warum denn?«

Es ist nur natürlich, dass er etwas über meine Familie erfahren möchte, aber je mehr ich ihm erzähle, desto mehr Angst habe ich auch, dass er seine Meinung über *uns* ändert. Ich könnte es nicht ertragen, ihn zu verlieren.

Endlich erreichen wir Shelleys Haus, aber ich halte an, bevor wir den Weg zur Tür einschlagen und wende mich ihm zu.

»Mum hat in St Lawrence Biologie unterrichtet und sie war ... na ja, sie hatte den Ruf, sehr streng zu sein, und war bei den Schülern nicht sehr beliebt. Shelley hat dafür viel Prügel bezogen. Es war schwer für sie, auf die Schule zu gehen, an der ihre Mutter unterrichtet hat.«

Besonders eine Mutter wie unsere, denke ich, und beschließe, es dabei zu belassen.

ACHT

Ich erkenne meine Schwester kaum wieder. Als sie die Tür öffnet, frage ich mich sogar kurz, ob ich die falsche Adresse erwischt habe.

»Shell ...«, sage ich, ehe ich vorstürze und sie umarme. »Ach, *Shell* ...« Aber ich weiß auch, dass ich nicht zu viel Aufhebens darum machen darf, denn sie würde es nicht gutheißen, ausgequetscht oder gescholten zu werden, weil sie nicht genug isst oder schläft, besonders vor Owen, den sie noch nie persönlich getroffen hat.

»Was ist denn mit dir los, du kleines sentimentales Ding?«, erwidert Shelley und erwidert meine Umarmung so fest, wie ihre dünnen Arme es zulassen. »Lass dich anschauen, du jetsettende Weltreisende du.« Sie schiebt mich ein Stück von sich weg und mustert mich von oben bis unten.

Wir lachen beide, bewegen uns keinen Schritt vom Eingang weg und wissen nicht so genau, was wir tun sollen. Es gibt so viel zu erzählen, aber auch so viel, worüber wir nicht sprechen wollen. Und ich weiß, dass Shelley in Owens Anwesenheit dieses tapfere Gesicht aufrechterhalten wird – das Gesicht, das sie jeden Tag zur Arbeit aufsetzt und mit dem sie der Welt entgegentritt. Obwohl ihre Schutzschicht, seit ich sie das letzte Mal gesehen habe, noch dünner geworden ist, und bestätigt, was ich bereits befürchtet habe – Shelley ist immer noch tief in ihrer Trauer versunken. Hinter ihren Augen sieht sie leer und tot aus.

»Ich habe uns etwas zum Mittagessen gemacht«, sagt sie in der Küche, nachdem ich sie und Owen offiziell miteinander bekannt gemacht habe.

Als ich noch in Dubai lebte, haben Shelley und ich oft über FaceTime miteinander gesprochen und sie hat ihn dabei im Hintergrund gesehen. En passant haben sie ein paar lockere Worte gewechselt, aber ich habe nicht erwähnt, wie ernst es uns miteinander ist. Ich habe mir den Kopf zerbrochen, wie ich, die Frau, die seit dem Bruch mit David allen Männern abgeschworen hat, meiner Schwester sagen soll, dass ich schließlich den Mann meiner Träume gefunden habe, tief im Schatten von Shelleys Verlust. Schlussendlich beschloss ich, mir die Neuigkeiten über unsere Verlobung bis nach unserer Rückkehr nach London aufzusparen.

Sogar am Hochzeitsmorgen meiner Schwester im vergangenen Jahr, als wir uns alle fertig machten, hatte Shelley über meinen permanenten Singlestatus gewitzelt.

»Immer die Brautjungfer, nie die Braut, Liz«, sagte sie zu mir, an ihrem zweiten Glas Champagner nippend, während ich ihr die dichten dunklen Haare in sanfte Wellen legte. Obwohl das genau genommen nicht stimmte, da ich noch nie Brautjungfrau gewesen war, und überhaupt war ich ja die Trauzeugin. Dennoch. Diese Situation jetzt fühlt sich grausam an.

»Wie ist es dir ergangen, Schwesterherz?«, frage ich. Wir haben unsere Mäntel und die matschigen Schuhe ausgezogen und Owen ist hinauf ins Badezimmer gegangen, weshalb wir ein paar Augenblicke für uns allein haben. »Ich mache mir Sorgen um dich. Du isst nicht vernünftig, oder?«

»Und wenn schon.« Shelley wirft einen Blick zur

Küchentür und senkt ihre Stimme. »Vor einer Woche hat mich die Polizei angerufen«, flüstert sie. »Ein Detective DI Lambert. Er ist neu bei der örtlichen Polizei, und anscheinend geht er alte Fälle durch. Er will mit mir über Rafe sprechen.«

Ich berühre den Arm meiner Schwester, als sie die Suppe umrührt. »O Shell, weißt du warum?« Meine Herzfrequenz steigt bei der Vorstellung, worum es gehen könnte. Das Letzte, was sie braucht, ist, dass alles erneut aufgerollt wird.

»Ich glaube, es geht darum, dass der vorige Detective seine Zweifel an den Ergebnissen des Gerichtsmediziners hatte und diese äußerte, ehe er in den Ruhestand gegangen ist. Das hat mich ein wenig zurückgeworfen. Ich hatte gerade begonnen, mich mit allem abzufinden, die Ergebnisse der Untersuchung zu akzeptieren, und jetzt das.« Ein weiterer rascher Blick zur Tür.

»Das kann ich mir vorstellen. Hat er noch etwas gesagt?«

Sie beugt sich nach vorn, um die Suppe zu probieren, und verspritzt etwas davon auf der Herdplatte. Ich drücke ihren Arm, da hören wir schon, wie sich die Toilettentür über uns öffnet und wieder schließt, gefolgt von Owens Schritten, der die Treppe herunterkommt und genau in diesem Augenblick zur Tür reinplatzt und Shelley von einer Antwort abhält.

»Die Suppe duftet köstlich«, sagt Owen eine Weile später, als wir an dem winzigen Küchentisch sitzen. Mit seinen knapp 1,90 Metern lässt er das kleine Cottage wie ein Puppenhaus wirken.

Wie die meisten alten Häuser in der Umgebung besteht auch Shelleys Zuhause aus Cotswolds-Stein und weist Balken, Steinplatten und eine gemütliche Kaminecke auf. Das Reiheneckhaus mit zwei Zimmern unten und zwei Zimmern oben hat einen kleinen Vorgarten und einen größeren Garten hinter dem Haus, der sich zu den offenen Feldern erstreckt, doch meine

Schwester hat den grünen Daumen unserer Mutter nicht geerbt.

»Wir renaturieren«, hatte Rafe einst über ihren überwucherten Garten gewitzelt, als ich vergangenes Jahr im Frühling zu Besuch gewesen war, und ein paar Vorschläge für Hochzeitskanapees mitgebracht hatte, aus denen Shelley wählen sollte. Ich hatte meine Pflichten als Trauzeugin sehr ernst genommen, aber Mum lehnte so gut wie alles ab, was Shelley und ich aussuchten. Zumindest hatte sie kein Mitspracherecht beim Junggesellinnenabschied – da hatte allein ich das Sagen.

»Das Rezept habe ich mir selbst ausgedacht«, antwortet Shelley auf Owens Kompliment zur Suppe. »Es ist ein Art indisches Linsendal. Toll im Winter, wenn ich lange arbeiten muss.«

»Shelley ist eine meisterhafte Suppenköchin. Mit einer Ausnahme ... erinnerst du dich an letztes Jahr? Die Pilze?«

Meine Schwester lächelt. »Na ja, *mir* hat es geschmeckt, auch wenn ihr alle die Nase gerümpft habt.«

Ich berichte Owen rasch von dem Junggesellinnenabschied, den ich organisiert habe.

»Stell dir vor: geführtes Sammeln von essbaren Dingen aus dem Wald, Kochen am Lagerfeuer und Schlafen im Zelt, so ungefähr.« Und keine Mum. Wir hatten alles geheim gehalten, da wir nicht wollten, dass sie es ruinierte. »Shell hat einen Haufen Zeug aus dem Wald herangeschleppt, das sie mit nach Hause nehmen wollte. Hast du jemals damit gekocht?«

»Na klar. Ich habe eine herrliche Pilzpastete damit gemacht«, erwidert Shelley. »Schon bald danach hat Mum irgendwie Wind von dem Junggesellinnenabschied bekommen.« Ich stelle mir ihre Wut vor, weil sie ausgeschlossen wurde. »Vielleicht hat ihr jemand von dem Instagram-Post erzählt, den du geschrieben hast«, sage ich. Ich hatte Shelley geraten, ihn sofort zu löschen. Mum mit der Nase drauf zu stoßen, hätte bloß ein Drama zur Folge gehabt.

»Sie hat daraufhin beschlossen, sich selbst aufs Sammeln zu verlegen«, erzählt Shelley mit einem ironischen Lächeln. »Aus Prinzip. Sie hat sich sogar ein Buch darüber gekauft und es herumliegen lassen, damit ich es ja sehe.«

»Hört sich sehr nach ihr an«, erwidere ich.

»Ich kann auf jeden Fall bestätigen, dass die Suppe köstlich schmeckt«, sagt Owen. »Bist du Vegetarierin?« Er bricht ein Stück des knusprigen Brotes ab.

»Bin ich tatsächlich«, gesteht Shelley.

»Sie ist *Tierärztin*, Owen«, sage ich lachend und freue mich, dass meine Schwester zurücklächelt. Aber immer noch geht mir durch den Kopf, was sie mir erzählt hat, ehe Owen heruntergekommen ist. Ich habe keine Ahnung, weshalb der Detective ein Jahr nach Rafes Tod mit ihr sprechen möchte. Der Gerichtsmediziner hatte seine Arbeit abgeschlossen und die Ermittlungen in dem Fall wurden eingestellt.

»Seinen Lebensunterhalt damit zu verdienen, Tiere zu retten, und sie dann zu essen, finde ich irgendwie nicht in Ordnung«, erklärt Shelley. »Rafe hat das genauso empfunden.« Sie atmet tief ein bei der Erwähnung seines Namens.

»Es tut mir so leid, was deinem ...«

»Können wir das bitte sein lassen«, bittet Shelley und schluckt den Weißwein runter, den sie für sich und Owen eingeschenkt hat. Gott sei Dank ist sie auf meine Abstinenz nicht näher eingegangen. »Weißt du, das ganze Entschuldigen und das Mitgefühl. Es ist so, als wäre in diesem vergangenen Jahr die ganze Welt über mich hergefallen, und obwohl ich es zu schätzen weiß, fühlt es sich auch wie eine Last an. Als dürfte ich mich nicht weiterbewegen.« Shelley hat nie um den heißen Brei herumgeredet.

»Natürlich, *natürlich*«, erwidert Owen und starrt wieder in seine Suppe. »Das verstehe ich total.«

»Wie geht's Mum?«, fragt Shelley mich. Dann lacht sie. »Oder sollten wir das Thema auch lieber aussparen?«

»Ihr geht's gut. Alles beim Alten. Aber wie geht's Dad eigentlich?«, frage ich zurück und schiebe meine Hand mit einem wissenden Blick auf ihre. »Wir haben ihn noch nicht besucht. Obwohl das Thema vielleicht ein weiteres No-go ist. Gott, worüber sollen wir denn dann noch sprechen – das Wetter?« Shelley und ich lachen gleichzeitig, so wie immer.

»Fühlst du dich eigentlich wohl in diesem Irrenhaus, Owen?«, fragt Shelley. »Du kommst mir recht normal vor.«

»Sehr sicher«, erwidert Owen feierlich und legt seine Hand auf meine, die immer noch auf Shelleys liegt.

»Aber im Ernst«, frage ich noch einmal, »wie geht es Dad? Hast du ihn in letzter Zeit gesehen?«

»Liz, ich besuche ihn mindestens dreimal die Woche.« Sie zieht das Kinn zurück und zuckt mit den Schultern, als sollte ich das wissen – oder zumindest würde ich das tun, wenn ich in den vergangenen Monaten hier gewesen wäre. »Es hat sich nicht viel verändert.«

Mir ist bewusst, dass Owen unser Gespräch mitbekommt, was mir eigentlich auch ganz recht ist. Je mehr er über uns herausfindet, desto größer die Chance, dass er begreift, *wie* dysfunktional die Familie, in die er da einheiratet, tatsächlich ist, und das in Gesellschaft meiner Schwester zu tun, verringert vielleicht die Auswirkungen. Zu sehen, dass meine ältere Schwester eine respektable Laufbahn eingeschlagen hat und dabei war, einen anständigen Mann zu heiraten, ehe das Schicksal zugeschlagen hat, zeigt ihm vielleicht, dass auch in der Familie Holmes ein Hauch Normalität existiert. Und dass wir selbst den gleichen Weg beschreiten könnten.

Obwohl es genau dieser *gleiche Weg* ist, der mir die größten Sorgen bereitet. Ich blicke auf die Steinfliesen und erinnere mich daran, was ich am Morgen von Shelleys Hochzeit entdeckt habe. Ich sitze nur ein paar Schritte von dem Ort entfernt, am dem es passiert ist – an dem ich Rafes leblosen

Körper zusammengesackt auf dem Boden fand, das scharlachrote Ansteckssträußchen meiner Mutter direkt neben ihm.

Das Blut ist schon lange weggeschrubbt worden, aber in meinem Kopf ist es immer noch hier, die Panik so real wie damals.

Die gleiche Panik, die mich etwas tun ließ, das so dumm war, dass ich es niemandem je erzählen kann.

NEUN

Mit meiner Konzentration bei dem Gespräch am Mittagstisch zu bleiben, ist schwierig. Immer noch kreisen meine Gedanken um das, was ich am Morgen von Shelleys Hochzeit gefunden habe, und ich versuche mich davon zu überzeugen, dass es dafür einen vernünftigen Grund geben muss. Natürlich gab es eine gerichtsmedizinische Untersuchung und eine Autopsie, und der Gerichtsmediziner war zu einer eindeutigen Schlussfolgerung gelangt.

Aber die Polizei wusste nichts von dem Anstecksträußchen ..., schreit mein schuldbewusstes Gewissen. *Und auch nicht, was ich damit getan habe.*

Mich schaudert bei der Erinnerung daran.

»Wie auch immer. Dad sagt immer noch kaum ein Wort zu irgendjemandem«, fährt Shelley fort und lässt keinen Zweifel daran, dass Owen mein Familiendrama wohl nicht erspart bleibt. »Wie lange bleibt ihr bei Mum?«

Ich will schon antworten, dankbar für den Themenwechsel, aber Owen ist schneller.

»Noch ein bisschen länger«, sagt er und lächelt über den Tisch hinweg. »Eure Mutter hat uns freundlicherweise ein

Zimmer angeboten, egal wie lange wir es brauchen. Lange Geschichte, aber im Moment sind wir ... nun ja, ein bisschen obdachlos.«

»Es ist nicht ganz so dramatisch«, werfe ich ein und blicke sehnsuchtsvoll zur Weinflasche. »Das Timing ist einfach schlecht. Das soll übrigens keine Anspielung sein, Shell. Ich weiß, dass du schon genug um die Ohren hast«, füge ich hinzu, obwohl ich viel lieber bei ihr als bei Mum wohnen würde.

»Es tut mir echt leid, das zu hören«, sagt Shelley stirnrunzelnd. »Und *natürlich* würde ich euch mein freies Zimmer anbieten, hätte ich es nicht gerade vor ein paar Tagen zur Untermiete vergeben. Ich fand, es wäre an der Zeit, hier ein bisschen Gesellschaft zu haben.«

»Zur Untermiete?« Wenngleich ich froh bin, dass meine Schwester endlich nach vorn blickt, mache ich mir Sorgen, dass dies vielleicht nicht die beste Methode ist. Jemand Fremdes im Haus könnte zu viel sein, zu früh sein. »Das freut mich für dich, Shell«, füge ich hinzu, weil ich unterstützend wirken will. »Mir gefällt der Gedanke nicht, dass du hier ganz allein bist. Hast du das Zimmer annonciert?«

»Mundpropaganda. Jan im Pub meinte, sie hätte gehört, dass er hier nach einem Platz zum Bleiben suche, und sie hat den Kontakt hergestellt.«

»*Er?*« Ich will nicht noch mehr Herzschmerz für meine Schwester.

Shelley lacht. »Ja, es ist ein *Er*«, schilt sie mich und wedelt mit dem Zeigefinger vor mir herum. »Du erinnerst dich vielleicht an ihn. Er ist aus Little Risewell und in dieselbe Schule gegangen wie ich, aber er ist ein paar Jahre jünger. Eher in deinem Alter.«

»Sag schon, wer ist es?« Ich durchwühle mein Gedächtnis. Ich erinnere mich kaum an jemanden aus meiner eigenen Schule, geschweige denn an die Kinder aus der Oberschule. Es gab eine Art Trennung im Dorf und die anderen Kinder sahen oft auf die Kinder, die wie ich in die Gesamtschule gingen, herab.

»Jared Miller. Computernerd par excellence. Denk an einen Schopf sandroter Haare und einen Kerl etwa fünfzig Zentimeter größer als der Rest von uns, dann hast du ihn.«

Bei der Erwähnung seines Namens bemühe ich mich um ein ausdrucksloses Gesicht und gebe vor, mich nicht zu erinnern. Aber *natürlich* erinnere ich mich an Jared – er ist einer der wenigen Menschen, die mir über die Jahre im Gedächtnis geblieben sind –, aber keinen Augenblick hätte ich erwartet, dass er Shelleys Untermieter sein würde. Vor ewigen Zeiten habe ich in den sozialen Medien irgendetwas darüber gelesen, dass er in den Staaten lebt, an der Westküste, aber seitdem nichts mehr über ihn gehört.

Jared war mein erster Schwarm überhaupt. Und ich seiner. Wir lernten einander kennen, als ich mich zum Dorfspielplatz geschlichen hatte, um mit den örtlichen Teenagern abzuhängen. Mum dachte immer, ich wäre oben, um meine Hausaufgaben zu erledigen. Ein paarmal hatte er zu Hause angerufen, wenn er dachte, die Luft wäre rein. Unser erster Kuss – eher ein nervöses Picken irgendwo ins Gesicht (wir hatten unsere Münder vor lauter Angst verfehlt, da meine Mutter unerwartet nach Hause gekommen war und uns angeschrien hatte, wir sollten verdammt noch mal aus dem Pflanzschuppen verschwinden) – ist mir stets in Erinnerung geblieben. Es war mein erster Kuss, und nur in Jareds Nähe zu sein, ließ Schmetterlinge in meinem Bauch flattern. Er hatte etwas an sich gehabt, das mit meiner Seele in Einklang stand; etwas auf Zellebene, das uns zueinander zog. Obwohl wir nie herausfanden, was das war, da das Universum andere Pläne mit uns hatte und unsere Wege sich trennten. Ich hatte Shelley nie etwas über unsere kurzlebige Beziehung erzählt und habe Jared, seit ich achtzehn war, nicht mehr wiedergesehen.

»Jared ... Jared ...«, sage ich, schüttle den Kopf und täusche Unwissenheit vor.

»Ach, komm schon. Der schlaksige Jared. Strebertyp. Zu kurze Hosen. Der glotzäugige Jared mit den schiefen Zähnen?«

»Ach der«, sage ich und schwöre mir, meine Teenagerschwärmerei für mich zu behalten, wenn alle ihn so gesehen hatten. Alles, was ich damals sah, war ein freundlicher, intelligenter, großzügiger Mensch, der zwar bei Weitem nicht das beliebteste Kind im Dorf war, aber der mich verstanden hatte. Er hatte sich auf die instabile Situation bei mir zu Hause eingelassen und respektierte die Tatsache, dass ich mich den größten Teil meines Lebens in meinem Zimmer verstecken musste, während er auch dann für mich da war, wenn ich einen Freund brauchte. Er war nett, sanft und ein guter Zuhörer. Er schrieb mir sogar ein paar Briefe, die er persönlich vorbeibrachte in der Hoffnung, dass meine Mutter sie nicht abfangen würde. Und er war nicht ein einziges Mal gemein zu mir, wie einige andere Kinder aus dem Dorf.

»Ja, ich glaube ich weiß, wen du meinst«, füge ich sicherheitshalber hinzu. Ich will nicht, dass Owen eifersüchtig wird. Auch wenn er da wirklich nichts zu befürchten hat.

»Es hat sich herausgestellt, dass er jetzt wieder dauerhaft in der Gegend ist. Er sucht ein Haus, das er kaufen kann, deswegen braucht er übergangsweise einen Platz, wo er in der Zwischenzeit wohnen kann.«

»Da hat er mein Mitgefühl«, wirft Owen ein. »Irgendeine anständige Immobile zu finden, ist im Moment fast unmöglich. Besonders wenn man nur begrenzte Mittel hat.«

Shelley lächelt, was mich daran erinnert, wie sie früher einmal war. Vielleicht ist nicht alles in ihr zerbrochen – die Schwester, die ich kannte, ist immer noch irgendwo da drinnen.

»Ich glaube nicht, dass die Mittel das Problem sind«, sagt Shelley mit einem Augenzwinkern und steht auf, um die leeren Schüsseln abzuräumen. »Ich habe gehört, dass er sein Tech-

Unternehmen im Silicon Valley für ein absolutes Vermögen verkauft hat.«

Owen besteht darauf, abzuwaschen. Shelley und ich protestieren – wir können doch helfen –, doch dann geben wir Owens Drängen nach und ziehen uns mit einer Tasse Tee ins Wohnzimmer zurück.

»Er wirkt wirklich ... nett«, sagt Shelley ruhig und lässt sich neben mich sinken. »Irgendwie ... zuverlässig.«

Ich schaue sie durchdringend an. »Ist das alles? *Zuverlässig?*«

»Zuverlässig ist mir jederzeit willkommen.« Shelley schlägt die Beine unter sich über Kreuz und umschließt ihren Becher mit beiden Händen. »Dein üblicher Typ hat ja nicht so gut funktioniert.«

»Scheint so«, erwidere ich und weiß, sie hat recht.

In der Vergangenheit habe ich mir immer unbeständige Männer, unzuverlässige Männer, emotional unverfügbare Männer gesucht. Ich fühlte mich stets von *un*-irgendwas Männern angezogen, als hätte ich ein Schild am Kopf mit der Aufforderung, mich schlecht zu behandeln. Daran war ich schließlich mein ganzes Leben lang gewöhnt. Wegzurennen und auszusteigen war immer eine Option für mich, wenn die Dinge zu intensiv wurden – eine vertraute Übung, wenn es hart auf hart kam.

Als ich endlich den Mut hatte, mit David Schluss zu machen – dem Mann, der mir die Welt versprochen und sie mir dabei gestohlen hatte –, zahlte ich den höchstmöglichen Preis. Ein gebrochenes Herz und zerrüttete Finanzen. Fünf Jahre waren wir zusammen, die längste Beziehung, die ich je hatte, und nachdem ich hundert Meilen von ihm weggezogen war, schwor ich mir, es wäre das letzte Mal, dass ich wegrennen würde.

War es nicht. Zwei Jahre später lernte ich Owen auf dem Grund eines Schwimmbeckens in Dubai kennen.

»Er ist einer von den Guten, das steht schon mal fest«, sage ich. »Es ist alles so schnell gegangen, aber ...«

»Ja, eben«, sagt Shelley und blickt zur Tür, die zur Küche führt. Sie ist nur leicht angelehnt. »Das ähnelt dir gar nicht, dich so kopfüber in etwas zu stürzen. Wie die *Ehe*. Normalerweise rennst du wie der Teufel, wenn sich auch nur der Hauch von Verpflichtung abzeichnet.«

»Ich weiß, ich *weiß*«, sage ich und stoße Shelley mit dem Fuß an, als ich es mir ebenfalls auf dem Sofa gemütlich mache. »Dieses Mal fühlt es sich ... *anders* an. Mit Owen zusammen zu sein fühlt sich einfach richtig an. Als hätte ich ihn schon immer gekannt. Wir passen so perfekt zueinander. Wie ein alter Hausschuh, den ich verloren und wiedergefunden habe.«

»Ein alter Hausschuh?«, johlt Shelley, beruhigt sich jedoch wieder, während sie einen Blick über ihre Schulter wirft. »Verdammt noch mal, Liz. Das ist der Mann, mit dem du den Rest deines Lebens verbringen wirst, kein stinkender alter Schuh. Bist du *sicher,* dass du dir sicher bist?«

»Sehr«, erwidere ich. »Er ist lustig. Nett. Klug. Ehrgeizig. Einfühlsam. Und bei ihm kann ich ich sein – verletzlich und offen, ohne auch nur im Geringsten dafür verurteilt zu werden. *Und* Minnie liebt ihn. Ganz nebenbei möchte ich auch Kinder und die Zeit ist ... na ja, *war* schon recht knapp.«

Shelley scheint weder meine irrtümliche Verwendung der Vergangenheitsform zu bemerken noch meinen instinktiven Griff zum Bund meiner Jeans. Vielmehr ist es die Erwähnung von Minnie, die ihr Gesicht zum Strahlen bringt. »Wie geht es der Mieze?«

Minnie verdanke ich im Grunde genommen Shelley. Vor ein paar Jahren wurde eine kleine Katze in ihrer Tierarztpraxis abgegeben und brauchte schnell ein Zuhause. Ich hatte mich gerade von David getrennt und bot mich als Katzenliebhaberin freiwillig an, sie aufzunehmen, obwohl ich gerade erst in den Norden von London gezogen war und keinen Garten hatte.

»Minnie geht es gut. Immer noch ein kleines Goldstück. Owen fährt heute Nachmittag zurück nach London, um sie von Peter zu holen, zusammen mit all unseren Sachen.«

»Ihr zieht also wirklich zu Mum?«

»Wir ziehen nicht zu ihr. Aber ich vermute, wir werden wohl noch eine Nacht länger bleiben müssen. Dann wird es ein Hotel oder Airbnb werden, bis wir eine vernünftige Mietwohnung finden. Es wird schon alles gut gehen.«

»Warum geht ihr nicht gleich ins Hotel?«

»Owen wartet immer noch auf die Zahlung seiner letzten Rechnung. Er hat einen großen Kunden in Dubai, und der hat noch nicht überwiesen. Natürlich wird er zahlen. Vermutlich jeden Augenblick. Er weiß nichts von unseren lächerlichen Wohn- und Cashflow-Problemen.«

»Liz, deine Probleme sind nicht lächerlich. Soll ich euch ein paar Pfund leihen?«

Ich hebe abwehrend die Hände und schüttle den Kopf. »Das ist so lieb von dir«, sage ich und weiß, dass ich das Angebot auf keinen Fall annehmen kann. Als der ganze Wahnsinn von Davids Betrug in Form abgelehnter Kreditkarten und Gerichtsvorladungen über mich hereingebrochen ist, hat sie mir zweitausend Pfund geliehen, damit ich über die Runden komme. Das Geld schulde ich ihr immer noch. »Wir kommen schon zurecht. Wie schon gesagt, das Geld kann jeden Tag auf seinem Konto landen. So funktionieren seine Geschäfte nun einmal.«

»Das hoffe ich«, antwortet sie und nimmt meine Hand. »Es ist so schön, dich hier zu haben, Lizzie. Du hast mir gefehlt. Die letzten paar Monate ohne dich waren echt scheiße.«

Ich senke den Kopf. »Es tut mir so leid, Shell. Ich hätte den Job in Dubai nicht annehmen sollen und dich zurücklassen, aber damals schien es einfach eine gute Möglichkeit, um meine

Schulden zu verringern ...« Ich verstumme, will nicht, dass es nur um mich geht. »Nachdem Rafe gestorben ist, ist Mum einfach zu viel geworden. Und dann, als Dad in die Klinik kam ...« Ich schüttle den Kopf, denn es beginnt mir zu dämmern, wie selbstsüchtig es von mir war, so weit weg zu arbeiten. »Ich hätte für euch beide da sein müssen.«

»Ist schon gut«, flüstert Shelley und drückt meine Finger. »Ich vermisse ihn nur so sehr ... Rafe. Jeder Tag, der seit seinem Tod vergangen ist, fühlt sich an, als würde er mir immer mehr entgleiten, als würden ihn die Gezeiten hinaus aufs Meer tragen, und ich stehe am Strand und blinzle zum Horizont. Jeden Tag verblassen meine Erinnerungen ein bisschen mehr, der Geruch an seiner Kleidung lässt nach und ich packe nach und nach seine Sachen ein und verstaue sie oder bringe sie zu Wohltätigkeitseinrichtungen. Nicht einmal Post kommt noch für ihn an.« Sie seufzt. »Obwohl ...«

»O Shell ...« Ich rücke näher zu meiner Schwester und schlinge meine Arme um sie. Dann halte ich inne und ziehe mich zurück. »Obwohl was?« Der Ausdruck auf Shelleys Gesicht wirkt beinahe ... *ängstlich.*

Wieder sieht Shelley zur Küche, wo Owen gerade die letzten Stücke abtrocknet. »Ich habe letztens einen Anruf erhalten«, flüstert sie.

»Von dem Detective, ja, hast du erwähnt.«

»Nein ... nein, den meine ich nicht. Ich weiß nicht, wer es war. Es war von einer unterdrückten Nummer.«

»Oh?« Ich setze mich auf. »Worum ging es?«

»Das ist es ja. Es war wirklich schwer zu sagen, und je öfter ich es in meinem Kopf durchgehe, desto unheilvoller klingt es. Vermutlich war es nur ein Spam-Anruf.«

»Shelley ...«, sage ich besorgt. »*Was?*«

»Ich bin ehrlich gesagt nicht einmal sicher, ob es ein Mann oder eine Frau war. Die Person hat in einer Art knurrendem Flüsterton davon gesprochen, dass jemand das bekommen würde, was er verdient. Dann hat sie aufgelegt. Vielleicht war es nur falsch verbunden. Ich weiß es nicht. Es ist alles so schnell gegangen.«

»Jesus, das ist sehr verstörend«, sage ich und kann sehen, wie unwohl sich Shelley bei der Erinnerung daran fühlt.

Aber ihr seltsamer Gesichtsausdruck sagt mir, dass das noch nicht alles war, was ihr auf dem Herzen liegt.

ZEHN

Später am Nachmittag blicke ich Owen nach, der gerade wegfährt. Die Reifen des Volvo hinterlassen feuchte Rillen im matschigen Laub, das die lange Auffahrt zum Krankenhaus bedeckt. Als wir nach unserem Mittagessen bei Shelley in Winchcombe ankamen, wollte er mit hineinkommen – *nur ein schnelles Hallo,* schlug er vor –, aber allein der Gedanke schnürte mir die Kehle zu.

»Dad reagiert nicht gut auf … auf neue Dinge. Neue Menschen. Keine gute Idee.« Ich lief rot an, hauptsächlich weil ich mich dafür schämte, was meine Mutter ihm angetan hatte. Zu wem er geworden war.

»Wann lerne ich ihn denn dann kennen, Lizzie?«, fragte Owen, als das Auto im Leerlauf vor dem Eingang zur Klinik stand.

Ich biss mir in die Lippen und sah zu der hellen, honigfarbenen Fassade des Gebäudes auf, in das mein Vater schon einmal eingeliefert worden war, nicht lange nachdem ich an die Universität gegangen war, doch damals war er in der geschlossenen Abteilung des Krankenhauses gewesen. Ich hatte damals keine Ahnung davon, wie ernst die Lage war.

Schuldgefühle durchströmten mich, weil ich ihn damals nie besucht habe. Und jetzt, wo ich mich auf keinen Zeitpunkt festlegen wollte, zu dem Owen ihn kennenlernen konnte, fühlte ich mich ganz ähnlich. Ganz nebenbei gab mir eine mögliche Vorstellung zu sehr das Gefühl, wir würden wirklich für länger bei Mum einziehen und nicht einfach nur die eine zusätzliche Nacht anhängen, der ich vermutlich zustimmen müsste.

»Na gut, dann grüß ihn von mir, und ...«, hatte Owen gesagt, als ich vage blieb, »und sag ihm, ich hoffe, es geht ihm bald besser.«

Seine Augen wanderten über das Gelände, als versuche er festzustellen, was für ein Ort das hier wirklich sei und ob es die Art von Einrichtung sei, in der es einem besser geht.

Während Owen nach London fuhr, um unsere Sachen zu holen, plante ich, ein billiges Hotel für uns zu finden. Ich überlegte sogar, einen Überbrückungskredit oder so etwas Ähnliches aufzunehmen, um es zu bezahlen. Ich will Owen nicht bitten, die Rechnung zu übernehmen, hat er doch schon unsere Rückflüge beglichen, Peter in den vergangenen Wochen Miete bezahlt und die Kosten für unser Auto und andere Ausgaben übernommen. Bis das Geld aus Dubai kommt, ist auch er am Limit.

Nachdem die Rücklichter des Volvo verschwunden sind, stelle ich ihn mir in London vor, wie er alle unsere Sachen zusammenpackt und rasch alles im Auto verstaut. Ich hatte nicht einmal die Gelegenheit, mich von Peter zu verabschieden oder mich richtig bei ihm dafür zu bedanken, dass wir bei ihm wohnen durften. Ich fühle mich auch schlecht, weil ich Mrs Baxter, der alten Dame, die in der Wohnung gegenüber von Peter wohnt, nicht mehr helfen konnte. Jeder in dem Gebäude kümmert sich um sie, und ich hatte ihr versprochen, sie zur Bank zu begleiten, als ich sie Freitagabend traf.

»Lassen Sie mich Ihnen mit der Einkaufstasche helfen«, bot

ich an, als ich sah, wie sie von der Busstation über die Straße nach Hause schlurfte.

Mrs Baxter sah unter der Krempe des burgunderroten Filzhutes, den sie immer trug, zu mir hinauf. »So ein schöner Morgen«, sagte sie und blickte in den sich verdunkelnden Himmel.

»Es ist schon Abend, Mrs B«, erwiderte ich sanft, aber sie hörte nicht zu. In ihrer Wohnung legte ich die Einkäufe auf den kleinen Küchentisch und wollte schon gehen, als mir etwas ins Auge fiel.

»Sie sollten das an einem sicheren Ort aufbewahren«, sagte ich und deutete auf einen Stoß Bargeld, der neben dem Kessel lag. Es sah aus wie einige hundert Pfund, mindestens.

»Oh!«, antwortete die alte Frau und warf einen Blick darauf. »Danke, Liebes. Das ist der Erlös vom Verkauf einiger alter Gemälde, die ich seit Jahren hatte. Peter hat mir netterweise dabei geholfen. Ich habe das Geld mit meinem Namen versehen, also keine Angst.« Auf einer der Zwanzig-Pfund-Noten stand »Betty«, geschrieben mit schwarzem Filzstift. »Und Sie haben recht, es sollte wohl besser auf die Bank.«

»Wir könnten Sie morgen dorthin bringen, wenn Sie möchten«, schlug ich vor. »Mein Verlobter Owen kann uns mit dem Auto hinfahren.«

»Keine Eile, Liebchen«, erwiderte sie und schlurfte zur Arbeitsfläche. Dann griff sie das Geld mit zitternder Hand und versteckte es, nach einigen Versuchen, den Deckel abzubekommen, in einer alten Teedose. »Alles sicher in der Bank«, fügte sie lachend hinzu. »Bettys Bank.«

Ich sah sie einen Augenblick lang an und fragte mich, ob sie vielleicht Verwandte hatte, die man kontaktieren könnte, dann ging ich mit dem Essen, das ich gerade für uns geholt hatte, über den Flur. Später erzählte ich Owen davon und er pflichtete mir, nach einem nachdenklichen Nicken, bei, Peter von der Situation zu berichten. Jetzt, da ich die Steinstufen in Winchcombe hinaufgehe, mich an der Rezeption anmelde und dann in Richtung des Gemeinschaftswohnraums gehe, bete ich, dass bei Dad eine Verbesserung erkennbar ist. Das letzte Mal habe ich ihn vor neun Monaten, Ende Januar, gesehen, und selbst seit Shelleys Hochzeit im vergangenen August war er merklich verfallen.

»Dad«, rufe ich aus, jedoch leise genug, um die anderen Patienten nicht zu stören. Bei seinem Anblick löst sich etwas in mir – ein Knoten der Spannung, der sich entwirrt, ähnlich dem Gefühl, wenn ich die Scheinwerfer seines Autos sah, das in unsere Auffahrt einbog, als ich noch ein Kind war, das verzweifelt auf ihn wartete und nicht begriff, dass er als Vorstandsmitglied einer großen Bank lange arbeiten musste. Heute fragt sich ein Teil von mir, ob er nicht so lange wie möglich weg von zu Hause blieb, vielleicht auf dem Heimweg einen Abstecher ins Pub machte oder einfach nur im Auto saß, den Motor im Leerlauf, in einer Parkbucht ... nachdachte, wartete, Zeit verstreichen ließ.

Mein Vater hört mich nicht, oder wenn er es tut, dreht er sich nicht zu mir um, also gehe ich über den Plüschteppich zu ihm. Auf dem großen Fernsehbildschirm läuft ein Cricket-Match, aber niemand scheint zuzusehen. Um polierte Kaffeetischchen mit Blumen und Hochglanzmagazinen, die nicht so aussehen, als würden sie je gelesen, stehen gemütliche Armsessel.

»Dad, hallo, ich bin's, Elizabeth.« Ich mache einen Bogen um ihn, damit ich ihn von vorn begrüßen kann und ihn nicht erschrecke. Er sitzt in einer Nische mit hohen bis zum Boden reichenden Fenstern und starrt über den gestreiften Rasen. »Schön, dich zu sehen.«

Als er nicht antwortet, hocke ich mich hin und nehme seine Hände in meine. Er fühlt sich kalt an, obwohl es im Zimmer warm genug ist.

»Wie ist es dir ergangen, Dad? Ich bin jetzt zurück aus Dubai. Ich werde dich jetzt viel öfter besuchen können.«

Langsam, als müssten sich seine Augen durch Honig scharf stellen, dreht mein Vater seinen Kopf und sein Blick verbindet sich allmählich mit meinem. Er lässt ein leises Seufzen hören, als würde ihn das allein schon all seine Kraft kosten. Aber das ist alles.

Ich lächle ihn strahlend an in der Hoffnung, damit irgendeine Art von Reaktion auszulösen.

»Du siehst gut aus, Dad«, sage ich und denke das Gegenteil. »Achten sie hier gut auf dich?« Ein weiteres Lächeln und ein Blick über seine Schulter, als ich eine der Krankenschwestern sehe, die durch die Lounge geht.

Ich ziehe einen Stuhl näher zu Dad und setze mich so hin, dass unsere Knie sich fast berühren. »Einige der Rosen in Medvale blühen immer noch, kannst du das glauben?« Ich bemerke, dass die Schwester in unsere Richtung geht. »Zu Hause ist alles gut. Auch Mum geht es gut«, füge ich hinzu. Es fühlt sich seltsam an, die letzten paar Worte zu sagen – vor allem weil ich keine Ahnung habe, ob sie überhaupt stimmen.

»Wie geht es Ihnen, Mr Holmes?«, fragt die Schwester. Sie ist jung und bemüht, mit vollen Lippen in einem runden Gesicht, die die Worte in tröstlichen Wölkchen ausstoßen. »Ist das Ihre Tochter?«

Als Dad nichts erwidert, stelle ich mich vor. Die Krankenschwester sagt, sie heiße Billy.

»Er ist ein Ruhiger, Ihr Dad«, fährt Billy fort. »Aber teuflisch bei Pokerabenden.«

Poker?, denke ich. Das hört sich so gar nicht nach Dad an. Aber der Mensch hier in dieser psychiatrischen Privatklinik hat auch nicht viel mit dem Mann zu tun, an den ich mich erinnere. Wo ist der dynamische, fitte und tüchtige Vater, den ich einst kannte?

»Ich glaube, das Pokergesicht ist hilfreich beim Spielen«,

sagt Billy lachend, als sie etwas auf ihrem Klemmbrett abhakt. »Gleich kommen die Medikamente, Frank«, sagt sie zu Dad. »Und der Teewagen ist auch schon auf dem Weg.« Sie schenkt uns ein teigiges Lächeln und trottet davon, ihre zweckmäßigen schwarzen Schuhe sinken dabei tief in den weichen burgunderfarbenen Teppich ein.

»Sie wirkt nett«, sage ich zu Dad und frage mich, was wohl eine Reaktion von ihm auslösen könnte. Ehe ich nach Dubai ging, hatte er mich zumindest erkannt und ein paar Worte mit mir gesprochen. »Ich habe Neuigkeiten, Dad. Ich bin verlobt und werde heiraten.« Ich halte ihm die linke Hand hin, damit er meinen Verlobungsring sehen kann. »Mein Verlobter heißt Owen und du wirst ihn lieben. Wir sind so glücklich.«

Ich erinnere mich an die vorhersehbare Reaktion meiner Mutter und dass ihr erster Gedanke der Organisation der Hochzeit galt, für die sie natürlich bezahlen, die sie an sich reißen wollte. Das wird keinesfalls geschehen. Meine Hochzeit findet zu meinen Bedingungen statt und ganz sicher nicht hier.

»Hier, das ist er.« Ich tippe auf meinem Handy herum und suche mein liebstes Foto von uns als Paar, wie wir zusammen auf Owens Hotelbalkon in Dubai stehen, der blutrote purpurne Sonnenuntergang der perfekte Hintergrund für unsere glücklichen Gesichter.

Dad blickt hinunter auf mein Handy. *Da* ... seine Augenbraue hebt sich ein kleines bisschen. Niemand sonst hätte das erkannt, außer mir.

»Owen ist heute Nachmittag zurück nach London gefahren, um ... um ein paar unserer Sachen zu holen«, sage ich, will ihm aber nicht erklären, weshalb. »Er hat versprochen, dich bald zu besuchen. Du wirst ihn mögen. Er ist so gut zu mir.«

Da blickt mein Vater auf. Er sieht mich direkt an und schüttelt den Kopf, zuerst langsam, dann immer schneller und schneller, bis ich mich frage, ob er je damit aufhört.

ELF

Während Dad seine Medikamente bekommt, suche ich die Toiletten, verwirrt von seiner Reaktion auf meine Neuigkeiten. Als ich zurückkomme, schlägt Billy, die junge Krankenschwester, vor, wir sollten einen Spaziergang auf dem Klinikgelände unternehmen. »Bringen Sie Ihre Tochter runter zum Fluss, Frank«, sagt sie und hilft ihm, seinen Mantel anzuziehen.

Ich schiebe meinen Arm unter den meines Vaters und wir treten aus der Tür auf die Terrasse. Es ist nicht so, als wäre Dad unbeteiligt oder würde nichts verstehen, oder als würde er Hilfe oder Behandlung verweigern, da er, wie die Schwester sagt, isst, zu Bett geht und mir zuhört, während wir spazieren gehen und ich über meine Zeit in Dubai plaudere. Aber da ist etwas, das an ihm ... *fehlt*. Als wäre seine Seele herausgerissen worden und er nur mehr eine leere Hülle, die auf einen neuen Menschen wartet, der sie einnimmt.

Der einzige Mensch, der das tun soll, ist *er*. Mein lieber alter Dad.

»Das erinnert mich daran, als ich klein war«, sage ich und drücke seinen Arm, während wir über den Rasen gehen. »Als wir wandern gegangen sind, nur du und ich und Shell.«

Das stimmt – als Shelley und ich in der Schule waren, haben wir die gesamte Gegend durchwandert. »Hausaufgaben erledigt, ihr holden Mädchen?«, fragte Dad dann. Shelley und ich wussten beide, dass dies der Code war für *Lasst uns flüchten ...*

Mum hasste es, wenn wir uns als Trio davonmachten, und tat alles in ihrer Macht Stehende, um uns davon abzuhalten. Wenn wir aus dem Haus waren, hatte sie kein Publikum, was, wie ich jetzt weiß, genau Dads Ziel war. Es erlaubte ihm, uns zu beschützen und sie kaltzustellen. Wenn wir zurückkamen, war sie für gewöhnlich ausgebrannt.

»Frank, wenn du gehst, wird etwas Schreckliches passieren«, kreischte Mum einmal. »Ich *schwöre* es. Ich *spüre* es.« Ihr Haar war schweißverklebt und ihre Augen weit aufgerissen. Die Haut zuckte über ihren Knochen. »Du trägst die Verantwortung dafür, wenn ich bei deiner Rückkehr tot bin.« Sie stolzierte in ihrem hauchdünnen Morgenmantel herum, in einer Hand ein Pillenfläschchen, das sie wie eine Rassel schüttelte, in der anderen eine Flasche Scotch, aus der sie einen Schluck kippte. »Fra-*ank* ...!«, schrie sie immer wieder, bis ihre Kehle blutete. Diese Episoden kamen aus dem Nichts und wurden von absolut nichts ausgelöst. Es war einfach Mums Art.

Dad scheuchte uns aus der Tür und drehte sich wieder zu ihr um.

»Pass gut auf dich auf, Sylvia. Und sei ruhig, wenn wir zurückkommen. Es wird nichts Schlimmes passieren, es sei denn, du lässt es zu.«

Wenn wir bei der Post in Little Risewell angekommen waren, hatten Shelley und ich den Ausbruch des Tages meist schon vergessen – wir kicherten zusammen und teilten uns eine Packung Süßigkeiten, die Dad uns gegeben hatte. Es war einer von so vielen Spaziergängen, die in regelmäßigen Abständen stattfanden, ganz egal, wie das Wetter war. Nicht ungewöhnlich an einem Sonntagnachmittag. Oder an einem Mittwoch um 10 Uhr abends.

»Gar nicht beachten«, hatte Dad uns oft gesagt, aber ich sah die Sorge auf seinem Gesicht. »Tobsuchtsanfall, das ist alles.« Dann wieder schob er es auf ihre Hormonschwankungen, Alkohol, neue Medikamente, die der Arzt ihr verschrieben hatte, und einmal zog er sogar in Betracht, sie könnte von einem bösen Geist besessen sein, und überlegte, den Pfarrer für einen Exorzismus zu holen. Niemand wusste etwas vom *Leiden* unserer Mutter. Eine geschlossene Tür war eine geschlossene Tür.

Am Ende unserer Spaziergänge sagte Dad immer das Gleiche, wenn wir den Gartenweg zurückmarschierten.

»Zeigen wir eurer Mutter, wie sehr wir sie lieben, holde Mädchen.«

Ich war nie sicher, welche Liebe meine Mutter in sich barg, und wenn wir zurückkamen, die Wangen rosig, die Nasen tropfend, die Finger taub vor Kälte, machte Dad uns heiße Schokolade und setzte uns neben den Kamin.

»Geröstete Kastanien!«, verkündete er und brachte uns eine Holzschüssel randvoll mit braunen Maronen. So waren wir beschäftigt, wenn er sich Mum widmete und das Chaos beseitigte, das sie angerichtet hatte. Dieses eine Mal fanden wir sie zusammengesunken auf dem Küchenfußboden mit einem Küchenmesser in einer Hand und Blut, das aus ihrem Handgelenk sickerte. Shelley und ich waren aus dem Zimmer geschickt worden und sollten uns zum Kamin setzen.

Als ich ein X in die harte Außenschale der ersten Kastanie ritzte, überlegte ich, wie fest meine Mutter hatte drücken müssen, um ihre Haut zu verletzen. Fast wünschte ich mir, das stumpfe kleine Gemüsemesser würde abrutschen, während ich damit schnitt, nur um zu sehen, wie sich das in meinem eigenen Fleisch anfühlte. Um zu sehen, ob ich den Schmerz meiner Mutter begreifen konnte.

Wenn ich verstand, wie sie sich fühlte, würde die Liebe vielleicht folgen.

Wir warfen die angeschnittenen Kastanien in den alten Messingröster und legten ihn auf die Glut im Kamin. Dad hatte uns beigebracht, ihn etwa alle fünf Minuten zu schütteln, damit sie gleichmäßig gar wurden. Dann, nach einer halben Stunde, saßen wir drei da und schälten die knusprigen, geschwärzten Schalen von dem cremigen heißen Fleisch und dippten die Maronen in ein wenig Salz, ehe wir sie im Ganzen in den Mund steckten.

Zu diesem Zeitpunkt gesellte sich unsere Mutter meist zu uns, ruhig und zerknirscht.

»Hier ist eine Bank – schau, Dad. Gehen wir hin und beobachten wir den Fluss.« Ich führe ihn hin, der Boden unter unseren Füßen immer matschiger, je näher wir der Bank kommen. Dad nickt fast unmerklich, als wir uns setzen, und hält weiter meinen Arm.

»Mum scheint ...«

Ich breche ab, nicht sicher, ob ich über sie sprechen soll. Obwohl ich mir darüber im Klaren bin, dass sie der Grund für die schwindende geistige Gesundheit meines Vaters ist, weiß ich, dass er sie immer noch über alle Maßen liebt. Er war einst so voller Elan und Ehrgeiz, ein hart arbeitender Mann, ganz oben auf der Karriereleiter, doch allmählich wird er zur stummen und altersgebeugten Hülle eines Mannes. Mit vierundsiebzig ist er neun Jahre älter als Mum, aber das ist immer noch kein Alter, um so ein leeres und unerfülltes Dasein zu fristen, wenn er doch körperlich immer noch gut in Form ist.

»Nun, Mum scheint es gut zu gehen«, fahre ich fort. »Du weißt schon. Keine Probleme.«

Ein weiteres kleines Nicken von Dad.

»Vielleicht würdest du gern einmal einen Nachmittag zu

Hause verbringen?«, schlage ich vor und bereue es augenblicklich. Das würde bedeuten, auch dort zu sein, um ein Auge auf ihn zu haben, was wiederum heißen würde, noch länger in Medvale zu bleiben.

Shelley wird zu beschäftigt sein, um zu schlichten, und genau wie ich wäre sie wohl froh, wenn unsere Eltern einander nie wiedersehen würden. Jede Vorstellung, dass die Dinge zwischen ihnen eines Tages wieder normal sein könnten – Visionen von Owen und mir, die Oma und Opa mit ihren zukünftigen Enkeln auf dem Land besuchen –, ist schon lange verschwunden.

Laut niest Dad dreimal hintereinander.

»Hier«, sage ich und ziehe ein Päckchen Taschentücher aus meiner Tasche. Er nimmt eines und putzt sich die Nase. Dann zerknüllt er das benutzte Taschentuch in seiner Hand. Seine Knöchel treten weiß hervor.

»Ich habe dich so vermisst, als ich fort war«, sage ich und lehne meinen Kopf an seine Schulter. »Aber London ist nicht weit weg und jetzt kannst du dich auf unsere Hochzeit freuen.« Mein Magen revoltiert bei der Erinnerung an die Reaktion meiner Mutter auf die Nachricht.

»Mum denkt natürlich schon, sie wird alles organisieren. Sie will, dass wir in der Dorfkirche heiraten und den Empfang in Medvale abhalten.«

Flüchtig überlege ich, ob es wirklich so eine schlechte Idee wäre, wo ich doch weiß, wie sehr sich Owen eine angemessene Feier wünscht, anstatt die Sache schnurstracks in einem unpersönlichen Standesamt zu erledigen, nur wir beide. Aber ich verjage den aufdringlichen Gedanken gleich wieder. Sylvia ist vielleicht die Mutter der Braut, aber die Erfahrung hat mich schmerzlich gelehrt, dass es eine schreckliche Idee wäre, sie miteinzubeziehen. Es wird meine Hochzeit, zu meinen Bedingungen.

Plötzlich dreht Dad den Kopf und sieht mich an, seine wässrigen Augen fixieren meine, seine Lippen öffnen sich.

»*Tu es nicht*«, ist das, was ich zu hören glaube. Aber sicher bin ich mir nicht.

ZWÖLF

Eine Stunde später als erwartet fährt Owen die Zufahrt meines Elternhauses hinauf. Shelley hat mich aus der Klinik abgeholt und war rasch hineingekommen, um Dad zu sehen, ehe sie mich zurück nach Medvale brachte. Seitdem sitze ich allein da und denke über die seltsame Reaktion meines Vaters auf meine freudigen Neuigkeiten nach.

»Hey«, sage ich jetzt zu Owen, schlüpfe in ein Paar Gummistiefel bei der Tür, die auf dem Kies knirschen, als ich über die Zufahrt gehe, um ihn zu begrüßen. »Hab dich vermisst.« Ich umarme ihn extra lange, ehe ich die Beifahrertür des Volvo öffne, wo ich die Transportbox sehe, die an den Sitz gegurtet ist. »Minnie!«, rufe ich aus. »Dich habe ich auch vermisst.«

Owen lacht. »Sie war zuckersüß, den ganzen langen Weg«, berichtet er. »Ich glaub, sie wusste, dass sie nach Hause fährt.«

»Das ist nicht unser Zuhause«, sage ich und versetze ihm einen Stoß. »Und warte, ich finde nicht, dass wir etwas auspacken sollten.« Ich gehe nach hinten zum Kofferraum des Autos, als er gerade dabei ist, den ersten Koffer herauszuheben. »Ich habe ein Motel in der Nähe von Oxford gefunden, das nicht zu teuer für ein oder zwei Nächte ist, und da sind auch Katzen willkommen. Es ist nichts Besonderes, aber das ist doch egal.« Ich atme tief ein und hasse es, überhaupt fragen zu müssen. »Natürlich komme ich dafür auf, aber besteht irgendeine Möglichkeit, dass du es auslegst, bis ich einen Online-Nachhilfejob gefunden habe?«

»Warte ... du würdest eher in ein schäbiges Billigmotel gehen, als hier in diesem wunderschönen Haus mit deiner eigenen Mutter zu wohnen?«, fragt Owen verwirrt. »Das ergibt überhaupt keinen Sinn, Liebling. Deine Mum freut sich, dich hier zu haben, und ich bin kein bisschen beunruhigt von ihr, also musst du dir keine Sorgen darüber machen.«

Aber ich *mache* mir Sorgen. Ich starre zu ihm hinauf und denke daran, was Dad gesagt hat.

Tu es nicht ...

Ich bin mir immer noch nicht sicher, ob ich ihn überhaupt richtig verstanden habe, aber es hörte sich eindeutig wie eine Warnung an und folgte gleich auf meine Erwähnung, dass Mum eine Hochzeit im Dorf wollte. Ich fragte ihn natürlich, was er damit gemeint hatte, aber Dad blieb für den Rest meines Besuches stumm.

Jetzt, wo ich hier auf der Zufahrt mit Owen stehe, jeder eine Hand auf dem Koffergriff, bin ich hin- und hergerissen, was ich tun soll. Shelley vorher so ausgemergelt und dünn zu sehen, immer noch von Trauer gezeichnet, und dann meinen Vater zu besuchen, seinen Verfall zu sehen, hat so viele Schuldgefühle erzeugt.

»Na gut«, sage ich und schließe einen Herzschlag lang die Augen. »Du hast ja recht. Warum Geld für ein Hotel rausschmeißen? Eine Nacht wird uns schon nicht umbringen.«

»Sylvia, das ist absolut köstlich«, sagt Owen, der im Sonntagsbraten schwelgt, den Mum gemacht hat. Und ich bin geneigt, ihm zuzustimmen. Sie hat sich mit dem Brathähnchen, der Füllung, den knusprigen Röstkartoffeln und dem Gemüse selbst übertroffen. Und das Beste ist, es gab kein Drama bei der Zubereitung. »Essen wie dieses ist mir in Dubai schrecklich abgegangen.«

»Apropos Dubai«, flüstere ich, als meine Mutter eine neue Flasche Wein holt, »irgendein Anzeichen dafür, dass das Geld überwiesen wurde? Ich würde mich wirklich gern nach einer neuen Wohnung umsehen.«

Owen schüttelt den Kopf. »Nicht, seit du vor einer Stunde das letzte Mal gefragt hast«, sagt er augenzwinkernd. »Und am Sonntag passiert sowieso nichts, Lizzie«, erwidert er leise. »Morgen wird es so weit sein.« Er drückt meine Hand, dann hebt er sein Glas, damit Sylvia es füllen kann, die gerade zurück an den Tisch gekommen ist.

»Was höre ich da von einer Wohnung?«, sagt Mum, deren Gehör so scharf ist wie eh und je. »Sagt nicht, ihr wollt mich schon wieder verlassen.«

»Bislang haben wir noch keine Pläne«, erwidert Owen, was mir einen Schauer der Panik durch den Körper jagt. *Wir haben Pläne!*, will ich schreien, aber Owen scheint zuversichtlich, dass das Geld morgen da ist, also beiße ich mir auf die Zunge, entschlossen, geduldig zu sein.

»Na ja, was auch immer ihr in London findet, stellt sicher, dass Platz für ein Baby da ist«, sagt sie und fixiert mich über den Rand ihres Weinglases, »und für eine vernarrte Oma.«

Ich kann mir das plötzliche Husten nicht verkneifen, und ein Stück Hähnchen schießt aus meinem Mund zurück auf meinen Teller.

»Alles in Ordnung, Schatz?«, fragt Owen und klopft mir auf den Rücken. »Und keine Angst, Sylvia. Wir suchen nach etwas mit zwei Schlafzimmern.«

»Mir geht's gut«, krächze ich und wische mir den Mund ab.

Weiß sie es? Kann meine Mutter irgendwie spüren, dass ich

schwanger bin? Oder hat sie draußen vor unserer Schlafzimmertür gelauscht, während wir letzte Nacht Babynamen diskutiert haben? Ich will *nicht,* dass sie etwas über unser ungeborenes Kind weiß. Noch nicht. Ihre herumschnüffelnde Nase neben allem anderen auch noch in meiner Gebärmutter zu haben, ertrage ich einfach nicht.

»Überhaupt«, fährt Mum fort, »verstehe ich nicht, wie ihr es heutzutage aushaltet, in der Stadt zu wohnen. Es ist überteuert und überbevölkert, wenn ihr mich fragt. Ich bin jederzeit für das Landleben zu haben.« Dann greift sie sich mein Handy, das neben mir auf dem Tisch liegt, und hält es mir ins Gesicht, um es zu entsperren, noch ehe ich Zeit habe, sie aufzuhalten.

»*Mum,* was soll das werden?« Ich strecke die Hand aus, um es mir zurückzuholen, aber sie zieht es rasch weg.

»Zeit für ein Foto!«, ruft sie und richtet die Linse der Kamera auf Owen und mich. »Rückt näher zusammen, ihr beiden, dann haben wir's gleich.« Mit ihrer freien Hand gibt sie uns Zeichen.

Owen legt sein Besteck zur Seite, legt einen Arm um meine Schulter und drückt seine Wange an meine, während er ihrem Befehl folgt. Ich würge den Bissen in meinem Mund hinunter und setze ein gezwungenes Lächeln auf. Mum schießt ein Foto nach dem anderen.

»Na bitte«, sagt sie schließlich. »Glückliche Erinnerungen, auf die ihr eines Tages zurückblicken könnt.« Sie sperrt mein Handy wieder, legt es zurück neben mich und versetzt ihm einen Klopfer. Ich tue ihr nicht den Gefallen und sehe mir die Fotos sofort an, da ich sie vermutlich sowieso alle löschen werde.

»Gut«, sagt Mum, nachdem wir den Braten aufgegessen haben und die leeren Teller abgeräumt sind. »Ich habe dir eine besondere Köstlichkeit zum Dessert gemacht, Owen.«

Sie öffnet den Ofen und nimmt etwas heraus, das wie ein kleiner Topf für nur eine Person aussieht.

»Ein Waldbeercrumble, eigens für dich«, verkündet sie und stellt das Auflaufförmchen vor ihm ab. »Ich habe die Beeren selbst gesammelt. Vanillesoße kommt gleich.«

Ich schaue hinunter auf das Dessert und den üppigen rotbraunen Saft, der aus den Seiten quillt. Warum hat sie nur eines gemacht?

Mein Herz schlägt schneller, als ich beobachte, wie sie die Vanillesoße auf dem Herd umrührt. Sie wirft mir über die Schulter einen Blick zu und schenkt mir ein kaum wahrnehmbares Lächeln.

»Du hast die Früchte selbst gepflückt?«, frage ich und versuche mir meine Besorgnis nicht anmerken zu lassen.

»Habe ich«, sagt sie und beäugt mich immer noch. »Die Beeren reifen jetzt gerade. Mein Sammlerbuch war sehr hilfreich bei der Identifizierung der verschiedenen Arten. Und dabei, die falschen zu vermeiden, natürlich.«

Plötzlich bin ich wieder zurück im Gemeindesaal – gerade einmal neun Jahre alt, bei der einzigen Geburtstagsfeier, die ich je haben durfte. Mum hatte die Kerzen auf der Geburtstagstorte angezündet, die sie gebacken hatte – eine schiefe Biskuittorte mit Unmengen rosafarbener Glasur und einer Krone aus roten Beeren.

Zuerst hatte niemand in meiner Klasse der Dorfgrundschule auf meine Einladungen reagiert. Doch dann prahlte Mum damit, dass es einen Zauberer, Ponyreiten, eine Hüpfburg *und* einen Eiswagen geben würde, und die Zusagen strömten nur so herein. Einige magische Tage lang hatten mich die Klassenkameraden, die mich für gewöhnlich mieden, bei ihren Spielen mitmachen lassen.

Jeder kam zu dieser Party, die Arme voll mit Geschenken, doch leider stellte sich bald heraus, dass Mums Versprechungen nicht stimmten. Es gab weder eine Hüpfburg noch Ponyreiten, und der Zauberer war bloß Dad, der Zehn-Pence-Münzen hinter den Ohren der Kinder hervorholte. Alle Kinder ließen gelangweilt den Kopf hängen, während ich mich den Nachmittag über in einer Ecke verkroch.

Dann, nach den Sandwiches und den Chips, hatte Mum den Kuchen gebracht und meine Klassenkameraden sangen eine lustlose Version von Happy Birthday.

»Nichts für dich, Elizabeth«, hatte meine Mutter geflüstert und mir auf den Bauch geklopft. Dann teilte sie die Stücke aus. Ich sah zu, wie alle anderen Kuchen aßen, und schluckte meine Tränen hinunter.

Am Montag in der Schule waren buchstäblich alle Tische in meiner Klasse leer. Von der Lehrerin erfuhr ich, dass alle krank und mit verdorbenem Magen zu Hause waren. Der Arzt kam sogar bei uns zu Hause vorbei und fragte, was meine Mum uns bei meiner Party zu essen gegeben hatte. Niemals werde ich ihre schrille, empörte Stimme vergessen, gefolgt von hysterischem Schluchzen, nachdem der Arzt gegangen war.

»Das ist aber lieb von dir, Sylvia«, sagt Owen jetzt und zwinkert mir zu. »Aber esst du und Lizzie denn nichts vom Crumble?«

»Oh, ich muss auf meine Figur achten«, erwidert Mum und klopft sich auf den Bauch. »Und Lizzie musste immer schon auf ihr Gewicht schauen, nicht wahr, Liebling?«

»Mum, ich ...«

»So oder so, ich befürchte, meine magere Ausbeute hat nur für eine Portion gereicht, und da du der Gast bist, Owen, gehört sie dir.« Mum dreht sich wieder zum Herd um und nimmt den Topf von der Platte. Die Vanillesoße ist fertig zum Servieren.

Ich weiß, ich muss etwas tun, also greife ich über den Tisch nach dem Wasserkrug und werfe dabei die Auflaufform vom Tisch, die auf dem Boden landet. Porzellanstücke verteilen sich auf dem Boden und hinterlassen eine weinrote Pfütze aus gegarten Beeren und süßen Bröseln zu Owens Füßen.

»Elizabeth!«, kreischt Mum. »Du *dummes,* ungeschicktes Mädchen!«

Dann könnte ich schwören, dass ich höre, wie sie mich in mein Zimmer schickt und mir androht, ich würde eine Woche nichts zu essen bekommen, weil ich so schlimm war.

»Es ... es tut mir leid«, sage ich, schiebe meinen Stuhl zurück und stehe auf. Ich starre auf das Chaos und höre Owen, der sagt, ich solle mir nichts daraus machen, er würde es aufwischen und es sei ja nur ein Missgeschick gewesen.

Dann renne ich in die untere Toilette, schiebe den Riegel vor und lehne mich keuchend an die Wand. In meinen Augen bilden sich Tränen und rollen mir schließlich über die Wangen. Genauso wie damals bei meiner Party, als ich neun Jahre alt war.

DREIZEHN

Als ich am nächsten Morgen erwache, steht Owen vor dem Ganzkörperspiegel und richtet sich seine Krawatte.

»Entschuldige, wenn ich dich gestört habe, Liebes«, sagt er und setzt sich neben mich ans Bett. »Ich habe dir Tee gemacht.«

Ich sehe zum Nachttisch und sehe eine dampfende Tasse, die auf mich wartet. »Du bist ein Schatz«, sage ich mit einem Lächeln. »Du bist so schick angezogen. Hast du irgendetwas vor?«

»Die Arbeit ruft«, antwortet Owen. »Nachdem du gestern ins Bett gegangen bist, habe ich alle unsere Sachen aus dem Auto geholt. Deine Mum hat gesagt, ich könnte alle Kisten, die wir nicht brauchen, auf den Dachboden stellen, aber als ich die Luke geöffnet habe, habe ich gesehen, dass es dort oben ziemlich voll ist.«

Er deutet auf einen Teil unserer Sachen, was mir ins Bewusstsein ruft, wie viel Platz wir bei Peter okkupiert haben. Ich muss geschlafen haben wie ein Bär, weil ich nichts gehört habe, als er alles reingebracht hat.

»Der Rest ist auf dem Flur, da ich dich nicht aufwecken wollte. Nachdem ich alles ausgeladen habe, hat deine Mum mir angeboten, mich heute Morgen zum Bahnhof zu bringen, damit ich den Zug ins Büro nehmen kann. So hast du das Auto zur Verfügung, falls du es heute brauchst. Ich komme nicht spät nach Hause.«

Nach Hause.

Bei diesen Worten sitze ich plötzlich aufrecht im Bett.

»Ich dachte, du bist gerade zwischen zwei Verträgen.«

»Die großen Bosse in der Londoner Niederlassung der Firma wollen weitere Beratertätigkeiten mit mir besprechen«, verkündet er. »Sie haben meine Zugfahrkarten bezahlt. Verzeih mir, ich dachte, ich hätte es erwähnt.«

Ich nippe an meinem Tee und versuche mich zu erinnern. »Ich glaube nicht, dass du das hast.«

»Die Hormone«, witzelt er, was ich hasse, muss aber zugeben, dass er womöglich recht hat. Seit ich das mit dem Baby weiß, ist mein Hirn ein bisschen durcheinander.

»Wie auch immer, das gibt mir die Möglichkeit, mich um das Geld zu kümmern, das sie mir schulden. Ich werde keinen Finger für sie rühren, bevor sie gezahlt haben.«

»Soll ich dich vielleicht zum Bahnhof bringen?«

Genau in diesem Augenblick klopft es an der Schlafzimmertür.

»*Hu-hu* ...«, sagt eine Stimme vor der Tür. »Ich bin bereit, wenn du es bist.«

»Nicht nötig«, sagt er und beugt sich über mich, um mich zu küssen. »Wir sehen uns dann heute Abend, Schatz.«

Damit ist Owen weg und lässt mich im Bett sitzen, mit meinem Tee und der zusammengerollten Minnie neben mir, die nichts von all den Fragen ahnt, die mir durch den Kopf schwirren.

Es ist zwar unwahrscheinlich, aber wenn Shelley nicht zu Hause ist, besuche ich einfach noch einmal Dad. Alles, um aus dem Haus zu kommen und nicht mit meiner Mutter allein sein zu müssen, während Owen in der Arbeit ist. Ich will sie nicht über Hochzeitspläne sprechen hören oder darüber, dass wir – längerfristig – bei ihr einziehen sollen, außerdem glaube ich nicht, dass sie gut auf mich zu sprechen ist, nachdem ich ihr Dessert zerstört habe.

Ich parke den Volvo vor dem Haus meiner Schwester und blicke die Straße entlang auf der Suche nach ihrem alten zerbeulten Geländewagen. Beim Gedanken daran muss ich lächeln und erinnere mich daran, wie Shelley einmal eine Plastiktüte aufgelegt hatte, auf die ich mich während der Fahrt setzen konnte.

»Entschuldige, Hundekotze«, hatte sie gesagt. »Vielleicht war es auch eine Katze. Oder ein Lamm.« Wegen ihrer unregelmäßigen Arbeitszeit hat sie zwar keine eigenen Haustiere, transportiert aber oft Tiere zwischen den verschiedenen tierärztlichen Einrichtungen herum. Das Innere ihres Autos roch wie ein Bauernhof und sah auch so aus, mit Strohhalmen im Fußraum, Hundegurten und -leinen, die überall herumlagen, Taschen mit medizinischer Ausstattung und verschiedenen anderen Dingen, die typisch für das Leben einer Landtierärztin sind.

Obwohl ihr dunkelblauer Jeep nirgends zu sehen ist, beschließe ich, an ihrer Tür zu klopfen, für den Fall, dass sie um die Ecke parken musste.

»Oh!«, sage ich, als die Tür sich öffnet, ehe ich überhaupt noch die Gelegenheit hatte zu klopfen. »Ich bin nur gekommen, um ...«

»Shelley zu sehen?«, sagt der Mann. »Die ist in der Arbeit.«

Er steht im niedrigen Türrahmen, sein Kopf reicht fast bis zum Türsturz und seine breiten Schultern nehmen die ganze Breite der Tür ein.

»Wie schade«, antworte ich und blicke zu ihm hinauf, während sich in meinem Kopf etwas rührt. Er trägt helle Jeans, ein schwarzes T-Shirt und dazu saubere Adidas-Sneakers. Über seinem Arm hängt eine dunkle wattierte Jacke und auf seiner Schulter ein kleiner Rucksack, als wollte er gerade das Haus verlassen. Aber er macht keine Anstalten, aus dem Haus zu treten. »Ich wusste nicht genau, welche Schicht sie heute hat.«

Der Mann, der etwa in meinem Alter ist, lächelt, fährt sich mit der Hand durch das dichte Haar, das von einem satten Braun ist, fast schon ins Rötliche gehend. Eine Farbe, die mich an poliertes Mahagoni erinnert, doch im Licht der Sonne bemerke ich die kupferfarbenen Glanzlichter in seinem ordentlich gestutzten Bart.

Als der Mann sich räuspert, bemerke ich, dass ich ihn schon viel zu lange angestarrt habe.

»Sie hatte einen Anruf und musste schon früh zu einem Bauernhof. Ich bin übrigens Jared«, sagt er und streckt seine Hand aus, den Mund zu einem amüsierten Lächeln verzogen. »Shelleys neuer Untermieter. Ich kann ihr ausrichten, dass Sie hier waren.«

»O mein Gott, *Jared*«, rufe ich aus. »Ja ... *natürlich*!«

Ein weiteres Lächeln enthüllt seine geraden weißen Zähne.

»Ich bin's, Lizzie.« Ich strahle ihn an, während ich mich frage, wie sich dieser schlaksige, unbeholfene Teenager, den ich einst kannte, in diesen sehr gut aussehenden Mann verwandelt hat. Ich hätte ihn in tausend Jahren nicht erkannt, wenn er sich nicht vorgestellt hätte. »Lizzie Holmes, Shelleys Schwester. Erinnerst du dich?«

Jared legt die Hände in die Hüften und schüttelt langsam den Kopf. »Mein Gott«, antwortet er und seine hellgrünen Augen weiten sich. »Es ist *so* schön, dich zu sehen.« Er breitet die Arme aus, um mich zu umarmen. »Wie geht's dir, Liz?«

Es hatte nicht viel Überredungskunst bedurft, um in Jareds BMW zu steigen und ihn zu einer Hausbesichtigung zu begleiten. »Es ist nur fünfzehn Minuten entfernt«, sagt er, als wir losfahren. »So können wir ein bisschen plaudern.«

»Hübsche Karre«, sage ich und vergleiche sie im Geiste mit dem alten Volvo, den Owen für uns gekauft hat. Aber ich kann mich nicht beklagen – bislang war er trotz seines Alters und der vielen Meilen, die er drauf hat, sehr zuverlässig.

»Ich bin immer noch ein kleiner Autofreak«, gibt Jared zu und nimmt die gewundenen Straßen zügig. Er blickt zu mir hinüber, sein Lächeln lässt mich einen Moment zu lange in seinem Blick verharren.

Ein paar Minuten und zahlreiche Fragen später sagt Jared: »Gut, ich glaube, hier irgendwo muss es sein.« Er schaltet in den zweiten Gang hinunter und biegt ins Zentrum eines hübschen Dörfchens ab, etwa fünf Meilen von Shelleys Haus entfernt.

»Dieser Ort ist hinreißend«, sage ich. Häuschen, die aussehen wie Schokoladenschachteln mit niedrigen Strohdächern, sind rund um den begrünten Dorfplatz angeordnet, mit einem Teich und Enten in der Mitte. »Ich hatte vergessen, wie schön diese Gegend ist.« *Und mit dem dazu passenden Preisschild ausgestattet,* denke ich.

»Ah, hier ist es«, sagt Jared und zeigt auf ein »Zu Verkaufen«-Schild etwas weiter die Straße runter. Er blinkt rechts und fährt in die Zufahrt eines alten Steinhauses mit durchhängendem Dach, auf dem die meisten Ziegel fehlen. Einige der Fenster sind mit Brettern vernagelt und der Garten vor dem Haus ist so zugewachsen, dass ich fast vom Brombeergestrüpp attackiert werde, als ich aus dem Auto steige.

»Das ist mit Sicherheit ein Projekt«, sage ich, die Hände in die Hüften gestemmt und das Haus betrachtend. »Aber mit viel Potenzial.«

Eine Frau in einem schicken Hosenanzug erscheint an der Eingangstür.

»Mr und Mrs Miller, willkommen im Cherry Tree Cottage«, ruft sie aus und bahnt sich durch das Unkraut ihren Weg zu uns.

»O mein Gott, sogar der Name ist hinreißend«, flüstere ich und ziehe Jared leicht am Ärmel. »Ich bestehe darauf, dass du es augenblicklich für uns kaufst, Schatz«, füge ich mit dümmlicher Stimme hinzu.

»Eigentlich suche nur ich nach einem Haus«, lässt Jared die Maklerin wissen. »Das ist meine Freundin Lizzie. Eine sehr alte und *gute* Freundin«, fügt er hinzu und blickt mich dabei lächelnd an.

Ich ignoriere das flatternde Gefühl in meinem Inneren und folge Jared zur Eingangstür. Ich bin zwar keine Immobilienexpertin, aber als wir noch bei Shelleys Haus waren und er mir erzählt hatte, dass er sich gleich eine Immobilie ansehen würde, hatte er gemeint: »Eine zweite Meinung wäre mir sehr willkommen. Dann vielleicht ein Kaffee hinterher, damit wir uns richtig unterhalten können?«

Tatsächlich habe ich genügend Zeit. Da Owen unerwartet in London ist, dehnt sich der ganze lange Tag vor mir aus, ohne dass ich irgendwelche Pläne hätte. Ich hinterließ meiner Mutter auf dem Küchentisch einen Zettel mit der einfachen Nachricht: »Komme später zurück.«

»Und, wirst du ein Angebot abgeben?«, frage ich ihn nach der Besichtigung. Wir sind weitergefahren nach Stow-on-the-Wold und haben ein kleines Café mit einem malerischen Innenhof gefunden, wo wir jetzt im gesprenkelten Sonnenlicht sitzen und auf unseren Cafè Latte warten.

»Ich bin sehr versucht«, sagt Jared. Ich habe das Gefühl, er hat seinen Blick nicht von mir abgewendet, seit wir uns gesetzt haben. »Ich fasse es einfach nicht, dass *du* es bist, Liz. Nach all dieser Zeit.« Er schüttelt wieder den Kopf. »Shelley hat erwähnt, dass du in der Gegend bist. Es ist so wunderbar, dich zu sehen.«

»Bist du noch mit irgendjemandem aus der Schule oder

dem Dorf in Kontakt?«, frage ich, als der Kellner unsere Getränke auf dem Gusseisentischchen abstellt.

Jared schüttelt den Kopf. »Leider nicht, außer mit Shelley natürlich.«

»Bist du endgültig aus den Staaten heimgekommen?«

Er nickt. »Ich hatte nie vor, für immer dort zu bleiben. Silicon Valley ist ... na ja, es ist ein bisschen zu anstrengend für mich. Im Herzen bin ich ein englischer Junge vom Land.«

Im Auto hatte Jared erzählt, wie er vor ein paar Monaten sein Tech-Unternehmen verkauft hatte – irgendetwas mit Software und KI.

»Der Verkauf gibt mir die finanzielle Freiheit, andere Wege einzuschlagen«, sagt er. »Ich will Wurzeln schlagen, einen Ort haben, den ich als Zuhause bezeichnen kann, und solange ich eine vernünftige Internet-Verbindung habe, bin ich glücklich. Mum und Dad leben immer noch in Little Risewell, und ich finde es gut, in der Nähe zu sein, wenn sie älter werden.«

»Ich wusste, ich hätte in der IT-Stunde besser zuhören sollen«, scherze ich. »Ich bin nur Nachhilfelehrerin, die zwanzig Pfund in der Stunde verdient.« Ich streiche eine Strähne widerspenstigen Haares hinters Ohr. »Aber ich liebe es. Nach meinem Abschluss habe ich ein Lehramtsstudium absolviert und dann ein paar Jahre an einer Grundschule unterrichtet. Seitdem arbeite ich über eine Agentur.«

»In die Fußstapfen deiner Mutter getreten?«

»Himmel, ich hoffe nicht«, antworte ich lachend. »Gott sei Dank verdient mein Verlobter gut, also sind wir nicht völlig aufgeschmissen.« Ich schlucke die Lüge hinunter.

»Gratuliere übrigens zu deiner Verlobung«, sagt Jared und wirft mir einen Blick zu.

Ich erzähle ihm die Geschichte mit dem Pool und wie Owen und ich uns in Dubai kennengelernt haben. Den Teil mit den Schulden, die ich abbezahlen muss, obwohl es nicht meine sind, lasse ich aus. »Ich habe nie an Liebe auf den ersten Blick geglaubt, aber offenbar gibt es sie doch.« Ich spüre, wie Röte meine Wangen überzieht.

»Und deine Eltern, wie geht's denen?«

»Dad geht es in letzter Zeit nicht so gut«, gestehe ich, zögere aber und frage mich, ob ich ihm mehr erzählen soll. Dann beschließe ich, dass ich Jared trauen kann. Ich weiß, er ist nicht voreingenommen.

»Eigentlich lebt er gerade in Winchcombe Lodge.« Jeder in der Gegend weiß, dass das eine psychiatrische Klinik ist – die Art von Ort, wo psychisch kranke Rechtsbrecher in einem Sicherheitsflügel untergebracht sind, aber wo auch all jene unterkommen, die eine Pause vom Leben brauchen oder eine Entziehungskur von Drogen oder Alkohol machen.

»Es tut mir sehr leid, das zu hören. Ich habe deinen Dad immer gemocht.«

»Und Mum ... na ja, sie ist immer noch Mum.«

»Sylvia war immer eine Naturgewalt. Es muss sehr schwer gewesen sein für dich und Shelley, als ihr aufgewachsen seid.«

»Du hast ja keine Ahnung«, erwidere ich. »Obwohl es Dad ist, der jetzt den Preis dafür bezahlt. Es ist so traurig. Ich meine ... warum hat er sich nicht schon vor Jahrzehnten von ihr scheiden lassen? Das verstehe ich nicht. Er hätte so ein anderes Leben haben können.«

»Soweit ich mich erinnere, hatte deine Mutter doch psychische Probleme. Und damals waren die Dinge anders. Niemand hat über so etwas gesprochen, besonders die ältere Generation nicht. Man hat es einfach ignoriert und weggeschlossen.«

»Da hast du recht. Aber es ist schrecklich, Dad im Krankenhaus zu sehen. Und Mum ist jetzt ganz versessen darauf, meine Hochzeit zu organisieren. Aber nach dem, was letztes Jahr passiert ist ...« Ich breche ab. »Sagen wir einfach, ich hätte lieber eine ruhige Zeremonie auf dem Standesamt.«

»Shelley hat mir schon alles erzählt«, sagt Jared auf eine Art und Weise, die mir sagt, dass er es versteht. »Es tat mir so leid, das von Rafe zu hören. Einfach nur tragisch. Vielleicht solltet du und Owen einfach weglaufen und den Bund fürs Leben schließen.« Er beugt sich näher zu mir und sein Blick bleibt an meinem hängen. Mit leiser Stimme sagt er: »Dann ist dein Verlobter zumindest sicher vor der Mutter der Braut.«

Ich blicke ihn einen Moment lang an und frage mich, was er damit meint. Was er *weiß*.

»Das würde ich liebend gern tun, aber Owen will das ganze Programm.« Dann werfe ich einen Blick auf mein Handy, um zu sehen, ob er geschrieben hat. Hat er zwar nicht, aber mir wird ganz anders, als ich den Bildschirm sehe. Ich hatte mein Telefon für die Besichtigung auf stumm geschaltet. »Verstehst du, was ich meine?«, werfe ich Jared einen kurzen Blick zu.

»*Neun entgangene Anrufe von Mutter*«, liest er. »Ruf sie ruhig zurück.«

»Nicht nötig, schau mal.« Ein weiterer rascher Blick sagt ihm, dass meine Mutter gerade das zehnte Mal anruft.

»Hallo Mum«, sage ich. »*Was?*« Ich blicke Jared an und verziehe das Gesicht. »Nein, eigentlich nicht. Ich bin gerade bei jemandem. Kann das nicht warten?«

Ich höre ihr zu, überzeugt davon, dass Jared die immer lauter werdende Stimme meiner Mutter hört.

»Na gut, na gut, gib mir eine halbe Stunde, dann bin ich da«, antworte ich mit resignierter Stimme. »Bis dann.«

»Probleme?«

»Ich kann es nicht glauben. Mum hat gerade eine Verabredung für die Mittagszeit mit dem hiesigen Pfarrer ausgemacht, um Owens und meine Hochzeit in der St Michael's Church im Dorf zu besprechen.« Ich seufze und schließe eine Sekunde lang die Augen. »Offensichtlich gab es eine Absage und sie haben einen freien Termin am Samstagnachmittag in zwei Wochen. Ich meine, geht das überhaupt bei Hochzeiten? Ich habe keinen blassen Schimmer.« Ich stecke mein Handy zurück in die Tasche.

Jared lacht und trinkt seinen Kaffee aus. »Da fragst du einen ewigen Junggesellen«, sagt er, »der keine Ahnung von solchen Dingen hat. Ich würde einfach mal mitspielen. Das befriedigt den Drang deiner Mutter, sich ...«

»Einzumischen?«

Jared nickt. »Und dann in ein paar Tagen bist du zurück in London, ziehst in deine neue Wohnung, und du und Owen, ihr könnt eure eigenen Hochzeitspläne schmieden. Ich freue mich schon auf meine Einladung«, fügt er mit einem Lächeln hinzu.

»Vorausgesetzt, wir finden überhaupt eine Wohnung«, erwidere ich und weiß, dass die Chancen dafür nicht gut stehen. »Aber du hast recht. Ich werde sie vorerst bei Laune halten, und wenn Owen später heimkommt, gibt es hoffentlich gute Nachrichten bezüglich unserer Rückkehr nach London.« Damit meine ich, dass das Geld dann hoffentlich angekommen ist.

Auf dem kurzen Weg zurück zu Shelleys Haus in Wendbury plaudern wir noch, dann gehe ich direkt zu meinem Auto.

»Danke für den Kaffee«, sage ich, als ich aufsperre. »Du musst Owen kennenlernen, aber ich weiß nicht genau wann, da wir ja bald abreisen.«

»Wollt ihr nicht heute Abend zum Essen kommen?«, schlägt Jared überraschend vor. »Shelley meinte, ich könne jederzeit Gäste einladen, und da du ja ihre Schwester bist, wird sie kaum etwas dagegen haben. Ich zaubere uns etwas. Passt euch sieben Uhr?«

Ich lächle und kann es kaum erwarten, Owen einem meiner ältesten Freunde vorzustellen. »Liebend gern, danke.« Dann habe ich eine Idee. »Hier, ich zeige dir ein Foto von ihm. Mum hat gestern Abend beim Essen ein paar von uns gemacht.«

Ich gehe in meine Bildergalerie und scrolle rasch durch die letzten Fotos, die sie aufgenommen hat. Dann runzle ich die Stirn und scrolle noch weiter zurück für den Fall, dass ich mich geirrt habe.

»Das ist ja merkwürdig«, flüstere ich. Jared blickt mir über die Schulter. Ich gehe noch einmal alle Fotos durch, die sie gemacht hat – insgesamt acht, alle von gestern Abend, und alle am Küchentisch, denn da bin ich mit dem gezwungenen Lächeln im Gesicht und dem Brathähnchen vor mir.

Nur dass auf jedem Foto nur ich zu sehen bin.

Denn auf jedem einzelnen Foto hat Mum Owen abgeschnitten.

VIERZEHN

»Warte mal ... deine Mutter hat also tatsächlich den *Tag* unserer Hochzeit festgelegt?«, sagt Owen mit einem ungläubigen Lachen, als wir am selben Abend den Weg entlanggehen. Wir haben beschlossen, zu Shelleys Haus zu spazieren, da uns beiden nach ein bisschen Bewegung und frischer Luft ist.

»Ja. Ich habe heute Nachmittag zwei Stunden mit ihr und dem Pfarrer verbracht und zugehört, wie sie unsere gesamte Hochzeit organisiert hat. Ich zähle buchstäblich die Stunden bis zu unserer Rückkehr nach London.« Die Fotos, die sie aufgenommen hat, erwähne ich bewusst nicht. Ich weiß, er wird enttäuscht sein, dass sie ihn nicht mit aufgenommen hat. Wenn er sie sehen möchte, muss ich einfach behaupten, ich hätte sie irrtümlich gelöscht.

Owen war zwar nicht begeistert darüber, den Abend auswärts zu verbringen, als ich ihn vorher vom Bahnhof abgeholt habe, aber sobald er sah, wie enttäuscht ich war, hat er seine Meinung geändert. So etwas hatte ich noch nie – jemanden, der meine Wünsche für wichtig hält, meine Bedürfnisse vor die eigenen stellt.

Als wir in Dubai anfingen, miteinander auszugehen, hatte

er kurz entschlossen eine Woche Urlaub genommen, um meinem Unterrichtsplan entgegenzukommen. »Wie soll ich dich sonst sehen?«, hatte er gefragt und war mit einem Picknickkorb voller Köstlichkeiten und einem Sonnenschirm aufgetaucht. Er hatte für jeden Nachmittag, wenn ich ab 15 Uhr mit der Arbeit fertig war, eine andere Aktivität geplant – einen Strandspaziergang gefolgt von einem Abendessen bei Sonnenuntergang, Reiten in der Wüste, Karten für die Oper, eine Schifffahrt. Und jetzt, wo das Leben eine etwas alltäglichere Wendung genommen hat, ist er immer noch für mich da, stets bereit, mich glücklich zu machen.

Auf der Fahrt zurück nach Medvale fragte ich ihn zaghaft nach der Überweisung. Er fuhr sich mit der Hand über das müde Gesicht und wandte sich mir zu. »Meine Rechnung ist Peanuts für sie. Aber mach dir keine Sorgen, ich bin dran.«

Ich fand ja nicht, dass eine Rechnung über 23 000 Pfund für fünf Monate Beratertätigkeit Peanuts war. Alles andere als das. Es war mehr, als in meine letzte Steuererklärung für ein ganzes Jahr Arbeit eingetragen war. Und ich *machte* mir Sorgen.

»Jedenfalls hat Mum den armen Pfarrer angeschleimt, dass die Hochzeit bald stattfinden *muss*«, sage ich jetzt, als wir den Weg entlangspazieren. Ich erwähne nicht, dass sie ihm erzählt hat, sie warte gerade auf die Testergebnisse wegen einer möglicherweise tödlichen Krankheit und könne glücklich sterben, wenn sie sehen könnte, wie ihre jüngste Tochter heiratet. Natürlich enthüllte Mum danach mit einem selbstgefälligen Lächeln, dass das gar nicht stimme, aber das muss Owen nicht wissen.

»Sie ist auf jeden Fall zielstrebig«, sagt Owen und schiebt seine Finger in meine. »Wann ist denn unsere Hochzeit nun? Ich sollte sie vielleicht einmal im Kalender eintragen.« Wieder lacht er.

»Oh, übernächste Woche, am Samstag«, antworte ich aufgebracht. »Anscheinend hatte ein anderes Paar diesen Tag gebucht, aber dann haben sie sich getrennt und den Gottesdient, samt allem anderen, abgesagt.«

»Schade für sie.«

»Ja, aber Mum hat die Gelegenheit beim Schopf gepackt. Sie will sogar ihren Caterer und ihren Floristen buchen.«

»Ich würde mir keine Sorgen machen. Da muss noch jede Menge Papierkram erledigt werden, inklusive der Verlesung des Aufgebots in der Kirche. Dafür reicht die Zeit einfach nicht.« Er sieht mich an und zwinkert mir zu.

»Obwohl ich es nicht verhehlen kann, dass der Gedanke, dich so bald zu heiraten, verführerisch ist.«

Kurz lehne ich den Kopf an ihn und drücke seine Hand. Mir geht es genauso, aber der Gedanke, dass Mum unseren besonderen Tag kontrolliert, erfüllt mich mit Schrecken.

»Wir sprechen hier von meiner Mutter«, sage ich. »Sie hat ihre Hausaufgaben gemacht. Offenbar gibt es da so etwas wie einen Antrag auf Eheschließung mit einer Sondergenehmigung, die wir recht schnell kriegen könnten. Wir müssten nur ein paar Ausweisdokumente vorlegen und uns dann mit jemanden von der Kirche treffen, der die Erlaubnis ausstellen darf. Weil ich im Dorf gelebt habe und als Kind regelmäßig in der St Michael's Church war, schien den Pfarrer nichts davon aus der Ruhe zu bringen, besonders nachdem Mum ihn in der Zange hatte. Sie hat den ganzen Nachmittag Festzeltverleiher durchtelefoniert. Sie ist anstrengend, aber zumindest war sie so beschäftigt.«

»Sieh es doch mal aus ihrer Perspektive, Liebes«, sagt Owen, als wir endlich in Wendbury ankommen. »Ihr Mann ist im Krankenhaus, also fühlt sie sich wahrscheinlich ziemlich einsam. Es würde ihr etwas geben, auf das sie sich konzentrieren kann, besonders nachdem der Hochzeitstag ihrer älteren Tochter in so einer Tragödie endete und ihre andere Tochter nach Übersee weggerannt ist, um ...«

»He, so war das nicht«, sage ich in scherzendem Tonfall, obwohl sein Kommentar schmerzt. Ich ziehe meine Hand aus seiner und greife instinktiv zu meinem Verlobungsring – eine Angewohnheit, mit der ich einerseits überprüfe, ob er noch da ist, auf die ich anderseits aber auch zurückgreife, wenn ich gestresst bin.

Ich erstarre.

Der Ring steckt nicht an meinem Finger.

Aber dann entspanne ich mich, weil ich mich daran erinnere, dass ich, ehe ich Owen vom Bahnhof abgeholt habe, duschen war und ihn dafür abgezogen und auf den Rand des Waschbeckens gelegt habe. Ich erwähne es lieber nicht, weil ich nicht will, dass er mich für achtlos hält. Stattdessen nehme ich mir vor, ihn sofort wieder anzustecken, wenn wir zu Hause sind.

»Deine Mum will einfach nur zumindest eine ihrer Töchter glücklich verheiratet sehen. Das bedeutet ihr viel. Ich finde nicht, dass das so unangemessen ist.«

Als wir uns Shelleys Haus nähern, wünschte ich, Owen könnte hinter Mums Fassade blicken – nicht eine Mutter, die sich kümmert, sondern eine Frau, die alles unter Kontrolle haben muss. Eine Frau, die sich durch nichts aufhalten lassen wird, um ihre Töchter zu beschützen. Dann schießt mir eine meiner frühesten Erinnerungen ins Gedächtnis, vielleicht ausgelöst durch den Geruch von Holzrauch von irgendeinem Kaminfeuer, während wir durch das Dorf gehen.

Ich war erst vier und Shelley war gerade neun geworden. Meine behandschuhte Hand lag in der meiner Schwester, und gemeinsam sahen wir zu, wie die Flammen den riesigen Holzstoß emporschlugen, der für die Festlichkeiten der Guy Fawkes Night angehäuft worden war. Die hiesige Pfadfindergruppe hatte die Guy Fawkes-Puppe gemacht, die mit ihrem Körper aus Stroh und Zeitungen oben auf dem brennenden Stapel saß.

»Ich will *dort* rüber«, hatte ich Shelley angequengelt, die mit ihrem kandierten Apfel beschäftigt war. Nachdem ich noch ein bisschen gejammert hatte, zog ich sie rüber zur anderen Seite des Feuers, um einen besseren Blick auf das Feuerwerk zu erhaschen. Wir schlängelten uns durch die Menge, Mum und Dad immer in unserer Nähe. Dachten wir zumindest, aber bald schon hatten wir sie verloren. Körper von Erwachsenen erhoben sich wie Türme über uns, und über unseren Köpfen knallten die Raketen, ertönte das Krachen von Knallkörpern und Knallfröschen.

Ich drehte mich im Kreis und starrte in den nächtlichen Himmel, aus dem Explosionen aus Farbe regneten. So etwas hatte ich noch nie zuvor gesehen.

Irgendwann musste meine Hand Shelleys Griff entglitten sein. Ich wurde von einem Meer an Menschen weitergetrieben, mein Blick erhellt von Flammen und Feuerwerk und dem grässlichen Gesicht von Guy Fawkes, als er in das Flammeninferno stürzte. Auf meinen Wangen die Hitze des Feuers.

Und dann sprach mich ein Mann an, bückte sich zu mir hinunter. Seine große Hand legte sich um meine und führte mich weg von der Menge, während er mir Sprühkerzen und Süßigkeiten versprach.

Als er die Autotür öffnete, durchschnitt ein Schrei die Nacht, den ich niemals vergessen werde, lauter als jedes Feuerwerk.

Ich wusste augenblicklich, dass es meine Mutter war.

Alles ging so schnell, dass ich mich an die Einzelheiten gar nicht mehr erinnern kann, aber ich weiß, dass es noch mehr Geschrei gab und der Mann dann aufheulte und sich vor Schmerzen krümmte, weil meine Mum ihm die Autotür auf die Hand geknallt hatte. Dann trat sie ihn und brüllte Obszönitäten.

Als Mum mich aufhob, mich an sich drückte und wir davongingen, spürte ich, dass sie am ganzen Körper zitterte. Sie war voll Adrenalin und konnte kaum sprechen, drückte ihr Gesicht in meine Haare.

»Ich hätte dich beinahe verloren ... Ich hätte dich beinahe verloren ...«, wimmerte sie.

Als wir Shelley und Dad fanden, stellte sie mich neben meine Schwester und kniete sich vor uns hin.

»Ich verspreche«, sagte sie feierlich, ihr Mund vor Angst bebend, »ich werde nicht zulassen, dass *irgendein* Mann euch mir jemals wegnimmt, so lange ich lebe.«

Und ich wusste, dass es ihr voller Ernst war, so wie sie ihr Ehrenwort gegeben hatte.

Jetzt, als wir zu Shelleys Haus gehen, die Worte meiner Mutter, vor so langer Zeit ausgesprochen, immer noch in meinem Kopf, frage ich mich, ob sie Owen gutheißt oder nicht. So oder so, ich werde kein Risiko eingehen, indem ich zulasse, dass sie etwas mit unserem besonderen Tag zu tun hat – besonders nicht nach dem, was letztes Jahr bei Shelleys Hochzeit passiert ist.

Ich ziehe Owen am Jackenärmel, sodass er stehen bleibt.

»Es fühlt sich einfach überhastet an, das ist alles«, sage ich und wende ihm mein Gesicht zu. Er soll nicht denken, dass ich ihn nicht heiraten will – ich will nur einfach nicht *hier* heiraten. »Mum hat eine Tendenz ... alles an sich zu reißen«, sage ich, da ich nicht weiß, wie ich es anders ausdrücken soll.

»Ist es wirklich *so* schlimm?«, fragt Owen und hebt mein Kinn an. »Wir sind verliebt, wir wollen heiraten. Vielleicht tut uns deine Mutter einen Gefallen, indem sie uns hilft. Ganz zu schweigen von ihrem netten Angebot, alles zu bezahlen.«

Ich schließe eine Sekunde die Augen. Er versteht es nicht. Wie *könnte* er auch? Ich weiß, dass sich Owen eine traditionelle Zeremonie wünscht, und die hübsche Kirche in meinem Heimatdorf wäre geradezu perfekt. Ich fühle mich so selbstsüchtig, weil ich mich dagegen sträube, aber nach dem, was Rafe zugestoßen ist, kann ich es einfach nicht tun. Obwohl es kein Geheimnis ist, dass er und Mum sich nicht einig waren. Sie hatte ihn vom ersten Augenblick an nicht leiden können.

»Sie hat ihn verflucht noch mal gefragt, wie *groß* er ist«, erzählte Shelley mir einmal, an Rafes Stelle gedemütigt. »Dann hat sie ihm gesagt, er sei zu klein für mich.« Schäumend vor Wut berichtete mir meine Schwester dann, wie Mum Rafe über seine Eltern und deren Berufe ausgefragt hatte. Ihr gefiel nicht, dass Rafes Vater Taxifahrer war und seine Mutter Putzfrau, und dabei war es ihr egal, dass beide Tag und Nacht arbeiteten, damit sich ihr Sohn seinen Traum erfüllen konnte, Tierarzt zu werden. »Und sie ist buchstäblich explodiert, als Rafe sie darüber informiert hat, dass er Labour gewählt hat.«

Als Owen an der Tür von Shelleys Cottage klopft, kneife ich die Augen zusammen, um das Bild aus dem Kopf zu bekommen, das mich auch ein Jahr später immer noch verfolgt.

Das cremefarbene und rote Ansteckssträußchen der Mutter der Braut – zarte Freesien mit einer einzelnen Rose in der Mitte – hatte (natürlich) meine Mutter ausgewählt, damit es zum Brautstrauß passte, und ich fand es auf dem Fliesenboden neben Rafes Leiche.

Es bestand kein Zweifel daran, dass es dasselbe Ansteckssträußchen war, das meine Mutter früher am Tag getragen hatte – keiner der anderen Hochzeitsgäste hatte so eines. Es war mit einer Stecknadel mit Perlenkopf am Revers ihrer pfirsichfarbenen Jacke befestigt gewesen, und im Auto auf dem Weg zur Kirche hatte sie daran herumgenestelt und sich beschwert, dass es nicht hielt.

Niemals werde ich den starren leeren Ausdruck auf Rafes Gesicht vergessen, wie er dort leblos lag, seitlich verdreht auf dem kalten Steinboden. Er trug seinen Cut mit der einzelnen roten Rose an der dunkelgrauen Jacke und darunter eine cremefarbene Weste aus Satin. Die Knie seiner hellgrauen Hose waren abgewetzt und schmutzig, und um seinen Kopf hatte sich eine dunkelrote Blutpfütze gebildet. Es überraschte mich, dass seine Füße völlig nackt waren, obwohl er schon fertig für die Hochzeit angezogen war.

Nachdem er nicht in der Kirche aufgetaucht war – er sollte vierzig Minuten vor der Trauung dort sein –, hatten wir uns Sorgen gemacht. Es sah Rafe überhaupt nicht ähnlich, zu spät zu kommen. Die Braut wurde in dem beigen Rolls-Royce, den Mum gemietet hatte, etliche Male rund ums Dorf geschickt, um Zeit zu schinden. Als Shelley schließlich darauf bestand, dass das Auto anhalten und man sie und Dad aussteigen lassen sollte, waren es ich, ihre Trauzeugin, und George, Rafes Trauzeuge, die sie um Hilfe bat. Wir wurden losgeschickt, den vermissten Bräutigam zu suchen.

Nachdem ich es Dutzende Male auf seinem Handy versucht und ihn auf dem gesamten Kirchengelände gesucht hatte, für den Fall, dass er kalte Füße bekommen hatte und sich hinter einem Grabstein Mut antrinken musste, hätte ich nie im Leben vermutet, ihn tot auf dem Fußboden seines eigenen Zuhauses zu finden.

Und noch nie in meinem Leben hatte ich etwas so Unbesonnenes getan, wie ein potenzielles Beweisstück vor der Polizei zu verstecken.

Aus Reflex hatte ich das Anstecksträußchen von seinem Platz neben Rafe geschnappt, es mit einer Haarnadel am Oberteil meines langen cremefarbenen Kleides befestigt und es damit vor aller Augen versteckt. Ich wollte mich später damit auseinandersetzen, Mum fragen, wie es dort hingekommen war, ihr eine Chance geben, es zu erklären, war – unserer ganzen Familie wegen – in Todesangst, dass sie etwas mit Rafes Tod zu tun hatte.

Nur, dass ich sie, wie sich herausstellen sollte, nie danach fragte.

Wenn ich die Wahrheit nicht kannte, so redete mir mein panischer Kopf ein, schützte ich irgendwie auch Shelley, schützte meinen Vater, schützte mich selbst vor den Konsequenzen, die, davon war ich überzeugt, das zerstören würden, was noch von unserer Familie übrig war.

Dann hatte ich mit zitternden Händen den Notruf gewählt. Sobald Polizei und Rettung eingetroffen waren, verschwand das Ansteckssträußchen komplett aus meinem Gedächtnis und durch den Schock bemerkte niemand, dass ich die Blumen, die an meinem Kleid angebracht waren, ursprünglich gar nicht getragen hatte. Als Trauzeugin trug ich meinen eigenen kleinen Strauß, zusammen mit einem Körbchen voller Blütenblätter für das Blumenmädchen, das ich jedoch auf einer Kirchenbank in der Kirche zurückgelassen hatte.

Erst später am Tag, nachdem ich mit Shelley von der Polizeiwache zurückgekommen war, erinnerte ich mich an das Sträußchen. Allein in meinem Zimmer in Medvale, als ich aus dem Kleid schlüpfte, nahm ich es ab. Lange starrte ich es an, als könnten die Blumen ein Geheimnis preisgeben, und vergrub es schließlich tief in einer Kiste mit Dingen aus meiner Kindheit, die auf dem Dachboden deponiert werden sollte. Niemand würde wissen, was seine Entdeckung am Ort von Rafes Tod bedeuten konnte.

FÜNFZEHN

»Auf das glückliche Paar«, sagt Shelley eine halbe Stunde nach unserer Ankunft und hebt ihr Glas über den Esstisch hinweg. Mir ist nicht entgangen, wie müde sie heute aussieht. Müder noch als gestern.

Wir alle stimmen in den Toast ein, wobei Shelleys Glas ein wenig zu fest an Owens schlägt. Sie greift die Geste auf, indem sie den Inhalt ihres Glases mit mehreren Schlucken hinunterkippt und sich dann nachschenkt.

»Shell, es ist okay«, sage ich leise zu ihr. »Wir müssen heute nicht über Hochzeit und solche Dinge reden. Nicht heute Abend«, füge ich hinzu und klopfe ihr unter dem Tisch beruhigend auf das Bein, doch sie weicht zurück und schaut mich mürrisch an.

»Natürlich tun wir das«, sagt sie. »Ich könnte nicht glücklicher für euch sein.« An ihren Augen erkenne ich, dass sie bereits einen Schwips hat.

Ich war Owen nie zuvor dankbarer als jetzt, da er plötzlich beschließt, uns mit einem Monolog über Windenergie versus Solarenergie zu bedenken. Ich bemerke, dass Jared zunächst interessiert scheint, seine Aufmerksamkeit nach ein paar

Minuten jedoch nachlässt, als Owen über die Zukunft von Wasserstoff spricht.

»Wie dem auch sei, zumindest bin ich dadurch gut beschäftigt«, sagt Owen schließlich und beendet seinen Vortrag. Ich reiche ihm das Gemüsecurry, das Jared gemacht hat, in der Hoffnung, es möge ihn davon abhalten, weiter von der Arbeit zu sprechen, jetzt, wo sich das Gespräch dankenswerterweise von Hochzeiten wegbewegt hat.

»Dieser neue Detective hat mich heute in der Praxis aufgesucht«, meldet sich Shelley plötzlich zu Wort, wodurch sich mein Magen erneut verkrampft. Owens Ablenkungsmanöver hat nicht funktioniert. »DI Lambert.«

»Was hat er gesagt?«, frage ich.

»Es war seltsam«, antwortet sie und legt ihr Besteck ab. »Er hat angedeutet, dass es neue Beweise gäbe, obwohl ... obwohl er nicht erwähnt hat, was genau.« Sie nimmt einen Schluck von ihrem Wein, einen gequälten Ausdruck auf dem Gesicht. »Er wollte einige Details mit mir durchgehen, aber ich habe mehr oder weniger das wiederholt, was ich ihnen schon letztes Jahr gesagt habe.«

Alle verfallen einen Augenblick lang in Schweigen.

»Ich hoffe, es gibt nicht wieder jemanden, der sich einmischt«, sage ich.

Rafes Tod war in allen lokalen Nachrichten gewesen, in erster Linie weil ein Bräutigam, der am Tag seiner eigenen Hochzeit stirbt, eine gute Geschichte abgibt. Als die Polizei zunächst eine öffentliche Stellungnahme abgab, konnte sie verdächtige Umstände nicht ganz ausschließen. Dann kamen die Scherzanrufe und die hässlichen Nachrichten in den sozialen Medien.

Die Polizei war zwar an den Umgang mit derlei Dingen gewöhnt, musste aber jedem Hinweis nachgehen, was ihre Aufmerksamkeit von der Hauptermittlung ablenkte. Die Untersuchung dauerte einige Monate, doch der Gerichtsmediziner kam schließlich zu dem Schluss, dass Rafe an einem Herzinfarkt verstorben war. Der damals mit dem Fall befasste Detective, DI Waters, äußerte allerdings stets Zweifel daran und war weiterhin der Überzeugung, es müsse mehr an der Sache dran sein. Aber gegen Ende des vergangenen Jahres war er in den Ruhestand gegangen, und das war's dann. Shelley blieb mit gebrochenem Herzen und dem Gefühl, dass irgendetwas nicht stimmte, zurück.

»Was immer es ist, DI Lambert nimmt es ernst«, erwidert Shelley und schenkt sich noch mehr Wein ein.

Ich blicke auf meinen Teller und schiebe das Curry mit der Gabel hin und her. Obwohl ich schon den ganzen Tag mit Morgenübelkeit zu kämpfen habe, hat mir Jareds köstliches Essen geschmeckt, bis Shelley diese neue Entwicklung erwähnt hat. Jetzt wird mir beim Gedanken, noch einen Bissen zu essen, wieder unwohl.

Dann erinnere ich mich wieder an Mum letztes Jahr, die uns am Abend von Rafes Tod Hochzeitskanapees aufdrängte, weil sie nicht wollte, dass das teure Hochzeitsessen in den Müll wanderte. Doch damals war es Shelley, die sich in dieser Nacht übergab, nicht ich – meine Schwester trug immer noch ihr Hochzeitskleid, während ich ihre Haare hielt und sie ihren Schmerz rausließ. Es war nichts gekommen, aber sie konnte nicht einmal einen Schluck Wasser bei sich behalten.

»Mum, Rafe ist gestorben«, fuhr ich sie an, als wir alle zurück in Medvale waren und meine Mutter mit den silbernen Servierplatten herumwuselte. Sie trug immer noch ihr pfirsichfarbenes Mutter-der-Braut-Outfit – ohne das Anstecksträußchen –, obwohl ich sie drängte, sich umzuziehen, damit Shelley nicht daran erinnert würde, wie der Tag hätte ablaufen sollen. »Kanapees sind wirklich das Letzte, an das wir jetzt denken.« Während Shelley und ich bei der Polizei unsere Aussagen machten, hatte Mum die Hochzeit ebenso effizient abgeblasen und aufgelöst, wie sie sie auch organisiert hatte.

Beinahe *zu* effizient, wie ich seitdem immer wieder grüble. Damals war ich dankbar, dass sie sich mit all den praktischen Dingen auseinandergesetzt hat – die Gäste informiert, dass die Hochzeit nicht stattfinden würde, dem Ort des Empfangs mitgeteilt, was passiert war, die Live-Band, den DJ und das Spanferkel, die für die Feier am Abend geplant waren, abgesagt. Dad hatte versucht, sich nützlich zu machen, doch im Laufe des Tages war er immer aufgelöster und überforderter gewesen, folgte Mum überallhin, versuchte mit ihr zu sprechen und stellte ihr Fragen, die sie anscheinend nicht beantworten wollte. Ich fragte mich, ob er etwas wusste.

Schließlich hatte sich George, der Trauzeuge, um Dad gekümmert und ihn nach oben geführt, damit er sich ausruhen konnte. Dabei wirkte auch George, wie ich mich erinnere, recht mitgenommen. Tags zuvor hatte Rafes Junggesellenabschied stattgefunden, der in der Woche zuvor abgesagt werden musste, da Rafe Rufbereitschaft hatte. Einige der Jungs sahen ziemlich fertig und verkatert aus.

Später am Abend, als alle gegangen waren, saßen wir vier zusammen in Medvale, größtenteils schweigend, bisweilen jedoch auch in Erinnerung an bestimmte Ereignisse, als könnten wir den Tag so gewissermaßen zurückspulen und Rafe zurückbringen. Shelleys ersticktes Schluchzen war unsere Hintergrundmusik.

Es war klar, dass Dad mit dem, was geschehen war, zu kämpfen hatte, wenn auch auf andere Weise als wir. Nachdem er wieder heruntergekommen war, blieb er stumm, starrte an die Wand, weigerte sich, mit jemandem zu sprechen, und mied Mum ganz bewusst.

»So wie Dad jetzt ist, erinnert er mich daran, wie es war, nachdem du auf die Uni gegangen bist«, erzählte Shelley mir später im Vertrauen, als wir allein waren und uns fertig fürs Bett machten. Wir wussten beide, dass keine von uns schlafen würde.

Es war eine harte Zeit für alle von uns – jeder musste seine Aussage bei der Polizei machen, die dann von den Detectives im Laufe der nächsten Tage bei neuerlichen Befragungen weiterverfolgt wurde. Zudem verbrachte ein forensisches Team einen Tag in Rafes und Shelleys Cottage. Für meine Schwester war es furchtbar, dass Polizeibeamte in ihr Zuhause eindrangen und überall in ihren Einwegoveralls herumliefen. Sogar in der Airbnb-Mietwohnung, wo der Bräutigam, sein Trauzeuge und vier andere Teilnehmer des Junggesellenabschieds sich fertig gemacht hatten, war ein Team zugange. Zu dieser Zeit galt sein Tod, bis das Gegenteil erwiesen war, als verdächtig.

Jetzt, da wir um den Tisch sitzen und das Curry essen, das Jared zubereitet hat, kann ich nicht umhin, mir zu wünschen, Owen und ich wären zurück in London, in Peters Wohnung, Mum hätte uns niemals hierher eingeladen und ich wäre nicht überredet worden zu kommen. Es werden viel mehr als nur zwei Tage auf dem Land.

Es wird unsere *Hochzeit*.

Nein, vergiss London, denke ich, plötzlich von dem überwältigenden Wunsch erfasst, in ein Flugzeug zu steigen. Ich wünschte, wir wären wieder in Dubai ...

»Da hast du dir einen guten Mann geschnappt, Liz«, sagt Jared, als wir warten, dass der Wasserkessel anfängt zu kochen. Owen geht im Wohnzimmer Rafes Plattensammlung durch – Shelley bringt es nicht übers Herz, sich von seinen geliebten Vinyl-LPs zu trennen. Und Shelley ist, obwohl sie heute keinen Dienst hat, draußen, um den Anruf eines Bauern entgegenzunehmen, der ihren Rat bezüglich seines Viehs braucht. Sie war noch nie sehr gut darin, Arbeit und Privatleben zu trennen.

»Ich weiß, ich habe Glück«, antworte ich.

»*Er* hat Glück«, sagt Jared, worauf ich lächle.

»Ich habe ein Auge auf sie, keine Angst«, fährt er fort und

sein Blick richtet sich zur Hintertür. Shelley ist gerade zu sehen, wie sie draußen auf und ab geht, am Telefon mit ihrem Kunden plötzlich sehr professionell und nüchtern. »Ich kenne die ganze Geschichte nicht, aber es hört sich an, als wäre Rafes Tod sehr unterwartet gekommen.«

»Er hatte einen Herzinfarkt«, erzähle ich ihm mit gesenkter Stimme. Shelley wird jeden Augenblick wieder hereinkommen. »Es war so ein Schock. Er war Mitte vierzig, also war es wohl nicht völlig unwahrscheinlich. Aber er hat Rugby für das hiesige Team gespielt, ist regelmäßig geschwommen, hat nie geraucht und sich gesund ernährt.«

»Vielleicht ein genetisch bedingtes Herzleiden?«

»Genau das hat mir Shelley nach der gerichtsmedizinischen Untersuchung gesagt. Der Gerichtsmediziner hatte einen forensischen Pathologen für die Autopsie angefordert und sie fanden heraus, dass Rafe einen angeborenen Herzfehler hatte.« Ich halte inne und versuche mich zu erinnern, was sie gesagt hat. »Hypertrophe irgendwas oder so ähnlich.«

Jared nickt sofort. »Hypertrophe Kardiomyopathie. Jemand, den ich in Kalifornien kannte, hatte das. Beziehungsweise ihr jüngerer Bruder. In seinen frühen Zwanzigern, auch total fit, aber er ist auf dem Sportplatz tot umgefallen. Unglaublich tragisch. Offenbar liegt es in der Familie.«

»Gott, wie schrecklich.«

»Ich habe das Gefühl, da kommt noch ein ›aber‹ in Rafes Fall?«

Ich wünschte, ich könnte diese Frage beantworten, doch ein weiterer Blick zur Tür zeigt mir, dass Shelley ihr Gespräch soeben beendet hat und wieder zurückkommt.

»Vielleicht«, sage ich bewusst vage. »Wenn du Zeit hast, können wir uns morgen treffen?« Allerdings werde ich ihm kaum sagen können, dass der ursprüngliche Detective das Gefühl hatte, etwas würde nicht stimmen, und dass seine Ermittlungen wohl anders verlaufen wären, hätte ich nicht

Beweismaterial von einem möglichen Tatort verschwinden lassen, der vielleicht nicht nur der Ort der unglückseligen Tragödie war, der er zu sein schien.

»Sehr gern«, erwidert Jared und reicht mir eine Karte mit seiner Telefonnummer.

Dankbar nehme ich sie an, will ich doch verzweifelt jemandem von meinem Verdacht erzählen – dass ich Angst habe, meine Mutter sei vielleicht am Ort von Rafes Tod gewesen. Doch wenn ich das tue, zieht sich auch die Schlinge um meinen eigenen Hals enger.

SECHZEHN

Der Ausdruck von Kummer und Bestürzung auf Owens Gesicht, als ich ihm erzähle, dass ich meinen Verlobungsring verlegt habe, war zu erwarten, doch ich bin froh, dass er nicht wütend ist.

»O Lizzie«, sagt er, nachdem wir wieder in Medvale angekommen sind. »Er muss doch irgendwo sein. Hier hast du ihn das letzte Mal gesehen?« Sein Blick streift durch das Badezimmer; mit in die Hüfte gestützten Händen schaut er ebenso ratlos drein wie ich.

»Er lag am Rand des Waschbeckens. Ich schwöre, dass er da war ...« Ich bedecke mein Gesicht, völlig verzweifelt, weil er sich anscheinend in Luft aufgelöst hat. Immer wieder gehen wir durch, was ich früher am Abend getan habe, schleichen wieder runter, um Mum nicht zu wecken, und suchen gründlich in der Küche und im Wohnzimmer. Owen geht sogar hinaus, um im Auto zu suchen, während ich schon das dritte Mal meine Handtasche und mein Kosmetiktäschchen durchwühle.

»Es ist nicht deine Schuld, Liebling«, sagt er, als wir zu Bett gehen. Obwohl ich an seiner Stimme erkenne, dass er enttäuscht ist. »Wir leben aus Kisten. Alles ist in Unordnung.

Morgen früh fragen wir deine Mutter, aber wenn er nicht auftaucht, dann mache ich eine Meldung bei der Versicherung. Natürlich müssen wir es bei der Polizei melden. Vielleicht gab es einen Einbrecher.«

Ich nicke und schmiege mich ganz eng an ihn, während ich zuhöre, wie er langsam einschläft. Für gewöhnlich liebe ich es, wenn sein Atem langsamer wird und in ein sanftes Rauschen übergeht, das auch mir hilft einzudösen, aber nicht heute. Ich liege mit klopfendem Herzen neben ihm, besorgt, dass jemand im Haus gewesen sein könnte und meinen wertvollen Ring gestohlen hat. Außerdem bin ich beunruhigt wegen dem, was Shelley mir zuvor erzählt hat – dass die Polizei möglicherweise über neue Beweise in Rafes Fall verfügt. Ich glaube nicht, dass ich überhaupt schlafen kann. Stattdessen zähle ich die Minuten, bis meine Mutter aufwacht, damit ich sie fragen kann, ob sie meinen Ring gefunden und an einem sicheren Ort verwahrt hat.

Doch der nächste Morgen bringt nicht die erhoffte Erlösung. Mit müdem Blick und gerädert von der Nacht, in der ich immer wieder aus Albträumen hochgeschreckt bin, tappe ich in die Küche, wo ich Owen bereits fertig angezogen fürs Büro vorfinde. Meine Mutter steht am Herd und rührt Porridge.

»Guten Morgen, Schatz, hast du gut ...«

»Mum, hast du meinen Verlobungsring gesehen? Ich habe ihn gestern Abend nach dem Duschen auf dem Rand des Waschbeckens liegen lassen.« Ich halte den Atem an, warte auf ihre Antwort und lächle Owen zu. Er sitzt am Tisch und schielt zu der Zeitung, die auf der Seite mit den Kreuzworträtseln aufgeschlagen ist. Mums Brille und ein Stift liegen daneben.

Mit dem Holzlöffel in der Hand dreht meine Mutter sich zu mir um, auf dem Gesicht das gleiche kaum wahrnehmbare Lächeln wie Sonntagabend, als sie in der Vanillesoße gerührt hat. Mein Blick wandert zum Topf, dann zu ihr zurück.

»Nein, tut mir leid, ich habe ihn nicht gesehen«, sagt sie. »Hast du ihn verloren?«

Ich nicke und mir wird schwer ums Herz. »Ja, oder jemand hat ihn gestohlen.«

»Aber es war niemand im Haus, Schatz. Wie kann das möglich sein?« Mum schöpft eine Portion Porridge in eine Schüssel und stellt sie vor Owen, zusammen mit einer Tasse Tee. Ich entspanne mich erst, als ich sehe, wie sie von dem Holzlöffel probiert, nachdem sie auch eine Portion für mich und sich selbst angerichtet hat. »Ihr habt doch die Tür versperrt, als ihr zu Shelley gegangen seid, oder?«

»Da bin ich mir hundertprozentig sicher«, sagt Owen. »Außerdem habe ich gestern Abend nach Einbruchspuren gesucht, und wenn nicht jemand sehr geschickt im Knacken von alten Eisenschlössern ist, dann ist niemand ins Haus eingedrungen, während wir weg waren. Oh, und ich bin nicht sicher, dass vier senkrecht richtig ist, Sylvia«, fügt er hinzu, greift sich den Stift und tippt damit auf das Kreuzworträtsel.

»Vielleicht ist dein Ring in den Abfluss gefallen und steckt jetzt im Siphon«, schlägt Mum vor. »Ich rufe Ned an, damit er kommt und ihn abmontiert. Meinen Handwerker im Dorf«, fügt sie an Owen gewandt hinzu. Dann blickt sie über seine Schulter auf das Kreuzworträtsel und sagt mit einem winzigen selbstzufriedenen Lächeln: »Nein, ich denke, meine Antwort ist absolut richtig.«

»Das wäre nett, Mum«, sage ich und starre aus dem Fenster. Preston kniet am Rand eines Blumenbeets, und der leichte Nieselregen, der in der Nacht wieder eingesetzt hat, durchweicht seine Rückseite, während er Unkraut ausreißt. »Du glaubst nicht, dass es …«, deute ich aus dem Fenster auf den Gärtner und fühle mich schlecht wegen meiner Anschuldigung.

»Guter Gott, nein«, erwidert Mum sofort. »Er würde nicht einmal ein Samenkorn aus dem Garten stehlen, geschweige denn ins Haus kommen und deinen Ring nehmen. Schauen wir einmal, was Ned später findet. Aber in der Zwischenzeit habe ich etwas für dich, was deine Laune steigern wird.«

Sie reicht mir die Schüssel mit Porridge und ich will ihr schon sagen, dass ich eigentlich keinen Hunger habe – ohne sie auch nur den leisesten Anflug von Morgenübelkeit bemerken zu lassen –, aber da ist sie bereits aus dem Zimmer geeilt.

»Lizzie«, sagt Owen. »Du bist doch das Kreuzworträtsel-Genie. ›Einfältiger Mensch‹. Drei Buchstaben, der erste ist ein T.«

»Oh, ähm«, stammle ich und zermartere mir das Gehirn, aber dann kommt Mum mit einer kleinen Samtschachtel in der Hand zurück. Sie setzt sich an den Tisch und wendet Owen dabei den Rücken zu.

»Das, mein Schatz, ist der Verlobungsring deiner lieben Großmutter. Und davor hat er ihrer Mutter gehört. Er ist aus der Zeit Edwards VII. Sie und ich würden uns geehrt fühlen, wenn du ihn trägst.« Mum öffnet die kleine Schachtel, die einen goldenen, leicht zerkratzten, alt aussehenden Ring enthält. Um einen Smaragd sind etliche kleinere Diamanten angeordnet.

»Mum, ich ...«, ringe ich nach Luft und will nicht, dass es sich anhört, als würde ich mich freuen, aber so fasst sie es auf.

»Ich bin *so* froh, dass er dir gefällt, Schatz. Hier ...« Sie nimmt den Ring aus der Schachtel und greift sich meine linke Hand aus meinem Schoß. Dann streift sie mir den Ring über den Ringfinger und schiebt ihn grob über meinen Fingerknöchel. »Passt perfekt!«, ruft sie aus. »Wie für dich gemacht.«

»Mum, ich kann wirklich nicht ...«

»Blödsinn, Schatz. Natürlich kannst du. Ich schenke ihn dir. Es ist ein Familienerbstück.«

Ich seufze und versuche den Ring abzuziehen, aber er steckt fest. »Mum, du hast ihn Shelley gegeben, als sie sich verlobt hat. Du kannst ihn nicht einfach mir geben, nach allem, was passiert ist. Außerdem habe ich meinen eigenen Ring von Owen, und bin entschlossen, ihn wiederzufinden.«

»Was denkst du, Rafe?«, sagt Mum und dreht sich um, meinen Protest ignorierend. »Sieht er nicht wunderhübsch an ihr aus? Ich finde, Gold steht ihr viel besser.«

»Mum!«, sage ich. »Herrgott noch mal, sieh dich vor. Das ist *Owen,* nicht Rafe.«

»Ja, ja, oh, es tut mir so leid, *Owen*. Macht der Gewohnheit.« Sylvia tippt sich an die Seite ihres Kopfes. »Mein dummes altes Hirn ist zurzeit so vergesslich.«

Ich seufze und stehe auf, um zum Waschbecken zu gehen. Ich brauche Seife und Wasser, um den Ring abzukriegen. Aber zuerst werfe ich einen Blick über Owens Schulter auf die Lösung des Kreuzworträtsels, von der er glaubt, dass Mum sie falsch hat. Ich starre darauf und es läuft mir eiskalt den Rücken hinunter, als ich sehe, was sie geschrieben hat.

»Die Lösung ist ›Tor‹«, flüstere ich ihm zu, schnappe mir den Bleistift und bessere den falschen Buchstaben aus. Aus irgendeinem Grund lautete die Antwort meiner Mutter *TOT.*

»Kannst du das *fassen?*«, schimpfe ich später am Morgen bei einem Spaziergang mit Jared, nachdem ich ihm die Geschichte von meinem Ring erzählt habe. Der Regen hat für eine Weile nachgelassen, also haben wir beschlossen, ein bisschen frische Luft zu schnappen, solange es anhält. »Ich ärgere mich so sehr, dass ich schreien könnte!«

Jared lacht. »Nur zu! Hier draußen kann dich keiner hören.«

»Du schon«, sage ich und schlurfe über den Asphalt. Ich muss meinem Ärger irgendwie Luft machen. »Du hältst meine Familie vermutlich schon so für nicht ganz dicht, ohne dass ich auch noch austicke.«

»Jeder ist auf seine Art nicht ganz dicht«, erwidert Jared

ruhig. »Und wenn ich auch sonst nichts über die Spezies Mensch gelernt habe, als ich in Silicon Valley war, das habe ich mit Sicherheit gelernt.«

Ich lächle ihm zu und wünschte, ich wäre ebenso gelassen wie er. Er geht neben mir, die Hände tief in den Taschen seiner schwarzen Steppjacke vergraben, auf dem Kopf eine dunkelgrüne Wollmütze. Heute ist das Wetter ausgenommen herbstlich.

»Als ich Owen vorher zum Bahnhof brachte, meinte er, ich solle den Ring erst mal ruhig tragen, um Mum bei Laune zu halten, und dann einfach kommentarlos wechseln, wenn wir meinen finden. Er ist auch überzeugt davon, dass er in den Siphon gefallen ist. Allerdings kann der Handwerker erst morgen kommen.«

»Ich halte Owens Ratschlag auch für klug«, erwidert Jared. »Und er hat vermutlich auch damit recht, dass der Ring in den Siphon gefallen ist.«

»Wie mein gesamtes Leben«, murmele ich. »Was noch viel schlimmer ist«, fahre ich fort und halte ihm meine linke Hand vors Gesicht, »ich kriege das verdammte Ding nicht runter!«

Jared bleibt kurz stehen und nimmt meine Hand. »Zumindest ist es ein hübscher Ring, der da an deinem Finger steckt.« Das Zwinkern, das er mir dabei zuwirft, trägt nicht gerade dazu bei, die Gefühle zu zerstreuen, die da in mir aufsteigen.

»Ganz abgesehen vom Ring, Mum prescht immer noch mit *meinen* Hochzeitsplänen vorwärts! Ich werde keinesfalls in Little Risewell heiraten, zu ihren Bedingungen, sollte ich hinzufügen. Sie lässt den Pfarrer in Windeseile alle rechtlichen und kirchlichen Fragen klären und hat sogar Owen seine Unterschrift und seine Ausweisdokumente abgeschwatzt. Diese kleine Nummer hat sie hinter meinem Rücken abgezogen, als sie ihn gestern zum Bahnhof gebracht hat. Aber was mich am meisten stört, ist ... ist, dass sie sich im Vergleich zu sonst so *normal* verhält. Schon das allein macht mich ganz nervös. Als stünde da eine riesige Mum-Explosion bevor. Aber nach den Maßstäben der meisten Menschen ist ja auch das kein normales Verhalten, und ...«

»Elizabeth Holmes«, sagt Jared plötzlich, nimmt meinen Arm und zwingt mich stehen zu bleiben. »Ich glaube, du regst dich völlig unnötig auf. Ich bestehe darauf, dass du dich sofort beruhigst und mir gestattest, dich zurück zum Haus deiner Mutter zu begleiten und das vermaledeite Waschbecken unverzüglich zu zerlegen. Ich kann hervorragend mit einem Schraubenschlüssel umgehen, falls du das nicht gewusst hast.« Er zwinkert mir zu.

Ich lasse die Schultern sinken und habe das Gefühl, ich breche gleich entweder in Tränen oder in hysterisches Lachen aus. »Danke«, sage ich und blicke zu ihm hinauf. »Das ist so lieb von dir.«

Doch eine Stunde später wünschte ich mir von ganzem Herzen, ich hätte Jareds Angebot, mir zu helfen, nicht angenommen.

SIEBZEHN

»Danke, dass du es versucht hast«, sage ich, auf dem Rand der Badewanne sitzend. Jared zieht die Manschette des Siphons fest, nachdem er alles wieder zusammengebaut hat.

»Keine Ursache«, antwortet er. Sein Kopf steckt in dem Holzschränkchen darunter und sein Rücken ist in einem merkwürdigen Winkel gebogen, als er nach oben auf sein Werk blickt. »Es musste sowieso einmal richtig durchgeputzt werden.«

»Es ist ein absolutes Rätsel, wo mein Ring abgeblieben ist«, sage ich, enttäuscht, dass wir ihn nicht im Siphon gefunden haben. Ich habe Angst, dass er gleich ganz den Abfluss hintergespült worden ist.

Nachdem Jared fertig ist, mache ich uns beiden einen Kaffee, und wir setzen uns an den Küchentisch.

»Ich war als Teenager zwar nur ein paarmal in diesem Haus, aber es scheint sich nicht viel verändert zu haben«, sagt Jared und blickt sich um.

»*Jungs* war in Mums Begriffen ein schmutziges Wort«, erwidere ich lachend. »Sie wollte sie mit aller Macht von ihren Töchtern fernhalten und hat geschworen, sie würde jeden potenziellen Ehemann mit ihrem Besen verscheuchen.« Mich durchfährt ein Schaudern, als das Bild von Rafe in meinem Kopf auftaucht. Das will ich Jared gern anvertrauen, schiebe es aber immer wieder auf. Im kalten Tageslicht betrachtet, scheint es eine absurde Vorstellung, ihm von meiner Befürchtung zu erzählen, Mum habe etwas mit Rafes Tod zu tun – denn dann müsste ich auch zugeben, dass ich Beweise vor der Polizei versteckt habe. »Glaubst du, dass man jemanden jemals wirklich kennen kann?«, frage ich stattdessen und umgehe damit all das, was ich wirklich sagen will. »Oder, genauer gesagt, glaubst du, dass Menschen fähig sind, Dinge zu tun, die du dir nie hättest vorstellen können?«

»Schlimme Dinge, meinst du?«

Ich nicke.

»Gott, ja. Wer weiß schon, was in den Köpfen der Menschen vorgeht? Hat das irgendetwas mit dem zu tun, worüber wir gestern Abend gesprochen haben?«

Ich nicke wieder. »Irgendwie schon.«

Auch wenn das Auffinden des Ansteckssträußchens meiner Mutter kein eindeutiger Beweis dafür ist, dass sie irgendetwas mit Rafes Tod zu tun hatte, heißt es doch, dass sie zu irgendeinem Zeitpunkt, nachdem wir bereits in der Kirche angekommen waren, wieder zurück ins Cottage gekommen ist. Ich erinnere mich, dass es da eine mögliche Gelegenheit gab, als sie allein wegging, kurz bevor die Messe beginnen sollte. Sie erzählte mir, sie wolle die Caterer anrufen ... oder mit einem Verwandten sprechen. Ich weiß es nicht mehr so genau.

»Der Detective, der letztes Jahr mit Rafes Fall befasst war, DI Waters, hatte die Vermutung, dass zu der letzten Stunde von Rafes Leben Informationen fehlen. Doch angesichts mangelnder Beweise und weil der Fall aus Sicht des Gerichtsmediziners ja als geklärt galt, war es das wohl. Es war so hart für Shelley.« Ich spüre, wie sich meine Wangen bei der Erwähnung von Beweisen röten. Ich muss das Thema wechseln.

»Kein Wunder, dass es so schwierig für sie ist, nach vorn zu schauen.« Jared nippt an seinem Kaffee und grübelt über das nach, was ich gerade gesagt habe.

Ich nicke und schweige für einen Moment. »Wie auch immer ...« Ich seufze tief. »Worüber haben wir gerade gesprochen?«

»Die alten Zeiten und wie ich dich hier besucht habe, als wir noch Teenager waren«, antwortet Jared lächelnd. »Ich glaube, das letzte Mal war im Sommer, ehe du auf die Universität gegangen bist. Hattest du nicht einige Freunde eingeladen, um den Abschluss der Prüfungen zu feiern?«

»Hatte ich. Mum wusste nichts davon. Sie und Dad waren auf Urlaub gefahren.«

Erneut grinst Jared. »Ich erinnere mich, dass es jede Menge Alkohol gab.«

»Du hast vor der Uni ein Jahr ausgesetzt, oder?«

»Ich würde nicht sagen ausgesetzt«, sagt er. »Ich wollte, dass es sich so anhört, als würde ich etwas Aufregendes mit meinem Leben anfangen, aber eigentlich war ich nur zu Hause in meinem Schlafzimmer mit meinem Computer. Obwohl meine Eltern darauf bestanden, dass ich ein paar Schichten an der Tankstelle im nächsten Ort einlege, um ein bisschen was zu verdienen.«

»Jackson's. Ich erinnere mich an den Laden.« Beim Gedanken an diese Tankstelle, die es schon lange nicht mehr gibt, muss ich lächeln. »An welche Uni bist du gegangen?«

»Ich hab's nie geschafft«, gibt Jared zu. »Wenn ich nicht gerade an der Tankstelle war, habe ich programmiert. Mein erstes Unternehmen habe ich mit neunzehn gegründet.«

»Ganz schön clever«, erwidere ich. Dann habe ich eine Idee. »Ich habe ein paar alte Fotoalben auf dem Dachboden, wenn du etwas zum Lachen sehen willst.«

»O Gott«, sagt Jared und folgt mir nach oben zum Treppenabsatz. »Bist du sicher, dass das eine gute Idee ist?«

»Was, auf dem Dachboden herumzukriechen oder unser Teenager-Ich zu sehen?«

»Beides!«, sagt er lachend. Er muss sich nicht einmal auf einen Stuhl stellen, um die Dachbodenklappe zu öffnen, weil die Decke niedrig und Jared groß ist. Auf den Dachboden zu klettern, sieht so einfach bei ihm aus, er stellt sich einfach auf das Treppengeländer.

»Sei vorsichtig«, rufe ich hinauf. »Gleich links ist der Lichtschalter.« Ich erinnere mich daran, wie Shelley und ich uns manchmal dort oben vor Mum versteckt haben.

Jareds Gesicht erscheint an der geöffneten Klappe und schwebt über mir. »Wonach suche ich? Hier oben ist tonnenweise Zeug.«

»Da sind ein paar Kisten mit meinem Namen drauf«, sage ich ihm. »Sie stehen vermutlich am nächsten zur Klappe, weil Dad sie erst letzten Sommer raufgestellt hat.«

Das war Mums Methode, um an der Vergangenheit festzuhalten, nicht loszulassen, ein Stück Kontrolle zu behalten, indem sie meine und Shelleys Zimmer genauso beließ wie damals, als wir noch Kinder waren. Aber das war nicht gesund. Bis in meine Dreißiger hatte sich nichts daran geändert und selbst dann weigerte sie sich, mich meine Sachen durchgehen zu lassen und die besonderen Dinge auszusortieren, um sie aufzubewahren.

»Alles ist mir entglitten«, sagte sie ganz verloren und sah zu, wie ich die letzte Kiste zuklebte. »Zuerst ist deine Schwester zur tierärztlichen Hochschule gegangen, dann bist du gegangen. Die Dinge sind völlig auseinandergefallen, nachdem dein Vater seinen Zusammenbruch hatte und an *diesen* Ort kam. Du hast uns nicht einmal in den Ferien besucht, Elizabeth. Ich fühlte mich so verloren. So allein.«

Dieser Ort, wie Mum es seitdem bezeichnete, war Winchcombe Lodge, wo man Dad buchstäblich das Leben rettete, wie Shelley mir später erzählte. Er war in den Sicherheitsflügel der psychiatrischen Klinik eingewiesen worden, noch ehe mein erstes Semester an der Universität zu Ende war, als die Nächte länger wurden und Weihnachten näher rückte. Ich war achtzehn Jahre alt und gerade einmal zehn Wochen von zu Hause fort.

»Dein Vater ist im Krankenhaus, und das ist alles deine Schuld, Elizabeth! Das ist alles nur passiert, weil *du* so egoistisch bist«, hatte Mum in den Hörer geblafft, während ich zitternd im Gang meines Studentenwohnheims stand. Mein junger Verstand hatte versucht, eine Verbindung zwischen einer dringend nötigen Unterstützung für Dads psychische Gesundheit und meinem Anglistikstudium herzustellen. Es gelang ihm nicht.

»Gerade als er dich gebraucht hat, als *wir* dich gebraucht haben, hast du uns verlassen.«

Ich hatte schließlich sogar eingestanden, dass alles meine Schuld war, nur um etwas Frieden zu haben. Doch zu Weihnachten fuhr ich trotzdem nicht nach Hause, obwohl Mum mich anflehte und einen Zusammenbruch am Telefon hatte. Dieses Mal war ihr *Gehirnaussetzer* weit weg und es gelang mir, aufzulegen. Das war ein Wendepunkt gewesen und ich verstand plötzlich, weshalb Dad Shelley und mich immer auf diese langen Spaziergänge mitgenommen hatte, um ihr zu entkommen. Nur dass wir als Kinder immer wieder zurückgehen mussten.

In diesem ersten Semester weg von zu Hause hatte ich dank eines Teilzeitjobs ein bisschen Geld zusammengespart und mir mit dem, was ich erübrigen konnte, ein Interrail-Ticket gekauft. Ich reiste während der vierwöchigen Winterferien quer durch Europa und genoss jede Minute meiner Freiheit. Meine ersten Feiertage allein. Wenn es mir irgendwo nicht gefiel oder ich auf jemanden traf, der mich beunruhigte, dann sprang ich einfach in den nächsten Zug und fuhr weiter in eine andere Stadt. Wegzulaufen war ganz natürlich für mich. Es war mir mittlerweile in Fleisch und Blut übergegangen.

Als ich an den Campus zurückkehrte, fand ich einen Stapel Briefe, die in meinem Taubenschlag auf mich warteten. Alle von meiner Mutter. Sie war fuchsteufelswild, weil ich weggefahren war. Sie gab mir nun nicht mehr nur für Dads schlechten psychischen Zustand die Schuld, sondern auch dafür, dass sie ihren Job aufgeben musste.

»Meine Karriere hat ein absolut erschütterndes Ende genommen, und das nur, weil du so selbstsüchtig bist ... Das Leben, wie ich es kannte, ist zu Ende ... Verflucht seist du, Elizabeth ...«

Obwohl ich dieses mit der Hand gekritzelte Schreiben weggeworfen habe, ist mir sein Inhalt stets im Gedächtnis geblieben. Ich kämpfe immer noch damit, zu begreifen, warum Mum mich dafür verantwortlich machte, dass sie nicht mehr arbeiten konnte. Ich weiß, dass es irgendein Drama gab – vermutlich hat sie jemanden vor den Kopf gestoßen und war gezwungen gewesen, in vorzeitigen Ruhestand zu gehen. Die Wahrheit war, dass ich damals gar nichts von ihrem Drama wissen *wollte* und mich weigerte, mich in das hineinziehen zu lassen, was da passiert war. Je weniger ich wusste, desto besser.

Doch bis zum heutigen Tag gebe ich mir die Schuld dafür. Genauso, wie sie es geplant hatte.

»Hier, nimm mal diese Kiste, wenn du kannst.« Plötzlich erscheint Jared wieder an der Klappe und reißt mich aus meinen Gedanken. »Darauf steht ›Liz Bücher, Fotos, etc.‹, also liegen wir da wohl goldrichtig.«

Ein paar Augenblicke später steht die Kiste auf dem Küchentisch und ich ziehe das braune Paketband ab. Es löst sich ganz leicht, fast so, als wäre es schon einmal geöffnet und wieder verschlossen worden. Es klebt gar nicht mehr richtig, wahrscheinlich, weil es schon seit einem Jahr auf dem Dachboden steht.

»O Gott«, sagt Jared mit einem Grinsen, als ich ein paar

kunststoffgebundene Fotoalben hervorhole. »Ich bin nicht sicher, dass ich das sehen will. Finde ich da Beweise für meinen stacheligen Vokuhila?«

Ich lache. »Kann nicht schlimmer sein als die Dauerwelle, die ich mir gleich nach dem Abschluss machen ließ. Mum ist ausgerastet. Sie hat gedroht, den Friseur wegen Missbrauchs zu verklagen.«

Ein Geruch dringt aus der Kiste – muffig mit einer leicht blumigen Note, aber mit einem dunklen, verfaulenden Unterton. Ich frage mich, ob mein altes Make-up vielleicht da drinnen ist und angefangen hat zu schimmeln. Aber eigentlich bin ich mir sicher, dass ich solche Dinge beim Einpacken weggeworfen habe.

»Ich könnte schwören, da waren mehr Fotos als nur diese paar Alben«, sage ich, als ich ein paar Schulbücher herausnehme und meine verbeulte alte Federmappe mit den Namen meiner Lieblingsbands, die mit Permanentmarker auf den Seiten verewigt sind.

Dann sehe ich Jareds Namen von einem Herzen umrahmt, mit einem Pfeil durch die Mitte. Ich schiebe es außer Sichtweite, aber es ist zu spät – er hat es auch gesehen. Wir lächeln einander an.

»Das ist wie eine Zeitkapsel«, sage ich und nehme alles heraus. Und ich frage mich, ob jemand den Inhalt durchwühlt hat. Alles ist durcheinander, was mir so gar nicht ähnlich sieht. Dad hat die Kisten erst letztes Jahr, kurz nach Rafes Tod, auf den Dachboden gestellt.

»Was zur Hölle ...«, flüstere ich und grabe tiefer. Ich blicke zu Jared hinüber, aber er ist grinsend in das Fotoalbum vertieft und bemerkt gar nicht, was ich als Nächstes herausziehe.

Blütenblätter. Nur ein paar – vertrocknet und spröde und braun an den Rändern, aber gut erhalten. Rosenblütenblätter, um genau zu sein. Und ich weiß genau, wo die herkommen. Ich habe das Ansteckssträußchen am Abend von Rafes Tod in eine Kiste gesteckt. *Diese* Kiste, wie sich herausgestellt hat. Der Rest des Sträußchens muss hier auch noch irgendwo sein.

Ich stecke meine Hand tiefer hinein, arbeite mich mit den Fingern unter den Stapel Kleidung. »Au!«, schreie ich auf und ziehe die Hand heraus. An meiner Fingerspitze bildet sich ein Tropfen Blut.

Jared blickt auf. »Alles gut?«

Ich nicke und ziehe rasch weitere Dinge hervor.

»O mein Gott«, spricht er weiter. »Sieh dir mal dieses Foto an. Das sind Gavin und ich, schau mal, in eurem Garten. In diesen riesigen Shorts sehen meine Beine aus wie Spaghetti.«

Aber ich sehe es mir nicht an. Stattdessen schaue ich in die jetzt leere Kiste, den Blick auf die Silbernadel mit der Perle gerichtet, die am Boden liegt. Und kein Anzeichen des Anstecksträußchens, mit dem sie einst verbunden war.

»Liz, du musst dir diese Fotos anschauen«, fährt Jared fort.

Ich nehme die Nadel heraus und starre sie an. Dann stecke ich sie schnell in meine Handtasche, da ich nicht erklären will, was das ist oder was es in dieser Kiste zu suchen hat. Ich sehe auf das Foto, das Jared mir hinhält.

»Wer ist dieser Typ da im Hintergrund?«, fragt er. »War der auf deiner Schule oder auf meiner?«

»Lass mich mal sehen«, sage ich und nehme ihm das Album weg, wobei ich versuche, es nicht blutig zu machen. Ich lächle, als ich uns alle dort stehen sehe, wie wir in die Kamera grinsen. »Was haben wir da wohl gedacht?«, sage ich. »Ich bin ganz eindeutig besessen von Avril Lavigne, schau nur meine Tarnhose und das Bandana.«

Wir brechen beide in Lachen aus, aber der Stich in meinem Finger erinnert mich wieder an das, was ich vergangenes Jahr getan habe. Was ich damals der Polizei hätte erzählen müssen, es aber nicht getan habe.

»Also weiter. Was glauben wir, wer dieser Typ da ist?«

Jared zeigt auf den Jungen, der ein paar Schritte hinter Gav steht.

»Ich bin nicht ganz sicher«, sage ich und halte das Foto näher. »Irgendwie kommt mir sein Gesicht bekannt vor, aber ich glaube nicht, dass er in meine Schule gegangen ist. Vielleicht war er mit dir auf der Grundschule. Shelley weiß es vielleicht ...«

Aber ich halte inne, denn das Geräusch der sich öffnenden Tür und das Klirren von Schlüsseln auf dem Tisch im Vorraum ertönt, gefolgt von Mums fast hysterischem Schluchzen, was mich sofort zurück in die Zeit katapultiert, als ich das Mädchen auf dem Foto war.

ACHTZEHN

»Wohl bekomm's!«, sagt Mum und hebt ihr Champagnerglas, als wir drei in dem Hochzeitsmodengeschäft sitzen. Sie trägt einen hellblauen Kaschmirpulli mit einer locker sitzenden cremefarbenen Hose, ihr silberfarbenes Haar hat sie hinter den Schläfen mit zwei Perlmuttkämmen zurückgenommen.

Niemand würde es für möglich halten, dass meine Mutter vor nur einer Stunde völlig untröstlich in der Küche geheult hat, während Jared (geschockt) und ich (nicht geschockt) zugesehen haben.

»Cheers«, erwidert Shelley mit ausdruckslosem Gesicht und zieht vorsichtig die Beine auf der beigen Samt-Chaiselongue unter sich, um ihr Getränk nicht zu verschütten – Orangensaft, wie ich. Unsere Mutter ist die einzige, die Alkohol trinkt. Die Besitzerin des Ladens hat Shelley so höflich wie möglich gebeten, ihre matschigen Gummistiefel an der Tür auszuziehen, was sie auch getan hat. Ihr ist jedoch entgangen, dass ihre dicken Socken und ihre Jeans von der morgendlichen Arbeit ebenfalls schlammverkrustet sind.

»Sie ist eine hervorragende Veterinärmedizinerin«, erklärte

unsere Mutter der Inhaberin der Boutique, in der wir zu einer spontanen Hochzeitskleideranprobe eingetroffen sind, bei der nur eine von uns anwesend sein wollte.

»Wird das hier lange dauern?«, fragte Shelley und verdrehte die Augen, als wir in einen plüschigen Loungebereich geführt wurden, wo alles entweder Creme oder Weiß war. »An Dienstagen bin ich immer sehr eingespannt, und ich muss heute Nachmittag, vor der Abendsprechstunde, noch hundert Rinder impfen.«

»Das hängt alles von unserer Braut hier ab«, antwortete die Boutiquenbesitzerin, die sich bereits als Pattie vorgestellt hatte, mit einem strahlenden Lächeln.

»Alles hier ist so ... *hochzeitig*«, sagte Shelley leise und schubste mich. »Nimm einfach das erste halbwegs anständige Kleid«, flüsterte sie mir ins Ohr. »Ich muss dann weg.«

»Also, Mutter der Braut«, trällert Pattie mit hoher Stimme, »wenn Sie sich hier hinsetzen, haben Sie einen wunderbaren Blick auf sämtliche Spiegel, wenn unsere zukünftige Braut aus der Umkleidekabine schwebt.«

Pattie führt unsere Mutter zu einem cremefarbenen Chesterfield-Sofa, wo sie sich gehorsam und strahlend niederlässt, sämtliche Aufmerksamkeit auf sich ziehend. »Wie aufregend«, flötet sie. »Oder, Mädchen?«

»Ich nehme irgendeinen alten Fetzen und rufe dann später an und storniere«, flüstere ich Shelley zu. »Mum wird eine Weile nichts davon mitbekommen.«

»Komm schon, komm schon, Elizabeth«, sagt Mum, und als ich aufblicke, steht Pattie direkt vor mir mit einem Maßband in der Hand. Sie führt mich zu einer mit Dutzenden Hochzeitskleidern vollgestopften Kleiderstange.

»Was haben Sie sich denn vorgestellt?«, fragt sie. »Nimm ein Kleid, das zu deinem neuen Ring passt, Schatz«, mischt Mum sich ein. »Irgendetwas Klassisches.« Dann läutet ihr

Handy und sie macht eine Menge Aufhebens darum, es aus ihrer Tasche zu fischen. »Hallo, ja, hallo ...!«, ruft sie mit schriller Stimme.

Pattie macht sich an die Arbeit und nimmt ein paar Kleider von der Stange, eine Wolke aus Seide, Spitze und aufgebauschten Röcken. »Wenn Sie mir bitte folgen wollen«, sagt sie und hängt die Kleider in die Umkleidekabine, ehe sie den Vorhang zuzieht.

Ich starre in den Spiegel, höre die laute Stimme meiner Mutter, die am Telefon spricht – eindeutig über jemanden herziehend, da ihr Ton gelegentlich leiser wird. Ich spitze die Ohren, um zu hören, wie sie etwas über einen Mann ins Handy zischt. Da stehe ich nun, unwillig, immer noch in Jeans und Sweatshirt – das erste, was ich heute Morgen, bevor ich mich mit Jared zum Spazierengehen traf, aus einem chaotischen Koffer gefischt hatte. Ich erinnere mich an die Fotos, die wir uns angesehen haben, uns kaputt gelacht haben über unseren fragwürdigen Modestil, wie einfach es sich anfühlte, mit ihm zusammen zu sein. Dann hatte ich die Nadel des Anstecksträußchens gefunden, ohne das tatsächliche Sträußchen – und bald darauf war Mum hysterisch nach Hause gekommen.

»Geht es ihr gut?«, fragte Jared, nachdem ich sie in die Küche geführt und hingesetzt hatte. Die Erfahrung sagte mir, dass es das Drama entschärfte, wenn ich sie umhätschelte. Als eine Art erster Hilfe. Aber dann, als ich ihr gesüßten Tee machte, sah ich mich selbst, als Vierjährige, als Zehnjährige, als Sechzehnjährige, das gleiche Ritual durchführend, wie erschrocken ich damals war, aus Angst, sie würde sterben oder wäre von einem bösen Geist besessen.

Gib es mir ... betete ich dann in meinem Kopf. *Was auch immer sie hat, lieber Gott, gib es mir ... ich will die Schmerzen an ihrer Stelle ertragen ...*

Denn so sah es von außen betrachtet aus. Schmerz. Tiefste Todesangst.

»Mum, was ist los?«, fragte ich in einem Ton, der Jared vermutlich denken ließ, ich sei kalt und teilnahmslos. Bin ich nicht. Nur habe ich es schon unzählige Male gesehen.

»Es ist nichts, Schatz«, sagte sie schließlich, fuchtelte mit der Hand und sah Jared mit einem Blick an, der selbst einen Stein erweicht hätte. »Es tut mir so leid. Und es tut mir auch so leid wegen deines Freundes«, sagte sie. Fast war ich überzeugt, sie meine es auch so. »Manchmal werden Dinge geschickt, um uns zu prüfen, und heute ist so ein Tag.« Das war die einzige Erklärung, die sie lieferte, und aus Erfahrung wusste ich, dass es hieß, sie hatte heute noch nicht genug Aufmerksamkeit bekommen.

Und hier waren wir also und überschütteten sie quasi eimerweise damit.

»Vielleicht weiß deine Mum, wer dieser Kerl hier ist«, hatte Jared gefragt, als sie sich beruhigte, und zeigte meiner Mutter das Foto von uns allen im Garten zu Beginn des »Sommers der Freiheit«, wie ich es damals genannt hatte.

Ehe ich sie aufhalten konnte, hatte Mum ihm das Foto entrissen und studierte es eingehend. Ich hielt den Atem an und wartete auf einen Kommentar zu unserem unerlaubten Treffen, das ich vor so vielen Jahren arrangiert hatte, aber weil Jared dabei war, biss sie sich wohl auf die Zunge.

»Dieser Junge da«, sagte Jared und zeigte auf den Typen, den wir nicht identifizieren konnten. »Irgendeine Idee?«

Ich bezweifle, dass Jared bemerkte, wie meine Mutter erblasste oder ihre Fingerspitzen, die das Foto fester griffen, weiß wurden. Aber ich bemerkte es.

»Ja, ja, ich erinnere mich an ihn«, sagte Sylvia mit einer Stimme, die gar nicht wie die ihre klang. Zuerst war ihr Ton verträumt, beinahe wehmütig, als hätte sie sich in einer Erinnerung verloren. Dann wurde ihr Gesichtsausdruck bitter und ihre Oberlippe zog sich nach oben. Mir fiel auf, wie die Sehnen auf ihrem Handrücken sich spannten, als sie damit kämpfte, das zu verbergen, was in ihrem Inneren brodelte. Sie zitterte sichtlich.

»War er in der Grundschule?«, fragte Jared, der nicht sah, was da in meiner Mutter schwelte. Doch ich sah es. Ich musste ihn aus dem Haus bekommen, ehe es überlief. Ein veritabler *Gehirnaussetzer*-Ausbruch.

»Ja«, sagte sie eindringlich. »Ja, das war er.« Dann sah sie auf und starrte mir direkt ins Gesicht. »Und ihm ist etwas Schreckliches zugestoßen.«

Ich ziehe den Vorhang der Umkleidekabine zurück und trete aus der Nische hinein in ein Gewirr aus *Ooohs* und *Aaahs* meiner Mutter, die ihr Handy kurz mit der Hand bedeckt. Ich drehe mich um, betrachte mich selbst in dem Ganzkörperspiegel und hasse das Rüschenungetüm augenblicklich.

»Ich kann jetzt nicht reden«, zischt Mum wieder in ihr Handy und sehe im Spiegel, wie sie sich umdreht. »Aber ja, er wird entfernt, da kannst du sicher sein. Ich gebe Bescheid, wenn es erledigt ist. Wiederhören.« Dann steckt sie das Handy wieder in ihre Tasche.

»Mit wem hast du gesprochen?«, frage ich, als sie zu mir kommt und anfängt, am Rock herumzufummeln, ihn aufzubauschen und das Mieder hochzuziehen.

»Das hat dich nicht zu kümmern«, sagt sie in dem Ton, den sie immer benutzt, wenn sie keine weiteren Fragen mehr hören möchte. Dann tippt sie sich mit dem Finger an die Seite ihrer Nase und schenkt mir einen ihrer durchdringenden Blicke.

Langsam drehe ich mich vom Spiegel weg und die Worte *er wird entfernt* gehen mir durch den Kopf. Ich starre das Kleid an. »Ich glaube nicht, dass das wirklich ich bin.«

»Finde ich auch, es ist nicht gerade vorteilhaft«, sagt Mum

und zupft wieder an der Korsage herum. »Hättest du ein bisschen mehr obenrum, würde es dir besser stehen.«

Ich schließe die Augen und hole tief Luft, ehe ich wieder in die Kabine gehe.

Als ich das nächste Mal herauskomme, wirft Shelley einen Blick auf mich.

»Nope«, sagt sie. »Fürchterlich. Haben Sie nichts, was nicht so aussieht, als wäre es von 1982 übrig geblieben?«, fragt sie Pattie, was mich überrascht angesichts der Tatsache, dass sie möglichst schnell hier rauskommen wollte.

Ohne einen weiteren Blick darauf zu werfen, nehme ich das nächstbeste Kleid, das Pattie mir reicht. Als ich das dritte Mal aus der Kabine trete, erhebt sich Shelley langsam von der Chaiselongue und tappt auf dreckigen Socken zu mir hinüber.

»Verdammt noch mal«, sagt sie. »Liz, du siehst *atemberaubend* aus.« Langsam drehe ich mich zum Spiegel um und nehme mein Spiegelbild auf. Na gut, meine Haare sind vom Wind zerzaust und könnten einen vernünftigen Schnitt vertragen, außerdem trage ich kein Make-up, aber das Kleid ... Shelley hat recht. Es sieht *wirklich* atemberaubend aus. Elegant, ohne überladen zu sein. Ich sehe zu meinem Bauch hinunter, um sicherzugehen, dass nichts zu sehen ist. Ich habe wohl noch ein paar Wochen, ehe das der Fall sein wird.

Als ich mich zur Seite drehe und die trägerlose Spitzenkorsage im Vintage-Stil betrachte, muss ich einfach lächeln. Es passt perfekt, betont meine Schultern, und der schlichte, mehrlagige Rockteil fällt natürlich bis zum Boden.

»Sieh dich nur an«, sagt Mum leise, hebt meine linke Hand und platziert sie vor die Spitze. »Siehst du, wie hübsch Großmutters Ring dazu aussieht? Elizabeth, dieses Kleid ist perfekt. Ich muss es für dich kaufen. Das heißt, wenn es dir gefällt«, fügt sie hinzu, und es überrascht mich, dass sie meine Gefühle überhaupt in Betracht zieht.

»Ich liebe es«, flüstere ich und starre mich selbst an, als ich mein Haar in einer Art unordentlicher Hochsteckfrisur hochnehme. Ich stelle mir frische Blumen im Haar vor – vielleicht Maßliebchen. Aber alles, was ich im Spiegel sehe, bin ich, die sich vornüber beugt und das blutrote Anstecksträußchen aufhebt, das neben Rafes leblosem Körper liegt.

Ich keuche und lasse mein Haar fallen, als ich vom Spiegel wegtrete.

»Sie ist überwältigt«, höre ich Mum zu Pattie sagen. »Meinen Sie, es muss geändert werden?«

Aber ihre Worte schweben durch meinen Kopf; allmählich wird mir schlecht.

Was, wenn dieser neue Detective, DI Lambert, mit *mir* sprechen will, wenn er Rafes Fall begutachtet? Nachdem ich diejenige war, die ihn gefunden hat, wurde ich letztes Jahr durch die Mangel gedreht und musste etliche Male auf der Polizeiwache aussagen. Sie haben sogar DNA-Proben für ihre Akten genommen – *Ausschlussverfahren,* haben sie gesagt. Nichts, worüber man sich Sorgen machen muss, haben sie versichert.

Und damals habe ich mir auch keine Sorgen gemacht. Ich war nicht für das verantwortlich, was Rafe zugestoßen war. Ich war nur die unglückselige Person, die ihn gefunden hatte. Natürlich war es eine Tragödie und ich war in großer Sorge um Shelley, aber nicht um mich selbst. Ich hatte nichts Falsches getan.

Bis es mich später an diesem Tag überkam und ich mir Sorgen machte, ich hätte doch etwas Falsches getan. Etwas vom Schauplatz eines unerklärlichen Todesfalles zu nehmen, *war* vermutlich ein Verbrechen. Nein, es war definitiv ein Verbrechen. Beweise zu unterschlagen. Die Justiz zu behindern. Sich der Polizei bei der Ausübung ihrer Pflichten in den Weg zu stellen. Oder wie immer man das auch nennen würde, wenn ich aufflog. Ich hatte schreckliche Angst, für das was ich getan hatte, ins Gefängnis zu müssen.

Deshalb hatte ich es in die Kiste gesteckt, die auf den Dachboden wandern würde. Damals schien es zu spät, um alles zu gestehen.

Aber jetzt ist das Ansteckssträußchen verschwunden. Jemand weiß, dass ich es genommen habe.

NEUNZEHN

Das erste Mal, als ich von zu Hause weggelaufen bin, war ich fünf. Ich packte eine kleine Tasche, nahm sieben Unterhosen, drei Unterhemden, so viele Strümpfe, wie ich finden konnte, ein paar Röcke und Oberteile, ein extra Paar Jeans und ein hübsches Kleid, falls ich in meinem neuen Zuhause einmal zu einer Party eingeladen würde. Die Tasche war so voll, dass ich sie kaum zubekam. Und noch schwerer tragen konnte. Ich verabschiedete mich von meinen Büchern und meinem Spielzeug. Für sie war kein Platz.

In meiner Vorstellung war mein neues Zuhause modern und behaglich, und meine neue Mutter war eine freundliche Frau mit einem Gesicht, das sich erhellte, wenn sie mich sah. Mein Kinderzimmer hatte einen weichen rosa Teppich und ein Himmelbett mit hübschen Vorhängen, die meine neue Mummy um mich herum zuziehen würde, nachdem sie mir einen Gutenachtkuss gegeben hatte.

Sie würde Kuchen backen und mir ein dickes Stück Zitronenkuchen und ein Glas Milch servieren, wenn ich von der Schule nach Hause käme. Und sie würde Spaghetti zum Abendessen machen und Apfelkuchen als Nachtisch. Meine

Kleidung wäre immer sauber, genauso wie ich, weil sie nicht vergessen würde, mir ein Bad einzulassen oder meine Uniform zu waschen, und mein neuer Vater ... nun, der könnte gern auch so sein wie mein alter Vater.

Ich schlich mich aus dem Haus und schlug den vorderen Weg ein, dann schloss ich das metallene Tor hinter mir. Sobald ich auf der Straße war, machte ich mich auf den Weg zum Dorfladen in Little Risewell, um auf dem Weg ein paar Süßigkeiten zu erstehen. Für meine Reise brauchte ich ja auch Proviant.

Die Verkäuferin, die mich kannte, lächelte mich an, als sie mir über den Tresen das Wechselgeld reichte.

»Auf dem Weg zu einem Abenteuer, Elizabeth?«, fragte sie. Ich sah, wie ihr Blick aus dem Fenster wanderte, um zu sehen, ob meine Mutter auf mich wartete.

Ich nickte nur und hoffte, sie würde mich nicht verpetzen. Dann steckte ich meinen Schokoriegel und die Polo-Mints in die Tasche, machte mich auf den Weg, ehe sie etwas sagen konnte, und setzte meine Reise fort. Die Straße erschien mir plötzlich sehr groß und breit und beängstigend. Ich trottete an der Grundschule vorbei, die ich seit ein paar Wochen besuchte, und kam schließlich zu dem Schild, das unser Dorf anzeigte.

»Mach's gut, Little Risewell«, sagte ich zu ihm. »Auf Nimmerwiedersehen«, fügte ich hinzu und spürte einen Klumpen in meinem Hals. Ich öffnete meine Polo-Mints und steckte einen in den Mund, in der Hoffnung, der Klumpen würde sich lösen, aber als ich weiterging, tat er das nicht. Er wurde nur immer größer, besonders wenn ich auf dem unebenen Grünstreifen gehen musste, um Autos auszuweichen. Immer wieder knickte ich um. Dann fing es an zu regnen und mir wurde bewusst, dass ich keinen Mantel mitgenommen hatte.

Da erkannte ich, dass ich gar nicht wusste, wohin ich überhaupt gehen sollte, dass ich kein anderes Zuhause mit einer anderen Mutter hatte, die nicht heulte und schrie und vorgab zu sterben, wenn sie zu betrunken war, um es besser zu wissen. Es war alles nur Einbildung, so wie mein Davonlaufen. Genauso wie die Geschichten in meinen Büchern.

Ein Auto wurde langsamer und hielt neben mir an.

Mein Herz schlug so heftig, dass ich Angst hatte, ich würde ohnmächtig werden, wie ich es bei meiner Mutter so oft gesehen hatte.

Der Mann im Auto ließ mich einsteigen. Und dann brachte er mich nach Hause.

»Danke, Herr Doktor«, war alles, was meine Mutter zu ihm sagte, als er mich an der Vordertür absetzte. Erst als er gegangen war, zerrte sie mich am Kragen hinauf und ließ mich drei ganze Tage nicht aus meinem Zimmer. Genug Zeit, um mir zu schwören, dass ich eines Tages wirklich weglaufen und nie mehr zurückkommen würde. Dann würde es ihr leidtun.

»Lizzie?«, höre ich eine Stimme, meine Ohren immer noch in der Vergangenheit. »Ich sagte, es gibt eine gute und eine schlechte Nachricht.«

»Wie bitte?« Ich drehe mich zu Owen um und lächle ihn an. »Ich war meilenweit entfernt.« Seit ich ihn vor zwanzig Minuten vom Bahnhof abgeholt habe, hat er sich seine Jogginghose und sein T-Shirt angezogen. Über den Küchentisch hinweg drücke ich seine Hand, während er an einem Eiweißriegel kaut.

»Die Rechnung für die Arbeit, die ich in Dubai erledigt habe. Sie wollen, dass ich sie neu ausstelle. Offenbar hat es irgendein internes Problem mit dem Auftrag gegeben.«

»*Was?*« Im Kopf überschlage ich, was das bedeutet. »Wir warten also weitere dreißig Tage darauf? Willst du das damit sagen?«

»Geoff sagte, er würde sie durchwinken, wenn er einen Moment übrig hat, aber sich mit solchen Dingen zu beschäftigen ist ziemlich unterhalb seiner Gehaltsstufe.«

Dramatisch lasse ich meinen Kopf auf die Platte des Küchentisches knallen und stöhne laut auf. Dann setze ich mich auf und schäme mich, dass ich kurz davor bin, Sylvia Light zu geben.

»Wie war dein Dienstag?«, fragt Owen und wirft das Papier seines Eiweißriegels in den Mülleimer. Dann streckt er seine Wadenmuskeln. »Hattest du Glück bei der Zeitarbeitsfirma?«

Ich sehe ihn kleinlaut an. »Die habe ich heute gar nicht kontaktiert«, sage ich. »Ich hatte angenommen, dass dein Geld heute schon hier wäre. Ich rufe sie morgen an.« Offensichtlich wird seine Rechnung niemals bezahlt werden.

»Danke, Schatz«, sagt Owen und umarmt mich. »Wir brauchen nur ein bisschen Zeit, um uns über Wasser zu halten. Schließlich können wir deiner Mutter ja nicht ewig auf der Tasche liegen, oder?«

Mit perfektem Timing kommt Mum genau in diesem Augenblick hinein. »Blödsinn«, flötet sie. »Ihr könnt beide so lange bleiben, wie ihr wollt. Ich meine, es hat ja wirklich keinen Sinn, wenn ihr jetzt noch vor der Hochzeit auszieht, oder? Da haben wir dann eigentlich schon Ende September. Und ehe ihr euch's verseht, ist schon Weihnachten – eine furchtbare Zeit, um nach einer neuen Wohnung zu suchen und umzuziehen. Dann kommt schon der Frühling und wir wissen alle, was das heißt!« Mum schlägt die Hände unter dem Kinn zusammen und grinst.

Ich starre sie an und mir gefriert das Blut in den Adern. Langsam drehe ich mich zu Owen um, doch sein Gesicht ist ausdruckslos, als wüsste er nicht, wovon sie spricht. Obwohl ich tief drinnen vermute, dass er es doch tut.

»Dann wird Elizabeth schon viel zu ungelenk sein, um sich mit all den Mühen eines Umzugs abzuplagen und in ein neues Zuhause zu ziehen. Du willst das Baby doch keinem Risiko aussetzen, oder, Schatz? Ich lasse das kleine Schlafzimmer herrichten und wir richten es als Kinderzimmer ein. Alles wird einfach wunderbar, du wirst schon sehen!«

Mums Erguss lässt mich zittern, als ich das Szenario in meinem Kopf durchspiele – Mum reißt das Baby an sich, kaum dass es geboren ist, diktiert mir meinen Tagesablauf, füttert es mit dem Fläschchen, wenn ich es stillen will, zwingt ihre strikten Regeln einem neuen kleinen Leben auf. Ich werde mein Baby nicht einmal in der Nähe dieser Frau aufziehen. Es ist schlimm genug, dass wir jetzt hier sind. Ich habe Sorge, dass mein ungeborenes Kind sich ansteckt, einfach nur weil es in diesem Haus ist.

»Baby?«, platze ich geschockt heraus. »Ich weiß dein Angebot zu schätzen, Mum, aber nichts davon wird nötig sein«, füge ich so ruhig wie möglich hinzu, ohne tatsächlich zuzugeben, dass ich schwanger bin. Ich werfe Owen einen Blick zu und bete, dass er mich unterstützt.

»Jetzt sei doch nicht so, Elizabeth«, sagt Mum und wirft Owen einen verschwörerischen Blick zu. Es verlangt mir all meine Kraft ab, ihren Köder nicht zu schlucken und ein Kräftemessen zu beginnen. Ich habe keine Ahnung, wie sie herausgefunden hat, dass ich schwanger bin, aber das werde ich nicht zugeben. Und überhaupt will ein Teil von mir gar nicht wissen, wie sie es herausgefunden hat, weil es nur einen Menschen gibt, der es ihr gesagt haben kann.

»Es tut mir so, *so* leid«, sagt Owen zehn Minuten später, als wir allein sind. Ich habe ihn zur Eingangstür verfolgt, wo er seine Laufschuhe zubindet.

»Was zum Teufel, Owen?«, fahre ich ihn mit gesenkter Stimme an, die Hände in den Hüften, und stehe drohend über ihm. Ich höre Mum in der Küche singen und sie klingt, als wären sämtliche Weihnachtsfeste und Geburtstage auf einen

Tag gefallen. »Wir waren uns einig, dass wir noch niemandem von dem Baby erzählen wollten.«

Am allerwenigsten meiner Mutter.

»Ich habe es ihr *nicht* erzählt ... also nicht mit Worten«, flüstert er, während er aufsteht. Er umfasst einen Knöchel und biegt ihn zu seinem Oberschenkel, um seinen Oberschenkelmuskel zu dehnen. »Sie hat mich gewissermaßen reingelegt«, fügt er leise zischend hinzu.

Endlich, denke ich. *Langsam durchschaut er sie.*

»Was? *Wann?*«

»Als ich in der Arbeit war und mitten in einem verdammten Meeting mit Geoff. Mein Handy hat geläutet und ihr Name schien auf. Natürlich habe ich gedacht, dir wäre etwas zugestoßen, also habe ich mich entschuldigt und bin aus dem Besprechungszimmer gegangen, um den Anruf anzunehmen.«

Ich seufze und stelle mir das Szenario vor. Ich kann es ihm nicht übel nehmen, dass er abgehoben hat – ich hätte das Gleiche getan. Nur habe ich keinen Schimmer, wie sie an Owens Nummer gekommen ist. Sie muss sie ihm entlockt haben, als sie ihn nach seinen Dokumenten gefragt hat. »Was wollte sie?«

»Sie hat mir erzählt ...« Er zögert und sieht den Gang hinunter, um sicherzugehen, dass wir immer noch allein sind. »Sie hat gesagt, sie mache sich Sorgen um dich, dass du nicht du selbst seist, und hat gefragt, ob alles in Ordnung sei.«

»Um Himmels willen«, sage ich und lehne mich an das Treppengeländer. »Und daraufhin hast du ihr verraten, dass ich schwanger bin?«

»Nein!«, wirft er zurück. »Ich habe ihr gesagt, dir geht's gut und du seist bloß ein bisschen gestresst, mit der Wohnungssuche und all dem, und dass du ansonsten fit und gesund seist.«

»Daraus kann sie unmöglich schließen, dass ich schwanger bin. Was ist noch passiert?«

Owen seufzt. »Sie hat das Schwangerschafts- und Geburtsbuch gefunden, das ich für dich gekauft habe. Sie hat mich rundheraus gefragt, ob du ein Kind erwartest, und da konnte ich nicht lügen.«

»Doch, das konntest du!«, fauche ich zurück und bereue meinen harschen Ton fast augenblicklich. »Jesus«, sage ich, und setze mich auf die unterste Stufe. »Aber warte mal ... das Buch ist mit all unseren Sachen eingepackt. Es ist in einer der verschlossenen Kisten, die du von Peter zurückgebracht hast.«

Owen blickt auf mich hinunter und nickt.

»Sie hat also in unseren Sachen gewühlt?«, frage ich das ganz Offensichtliche.

»Scheint so. Aber sei nicht böse auf sie. Vermutlich hat sie nur unser Zimmer aufgeräumt und geputzt und ...«

»Und was? Mein Schwangerschaftsbuch ist einfach so aus einem verschlossenen Karton gefallen?« Ich schüttle den Kopf. »Ich will nach Hau... Ich will hier weg, Owen. Mir ist egal, wohin wir gehen, aber ich muss hier raus. Mum hat Shell und mich vorher in ein Hochzeitsmodengeschäft gezerrt und es hat meine Schwester fast umgebracht, dort zu sein. Sie ist eine gedankenlose alte ...«

»In einer halben Stunde essen wir!«, ruft Mum aus der Küche.

Ich höre auf zu sprechen, als Owen sich zu mir hockt und meine Hände in seine nimmt. »Hast du ein schönes Kleid gefunden?«, fragt er lächelnd.

Ich weiß, er versucht nur, mich aufzuheitern.

»Zufällig habe ich das, ja.« Ich muss auch lächeln. »Mum hat darauf bestanden, es zu zahlen.«

»Na also«, sagt Owen. »Alles in allem ein produktiver Tag. Und hör mal, früher oder später findet deine Mum das mit unserem Baby sowieso heraus. Was machen ein paar Wochen da schon aus? Bevor du dich's versiehst, ist das Geld da, wir sind verheiratet und ziehen in unser neues Zuhause in London. Und deine Mutter ist wieder auf Distanz.«

Ich nicke. Er hat ja recht, und ich muss den Kopf einziehen. Immerhin wären wir ohne Mums Gastfreundschaft jetzt obdachlos. »Ich weiß, wie sehr du dir eine kirchliche Hochzeit hier im Ort wünschst ...«

»Das tue ich«, erwidert er feierlich. »Aber ich würde dich überall heiraten, Liebling. Was immer dich glücklich macht.«

»In diesem Fall darfst du die Braut küssen«, sage ich ihm, denn die Traurigkeit in seiner Stimme hält mich davon ab, zuzugeben, dass ich mit der Hochzeit wirklich lieber warten würde, bis wir zurück in London sind.

Während Owen Laufen ist, nutze ich die Gelegenheit, um mich vor dem Essen kurz hinzulegen. Als ich in mein altes Kinderzimmer gehe, sehe ich mein Schwangerschaftsbuch natürlich auf einem der Umzugskartons liegen. Owen musste alles in solcher Eile packen, dass der Karton sich wölbt. Kein Wunder, dass er aufgegangen ist. Das Buch muss ganz oben gelegen haben, sodass Mum es sehen konnte. Jetzt wünsche ich mir, Owen hätte auf dem Dachboden Platz gefunden, um all unser Zeug zu verstauen.

Dann erinnere ich mich an Peter und daran, wie wir seine Wohnung so lange in Beschlag genommen haben. Ich hoffe, dass es ihm gut geht, nach allem, was Owen erzählt hat. Es sieht ihm gar nicht ähnlich, sich so lange nicht bei mir zu melden, also schnappe ich mir mein Handy und tippe eine schnelle Nachricht über WhatsApp. Zwar hat er gesagt, er brauche etwas Zeit für sich, aber so wird er wissen, dass ich an ihn denke, ihn nicht vergessen habe in dieser schwierigen Zeit.

»Pete, ich wollte nur sagen, dass ich da bin, wenn du mich brauchst, und ...«

Doch dann halte ich inne. In unserem Nachrichtenverlauf

über dem Textfeld sehe ich die Worte: »Du hast diesen Kontakt blockiert. Tippe, um ihn freizugeben.«

»Was zur Hölle?«

In einer Million Jahren hätte ich Peter das nicht angetan. Meine Hände zittern, während ich die Liste an Kontakten durchgehe, die ich in der Vergangenheit blockiert habe – vor allem Spamanrufe oder -nachrichten, und ein paar Typen, die ich vor Ewigkeiten gedatet habe und die kein Nein akzeptieren wollten.

»O Peter«, sage ich, als ich seinen Namen auf der Liste sehe. Sofort schalte ich ihn frei und kehre zu WhatsApp zurück, um meine Nachricht an ihn fertig zu schreiben und abzuschicken. Ich warte auf die zwei grauen Häkchen, die anzeigen, dass er sie bekommen hat, aber eine Ewigkeit scheint nur ein Häkchen auf, das mir zeigt, dass meine Nachricht nicht durchgegangen ist. »Merkwürdig«, murmle ich und gehe zum Fenster hinüber, um einen besseren Empfang zu haben, falls das WLAN nicht funktioniert, obwohl das nicht das Problem zu sein scheint. Und es gibt auch ein einwandfreies 4G-Signal.

Und dann bemerke ich, dass Peters Profilfoto komplett verschwunden und von einem grauen Icon überdeckt ist, was nur eines heißen kann: Er hat mich auch blockiert.

ZWANZIG

»Genau hier, dachte ich, wird das Partyzelt stehen«, sagt Mum nach dem Abendessen. Sie schreitet mit weit ausgebreiteten Armen über den Rasen und zeichnet einen imaginären Kreis. »Da haben wir Abendsonne, und die ist im September oft absolut himmlisch.«

»Hört sich perfekt an«, erwidert Owen, der neben ihr steht. Er bemerkt nicht, dass ich ihn am Ärmel ziehe und ihn zu warnen versuche, damit er sich nicht zu sehr in ihre Pläne verstricken lässt. Es ist ein schmaler Grat zwischen »sie bei Laune halten« und »sich nicht zu sehr engagieren«.

»Ich lasse Preston den Platz mit ein paar Holzpflöcken kennzeichnen. Die Leute von der Eventagentur kommen am Vormittag, um über das Catering zu sprechen. Es wird ein extra Zelt für den Koch geben ...«

»Aber Mum«, werfe ich ein, »sind die nicht Monate im Voraus ausgebucht? Ich glaube, wir müssen auch die Möglichkeit einer Hochzeit nächsten Frühling in Betracht ziehen. Ich will nicht, dass du mit der ganzen Planung dein Geld verschwendest.«

»Du unterschätzt mich, Schatz«, sagt sie und legt mir einen

zwar sehnigen, jedoch kräftigen Arm um den Rücken. Dann macht sie auf der anderen Seite das Gleiche mit Owen, wodurch wir in einer Linie miteinander verbunden sind. »Reverend Booth hat mir den Kontakt der Braut gegeben, die ihre Trauung abgesagt hat, und die hat mir wiederum alle Details der Unternehmen verraten, die sie engagiert hatte. Natürlich mussten sie das Loch füllen und waren mehr als glücklich, mir einen guten Preis machen zu können. Geld ist kein Problem. Es gibt Floristen, Musiker, einen Chauffeur, sogar den Kuchen ... alles hat perfekt geklappt!«

Noch vor knappen vier Tagen hätte ich mir nicht einmal in meinen wildesten Träumen vorstellen können, dass ich auf dem Rasen meines Elternhauses stehen würde, während meine Mutter meine Hochzeit arrangiert, die bereits in weniger als zwei Wochen stattfinden soll. Und niemals hätte ich mir vorstellen können, dass Peter meine Nummer blockiert.

»Ich verstehe einfach nicht, wie das passieren konnte«, sagte ich zu Owen, während wir den Tisch abräumten. Mum war hinauf ins Badezimmer gegangen. »Ich würde ihn nie einfach so wegschalten. Wir haben so viel zusammen durchgemacht.«

»Es ist wirklich merkwürdig«, erwiderte Owen und trocknete einen Teller ab. »Wenn er gesehen hat, dass du ihn blockiert hast, vielleicht hat er dann das Gleiche mit dir gemacht?«

»Aber ich habe ihn ja gar nicht blockiert. Obwohl ...« Ich hielt inne und mir lief ein Schauer den Rücken herunter. »O mein Gott, Mum«, flüsterte ich und erinnerte mich daran, wie sie sich mein Handy ausgeborgt hat, als wir Samstagabend zu dem Restaurant aufgebrochen sind. »Ihr Handy hatte keinen Akku mehr, also habe ich ihr meines geliehen. Erinnerst du dich?«, sagte ich. »Sie hat es benutzt, während ich hinaufgegangen bin, um meine Jacke zu holen. *Sie* muss es getan haben.«

»Glaubst du wirklich?«, fragte Owen ungläubig. »Warum in aller Welt sollte sie das tun?«

Ich wollte ihm erklären, dass Mum Peter noch nie hatte leiden können – natürlich aus keinem ersichtlichen Grund –, verstummte jedoch, als ich sie aus dem Bad die Treppe hinunterkommen hörte.

»Shelley wird deine Trauzeugin, Elizabeth«, verkündet meine Mutter, als wir vom Haus aus die Straße hinuntergehen. Sie will in die Kirche, um zu sehen, wo die Blumengestecke hinsollen, aber auch, um auszuprobieren, wer denn an diesem *glücklichen Tag*, wie sie nun immer zu sagen pflegt, wo stehen soll.

Gott sei Dank ist es nur ein kurzer Weg durch das Dorf. Ich bin müde und will nur mehr meine Füße hochlegen.

»Ich hole morgen meine Nähmaschine raus und ändere ihr Hochzeitskleid, damit es vorteilhafter und weniger brautähnlich wird. Mir hat es sowieso nie so richtig gefallen.«

»Mum!«, rufe ich aus, schockiert, dass sie so etwas überhaupt in Betracht zieht. Owen drückt meine Finger als Warnung, was ich jedoch ignoriere. »Du kannst doch nicht ihr Kleid ändern! Sie wird es keinesfalls zu meiner Hochzeit tragen wollen. Wenn ich ehrlich bin, sollte diese Feier überhaupt nicht stattfinden. Es fühlt sich an, als würden wir es Shelley unter die Nase reiben. Ich hatte eigentlich eine ruhige Zeremonie auf dem Standesamt im Sinn, bis ...«

»Deine Schwester ist zäher, als du denkst«, sagt Mum bestimmt. »Sie wird sich nicht vor lauter Gram etwas antun. Denk nur, wie sehr sie sich im Brautmodenladen für dich gefreut hat. Ganz nebenbei kannst du nicht unverheiratet und schwanger sein.«

Ich beiße mir auf die Zunge, als wir den Weg zur Kirche entlanggehen, dankbar, dass Owen bei mir ist. Ohne ihn hier bin ich nicht sicher, ob ich nicht etwas tun würde, wofür ich mich später verantworten müsste. Eiben säumen den Weg und dahinter liegen die alten Gräber, einige von ihnen mit den von Flechten bedeckten Grabsteinen sind Hunderte von Jahren alt. Mum hebt den alten Eisenriegel der bogenförmigen Kirchtür aus Eiche und wir gehen hinein.

»Es ist wunderschön«, sagt Owen und seine Stimme hallt wider, als er sich umsieht. Er zieht mich näher an sich heran und ich kann seine Aufregung beinahe spüren.

Ich muss zugeben, dass er recht hat. In der kühlen Ruhe der Kirche herrscht eine Atmosphäre der Stille und des Friedens. Ein Gefühl der Sicherheit, das mich beruhigt. All die Geschichte und die unvergesslichen Ereignisse, die in das Gefüge des alten Hauses eingeschrieben sind – die Hochzeiten, die Taufen, sogar die Trauerfeiern, tragen alle zur Atmosphäre dieses Ortes bei, dem Zusammentreffen einer Gemeinschaft. Ich bin kein besonders religiöser Mensch, aber hier möchte ich daran glauben, dass jemand über uns wacht.

Bevor wir jedoch die Gelegenheit haben, uns richtig umzusehen, ertönt eine Stimme aus dem hinteren Bereich des Altarraums, die mich erschrocken zusammenfahren lässt.

»Guten Abend«, sagt der Pfarrer, der offenbar gerade mit Gesangsbüchern beschäftigt ist, und meine Mutter geht den Mittelgang entlang zu ihm. »Schön, dass Sie gekommen sind, Mrs Holmes.« Er wirft mir und Owen einen Blick zu.

»Wir gehen besser nach vorn und begrüßen ihn«, sage ich zu Owen. Reverend Booth ist ein freundlicher Mann und in seiner Gemeinde sehr beliebt. Er war ein Fixpunkt in meiner Kindheit und leitete die Sonntagsschule, die Shelley und ich jede Woche besuchten.

»Elizabeth«, sagt der Pfarrer herzlich und nimmt meine Hände in seine. »Es ist so schön, dich wieder einmal zu sehen.«

»Das ist Owen, mein Verlobter«, sage ich mit breitem Lächeln. »Wir sind Ihnen beide so dankbar, dass sie uns so entgegenkommen. Ich weiß, es ist alles ein bisschen übereilt.«

Ich höre die Worte um mich schweben, aber sie hören sich nicht wie meine an; sie geben nicht das wieder, was ich wirklich denke – dass ich keinerlei Absicht habe, in elf Tagen in dieser Kirche zu heiraten. Der einzige Grund, aus dem ich dieses Spiel zum Schein mitmache, ist der, unser Leben ein bisschen angenehmer zu gestalten, während wir bei Mum wohnen müssen.

Owen und der Pfarrer schütteln einander die Hand und tauschen ein paar Höflichkeiten aus, während ich in einer Art Blase stehe, als hätte die Welt plötzlich abgerundete Kanten. Nichts fühlt sich real an.

»Müssen Ihre Eltern für diesen besonderen Tag eine weite Reise auf sich nehmen?«, fragt Reverend Booth Owen.

»Leider werden sie nicht kommen«, sagt Owen mit einer Ruhe, die ich bewundere. Es muss schwer sein, das jemandem zu erzählen. »Meine Familie ist leider verstorben.«

Mums Keuchen erfüllt die gesamte Kirche.

»Keine Eltern bei der Hochzeit, Owen?«, sagt sie und runzelt nachdenklich die Stirn, als ihr dämmert, was diese Enthüllung bedeutet. »Wie unglaublich bedauerlich.« Sie hält inne, die Haut unter einem Auge zuckt. »Familie bedeutet mir *alles*«, sagt sie, beugt sich näher zu ihm und senkt die Stimme. »Und du solltest wissen, dass ich meine um jeden Preis beschützen werde.« Sie sieht ihn einen Augenblick lang eindringlich an, die Lippen zu einer dünnen Linie verzogen. Dann flüstert sie: »Ich habe es schon einmal getan und ich werde es, wenn nötig, wieder tun.«

Owen zögert, die Augen geweitet, als wir einen Blick wechseln. Ich atme tief ein und wieder aus, will gerade etwas zu Mum sagen, um sie in ihre Schranken zu weisen, damit sie sich bei Owen entschuldigt, aber er kommt mir zuvor.

»Ich verstehe, Sylvia«, sagt er weitaus gutmütiger, als sie es verdient. »Ich habe einige Cousins zweiten Grades mit Familie in Northumberland, aber wir stehen uns nicht sehr nahe, also bezweifle ich, dass sie den langen Weg hierher antreten werden.«

»Es tut mir sehr leid, das zu hören«, mischt sich der Pfarrer ein und senkt einen Augenblick den Kopf. »Ich möchte euch nur wissen lassen, dass ich euch sehr gern in meiner Kirche trauen werde.«

Ich drücke mich näher an Owen – nicht weil ich nervös bin, sondern als eine Art Schutz vor Mum.

»Das weiß ich wirklich zu schätzen«, sagt Owen und verlagert sein Gewicht auf den anderen Fuß.

»Aber was ist mit deinen armen Eltern passiert?«, fragt Mum und schlägt die Hände unter dem Kinn zusammen. Ihre Augen scheinen sich zu grollendem Grau zu verändern. »Was in aller Welt ist ihnen zugestoßen?«

»Mum, nicht jetzt«, werfe ich warnend ein, da ich spüre, wie sich ein drohendes Verhör anbahnt.

»Sie sind zusammen mit meinem Bruder bei einem Autounfall ums Leben gekommen«, berichtet Owen.

»Aber du musst deine übrigen Familienmitglieder zur Hochzeit einladen«, fährt sie fort, taub für meine Warnung. »Deine Seite der Kirche ist sonst leer und das geht einfach nicht.«

Owen lächelt betreten und nickt verhalten.

»Ich habe die meisten Leute auf der Gästeliste bereits eingeladen«, teilt Mum dem Pfarrer mit. »Aber ich kann immer noch weitere Namen hinzufügen. Natürlich musste ich das in der Kürze der Zeit per E-Mail machen, aber wir haben bereits eine ganze Menge Zusagen.«

Owen spürt, dass ich angesichts dieser Verlautbarung kurz vor dem Ausflippen stehe, und findet vermutlich, der Altar mit dem Pfarrer daneben sei nicht der beste Ort dafür. Er greift nach meinem Arm, schüttelt langsam den Kopf und formt lächelnd ein stummes *bis zehn zählen* mit den Lippen. Ich ziehe ihn zur Seite.

»Was für eine verfluchte Gästeliste?«, zische ich. »Und es tut mir so leid, was sie gerade gesagt hat.« Obwohl er nicht weiß, wie sehr ihre Worte mich gerade verärgert, nein, *geängstigt* haben.

Ich habe es schon einmal getan und ich werde es, wenn nötig, wieder tun.

»Versuch dich nicht zu sehr aufzuregen, mein Liebes«, sagt er ruhig.

»Es wäre ganz nett gewesen, wenn wir ein Wort mitzureden hätten, wenn es darum geht, wer zu dieser Fantasiehochzeit kommt«, flüstere ich, während Mum mit dem Pfarrer über die Blumen spricht.

»Wenn du das wirklich nicht durchziehen willst, dann musst du es ihr sanft mitteilen«, sagt Owen wohlweislich. »Damit sie nicht weiter einen Haufen Geld für die Vorbereitungen ausgibt. Aber falls wir tatsächlich heiraten, dann bist *du* der einzige Mensch, dem meine Aufmerksamkeit gilt. Was mich angeht, ist es egal, wer noch dabei ist.«

Ich lächle und blicke hinter mich auf den schönen Altar mit dem Schnitzdekor und den Kerzen und den Herbstblumen und stelle mir vor, wie wir dort an unserem Hochzeitstag stehen, ich in meinem umwerfenden neuen Kleid, Owen elegant in seinem Cut, wie wir unser Gelübde ablegen, einander dabei in die Augen sehen und uns darauf vorbereiten, den Rest unseres Lebens miteinander zu verbringen, und frage mich, ob ich das alles Owen zuliebe bis zum Ende der nächsten Woche durchstehen kann.

Doch dann ist das Bild zerstört, als ich vor meinem inneren Auge meine Mutter den Mittelgang entlanglaufen sehe, höre, wie sie schreit, dass niemand ihr ihre Tochter stehlen wird, und sehe, wie sie Owen ihr großes Küchenmesser in den Rücken rammt.

EINUNDZWANZIG

Meine Mutter hätte eigentlich schon tot sein müssen, als ich acht war. Dann als ich zwölf war und dann ein paar Wochen vor meinem fünfzehnten Geburtstag. Das erste Mal, als sie Krebs im Endstadium hatte, organisierte sie ihr eigenes Begräbnis und beschrieb detailliert, welche Musik sie bei der Trauerfeier wollte. Sie beorderte Shelley und mich an ihre Seite, wie sie da im Esszimmer mit ihrer Nähmaschine saß, Bahnen von schwarzem Samt vor sich.

»›Der Herr ist mein Hirte‹ soll als Erstes gesungen werden«, sagte sie uns, und zeigte uns die handschriftliche Abfolge der Ereignisse. »Und dann möchte ich gern, dass ihr zusammen dieses Gedicht aufsagt. Jeweils eine Zeile. Ihr müsst diese zueinander passenden schwarzen Kleider tragen, die ich für euch mache.« Dad kam in ihrem Protokoll nicht vor.

Dann bestand sie darauf, dass wir uns Chopins Trauermarsch anhörten, den sie für die Verabschiedung ausgewählt hatte, und erklärte uns, dass sich ein Vorhang um ihren Sarg schließen würde und wir sie zum allerletzten Mal sehen würden.

»Außer wenn ihr meine Asche verstreut, natürlich«, sagte

sie und beschrieb uns, wie wir sie ins Meer streuen mussten, weil sie sich dort am friedvollsten fühlen würde. Wir waren mit unserer Mutter noch nie zuvor am Meer gewesen, und ihre Liebe zum Wasser war eine ziemliche Überraschung für uns. Wie auch die Nachricht von ihrem bevorstehenden Tod.

Ich war in Tränen ausgebrochen, als sie beschrieb, wie der Krebs ihr Blut vergiftete, dass kein Arzt ihr mehr helfen könne. Eine Woche später kam Dad mit einem brandneuen Jaguar für sie nach Hause, und prompt verkündete sie, sie sei geheilt. Sie erzählte uns, es sei ein Wunder.

Das Piepsen meines Handys zeigt eine Nachricht an, als ich am Morgen nach unserem Kirchenbesuch vor Shelleys Cottage einparke. Bevor ich nachsehe, bleibe ich einen Augenblick lang sitzen und hole mich selbst wieder zurück in die Gegenwart. Seit ich in Mums und Dads Haus bin, drängen so viele Erinnerungen an die Oberfläche, von denen ich die meisten bereits seit Langem begraben hatte. Owen an den Ort zu bringen, an dem ich aufgewachsen bin, ist eine seltsame Kollision meiner Vergangenheit, die ich jahrelang zu vergessen versuchte, mit einer Zukunft, deren Beginn ich kaum erwarten kann.

Und mittendrin eine Hochzeit, die ich gar nicht will.

Menü JETZT besprechen!!!, lautet Mums Nachricht. Ich stecke das Handy zurück in die Tasche, lehne den Kopf zurück und schließe für einen Augenblick die Augen. Ich verfüge nicht über die mentale Stärke, ihr jetzt schon zu antworten. Stattdessen steige ich aus dem Auto und gehe den Weg entlang zum Haus, aber ich bin nicht gekommen, um meine Schwester zu sehen, obwohl ich mit ihr ein Gespräch darüber führen muss, dass sie meine Trauzeugin ist – oder eher, dass sie *nicht* meine Trauzeugin ist, angesichts der Tatsache, dass ich keine Absicht habe, nächste Woche in Little Risewell zu heiraten.

Als Owen und ich uns vor einer halben Stunde in Richtung Bahnhof aufgemacht haben, holte Mum ihre Nähmaschine heraus und verlor keine Zeit, das wunderschöne Hochzeitskleid zu zerstückeln, das Shelley vergangenen Sommer getragen hatte. Die Szene wirkte erschütternd vertraut, und ich war plötzlich wieder acht Jahre alt und sah sie dort mit ihrem Nähkorb sitzen, erinnerte mich daran, wie sie an zwei schwarzen Samtkleidern nähte, die Shelley und ich zu ihrem Begräbnis tragen sollten. Sie wurden nie fertig. Wie auch sie nie gestorben ist.

»Ich habe es geschafft, das Blut rauszuschrubben«, hatte Mum vorher gesagt und von Shelleys Kleid aufgeblickt. Mein Kopf war voll von dem Horror des letzten Jahres, als Shelley das von Rafe gehört hatte – der schlimmste Telefonanruf, den ich je machen musste. Sie eilte aus der Kirche zurück nach Hause und fand ihn auf dem Boden ihrer gemeinsamen Küche liegend. Als wir auf die Einsatzkräfte warteten, war sie auf die Knie gefallen, hatte seinen Kopf in ihren Schoß gelegt, überall auf ihrem weißen Kleid Blut und Tränen. Ich musste kurz aus dem Haus gehen, da ich ihren Schmerz nicht mitansehen konnte.

»Die Flecken sind jetzt kaum mehr zu sehen«, fuhr Mum fort, eine Stecknadel zwischen ihren Lippen, und fuhr mit ihrer Stoffschere durch die Lagen von Spitze.

Ich wandte mich um und wollte gehen, da ich Owens Schock bei der Erwähnung von Blut auf dem Hochzeitskleid bereits spürte, und leitete ihn hinaus zum Auto, um ihn zum Bahnhof zu fahren. Er versprach mir, dass heute für eine Weile der letzte Tag im Londoner Büro sein würde. Und er versprach mir auch, einen Aufstand wegen der nicht bezahlten Rechnung zu veranstalten.

»Kaffee?«, fragt Jared jetzt, als ich in Shelleys Cottage angekommen bin.

»Musst du das überhaupt fragen?« Mir gefällt es, wie unsere Freundschaft wieder in die alte Vertrautheit gefallen ist, die uns als Teenager verband – ohne die linkischen Küsse natürlich. Jared gehört zu der seltenen Art von Menschen, denen es irgendwie gelingt, dass ich mich bei ihnen sicher und entspannt fühle. Niemals hatte ich diese Art der Gesellschaft nötiger als jetzt.

Mein Handy piepst erneut.

Jared, der mir gerade einen Becher Kaffee reicht, hebt die Augenbrauen. »Musst du da nachsehen?«

»Es wird wohl wieder Mum sein, die mich mit dem Menü quält. Ehrlich, mir geht schon langsam die Luft aus wegen ihr und dieser blöden Hochzeit. Und das geht erst seit ein paar Tagen so.«

Mein Handy piepst schon wieder.

»Sie ist hartnäckig, das muss man ihr lassen«, grinst er. »Wie auch immer, ich habe Neuigkeiten. Ich habe ein bisschen gegraben.«

Ein weiteres Ping aus meiner Handtasche.

»Klingt faszinierend«, sage ich, als eine weitere Nachricht eintrifft.

»Guter Gott«, murmle ich. »Ich sehe besser einmal nach, ob es nicht irgendein medizinischer Notfall ist oder eine andere Katastrophe«, füge ich hinzu, und frage mich, ob ich es ihr in dem Fall überhaupt abnehmen würde.

Aber als ich mein Handy aus der Tasche nehme, sehe ich, dass die letzten paar Nachrichten gar nicht von Mum sind.

Sie sind von Peter.

»O Gott«, sage ich. Das habe ich nicht erwartet.

»Alles in Ordnung?«

»Ich bin noch nicht ganz sicher«, sage ich und öffne die WhatsApp-Nachrichten. Peter muss gesehen habe, dass ich ihn freigeschaltet habe, und hat nun wiederum mich freigeschaltet.

Ich versteh's nicht, Lizzie. Warum wirfst du mich raus?, lautet seine erste Nachricht.

Gefolgt von: *Ich hatte gehofft, dich zu sehen, ehe du gehst.*

Und schließlich: *Gib einfach das Geld zurück und ich werde es nicht mehr erwähnen.*

»Was zur Hölle?« Ich starre auf mein Handy und frage mich, ob das ein Witz ist.

»Probleme?«

»Ja! Nein! Ich ... ich weiß nicht. Ich bin total verwirrt.«

»Ich bin ein guter Zuhörer, wenn du Luft ablassen willst.«

Also erzähle ich Jared so kurz und bündig wie möglich von Peter, dass wir einander an der Uni kennengelernt hatten, wie Owen und ich in den letzten paar Wochen bei ihm gelebt haben und wie Owen uns gebeten hat, auszuziehen, weshalb wir jetzt bei Mum festsitzen.

»Aber ich habe nicht den blassesten Schimmer, von welchem Geld er spricht.«

Ich schüttle den Kopf und zermartere mir das Hirn. »Vielleicht ist es eine versteckte Andeutung, dass wir ihm mehr Miete hätten zahlen sollen«, sage ich und spiele alle möglichen Erklärungen durch. »Oder vielleicht hat er Bargeld verlegt und nimmt nun das Schlimmste an, obwohl er doch sicher weiß, dass ich in tausend Jahren niemals Geld von ihm stehlen würde. Ich weiß es einfach nicht.«

»Textnachrichten sind frustrierend«, sagt Jared. »Ruf ihn an. Frag ihn. Das ist doch am einfachsten, oder?«

»Ja, ja, das werde ich tun. Aber erst später. Ich muss noch darüber nachdenken, was ich als Erstes sagen werde.« Ich stecke das Handy ein, da ich Jared nicht noch mehr in mein Drama mit hineinziehen will, als ich es bereits getan habe, als ich über meine Hochzeit, meine Mutter, meine Obdachlosigkeit gejammert habe. »Es ist vermutlich nichts. Oder ein Missverständnis«, füge ich hinzu, wohl wissend, dass es keines von beiden ist. Peter ist geradeheraus und hat unsere Freundschaft stets wertgeschätzt. Er würde mich niemals wegen etwas beschuldigen, wenn er sich der Fakten nicht hundertprozentig sicher wäre – und das verursacht mir einen Knoten im Magen. »Also, du hast gesagt, du hast Neuigkeiten?«

»Ach ja, genau, ich habe ein bisschen gegraben.« Jareds Augen leuchten. Er greift zu einem Stapel Papiere auf der Küchenablage und nimmt ein Foto in die Hand, das ganz oben auf dem Stoß liegt. »Ich hoffe, es macht dir nichts aus, dass ich mir das ausgeborgt habe«, sagt er und hält das Bild hoch, das wir in meiner Kiste vom Dachboden gefunden haben. Er muss es eingesteckt haben, ohne dass ich es bemerkt habe, während ich mit Mums kleinem Zusammenbruch beschäftigt war. »Ich habe mir überlegt, dass es jetzt, wo ich wieder zurück in die Gegend ziehen will, nett wäre, wieder Kontakt mit ein paar Leuten aus der Vergangenheit aufzunehmen. Facebook war eine große Hilfe«, sagt er. »Es ist mir gelungen, Gavin zu finden, meinen Kumpel da auf dem Foto. Er lebt immer noch hier mit seiner Frau und seinen Kindern.«

»Es macht mir überhaupt nichts aus«, sage ich und nehme das Bild. Es freut mich für ihn, dass er sich ein neues Leben in der Gegend aufbaut. Ich muss lächeln, als ich das Bild noch einmal betrachte. Normalerweise würde ich ein Foto davon machen und es an Peter schicken, der ausflippen würde, wenn er mich in diesen Klamotten, mit dieser Frisur, sehen würde, aber ... jetzt, aus irgendeinem Grund haben sich die Dinge geändert. Und ich weiß nicht warum. »Es freut mich wirklich, dass du wieder Kontakt mit Gav hast.«

»Wir haben gestern Abend im Pub etwas zusammen getrunken«, sagt Jared. »Es war schön, ihn zu sehen. Ich habe ihm dieses Foto gezeigt und er hat sich daran erinnert, wer der andere Typ war.« Er tippt auf das Bild. »Es ist Danny Wentworth.«

»Ach ja – *Danny!* Jetzt erinnere ich mich.«

»Und weißt du noch, als deine Mum gesagt hat, sie glaube, ihm sei etwas Schreckliches zugestoßen?«

Ich nicke langsam und verspanne mich.

»Gavin hat das bestätigt. Offensichtlich ist Danny gestorben.«

»O mein Gott, das ist ja *fürchterlich*. Was ist passiert?« Ich nehme das Foto und lege es zwischen uns auf den Tisch, während ich auf Dannys grinsendes Gesicht starre.

Jared zuckt mit den Schultern. »Gav war sich nicht sicher, was genau passiert ist, aber er glaubt sich zu erinnern, dass es von der Familie geheim gehalten wurde und das Begräbnis im engsten Familienkreis stattfand. Es scheint, dass der arme Danny im Sommer nach unserem Abschluss gestorben ist. Es kann nicht sehr lange, nachdem dieses Foto aufgenommen wurde, gewesen sein.«

»Wie tragisch.« Ich starre wieder auf Dannys Gesicht. »Er sieht hier so glücklich aus. War er nicht echt klug und wollte auf die medizinische Fakultät gehen?«

»Ja, genau, das ist der Typ«, sagt Jared. »Gavin hat mir erzählt, dass er einen jüngeren Bruder hatte, aber an den erinnere ich mich nicht mehr.«

»Ich auch nicht«, sage ich und wandere in Gedanken zurück. Ich nehme das Foto wieder in die Hand und berühre Dannys Gesicht. »Schwer zu glauben, dass er tot ist.«

»Das ist es wirklich. Gav hat aber noch eine andere Sache erwähnt«, sagt Jared und sieht mir direkt in die Augen. »Er hat Gerüchte gehört, dass es, kurz nachdem Danny gestorben ist, einen Skandal an der Oberschule gegeben hat. Es hatte wohl mit einer Lehrerin zu tun, die dort gearbeitet hat. Als Gav es erwähnte, habe ich mich vage daran erinnert. Er glaubte, dass die beiden Ereignisse miteinander zu tun hatten.«

»Eine *Lehrerin*?«, frage ich, meine Stimme plötzlich ganz schwach, während mir das Blut in den Adern gefriert.

ZWEIUNDZWANZIG

Jared fährt vorsichtig durch die engen Straßen, als wir für einen zweiten Besichtigungstermin zurück zu dem Haus fahren, an dem er ein Kaufinteresse hat. Ich bin froh, mitkommen zu können, das lenkt mich von all den anderen Dingen ab, die mir gerade durch den Kopf gehen – Peters seltsame Nachrichten, meine Mutter und ihre unaufhaltbaren Hochzeitspläne, und nun die Nachricht vom Tod des armen Danny. Mum hat bereits zugegeben zu wissen, dass ihm »etwas Schreckliches« zugestoßen ist, aber ich frage mich immerzu, was sie sonst noch weiß, und ob sie etwas mit dem Skandal zu tun hatte, den Jared erwähnt hat.

»Es war ein Wink des Schicksals, dass Gav mir erzählt hat, dass er Bauunternehmer ist«, sagt Jared, als er auf der Einfahrt des Anwesens hält. »Ich habe ihm die Verkaufsdaten gezeigt und wir haben über die Renovierung gesprochen. Ich will nicht lügen, mir gefällt das alte Ding, aber es wird eine Menge Arbeit nötig sein. Es ist eher die schöne Aussicht, die es ausmacht, und weniger das eingebrochene Dach.«

Ich stimme Jared zu, was die Aussicht angeht, und als ich

aus dem Auto steige, sehe ich Gavins weißen Lieferwagen bereits dort stehen.

»Gav, Kumpel, danke, dass du gekommen bist«, sagt Jared zur Begrüßung an der Tür. »Ich habe das Gefühl, da ist noch eine Runde im Pub fällig als Dankeschön.«

Die Männer klopfen einander in einer halben Umarmung auf den Rücken, und sie könnten dabei nicht unterschiedlicher aussehen – Jared groß und dünn, ganz in Schwarz gekleidet mit seiner LA-Angels-Baseballkappe, und Gavin, viel kleiner und stämmiger, mit schweren, von Zementstaub bedeckten Arbeitshosen, einem zerrissenen T-Shirt und Arbeitsstiefeln.

»Hallo Gavin«, sage ich und schüttle ihm die Hand. Wüsste ich nicht, wer er ist, hätte ich ihn niemals wiedererkannt. Aber damals war er in der Oberschule, nicht an der Gesamtschule, und Mum hatte mir eigentlich nicht erlaubt, nach der Schule im Park herumzuhängen, um Freunde zu treffen. Sie machte es mir nicht einfach, überhaupt Freunde zu haben.

»Lizzie Holmes, mein Gott«, sagt Gavin mit einem kräftigen Handschlag. »Du hast dich kein bisschen verändert!«

»Also kannst du dich an mich erinnern?«, sage ich lachend und will ihn plötzlich über alles ausfragen, woran er sich über mich erinnert. War ich schüchtern, glücklich, traurig, wütend? Aber ich sage nichts, genauso wie damals. Anderen Leuten davon zu erzählen, wie das Leben hinter verschlossenen Türen war, hätte es nur noch realer gemacht.

»Natürlich tue ich das, *natürlich!*«, sagt Gavin. »Franks Mädchen«, fügt er hinzu und tritt von einem Fuß auf den anderen. Er hat etwas Begeisterndes an sich, mit seinen schiefen Zähnen und den runden rötlichen Wangen, die aussehen, als hätten sie jede Menge frische Luft und ebenso viel Bier abbekommen.

Ich lächle und denke, dass das besser ist, als *Sylvias Mädchen* genannt zu werden.

»Hab gehört, dass es deinem Dad gerade nicht so gut geht«,

fährt Gavin fort. »Tut mir leid, das zu hören. Meine Mum hört alle Neuigkeiten von deiner Mum. Sie waren früher wohl mal zusammen im Frauenverein«, sagt er und lacht dabei. »Wohltätigkeitsbasare und Kuchenstände. Gutes Zeug!«

»Ja, wenn man in Little Risewell aufgewachsen ist, kam man darum nicht herum«, antworte ich und lache ebenfalls. »Wie geht's deiner Mum?«

»Sie kämpft sich so durch, aber nicht so gut, seit Dad gestorben ist. Sie lebt immer noch in demselben Haus, und Lynda besucht sie fast jeden Morgen, um sicher zu sein, dass sie aufsteht, sich wäscht und etwas isst.«

»Lynda?«

»Meine Frau«, sagt Gav mit einem Augenzwinkern. »Sie ist ein echter Schatz. Aber ich denke, Mum wird wohl bald ins Pflegeheim müssen«, fügt er hinzu. »Sie wird immer vergesslicher.«

»Das tut mir sehr leid«, erwidere ich und folge den beiden Männern ins Haus, nachdem die Maklerin es aufgeschlossen hat. Ich gebe Acht, wo ich auf den alten verrotteten Bodenbrettern hintrete, und wische mir ein paar Spinnweben vom Eingang aus dem Gesicht. Das Gespräch wendet sich jetzt Jareds Plänen für einen Anbau zur Erweiterung der Küche zu, welcher von dem schönen Ausblick über das Land profitieren würde. Gerade will ich meine Gedanken dazu äußern, als ich spüre, wie mein Handy in der Tasche vibriert.

Ich trete aus der Hintertür auf eine mit Unkraut bedeckte Terrasse, die einen Blick über Felder und sanfte Hügel bietet. Als ich einen Blick auf den Bildschirm werfe, überkommen mich Zweifel, ob ich rangehen soll. Aber welches Missverständnis auch immer vorliegt, es muss geklärt werden.

Ich atme tief durch.

»Hallo ... Peter«, sage ich und gehe ein Stück vom Haus weg.

»Wie geht es dir?«

»Lizzie«, höre ich die vertraute Stimme durch die Leitung, der Ton ist kühl. »Mir geht es gut, danke.«

»Ich ... ich weiß ehrlich nicht, was mit meinem Handy passiert ist«, beginne ich zu erklären. »Es muss eine Störung gewesen sein oder so etwas, weil ich dich nie blockiert habe, und ...«

»Als ich gesehen habe, was du getan hast, habe ich dich ebenfalls blockiert«, erwidert er und bestätigt damit meine Vermutung.

»Was auch immer es ist, was dich verärgert hat, Pete, es tut mir so leid.«

»Es bin nicht ich, den du verärgert hast, um Himmels willen, Lizzie«, fährt er fort, »obwohl du das damit natürlich auch getan hast.«

»Ich habe wirklich keine Ahnung, wovon du sprichst. Du hast etwas über Geld geschrieben? Ich weiß, dass Owen und ich mehr zu den Haushaltskosten hätten beisteuern sollen, und ehrlich, ich hatte wirklich vor, dir mehr zu geben, sobald Owen bezahlt würde. Aber dann mussten wir so schnell raus und ...«

»Günstiger Zeitpunkt, findest du nicht? Ein bisschen sehr offensichtlich – zu fahren, gleich nachdem du das Geld gestohlen hast.«

»*Was?*« Ich drehe mich zurück zum Haus und sehe, wie Jared und Gavin aus dem Haus kommen, also gehe ich ein Stück weiter in den Garten. »Ich habe kein Geld gestohlen, Pete. Wovon zum Teufel sprichst du?«

»Mrs Baxters Geld. Du weißt genau, wovon ich spreche. Hunderte Pfund. Ernsthaft, Elizabeth, ich weiß, dass du finanziell gerade ein bisschen zu kämpfen hast, aber es einer alten Dame zu stehlen, ist wirklich unterste Schublade.«

Mir wird schwer ums Herz, als ich seine Worte höre, aber ich fühle mich auch erleichtert, weil ich weiß, dass ich es nicht getan habe. »O mein Gott, ich habe doch Mrs Baxters Geld nicht genommen, Pete. Du müsstest doch wissen, dass ich so etwas niemandem antun würde, schon gar nicht einer schwachen alten Frau.«

Am anderen Ende der Leitung herrscht einen Moment lang nervenaufreibende Stille, als wüsste Peter zwar, dass das, was ich sage, stimmt, er jedoch über einen Beweis verfügt, der das Gegenteil aussagt.

»Aber du warst doch in Mrs Bs Wohnung, oder?«

»Ja, und …«

»Und hast du gesehen, dass sie einen Haufen Geld auf der Küchenablage liegen hatte?«

»Ja, das habe ich! Aber …«

»Und du hast ihr gesagt, sie solle es zur Bank bringen, ehe es gestohlen würde, oder? Und dann warst du es, die es gestohlen hat.«

»Ja, genau das ist passiert, abgesehen davon, dass ich es nicht genommen habe. Ich habe ihr sogar gesagt, dass Owen und ich sie zur Bank bringen würden, damit sie es einzahlen könnte. Aber sie hat darauf bestanden, dass es so in Ordnung wäre, und hat es in der Teedose versteckt. Sie hat es als Bettys Bank bezeichnet, verdammt noch mal.«

»Na bitte. Du gibst sogar zu, dass du weißt, wo sie es versteckt hat.«

»Es tut mir leid, Pete, aber das höre ich mir nicht länger an. Du weißt besser als jeder andere, dass ich niemals stehlen würde. Es beleidigt mich, dass du auch nur daran denken kannst.«

Wieder Stille. Dann ein Seufzer. »Lizzie, ich will dir ja glauben, wirklich, aber …«

Einen Augenblick lang höre ich den alten Peter – den Peter, den ich in- und auswendig kenne und der mich genauso kennt, den Mann, der mir viele Male in meinem Leben die Haare zurückgehalten hat, metaphorisch gesprochen und auch tatsächlich nach durchzechten Uninächten.

»Dann glaub mir doch um Himmels willen, Pete. Jemand

anderes muss es genommen haben, weil ich es ganz bestimmt nicht war. Soll ich mit Mrs Baxter sprechen und sehen, ob ich ihrem Gedächtnis auf die Sprünge helfen kann?«

»Ich fürchte, das ist nicht möglich«, sagt er und hört sich dabei kalt und ernst an.

»Warum? Wir könnten das hier aufklären und ...«

»Du kannst nicht mir ihr sprechen, Lizzie, weil sie tot ist.«

DREIUNDZWANZIG

Nachdem wir mit der Hausbesichtigung fertig waren, habe ich das Angebot, Jared und Gavin ins Pub zu begleiten, abgelehnt, da mir nach meinem Telefonat mit Peter nicht nach Gesellschaft zumute war.

Mrs Baxter. Tot. Und sie starb in dem Glauben, dass *ich* ihr Geld gestohlen hätte.

»In dem Fall – komm doch mit deinem Verlobten heute Abend zu einer Partie Pool in den Bull«, schlug Gavin vor. »Ich würde euch so gern Lynda vorstellen.«

Ich dachte kurz darüber nach und fand, dass es nicht nur eine gute Gelegenheit wäre, Owen mit Gavin und seiner Frau bekannt zu machen, sondern auch, um ein paar Stunden aus dem Haus zu kommen. Also sagte ich ihm, dass wir kommen würden.

Ehe wir wegfuhren, hinterlegte Jared ein Angebot für das Haus, und die Immobilienmaklerin versprach, ihn später mit der Antwort des Eigentümers zu kontaktieren. Ich ließ sie allein, um die Details zu besprechen, und ging zurück zu Jareds Wagen, um zu warten. Ich war mit den Gedanken ganz woanders und dachte immer wieder über das nach, was Peter mir erzählt hatte.

»Ich bin mit dem Ersatzschlüssel in Mrs Baxters Wohnung gegangen«, hatte er am Telefon berichtet. »Ich hatte sie ein paar Tage nicht gesehen und machte mir Sorgen. Und da habe ich sie in ihrem Bett gefunden, tot.«

Als sich das Gespräch mit Peter dem Ende näherte und er sich nun ein kleines bisschen weniger anklagend anhörte, nicht mehr ganz so überzeugt, dass ich das Geld genommen hatte, jedoch immer noch unsicher, was denn nun wirklich geschehen sei, dachte ich gerade noch daran, ihn zu fragen, welche Nachrichten er erhalten habe, also nach dem Grund, weshalb Owen und ich eigentlich aus der Wohnung rausmussten. Ich wappnete mich für weitere schlechte Neuigkeiten.

»Ach *das*«, erwiderte Peter. »Jacko und ich wollen gern zusammenziehen. Es läuft wirklich gut zwischen uns. Wir gehen den nächsten Schritt.«

»Okay«, sagte ich und verstand nicht ganz. Nach dem zu schließen, was Owen gesagt hatte, hatte ich mit etwas Schrecklichem gerechnet – einer Krankheit oder einem weiteren Todesfall, oder dass er seinen Job verloren hätte.

»Ich habe Jacko sogar meiner Mutter vorgestellt, es muss also ernst sein.« Ihm gelang ein Lachen, als hätte er vergessen, dass er schlecht auf mich zu sprechen ist, und wieder war ich verwirrt.

»Ist deine Mum also gekommen und wohnt bei dir?«, fragte ich, als ich mich daran erinnerte, dass Owen erwähnte, Peter erwarte Familie.

»Gott nein«, erwiderte Peter. »Wir sind für den Tag nach Hastings gefahren und haben bei ihr zu Mittag gegessen. Sie hat sich sehr über unsere große Ankündigung gefreut.«

»Verstehe«, sagte ich und versuchte den Durchblick zu bewahren. Vielleicht wollte Peter, dass Jacko sofort bei ihm einzieht, was erklären würde, weshalb wir ausziehen mussten.

Aber es klang plötzlich gar nicht mehr so eilig, wie wir glauben sollten. Ich wollte schon fragen, aber Peter wechselte das Thema, zurück zu dem fehlenden Geld, und fragte mich über den Abend aus, als ich in Mrs Baxters Wohnung gewesen war.

»Sieh mal, ich kann das Geld nicht zurückgeben, wenn ich es überhaupt nicht genommen habe, oder?«, fuhr ich ihn schließlich an.

Nachdem wir uns mit einem kurz angebundenen Gruß verabschiedet hatten, fühlte ich mich schuldig, weil ich so barsch war, gleichzeitig jedoch auch wütend, weil er dachte, ich würde eine alte Dame bestehlen. Ich kann nur vermuten, dass seine Anschuldigung auf dem beruht, was Mrs Baxter ihm vor ihrem Tod erzählt hat. Aber ich kann sie wohl kaum dafür verantwortlich machen, so verwirrt, wie sie schon war.

Aber jetzt, wo ich mich ein wenig beruhigt habe, beschließe ich, ein paar Tage verstreichen zu lassen und Peter dann eine Nachricht zu schreiben. Vielleicht hat ja bis dahin der wahre Dieb gestanden oder wurde entlarvt.

Nachdem Jared mich bei meinem Auto abgesetzt hat, fahre ich zur Winchcombe Lodge, um Dad zu besuchen. Ein Besuch bei ihm ist zumindest sinnvoll verbrachte Zeit, wenn ich schon einmal in der Gegend bin – auch wenn das ein weiteres einseitiges Gespräch bedeutet.

»Er ruht sich in seinem Zimmer aus«, teilt mir eine der Schwestern mit, als ich mich eintrage, und zeigt in die Richtung von Zimmer Nummer zwölf. Ich gehe über den mit Teppich ausgelegten Korridor und komme an etlichen anderen Schwestern vorbei, die Patienten unterschiedlicher Altersstufen begleiten.

Ich denke an das erste Mal zurück, als Dad eingewiesen wurde – den Telefonanruf einer panischen Shelley, den ich nicht vergessen kann. Sie war für ein tierärztliches Praktikum weg von zu Hause und ich war erst seit Kurzem an der Uni. Mein erster Geschmack von Freiheit jäh unterbrochen.

»Dad wurde zwangseingewiesen!«, hatte sie in die Leitung gebrüllt, als wüsste ich, was nun zu tun sei. Damals wusste ich nicht einmal, was zwangseingewiesen überhaupt heißt – geschweige denn etwas über die geschlossene Abteilung in Winchcombe oder was das alles für meine Familie bedeutete. Mein Vater tat mir unendlich leid, aber eine Rückkehr nach Little Risewell hätte auch eine Rückkehr zu meiner Mutter bedeutet – der Person, der ich endlich entkommen war. Ich schäme mich zuzugeben, dass mein achtzehn Jahre altes Ich es Shelley überlassen hat, mit der Sache umzugehen.

Ich klopfe an die Tür von Dads Zimmer, und als ich keine Antwort erhalte, trete ich ein.

»Hallo Dad.«

Mein Vater sitzt in einem Lehnstuhl und blickt aus dem französischen Fenster, das zu einem kleinen terrassenartigen Bereich mit Blumentöpfen führt. Es ist eine angenehme Aussicht, und sein Zimmer ist einigermaßen gemütlich, mit dem Einzelbett, dem furnierten Kleiderschrank und dem an der Wand montierten Fernseher, dennoch ist es kein echtes Zuhause. Ich will nur, dass es ihm besser geht, doch dann würde ich mir Sorgen machen, ob nicht eine Rückkehr nach Medvale wieder einen Rückschlag zur Folge hätte.

»Wie geht es dir heute?«

Ich schaue auf seine gebeugten Schultern, sein hageres Gesicht, und werde plötzlich von Schuldgefühlen übermannt. Ich wünschte, ich wäre vor all diesen Jahren zurückgekommen, um ihm zu helfen. Den täglichen Berichten Shelleys zufolge wurden damals verschiedene Arten von Medikamenten versucht, doch nichts schien zu helfen. Nichts änderte die niedergeschlagene Stimmung oder das Verhalten meines Vaters, und die Ärzte konnten uns nie einen Grund für das nennen, was sie als »emotionalen Zusammenbruch« bezeichneten, bei dem Dad »eine Gefahr für sich und andere darstellen« würde, was ich kaum glauben konnte. Erst im Laufe der Zeit kam er wieder zu uns zurück, als hätte er sich selbst zurück ins Leben geschaltet, und schließlich hatten auch die Ärzte nichts mehr dagegen, ihn zu entlassen. Und nun ist er wieder hier, zurück im Krankenhaus, bald nach Rafes Tod, erneut abgeschnitten vom Leben.

Dad starrt hinaus in die herrliche Umgebung, sich meiner Anwesenheit scheinbar nicht bewusst.

Ich ziehe die Gardinen zurück und drehe am Schloss an der Tür, die ich weit öffne, um frische Luft hereinzulassen. Eine kräftige Brise weht durch den Raum und bauscht einen der Vorhänge direkt über mir auf. Einen Augenblick lang stehe ich dort mit dem spitzenartigen weißen Stoff, der meinen Kopf und mein Gesicht bedeckt, und stelle mir vor, wie ich am Altar der St Michael's Church stehe, Owen neben mir, und Reverend Booth in Vorbereitung der Vermählung unsere Hände ineinanderlegt.

Dann ist der Vorhang verschwunden – aber nicht der Wind hat ihn weggeblasen, es ist Dads Hand, die hinaufgegriffen und ihn weggeschoben hat.

»Dad!«, sage ich, erfreut, dass er auf etwas reagiert hat. »Was willst du heute tun? Wir könnten wieder spazieren gehen, wenn du möchtest. Es ist so schön draußen. Ich kann dir von meinem Vormittag erzählen.«

Dad nickt, also nehme ich seine Schuhe und binde die Schnürsenkel. Mir kommen die Tränen, als ich daran denke, dass er vor vielen Jahren das Gleiche für mich getan hat. Dann hole ich seinen Mantel und sage einem Mitglied des Personals, dass wir hinausgehen. Dieses Mal gehen wir nicht zum Fluss, sondern nehmen die Auffahrt von Winchcombe zur Straße hin.

»Fühlt sich an, als würden wir wegrennen«, scherze ich und schiebe meinen Arm durch seinen. Wir gehen nicht gerade schnell, aber sein Schritt scheint lebhafter als noch vor drei Tagen. »Wenn wir irgendwo hingehen – sagen wir, in einen Zug springen – könnten, wo würdest du hinwollen?«

Ich werfe einen Blick hinüber zu Dad, als wir das Ende der Auffahrt erreicht haben, und erwarte nicht, dass er antwortet, was er auch nicht tut. Sein Blick ist geradeaus gerichtet, weder nimmt er die herrliche Aussicht auf die Landschaft wahr noch ignoriert er sie. Er *ist* einfach nur. Das ist Dad, der einfach nur existiert. Einatmen. Ausatmen. Und noch einmal.

»Ich würde zur Küste im Nordosten fahren«, sage ich ihm und überlege, dass ich dort Owens übrige Familie kennenlernen könnte. »Bamburgh Castle. Das ist mir immer so romantisch vorgekommen, dieser düstere Himmel und die windumtosten Strände. Oder vielleicht der Strand in Dorset. Wir könnten Fossilien suchen, wie du und ich das immer im Garten gemacht haben, wenn du im Frühling deine Kohlpflänzchen ausgesetzt hast. Ich habe alle möglichen Schätze gefunden. Willst du mit mir nach Dorset kommen?«

Keine noch so schöne Fantasiereise wird Dad zum Sprechen bringen.

»Erinnerst du dich, als Mum deinen ganzen Salat ausgerissen hat, weil sie dachte, es wäre Unkraut?« Ich lache bei der Erinnerung und spüre, wie Dads Arm sich an meinem versteift. »Sie hat Stein und Bein geschworen, sie wüsste nicht, was es war.« Ich schüttle den Kopf, fühle mich schlecht, weil ich genau diese Erinnerung heraufbeschworen habe, also wechsle ich das Thema. »Ich habe ein wunderschönes Hochzeitskleid gefunden«, erzähle ich ihm. »Es hat diese herrliche Spitze auf …«

»Lizzie, *halt*«, sagt Dad plötzlich, zieht mich am Arm und dreht mich zu sich herum, seine Stimme glasklar, sein Gesicht ganz nahe. »Du musst hier weg. Du musst so weit weg von hier wie irgend möglich und darfst nie mehr zurückkommen. Hast du gehört? Es ist mein Ernst, Elizabeth. Verschwinde einfach von hier und geh weg. *Jetzt.*«

VIERUNDZWANZIG

Ich taumle und bleibe stehe, meine Füße weigern sich weiterzugehen.

Dad starrt mich mit weit geöffneten Augen an und ich fühle seinen warmen Atem auf meiner Wange.

»*Dad?*«

»Elizabeth«, sagt er ernst.

»O mein Gott ... du ... du hast *gesprochen.*«

»Du musst mir zuhören.« Er schüttelt den Kopf, sein gesamtes Auftreten plötzlich ganz anders – als wäre ein Feuer in ihm entzündet worden. Ich sehe es in seinen Augen – ein Funke des Vaters, den ich einst kannte. Ein starker, kompetenter Mann, der Karriere gemacht hat, ein Mann, dessen Lebenszweck es war, Shelley und mich mit seinem Leben zu beschützen – oft buchstäblich. Einmal, als Mum Abendessen gemacht hat, musste er uns gegen die Töpfe, die Pfannen und das Besteck beschützen, mit denen sie um sich warf. Er führte uns eilig hinaus und nach oben, wo wir sicher waren. Ich war erst zehn und Shelley ein Teenager. Später am Abend brachte er uns ein Tablett mit Suppe und Toast.

»Gehirnaussetzer«, bestätigte er mit einem ruhigen Nicken.

»Eure Mutter hatte keinen guten Tag in der Arbeit.« Er saß bei uns, während wir aßen, half Shelley bei ihren Mathe-Hausaufgaben, während ich mich fertig machte fürs Bett. Später, als ich versuchte einzuschlafen, hörte ich, wie unsere Eltern unten stritten. Dads letzter Einwurf, ehe er zu Bett ging, klang immer noch in meinen Ohren.

»Herrgott Sylvia, wenn du deinen Job so sehr hasst, dann kündige doch einfach!«

Ich verbrachte den Rest der Nacht damit, mir darüber Sorgen zu machen, was geschehen würde, wenn Mum ihren Job aufgab – ob wir arm wären und gezwungen umzuziehen oder nicht mehr genug Geld für Essen hätten. Damals war mir noch nicht bewusst, was für eine hohe Position Dad in der Bank hatte oder wie viel Geld er verdiente. Natürlich ist es das gleiche Geld, das jetzt seinen Aufenthalt in Winchcombe Lodge finanziert, obwohl er diesmal als Privatpatient aufgenommen wurde, wohingegen sein erster Aufenthalt zwangsweise erfolgte und von der staatlichen Krankenkasse bezahlt wurde.

Dad steht breitbeinig da und legt mir die Hände auf die Schultern, mit dem gleichen freundlich bestimmten Blick, den ich noch so gut aus meiner Kindheit kenne.

»Dad ... ich ...« Ich kann nicht aufhören, ihn anzustarren. »Ich meine, geht's dir gut? Soll ich die Klinik anrufen? Jemanden holen?«

Er schüttelt den Kopf. »Nein, Lizzie. Wen würdest du denn anrufen? Irgendeinen nutzlosen Arzt, der nichts weiß? Eine Schwester, die mich wie einen Fünfjährigen behandelt?« Er nimmt einen tiefen Atemzug und stößt ihn mit einem traurigen Seufzen wieder aus. Dann geht er zu einem in der Nähe gelegenen Tor. Er lehnt sich an die Holzstange, einen Fuß auf der Sprosse abgestützt, und blickt über die Felder.

»Es sollte nie so kommen, weißt du«, sagt er und winkt mich zu sich. Ich starre ihn verwirrt an. »Seit ich ein junger Mann war, hatte ich immer davon geträumt, eine Familie zu haben, ein guter Ehemann und Vater zu sein, wir alle sicher und glücklich. Ich habe das Gefühl, versagt zu haben.«

»O Dad«, sage ich und lege meinen Arm um ihn. »Du *bist* ein guter Vater. Du hast in gar nichts versagt.«

Aus seiner Kehle dringt ein seltsames Geräusch. »Siehst du das Gehöft dort unten im Tal?«, fragt er und zeigt in die Ferne. »Das sind heute mehr als dreihundert Hektar beste Cotswolds-Weiden und Ackerland. Ein unglaubliches Vermögen wert.«

»Dad, warte, halt«, sage ich verwirrt. »Können wir bitte ein bisschen zurückgehen? Du ... du sprichst, als sei nichts gewesen. Du ... du hörst dich ... gut an. Ich verstehe das nicht.« Ich versuche, ihn zu mir zu drehen, aber er schüttelt mich ab und schaut immer noch über die Felder. »*Geht's* dir denn gut?«

»Natürlich geht's mir gut«, sagt er schroff und ich mache einen Schritt zurück. »Mir fehlt nichts, und hat es mir auch nie. *Mir* jedenfalls.«

Ich runzle die Stirn, um das zu verarbeiten, was er da behauptet, versuche zu glauben, was meine eigenen Augen und Ohren mir sagen: Dass der Mann, der den größten Teil des vergangenen Jahres in einer psychiatrischen Klinik verbracht hat, sich benimmt, als sei alles in bester Ordnung. »Soll ich Shelley anrufen?«, frage ich in der Hoffnung, sie wüsste, was zu tun sei. Sie konnte immer gut mit Krisensituationen umgehen, war diejenige, die immer wieder die Beziehung unserer Eltern flickte. »Oder ... oder soll ich Mum anrufen?«

Ich nestle nach meinem Handy, da ich *irgendjemanden* anrufen muss, aber Dad greift nach meinem Handgelenk.

»Nur über meine Leiche erzählst du es deiner Mutter. Sie weiß nichts davon«, sagt er, als ein Getreidetransporter über die Straße donnert – der Metallbehälter scheppert und ächzt – und die Erde erbeben lässt. »*Bitte.* Tu das nicht, Elizabeth.«

»Dad, haben sie dir irgendwelche neuen Medikamente gegeben oder so etwas? Ist es das?« Ich starre ihn immer noch ungläubig an. »Ich verstehe es, wirklich, ich spreche mit ...«

»Ich habe meine Medikamente nicht genommen.« Plötzlich sieht Dad besorgt aus, schüttelt den Kopf. »Aber ... aber die Schwestern wissen das nicht. Ich habe alle Tabletten versteckt.« Er seufzt, blinzelt die Tränen weg, während er zu Boden starrt.

»*Was?*«

»Lass mich dir von dem Gehöft erzählen.« Er fasst sich und deutet wieder über die Felder, auf seinem Gesicht ein wehmütiger Ausdruck. »Ich hätte es einmal fast gekauft. Vor langer Zeit.«

Ich stelle mich neben ihn an das Tor. Nichts an diesem Gespräch fühlt sich real an, und ich frage mich, ob ich es bin, die an Wahnvorstellungen leidet oder irgendeinen psychischen Schub hat. Vielleicht ausgelöst durch die Schwangerschaft oder Unterzuckerung.

»Es war neunzehnhundertachtzig und das kleine baufällige Bauernhaus stand zum Verkauf.« Dad zeigt auf ein Gebäude in der Ferne. »Damals gehörten nur ein paar Hektar Land dazu und ich stellte es mir als das perfekte Zuhause für uns vor – genug Platz für eine Familie, vielleicht für eine kleine Rinderherde. Ich wollte es unbedingt kaufen, aber deine Mutter wollte nichts davon hören. Sie sah sich nicht als Frau eines Bauern und wollte nicht, dass ich meinen Job in London aufgebe. Sie hat meinen Traum nicht geteilt.«

Er blickt wieder über das Land und reibt sich mit einem Finger unter dem Auge.

»Ich war bereit für eine Veränderung. Ich war immer noch jung und wollte einen anständigen Ort, um meine Familie aufwachsen zu sehen. In finanzieller Hinsicht hatte ich alles richtig gemacht, schon bevor Shelley und du auf der Welt wart – besser als richtig, vor allem, als ich das Erbe meiner Eltern bekam –, und ich frage mich oft, wie sich die Dinge entwickelt hätten, wenn ich nicht auf deine Mutter gehört und den Hof trotzdem gekauft hätte.« Dann lacht er – ein nachdenkliches Kichern. »Ich schätze, ihr gefiel das Geld, das ich in der Bank verdiente, zu sehr, aber auch das Ansehen als Frau eines Bankdirektors. Der Hof hatte einen eigenen Wald. Und einen Fluss«, fügt er wehmütig hinzu.

»Ach Dad.« Ich lehne meinen Kopf an seine Schulter.

»Sie hatte vielleicht immer hohe Ansprüche, deine Mutter, aber du hättest sie damals nicht wiedererkannt. Sie war nicht so, wie sie heute ist, weißt du. In der Anfangszeit hatten wir viel Spaß zusammen. Wir gingen aus, hatten eine schöne Zeit, lachten, teilten unsere eigenen kleinen Scherze. Wir gegen den Rest der Welt. Ein echtes Team. Kannst du dir das vorstellen?«

Ich schüttle den Kopf. Das kann ich wirklich nicht.

»Aber im Laufe der Jahre fand ein allmählicher ... ein Verfall in ihr statt, nehme ich an. Die Wahrheit ist, ich weiß nicht, weshalb sich ihre Persönlichkeit so sehr verändert hat. Es war, als hätte sie sich selbst verloren und jemand völlig anderen gefunden, der sie ersetzte. Sie wurde verbittert, reizbar, kontrollierend, und zunächst habe ich mir selbst die Schuld dafür gegeben.« Er dreht sich zu mir um und schüttelt den Kopf. »Auch wenn ich zugeben muss, dass sie etwas beinahe Gefährliches an sich hatte, als wir einander kennenlernten, obwohl ich das lieber ignoriert habe. Es war so, als hätte sie einen Juckreiz in sich. Einen verdammt großen Juckreiz auf ihrer Seele. Vielleicht hat mich das an ihr angezogen. Die Aufregung, die Herausforderung. Ich glaubte, ich könnte sie vor sich selbst retten. Und sie war schön, weißt du. Überall wo wir hingingen, war sie ein echter Hingucker.«

Dad lächelt und hat wieder diesen wehmütigen Blick.

Ich versuche das alles zu verarbeiten, aber zusätzlich zu der Tatsache, dass mein Vater hier mit mir spricht, als sei nichts gewesen, ist es einfach zu viel. Einfach so hat er sich wieder in den Mann verwandelt, den ich so lange wieder zurückhaben wollte. Und er war die ganze Zeit da.

»Ich habe sie geliebt, weißt du, Lizzie. Von ganzem Herzen geliebt. Und ehrlich, das tue ich immer noch. Ich habe mein

Ehegelübde abgelegt, geschworen, sie nie zu verlassen, und habe immer zu ihr gehalten. Sogar nach dem Tod dieses Jungen in diesem furchtbaren Sommer. Dann bei dem, was kurz danach passiert ist ...« Dad verstummt, sein Gesicht verzieht sich zu einem Stirnrunzeln. Er lehnt sich wieder an das Tor, senkt den Kopf.

»Dad?«, sage ich und spüre, dass da noch etwas ist. »Worum geht es da?«

Er schüttelt den Kopf.

Ein weiterer Getreidelaster rumpelt geräuschvoll vorbei.

Als er weg ist, sieht Dad mich von der Seite an. »Ehe sie mich das erste Mal nach Winchcombe gesteckt haben – und ich bin nicht sehr stolz darauf –, habe ich bei deiner Mutter endgültig die Geduld verloren. Nach all den Jahren, in denen ich dich und Shelley beschützt, unsere Familie zusammengehalten habe, wurde alles zu viel. Ich war erschöpft. Mit Sylvia lebte man ständig auf Messers Schneide. Man wusste nie, wie sie von einer Minute auf die andere sein würde. Sie brauchte Hilfe und ich war nicht mehr stark genug, um ihr die zu geben. Ich war kaputt. Ich brauchte eine Pause. Dann, als herauskam, was sie getan hatte, was sie über sie *sagten* ...« Er verstummt, nimmt ein Baumwolltaschentuch aus seiner Hosentasche und putzt sich die Nase. »Es war unvorstellbar. Ein Skandal. Sagen wir, es war der letzte Tropfen, der mein Fass zum Überlaufen brachte. Zumindest wart ihr, Shelley und du, nicht mehr zu Hause und kamt mit eurem Leben zurecht. Dadurch war es einfacher, die schmutzigen Details von euch fernzuhalten.«

»Dad, ich habe keine Ahnung, wovon du sprichst.« Ich denke an mein erstes Semester an der Universität zurück, an Shelleys hysterischen Anruf, dass Dad zwangseingewiesen wurde ... und daran, dass ich nicht da war, um zu helfen.

Dann erstarre ich, greife nach dem Tor, um mich abzustützen, als mein Verstand versucht, Punkte zu verbinden, von deren Existenz ich bis vor Kurzem gar nichts wusste.

Dad seufzt. »Ich will nicht ins Detail gehen, Lizzie. Es ist zu verstörend. Und ich weiß immer noch nicht, was stimmt und was nicht. Alles, was du wissen musst, ist, dass etwas Schlimmes passiert ist und deine Mutter ihren Job verloren hat. Und ich habe, wenn auch nur zeitweise, deswegen meinen Verstand verloren. Es war mein eigener *Gehirnaussetzer,* wenn du so willst.« Er hört auf und lässt ein ironisches Lachen hören. »Ich bin nicht stolz darauf, aber ich bin schließlich zusammengebrochen. Ich habe das Haus zerlegt, die Autos, unsere Leben zerrissen. Immerhin habe ich von der Besten gelernt. Danach sah ich keinen Sinn mehr in irgendetwas, nicht wenn das, was sie behauptet haben, wahr ist.«

»Was *wer* behauptet hat, Dad?«

Er schüttelt den Kopf und schaut weg. »Ich kann nicht, Lizzie. Es ist zu lange her. Ich will nicht darüber sprechen. Aber das ist der Grund für meine Zwangseinweisung. Sie glaubten, ich sei eine Gefahr für mich selbst und für andere.« Dad blickt auf. »Schon eine Ironie, dass sie nach all diesen Jahren des Lebens mit deiner Mutter *mich* als den Verrückten identifiziert haben.« Er lacht und tritt gegen das Gitter. »Es war vermutlich das Beste. Unter den Umständen. Deine Mutter hatte mit ihren eigenen Gedanken zu tun.«

Ich stehe ganz still, blicke über das Flickwerk aus grünen Feldern und will Dad nicht unter Druck setzen, wenn es ihn quält, aber andererseits will ich auch die Wahrheit aus ihm herausschütteln.

»Also, lass mich das klarstellen. Ein paar Leute haben schlimme Dinge über Mum gesagt – aber du willst mir nicht sagen, welche –, und sie musste deshalb ihren Job aufgeben, und dann hast du das Haus zerlegt und wurdest zwangseingewiesen?«

Dad nickt. »Das kommt so ungefähr hin, Elizabeth, Liebes.« Er nimmt meine Hand und drückt sie.

»Aber ich verstehe nicht, warum ... warum du den größten

Teil des vergangenen Jahres in Winchcombe verbracht hast, wenn du sagst, dass dir jetzt nichts fehlt.«

Dad packt mich an den Schultern und sieht mir direkt in die Augen. Er atmet tief ein. »Rafes Tod letztes Jahr hat eine Menge alter Wunden bei mir aufgerissen, Schatz. Es hat Gefühle aufgewühlt, von denen ich dachte, ich hätte sie überwunden. Ich hatte furchtbare Angst, wieder die Kontrolle zu verlieren, dass ich meinen Frust an anderen Menschen auslassen würde – nämlich an deiner Mutter. Es war einfach sicherer so, mich hier aufnehmen zu lassen, so eine Art Pause. Stell es dir so vor, als hätte ich deine Mutter verlassen, ohne sie *tatsächlich* zu verlassen. Sie hätte mich sonst nie gehen lassen.«

Mein Verstand rast, versucht, die Dinge von Dads Standpunkt aus zu sehen, aber auch durch eine praktische Linse. Seinen beiden Aufenthalten als Patient in Winchcombe ging ein verstörendes Ereignis voraus. Und die beiden verstörenden Ereignisse haben einen gemeinsamen Nenner.

Meine Mutter.

Aber diesmal weiß keiner außer mir, dass sie am Schauplatz von Rafes Tod anwesend war.

»Ich ... ich habe von einem Schüler an der Oberschule gehört, der vor einer Weile gestorben ist. Ein Junge namens Danny. Ist er es, von dem du gesprochen hast?«, traue ich mich kaum zu fragen.

»Ja«, sagt Dad nüchtern. »Und seitdem ich kurz danach eingewiesen wurde, ist es so, als wäre ich in einem selbst auferlegten Gefängnis.«

»Ach Dad ...«

Er legt mir einen Finger auf die Lippen, aus seinem Auge rollt eine Träne. »Ich habe es versucht, Elizabeth, wirklich. Ich will, dass du das weißt. Und jetzt, was ist mir geblieben? Kochkurs am Montag, stündliche Überwachungen durch wohlmeinende Schwestern und genug versteckte Medikamente, um ein Pferd umzuhauen. Ich kann hier nicht für immer bleiben, das weiß ich, und ich will ja auch nach Hause. Aber ich habe auch Angst vor den Aussichten. Ich habe das Gefühl, ich stecke fest. Wenn deine Mutter herausfindet, dass ich sie belogen habe ...« Er schaudert und wieder ertönt das seltsame Geräusch aus seiner Kehle.

Ich umarme ihn, und lege den Kopf an seine Schulter. »O *Dad* ... ich werde dich unterstützen. Ich helfe dir, wie auch immer ich kann.«

»Es tut mir so leid«, sagt er mit erstickter Stimme. »Ich habe mein Bestes getan, ich will, dass du das weißt. Aber manchmal war selbst das nicht genug.«

Dann deutet er wieder über das Tal.

»Wirf noch einen Blick auf dieses Gehöft da unten, Elizabeth, mein Schatz. Eines Tages, wenn du eigene Kinder hast, lässt du sie auf deinen Knien sitzen und erzählst ihnen, wie es war, aufzuwachsen. Erfinde glückliche Geschichten von zwei Mädchen, die das Leben auf dem Bauernhof geliebt haben. Erzähl ihnen, wie wunderbar es war, im Frühling die Lämmer zu füttern, und wie du und deine Schwester auf einem Traktoranhänger gefahren seid, mit deinem alten Dad am Steuer. Erzähl ihnen, wie unglaublich lieb ihr Großvater dich hatte.«

FÜNFUNDZWANZIG

»Also, hast du Lust darauf?«, frage ich Owen, als wir später am Tag in die Zufahrt nach Medvale biegen. »Ein Drink mit Gavin und Lynda im Bull? Jared kommt vielleicht auch.« Es kostet mich große Mühe, enthusiastisch zu klingen, das was mit Dad passiert ist, aus meinen Gedanken zu verdrängen, damit ich nicht damit herausplatze.

Ich kann es immer noch nicht fassen, dass Dad die ganze Zeit nur *vorgibt,* krank zu sein. Aber was mir am meisten Sorgen bereitet, ist das scheinbar zufällige Zusammentreffen seiner zwei Klinikaufenthalte und Rafes und Dannys Tod. Ich habe keine Ahnung, was in dem Sommer, als Danny starb, noch passiert ist – dieser sogenannte Skandal –, aber um Dads willen muss ich es herausfinden. Was immer es auch ist, er gibt sich selbst die Schuld dafür, und ich kann den Gedanken nicht ertragen, dass er seine letzten Jahre damit verbringt, sich selbst zu martern, während es ihm psychisch immer schlechter geht. Er sagt vielleicht, dass es ihm vergangenes Jahr gut gegangen ist, dass es einfacher für ihn war, weg von Mum zu kommen, indem er sich selbst nach Winchcombe Lodge einweisen ließ – sie hätte nie zugelassen, dass er sie ohne guten Grund verlässt –, aber es war er selbst, der es als selbst auferlegtes Gefängnis bezeichnet hat.

Mein *armer* lieber Vater.

»Weißt du was?«, sagt Owen in fröhlichem Ton und überrascht mich mit seiner Antwort auf meine Frage. »Ich würde deine alten Freunde gern kennenlernen. Mir gefällt es, tief in deine Vergangenheit einzutauchen.«

Ich erschaudere und hoffe, er bleibt eher an der Oberfläche. Ich habe das schreckliche Gefühl, dass es eine Menge gibt, was nicht einmal *ich* über meine Vergangenheit weiß. Ich lege den Arm um Owens Taille, als wir ins Haus gehen und auf dem Weg nach oben Gott sei Dank nicht auf Mum stoßen.

»Ich kenne Lynda noch gar nicht«, erkläre ich Owen, »und Gavin war eigentlich kein Freund von mir. Eher ein Bekannter.« Ich will ihm nicht sagen, dass ich dank Mum nicht sehr viele Freunde in meiner Jugend hatte. Und es erscheint mir nicht richtig zu erwähnen, dass Jared der Vorstellung von einem ersten festen Freund wohl am nächsten kam. Ich will nicht, dass sich Owen unwohl fühlt. »Aber es ist schön, Gesellschaft zu haben. Außerdem gibt es mir die Gelegenheit, dich beim Pool Billard vernichtend zu schlagen.«

Owen stürzt sich auf mich und greift spielerisch nach mir, ehe er mich auf den Mund küsst. »Keine Chance«, sagt er. Dann verschwindet er unter der Dusche, während ich unsere Koffer auf der Suche nach etwas zum Anziehen durchwühle. Ich ziehe ein hellgrün geblümtes Wickelkleid hervor, das nicht allzu zerknittert wirkt. Das wird reichen müssen, und in ein paar Wochen passt es mir sowieso nicht mehr. Man sieht zwar noch nichts, aber schon bald wird eine kleine Wölbung darüber bestimmen, was ich anziehen kann.

»Du siehst bezaubernd aus«, sagt Owen, als er zurückkommt mit nichts als einem Handtuch um die Taille.

»Gut, dass du im Flur nicht über Mum gestolpert bist. Sie hätte einen Herzinfarkt bekommen.«

Kurz hält er inne, hebt eine Augenbraue und lacht dann kurz auf. Dann trocknet er sich rasch die Haare mit dem Handtuch und öffnet den Kleiderschrank, um etwas zum Anziehen herauszusuchen.

Minnie schlendert in unser Schlafzimmer und leckt sich die Schnauze, nachdem sie gerade das verspeist hat, was ich ihr rausgestellt habe, und springt auf unser Bett. Sie lässt sich nieder, um sich zu putzen, ehe sie zweifellos wieder ein dreistündiges Nickerchen einlegen wird.

»Was zur Hölle ...«, schreit Owen auf und zieht eines seiner Hemden aus dem Schrank. »Was in drei Teufels Namen ist damit passiert?« Er hält mir sein liebstes weißes Designerhemd entgegen, das er in Dubai gekauft hat – eines, das er gern zu seinen Levis-Jeans und hellbraunen Budapestern trägt.

»O mein Gott«, sage ich und nehme ihm den Kleiderhaken ab. »Jemand hat die Ärmel abgeschnitten.«

»Ich will ja nicht unhöflich sein, Lizzie, aber das sehe ich verdammt noch mal selbst. Die Frage ist, wer?«

Wir starren einander einen Augenblick lang an.

»Mum«, flüstere ich. Keine Frage, eher eine Feststellung der Tatsache.

»Aber warum?«, fragt Owen mit einem verwirrten Gesichtsausdruck. »Ich meine ... ich weiß, es ist nur ein Hemd, aber es war eines meiner Lieblingshemden.«

Ich starre auf die ausgefransten Ränder, wo die Ärmel direkt unter den Schulternähten abgeschnitten wurden, und erinnere mich daran, dass Mum so etwas Ähnliches mit all meinen Kleidern gemacht hat. *Du bist einfach nur eine Schlampe, Elizabeth ...*, höre ich sie immer noch manchmal im Geiste wie damals. Sie hat mich beschuldigt, meine Beine in meinem Schulrock zur Schau zu stellen, weil sie dachte, ich hätte die Taille absichtlich hochgekrempelt.

Als Strafe hatte sie von allen meinen Kleidern den Rockteil abgeschnitten. *Da bitte ... schau nur, wie die Jungs jetzt auf dich starren werden ...,* hatte sie gesagt, als sie mich schluchzend vor meinem ohnehin schon spärlich bestückten Kleiderschrank fand. Ich wagte es nicht, ihr zu sagen, dass mein Schulrock so kurz war, weil er mir zu klein war, dass ich unbedingt einen neuen brauchte, aber Angst hatte, ihr zu sagen, dass ich kaum mehr hineinpasste und alle sich über mich lustig machten, weil ich immer noch den Rock aus der Grundschule trug. Das hätte sie nie verstanden.

Ich nehme Owen das Hemd aus der Hand und marschiere hinunter ins Esszimmer, wo ich meine Mutter an ihrer Nähmaschine gehört habe, als wir ins Haus gingen. Zweifellos immer noch Shelleys Hochzeitskleid verstümmelnd.

Aber als ich hineingehe, ist sie nicht dort. Was ich jedoch finde, sind Owens Hemdsärmel in noch kleinere Stücke geschnitten und zum Teil ins Innere der Korsage von Shelleys Kleid geheftet, bereit zum Nähen. Es sieht aus, als würde sie den Spitzenausschnitt verlängern und weniger durchsichtig machen wollen. Abgesehen davon, dass sie ein teures Hemd ruiniert hat, sieht das Kleid jetzt schrecklich aus. Ich weiß, dass Shelley es nie im Leben anziehen würde.

»Mum!«, rufe ich und gehe in die Küche. Owen ist ebenfalls hinuntergekommen und trägt jetzt Jeans und ein T-Shirt. Wir finden meine Mutter in der Küche beim Zwiebelschneiden. Sie sieht auf.

»Hallo Schatz«, sagt sie, ein überraschtes Lächeln im Gesicht.

»Was sollte das werden?«, fauche ich, und werfe die Überreste von Owens Hemd nach ihr, die auf dem Schneidbrett landen. Sie legt das Küchenmesser zur Seite und hält den Stoff hoch, Unwissenheit vortäuschend.

»Das ... das ist ein Hemd«, sagt sie ruhig. »Warum fragst du mich?«

»Es ist jetzt kein verdammtes Hemd mehr, oder? Warum hast du es zerschnitten?«

Ich sehe, wie die vertrauten Zahnräder in Mums Kopf zu arbeiten beginnen. »Ich ... na ja, Owen sagte, ich könne es für die Änderungen am Kleid verwenden. Er hörte mich murmeln, dass ich wohl mehr weißen Stoff brauchen würde, und schlug das hier vor. Er meinte, er bräuchte es nicht mehr.«

Ich lache. Ein echtes Lachen aus dem Bauch. »O mein Gott, Mum. Du bist unglaublich. Und ich habe gedacht, du wärst ein bisschen reifer geworden.« Ich schüttle den Kopf und starre sie ungläubig an. Dann drehe ich mich zu meinem Verlobten um, der nicht einmal antworten muss, weil ich weiß, dass er das nie gesagt hätte. Es ist sein Lieblingshemd und hat mehr als hundert Pfund gekostet.

Owen druckst ein bisschen herum. »Entschuldige Sylvia, aber ich erinnere mich nicht daran, das zu dir gesagt zu haben. Glaubst du, du könntest vielleicht ein bisschen ... verwirrt sein?«

»Siehst du?«, fahre ich sie an. »Du bist einfach nur gedankenlos. Du wirst ihm ein neues kaufen.« Owens Finger schließen sich um meine, als er meine Hand ergreift und sie drückt.

»Komm schon, Liebes. Es war offensichtlich ein Missverständnis. Ich bin sicher, deine Mum wollte keinen Schaden anrichten«, sagt Owen und hört sich dabei unbehaglich an. So wie jetzt hat er mich noch nie schreien gehört.

Mum schaut mich an, dann wandert ihr Blick weiter zu Owen. »Nein, natürlich wollte ich keinen Schaden anrichten«, sagt sie mit fester, kühler Stimme. Dann wendet sie sich wieder den Zwiebeln zu und das Edelstahlmesser schlägt wieder auf dem Holzbrett auf – *hack ... hack ... hack ...* in einer langsamen, bedächtigen Bewegung. Und die ganze Zeit bleibt ihr Blick dabei starr auf meinen Verlobten gerichtet.

SECHSUNDZWANZIG

»Was du über meine Mutter wissen musst«, sage ich zu Owen, als wir in Richtung Bull gehen, eines der beiden Pubs in unserem Ort, »ist, dass sie eine meisterhafte Manipulantin ist. Wenn auch nur die geringste Chance besteht, dass man ihr nicht glaubt oder sie nicht ihren Willen bekommt, beginnt das Drama.« Ich erwähne nicht, dass mir der Blick, den Mum Owen zugeworfen hat, keinesfalls gefallen hat – ein Blick, den ich im Laufe der Jahre unzählige Male gesehen habe.

Weiter werde ich mich nicht darüber auslassen, wie Mum so ist. Wenn ich ihm alles erzähle, macht er sich sofort aus dem Staub und fragt sich, in welche genetische Jauchegrube er da einheiratet.

»Auf mich hat es gewirkt, als wäre sie verwirrt und hätte versucht, ihren Fehler zu verbergen, weil sie sich geschämt hat«, sagt Owen und hält mir die Tür zum Pub auf.

»Liz, hier rüber!«, höre ich eine Stimme, als wir uns der Bar nähern. Ich drehe mich um und sehe Gavin mit einem Queue in einer und einem Glas Bier in der anderen Hand. Er deutet mir aus dem Hinterzimmer, wo sich etwa ein halbes Dutzend anderer Gäste tummeln.

Das Bull ist ganz anders als das Golden Lion. Während in Letzterem elegantes Essen, ausgesuchte Weine und eine monatelange Warteliste angesagt sind, ist das Bull ein gutes altmodisches Pub mit echten Ales vom Fass und Schweinekrusten an der Bar. Außerdem gibt es köstliche Gerichte mit Pie, Pommes und Soße. In der Ecke hinter dem Billardtisch gibt es eine alte Jukebox, wo eine Frau mit ein paar Münzen in der Hand gerade die Liste der Lieder durchgeht. Owen und ich bestellen Getränke und gehen rüber ins Hinterzimmer, wo sich alles abspielt.

Nachdem ich Owen und Gavin einander vorgestellt habe, kommt die Frau von der Jukebox und bahnt sich ihren Weg zu uns, während »Clocks« von Coldplay ertönt. Sie ist kleiner als ich, mit wilden blonden Locken, die von grauen Strähnen durchzogen sind. Sie trägt enge Jeans und Ballerinas, darüber eine leuchtend rosa-weiße Tunika. Sie strahlt Herzlichkeit aus und begrüßt uns mit einem breiten Grinsen. »Hallo, hallo, ich bin Lynda«, sagt sie fast schreiend, obwohl das gar nicht nötig wäre. Die Musik ist nicht so laut. »Lynda, Gavs Frau. Gav hat mich aufgeklärt. Hat mich in der Tat aufgeklärt.«

Hat mich aufgeklärt? Was soll das denn heißen? Mein Herz klopft bei dem Gedanken, dass mich die örtliche Gerüchteküche über die Jahre verfolgt hat.

»Klingt verhängnisvoll«, lacht Owen und schüttelt ihr die Hand.

»Nein, nein«, erwidert Lynda mit lautem Lachen. Ihr Körper wackelt dabei und ich bin nicht sicher, ob sie immer noch tanzt oder ob sie etwas lustig findet. Ich würde es nicht lustig finden, Owen genau erklären zu müssen, was jeder im Ort über Mum gedacht hat. »Alles gut, alles gut«, fährt Lynda fort, die offensichtlich alles wiederholen muss. Aber ich mag sie schon jetzt. Sie wirkt echt und freundlich und wie eine echte Meisterin im Pool Billard, wie sie Gavin den Queue abnimmt, sich herumdreht und eine halbe Kugel in einem geradezu unmöglichen Winkel versenkt, ohne auch nur einen zweiten Blick darauf zu verschwenden.

»He, Lynda«, sagt Gav, stellt sich hinter sie und klopft ihr auf die Hüfte, als sie sich nach vorn über den Tisch lehnt und zu einem weiteren Stoß ansetzt. »Führ mich hier nicht vor.«

»He, he, Frechdachs!«, erwidert sie. »Lenk mich nicht ab. Lenk mich nicht ab.«

Die beiden lachen auf diese fast synchrone Art, die verheiratete Paare so an sich haben, woraufhin ich mich noch fester an Owen schmiege und ihn anlächle.

»Du bist dran, Kumpel. Der Gewinner bleibt im Rennen.« Gavin versetzt Owen einen leichten Rempler.

»Oh, ich bin nicht sicher ...«

»Blödsinn, Blödsinn«, sagt Lynda und versenkt eine weitere Kugel. Dann locht sie noch zwei hintereinander liegende ein und knallt schließlich die Schwarze über die Bande in eine der Ecktaschen.

»Gute Arbeit, Missus«, sagt Gav und drückt sie. »Komm schon, Ow, mach sie fertig.«

Ich muss kichern, als Owen sich an seinem Bier verschluckt. »Ist schon okay«, flüstere ich ihm zu. »Wird schon schiefgehen. Ich zeig dir, wie du die Kugeln auflegst.«

Lynda wirft noch mehr Geld in den Schlitz und ich höre das vertraute Klackern der Kugeln, die aus dem Inneren des Tisches fallen.

»Gott, dieses Geräusch hab ich vermisst«, sage ich zu Owen. »Mit siebzehn habe ich mich manchmal aus meinem Schlafzimmerfenster geschlichen und bin donnerstagabends hierhergekommen. Der Eigentümer hat Jugendliche im Spielzimmer akzeptiert, aber Mum wäre ausgeflippt, wenn sie das gewusst hätte.«

»Du und Jared, erinnerst du dich?«, sagt Gav, der mich belauscht hat. »Er mit einem halben Cider, das ihm einer der älteren Jungs gekauft hat, und du mit deinem Tonic und Bitters.«

Ich werfe ihm einen Blick zu und versuche ihm zu deuten, es sei keine so gute Idee, zu erwähnen, dass ich zusammen mit Jared hier war. Nicht, dass Owen einen falschen Eindruck gewinnt.

»Gute Zeiten«, fährt Gavin fort. Er hat keine Ahnung, wie sehr ich mir wünsche, es wäre so gewesen. Ich habe immer darauf gewartet, dass Mum herausfindet, dass ich nicht in meinem Bett bin. Hätte sie entdeckt, dass ich mich rausgeschlichen habe, wäre sie ins Bull gestürmt, hätte mich rausgezerrt und mir einen Monat Hausarrest verpasst. Alles, was ich wollte, war ein bisschen Spaß, Freunde finden, und vielleicht mit Jared knutschen.

»Habe ich da gerade meinen Namen gehört?«, ertönt eine Stimme, und als ich mich umdrehe, steht da Jared mit einem Bier in der Hand, in seiner Denim-Jacke und den schwarzen Jeans – er ist für mich immer noch beides: der Junge, den ich einst kannte, aber auch der erwachsene Mann, den ich nicht kenne. Ich drücke Owens Arm.

»Viel Glück«, sage ich, als er seinen Queue mit Kreide präpariert.

»Ow ist gerade dabei, es mit der Missus im Pool aufzunehmen«, erklärt Gavin Jared und zieht seine knielangen Shorts hinauf. »Komm schon, Kumpel, mach den Jungs keine Schande!«

Lynda wirft eine Münze und Owen verliert, also beginnt sie und zerschmettert das Dreieck aus Kugeln, von denen sie zwei sofort versenkt. Sie spielt weiter, gewinnt die nächsten paar Runden, gibt Owen jedoch schließlich einen Freistoß, nachdem sie beim Rückprall versehentlich eine seiner halben Kugeln erwischt hat.

»Mach schon, zeig ihnen, wie man das macht, Owen!«, sage ich und beobachte, wie er den Winkel der Kugeln abwägt.

Dann bewege ich mich auf Gavin zu. Ich will nicht, dass der Abend vergeht, ehe ich nicht die Gelegenheit hatte, ihn zu fragen, was er über Danny und seine Familie weiß. Wenn seine Eltern noch am Leben sind und hier in der Nähe wohnen, will ich ihnen einen Besuch abstatten. Um Dads willen muss ich wissen, ob Mum die Lehrerin ihres Sohnes war und was mit Danny passiert ist. Ich habe nicht vor, irgendjemandem gegenüber ein Wort darüber zu verlieren, besonders nicht gegenüber Dad, angesichts der Tatsache, wie verzweifelt er schien. Aber gleichzeitig fühlt es sich auch nicht richtig an, nichts zu tun.

»Ich wollte dich etwas zu Danny Wentworth fragen«, sage ich leise zu Gavin. »Erinnerst du dich? Jared hat dir das Foto von uns gezeigt, als wir achtzehn waren. Du sagtest, Danny sei gestorben.«

»Ja, ist er. Sehr traurig.« Gav berührt meinen Arm und nimmt einen langen Schluck aus seinem Glas.

»Weißt du, wie er gestorben ist?«

»Uh, jetzt, wo du fragst ... Es ist schon so lange her.« Gavin wischt sich mit dem Handrücken über die Lippen. »Es war während der Sommerferien, nicht lange nachdem wir unsere Prüfungsergebnisse erhalten haben. Alle möglichen Gerüchte sind umgegangen – könnte ein Unfall gewesen sein oder eine Krankheit. Oder was Schlimmeres.« Er schaut mich an und macht ein gequältes Gesicht. »Ich glaube, keiner von uns wusste etwas Genaueres. Es war alles ein bisschen geheimnisvoll. Tragisch. Er hatte noch das ganze Leben vor sich.«

»Leben seine Eltern immer noch in der Gegend?« Ich beobachte, wie Owen um den Billardtisch geht, blinzelt und sich runterbeugt, während er auf die Kugel schaut, die er im Visier hat. Sie liegt etwa acht Zentimeter von der Mitteltasche entfernt, in direkter Linie mit der weißen Kugel.

»Du könntest meine Mum fragen«, sagt Gavin. »Sie ist allwissend, was lokalen Klatsch angeht. Wenn sie sich erinnern kann.« Gavin lacht. »Armes altes Ding. Sie vergisst eher die aktuelleren Dinge, also könntest du Glück haben. Lynda ist am Vormittag bei ihr. Komm doch vorbei, wenn sie dort ist. Stell Mum ein paar Fragen.« Dann nimmt er einen Stift und ein kleines abgewetztes Notizbuch aus der Tasche seiner Shorts, schreibt mir die Adresse auf, reißt die Seite raus und gibt sie mir. »Sie freut sich über Besuch«, sagt Gavin mit einem Zwinkern.

»Danke, Gav«, sage ich und gehe Owen aus dem Weg, der zu unserer Seite des Tisches kommt, um sich für einen weiteren Stoß in Stellung zu bringen. Dann sticht er beinahe stehend auf die Kugel, stößt mit dem Queue direkt in das Billardtuch und reißt ein Loch hinein.

»O *Mann* ...«, ruft Owen, tritt zurück und fährt sich mit den Fingern durchs Haar. Er lehnt den Queue an den Tisch, verschränkt die Arme und schüttelt den Kopf. Ich gehe zu ihm und umarme ihn.

»Wie wär's stattdessen mit einer Partie Darts?«, schlägt Jared vor und geht zur Scheibe hinüber.

SIEBENUNDZWANZIG

Am folgenden Morgen habe ich das Gefühl, ich müsste gleich platzen, nicht weil ich schwanger bin oder wegen dem, was gestern Abend mit Mum und Owens Hemd passiert ist, und nicht einmal wegen dem, was mit Dad war. Sondern weil ich meinen Verlobten gerade angelogen habe.

Wenngleich ich erleichtert bin, dass Owen heute nicht ins Büro nach London fährt, hätte es das, was ich vorhabe, ziemlich erleichtert, wenn er den Frühzug nach Paddington genommen hätte. Ich will nicht, dass er mich für besessen von der Vergangenheit hält, weil ich die Wahrheit über Danny herausfinden muss und über das, was nach seinem Tod geschah. Aber es ist nicht so ganz einfach, es zu erklären, wenn er nicht einmal die Hälfte von alldem um meine Mutter weiß.

Ich bin jedoch auch wegen all der anderen Geheimnisse, die ich hüte, kurz vor dem Platzen. Ich habe schreckliche Angst zu vergessen, was ich vor wem geheim halte, und dass irgendetwas letztendlich herauskommen wird.

Zuerst einmal sollte nur Owen von meiner Schwangerschaft wissen, nachdem es noch so früh war, doch jetzt, da Mum es weiß (obwohl ich versucht habe, es zu leugnen), ist es nur eine Frage der Zeit, bis jeder es weiß. Ich fühle mich schlecht, weil ich es Shelley und Dad nicht persönlich erzählt habe, und Shell wird es ganz und gar nicht gefallen, es aus zweiter Hand zu erfahren. Aber sie hat schon so genug um die Ohren, jetzt, wo dieser neue Detective zu Rafes Tod herumschnüffelt.

Das wiederum erinnert mich an das Anstecksträußchen – oder vielleicht sollte ich besser sagen, das jetzt fehlende Anstecksträußchen. Ich weiß, dass ich der Polizei beichten sollte, was ich getan habe, und mich der Strafe für das Zurückhalten von Beweismitteln stellen. Doch das würde eine ganze Menge anderer Dinge über Mum nach sich ziehen, etwa wie ich versuchte habe, Dads zerbrechlichen Zustand zu schützen, meine Familie zusammenzuhalten, Shelley nicht noch mehr zu beunruhigen, als sie ohnehin schon war. Was mich weiterführt zur Vergangenheit meiner Familie – ein weiteres Geheimnis, das ich versuche (mit zunehmend schwindendem Erfolg) vor Owen zu verbergen. Je weniger er über all das weiß, desto besser. Die Dinge sind zu perfekt zwischen uns, als dass ich unsere Beziehung jetzt aufs Spiel setzen würde.

Ich habe das Gefühl, ich müsste gleich explodieren. Deshalb versuche ich, sämtliche Gedanken zu verdrängen auf dem Weg zu einem Bungalow in Long Aldbury, einem größeren Dorf, ein paar Meilen von Mums und Dads Haus entfernt. Obwohl es sich in tadellosem Zustand befindet, verströmt das Anwesen eine traurige Atmosphäre. Der Weg wird von einer niedrigen Buchsbaumhecke gesäumt, an der Seite befindet sich eine saubere und von Unkraut befreite gepflasterte Einfahrt und vor dem Haus ein kleines Rasenstück. Aber aus irgendeinem Grund wirkt es, im Gegensatz zu den anderen Bungalows in der Nähe, ziemlich trostlos. Als würde eine dunkle Wolke darüber schweben.

Ein Mann öffnet die Tür, nachdem ich geläutet habe. Er ist groß, in seinen späten Sechzigern, und mustert mich mit einem missbilligenden Blick. Ich habe ihm nicht gesagt, dass ich kommen würde, und ich habe auch nicht vor, ihm zu sagen, wer ich wirklich bin. Ich ziehe meine Jacke fester um mich – zum Teil wegen der eisigen Morgenluft, zum Teil aufgrund des grimmigen Blickes, mit dem der Mann mich mustert. Ich habe geübt, was ich sagen würde, als ich mich auf meinen Besuch vorbereitete.

»Guten Tag, Sir«, sage ich und gebe vor, nicht zu wissen, wer er ist. »Es tut mir leid, wenn ich Sie störe, aber ich interviewe hiesige Einwohner für eine Arbeit, die ich für eine Geschichtsgesellschaft in ... in Oxfordshire verfasse.« Ich hoffe, das sind gerade genug Informationen, um keinen Verdacht zu erregen, aber auch interessant genug, um sein Interesse zu wecken. Mir wäre es lieber gewesen, seine Frau wäre an die Tür gekommen – das wäre vielleicht einfacher gewesen –, aber einen Augenblick später höre ich die Stimme einer Frau im Hintergrund. *Wer ist das, John?*

»Niemand, Mary«, ruft er über seine Schulter. »Was für ein Interview?« Er zieht seine marineblaue Strickjacke mit Zopfmuster über seinen rundlichen Bauch. Die Haut seiner Hände und seines Gesichts wirkt wächsern, übersät mit Altersflecken und Muttermalen. Nicht wirklich hässlich, aber auch nicht anziehend. Er hat etwas Hartes, Ermüdendes an sich.

»Ich frage mich, ob Sie vielleicht interessante Erinnerungen an den Ort haben, die Sie gern teilen möchten – je nachdem, wie lange Sie schon hier leben, natürlich.«

Siebenundvierzig Jahre, denke ich, da ich die Antwort darauf dank Gavins Mutter Ada schon kenne. Ehe ich hierher kam, habe ich der alten Dame schon frühmorgens einen raschen Besuch abgestattet. Gavin hatte recht damit, dass sie sich über Besuch freuen würde – als ich dort war, hat sie unablässig geredet. Über die Vergangenheit zu sprechen, schien ihrem Gedächtnis auf die Sprünge zu helfen, wodurch die halbe Stunde sehr produktiv war.

Lynda bereitete in der Küche Adas Frühstück und ein paar Sandwiches zu, die Ada zum Mittagessen im Kühlschrank finden würde. Die alte Dame, wenngleich gelegentlich ein wenig verwirrt, erzählte mir gern, wo Dannys Eltern lebten – also zumindest in welcher Straße, das letzte Haus auf der linken Seite –, das gleiche Haus, in dem die Familie seit jeher wohnte. Mit ihrem Langzeitgedächtnis schien alles in Ordnung zu sein.

»Ich kann Ihnen nicht weiterhelfen«, sagt der Mann.

»Es wird nur ein paar Minuten dauern«, erwidere ich, überrascht von meiner eigenen Beharrlichkeit. »Die Geschichtsgesellschaft stellt eine Anthologie lokaler Geschichten zusammen ... also etwa zu Jubiläumsfeiern oder dem alljährlichen Kirchenfest. Oder vielleicht erinnern Sie sich an eine Zeit, als sich Dorfbewohner zusammentaten oder mit Widrigkeiten konfrontiert waren. Ziel ist es, lokalen Demenzpatienten damit zu helfen.« Das Letzte habe ich mir gerade ausgedacht und bin ein bisschen stolz auf meine schauspielerischen Qualitäten. Aber dann merke ich, dass ich eigentlich lüge, nicht schauspiele, für meinen Geschmack ein bisschen zu nahe an Mums Talent. Ich beiße mir in die Lippe und schäme mich plötzlich.

Der Mann lässt ein Schnauben hören – eine Mischung aus Lachen und Husten.

»Wie schon gesagt, ich bin nicht interessiert.« Er will schon die Tür schließen, aber plötzlich schlüpft eine kleine Frau unter seinem Arm durch und lächelt strahlend zu mir hinauf. Sie ist kaum 1,50 Meter groß und hat eine hellblaue Schürze um die Taille gebunden, darüber trägt sie einen grauen kurzärmeligen Pullover. Ihre Hände sind mehlbedeckt und sie bläst immer wieder nach oben, um eine widerspenstige Strähne grauen Haars loszuwerden, die sich aus ihrem Knoten gelöst hat.

»Was gibt es denn, Liebes?«, fragt sie.

Ich sage ihr, was ich soeben schon ihrem Mann erklärt habe.

»Oh, dann kommen Sie besser rein. Sie kommt wohl besser rein, John«, sagt sie und dreht sich um, damit sie zu ihrem

Ehemann aufblicken kann. »Wir haben hier fast unser ganzes Leben lang gewohnt.« Sie schmunzelt, schlurft zur Seite und schiebt ihn aus dem Weg, obwohl er sie überragt. »Jede Menge Geschichten zu erzählen.«

Zehn Minuten später sitze ich neben einem zischenden Gasofen, nippe an milchigem Tee und knabbere Vollkornkekse. Drinnen wirkt es ebenso traurig wie draußen, als würde all das in einer Zeitschleife feststecken.

»Wir haben dieses Haus gekauft, als es neu war«, erzählt mir Mary. »Das ist noch der originale Teppich, können Sie das glauben? Gut gealtert, oder?«

Ja, ich kann es glauben, will ich ihr sagen. Stattdessen blicke ich auf den Teppich mit dem orange-braunen Wirbelmuster und mache ihr ein Kompliment zu ihrem Einrichtungsstil. Der Rest des Raumes schreit »1970er!« und würde schon für sich eine ganze Geschichtsgesellschaftsanthologie füllen, gäbe es denn überhaupt einen Geschichtsverein.

»Haben Sie Ihre Kinder hier großgezogen?«, frage ich, nachdem ich bereits die gerahmten Fotografien auf dem Holzbrett über dem Gasofen entdeckt habe. Ich versuche, nicht hinzustarren oder zu viel Interesse daran zu zeigen, aber die meisten sind von einem Jungen in seinen mittleren bis späteren Teenagerjahren – der gleiche Junge, der auf dem Foto mit Jared, Gavin und mir zu sehen war. *Danny.*

Bis jetzt haben mich die beiden nicht als eine von Dannys Bekannten erkannt. Freundin kann ich schwerlich sagen, da Danny und ich einander kaum kannten, da wir ja in unterschiedliche Schulen gingen. Ich bezweifle also, dass sie mich erkennen, besonders da seitdem ja zwanzig Jahre vergangen sind.

Auf dreien der Bilder ist Danny allein – in einer Aufnahme posiert er an einem Baum, in einer anderen sitzt er auf einem Fahrrad und auf dem dritten liegt er auf dem Rasen. Es gibt auch ein Familienfoto mit seinen Eltern, unschwer als John und

Mary zu erkennen – aber aus irgendeinem Grund wirkt die Aufnahme seltsam. Unausgewogen, als würde ... als würde ein Teil davon fehlen. Die Schulter von jemand anderem ist nur an einem Rand des Bildes zu sehen, wie sie sich an einen viel jüngeren John drückt, als wäre die Person herausgeschnitten worden, aber ich bin nicht ganz sicher.

»Das haben wir«, antwortet der Mann, John, bestimmt. »Haben einen guten Jungen aufgezogen.«

»Ist er das?«, frage ich und deute auf die Fotos.

John nickt und verschränkt die Arme über der Strickweste.

»Jungs«, höre ich Mary flüstern und dabei den Plural betonen.

»Sie haben noch einen Sohn?«, frage ich und erinnere mich daran, dass Jared das erwähnt hatte.

Aus dem Augenwinkel nehme ich wahr, wie John sich in seinem Lehnstuhl verspannt. Es ist offensichtlich, dass er mich nicht hier haben will.

»Sie sagte Junge«, schnappt John, ehe Mary antworten kann. »Einen Sohn.«

Ich versuche, mich durch Johns groben Tonfall nicht betroffen zu zeigen, aber ich bin es. »Lebt Ihr Sohn immer noch in der Gegend?« Ich deute wieder auf die Fotos, im Bewusstsein, mein Glück überzustrapazieren, aber ich muss sie über Danny fragen, was mit ihm passiert ist, und das ist der Weg dorthin. »Vielleicht hat auch er eine Geschichte zu erzählen.«

»Zu spät dafür«, sagt John, gerade als Mary den Mund öffnet, um zu antworten. »Unser Junge hat sich vor langer Zeit das Leben genommen.«

ACHTUNDZWANZIG

Selbstmord?

Ich hätte nicht einen Augenblick lang vermutet, dass dies die Ursache von Dannys Tod gewesen sein könnte. Ich halte einen Moment inne und versuche mich daran zu erinnern, wie er mir am Tag, als das Foto von uns allen im Garten von Medvale aufgenommen wurde, vorgekommen ist. Wir waren alle so froh, dass die Prüfungen vorüber waren, und ich war außerdem erleichtert, weil meine Mutter weggefahren war. Shelley war für ein paar Tage nach Hause gekommen, um während der Abwesenheit unserer Eltern auf das Haus achtzugeben, aber es störte sie nicht, dass ein paar Jugendliche aus dem Ort bei uns waren. Sie hatte keine Angst, dass wir an die Lambrusco- und Biervorräte gehen würden. Ich denke daran zurück, wie Danny drauf war – ob er glücklich und sorglos war wie der Rest von uns, sich auf den nächsten Lebensabschnitt freute –, aber es ist zu lange her und ich erinnere mich kaum daran, dass er überhaupt dort war.

»Oh, es tut mir so leid, das zu hören«, sage ich und senke aus Respekt den Kopf. »Ich ... ich kann ein paar Worte über ...

zur Erinnerung an ihn schreiben, wenn Sie möchten.« Ich atme ein, fast wäre mir sein Name entschlüpft. »Vielleicht einen besonderen Augenblick teilen. Er sieht sehr nett aus.« Ich sehe wieder zu den Fotos und hasse mich dafür, diesen armen Menschen noch mehr Lügen aufzutischen. Aber ich muss wissen, was passiert ist.

»Daniel hat sich das Leben genommen, kurz nachdem er achtzehn wurde«, sagt Mary leise. »Wir haben auch noch einen anderen Sohn, Joseph.«

Biblische Namen, denke ich und frage mich, ob sie religiös sind. Dann kommt mir in den Sinn, dass Joseph vielleicht die richtige Person ist, um meine Fragen zu beantworten, und nicht seine Eltern. Sie sind nicht besonders mitteilsam, obwohl ich den Eindruck habe, dass Mary sich mir öffnen würde, wenn ihr Ehemann sie nur ließe.

»Nein, wir haben keinen zweiten Sohn, Mary«, sagt John, hebt seinen Fuß an und stellt in fest wieder ab, als würde er damit ein Machtwort sprechen. »Er ist für uns gestorben.«

»*John* ...«, sagt Mary und knetet ihre venenüberzogenen Hände.

Dann blickt sie mich an. »Wir sehen Joseph nicht mehr. Er hat es nicht gut verkraftet, seinen Bruder so zu verlieren.«

»Genug, Mary!«, poltert John, steht plötzlich auf und erhebt sich drohend über uns.

»Auch das tut mir sehr leid«, sage ich zu Mary und lege meine Hände um ihre.

Wie ich, scheint auch sie schier zu platzen vor Geheimnissen. Und wenn ich ihren Ehemann richtig durchschaut habe, dann darf sie diese nicht weitererzählen. Ihr Gesicht ist schmerzverzogen und die Schultern sind gebeugt und angespannt. Als ich wieder auf das Familienfoto blicke, erkenne ich, dass die ausgeschnittene Person vermutlich ihr anderer Sohn, Joseph, ist.

»Gibt es irgendetwas, das Sie für die lokale Geschichtsanthologie teilen wollen?« Ich krame in meiner Tasche und ziehe ein Notizbuch und einen Stift hervor, damit ich ein bisschen überzeugender wirke. Meine Hände zittern. »Sie sagen, Sie haben dieses Haus gekauft, als es neu war. Erzählen Sie mir davon. Sind viele Ihrer Nachbarn auch noch die ursprünglichen Bewohner?«

John murmelt etwas über *Zeitverschwendung* und *neugierige Reporter* und geht dann aus dem Zimmer. Plötzlich ist das Atmen viel einfacher.

»Er will nicht mit uns sprechen«, sagt Mary plötzlich mit gedämpfter Stimme zu mir. »Unser Joseph. Er will nichts mehr mit uns zu tun haben. Nicht nach dem, was passiert ist.«

»Das muss wirklich hart für Sie sein«, sage ich und werfe einen Blick zur Tür, in der Hoffnung, dass ihr Mann nicht zurückkommt.

»Er fand, es sei unsere Schuld, wissen Sie. Dannys Tod.«

Ich neige den Kopf zur Seite, um ihr zu zeigen, dass ich ihr zuhöre, und hoffe, sie spricht weiter. Das tut sie.

»Unser Danny ... er ... er war kein glücklicher Junge. Nicht nach dem, was in jenem Sommer passiert ist.« Mary bekreuzigt sich rasch. »Es war unser Joseph, der ihn in der Garage hängen fand. Der arme Junge ist nie darüber hinweggekommen, seinen Bruder so zu finden. Niemand von uns ist das.« Sie atmet tief ein. »Sie standen einander sehr nahe, wissen Sie. Meine beiden Jungs. Es waren nur drei Jahre zwischen ihnen, aber unser Joseph sah zu Danny auf als wäre er sein Vater.«

Ein Schaudern durchläuft mich, als ich das zusammenzusetzen versuche, was ich weiß. Was nicht sehr viel ist. Aber ich muss herausfinden, ob es eine Verbindung zwischen Danny und meiner Mutter gibt – und was immer noch laut Gavin in diesem Sommer passiert ist. Der sogenannte Skandal.

»Das ist so furchtbar, Mary. Es tut mir so leid. Und ich bin sicher, es war nicht Ihre Schuld.«

Mary knetet wieder ihre Hände. »Er wollte Arzt werden, unser Danny. Er war so klug. Viel zu klug für diese Familie. Das war alles John zu verdanken. Er war streng. Hielt ihn an, seine Hausaufgaben zu machen. Es hatte Konsequenzen, wenn er keine herausragenden Zensuren bekam. John ging zu jedem einzelnen Elternsprechtag in der Schule, stellte sicher, dass unser Junge das Beste aus sich rausholte, organisierte zusätzliche Hilfe durch die Lehrer, wenn er Unterstützung brauchte.« Mary holt Luft. »Obwohl John ein bisschen locker mit seiner Faust war, wenn es darum ging, die Jungs zu disziplinieren«, flüstert sie und rückt näher. »Er war entschlossen, dass unser Daniel der Erste aus unserer Familie sein sollte, der auf die Universität geht, der etwas aus sich macht. Uns alle stolz macht. Er sagte ihm, wenn er die Prüfungen nicht schaffen würde, gäb's 'ne Tracht Prügel. Nicht, dass John selber etwas Besonderes wäre, Gott behüte. Er war Fahrlehrer, ehe er vor drei Jahren in den Ruhestand ging. Und davor war er bei der Armee.«

Ich stelle mir den Druck vor, erfolgreich zu sein, dem der arme Danny ausgesetzt war. Unwillkürlich denke ich, dass Dannys Vater und meine Mutter eine Menge gemeinsam haben.

Sie blickt wieder zur Tür, um sicherzugehen, dass die Luft rein ist. »Aber dann hat Danny sein Biologie-Examen nicht bestanden und keinen Platz an der medizinischen Fakultät bekommen. Sie bestehen auf einer ausgezeichneten Note in diesem Fach. Ich schlug vor, er solle es noch einmal versuchen und im nächsten Jahr erneut antreten, aber Sie können sich vorstellen, wie wütend John war. Er akzeptiert kein Versagen.«

»Biologie?« Ich schnappe nach Luft. Das Fach meiner Mutter in St Lawrence. »Oh, der arme Danny«, füge ich hinzu und versuche, meiner Stimme meine schlimmsten Befürchtungen nicht anmerken zu lassen. »Ich bin sicher, er hat sein Bestes gegeben.«

Mary sieht mich an und nickt. »Das hat er wirklich. Nur diese schreckliche Frau ist schuld, dass Danny seine Note nicht bekommen hat. Er würde immer noch leben. Danny hat sich so geschämt, weil er uns enttäuscht und eine Prüfung nicht bestanden hat, dass er sich das Leben genommen hat.« Mary tupft sich die Nase mit einem Taschentuch ab. Dann blickt sie zur Tür, und als dort immer noch kein Zeichen von John ist, fährt sie fort. »Diese Lehrerin hat das ganze Schuljahr über den falschen Lehrplan unterrichtet. Die ganze Klasse hatte darunter zu leiden und die meisten sind durchgefallen oder haben schlechte Noten bekommen. Aber Danny hat es am härtesten getroffen. Er war derjenige, der den höchsten Preis dafür bezahlen musste.«

Ich kann mir den Schock vorstellen, bei einer so wichtigen Prüfung zu sitzen und zu erkennen, dass man die falschen Dinge gelernt hat und keine der Fragen richtig beantworten kann. Ich traue mich kaum zu fragen, wer die Lehrerin war, bin mir aber sicher, die Antwort ohnehin schon zu kennen.

»Das ist so schrecklich, Mary«, sage ich. »Es tut mir so leid.«

Mary sieht mich an und nickt wieder. »Diese Jungen – *meine* Jungen – hatten eine besondere Verbindung. Sie haben einander geliebt. Sie waren mein Leben. Und jetzt habe ich sie beide verloren.«

»Und Sie haben keine Ahnung, wo Joseph ist?«

Plötzlich bin ich von dem Drang erfüllt, ihn zu finden und nach Hause zu bringen, eine Versöhnung für Mary zu arrangieren, aber dann stelle ich mir vor, wie ich mich fühlen würde, wenn jemand das Gleiche mit mir tun würde, wenn ich meine Mutter komplett aus meinem Leben verbannt hätte – und ich war schon viele Male sehr nahe dran.

Mary schüttelt den Kopf. »Nein, wir haben keine Ahnung, wo er ist. Nicht nach dem, was diese ... diese Lehrerin auch ihm angetan hat. Obwohl ...« Sie verstummt, als überlegte sie, mir etwas zu erzählen, aber dann entschließt sie sich, es nicht zu tun. »Als hätte sie unserer Familie nicht schon genug Schaden zugefügt.« Sie verzieht das Gesicht und ihr Ausdruck wird verhärmt, angewidert. »Ich hoffe, sie verrottet in der Hölle, so mit einem unschuldigen Jungen umzugehen.«

»O nein«, sage ich, weil ich mich nicht zurückhalten kann. »Was ... was meinen Sie mit ›so umzugehen‹?« Ich umfasse meine Hände und widerstehe dem Drang, sie vors Gesicht zu schlagen, als ich mich für das wappne, was sie mir erzählen wird.

»Man würde denken, dass es für eine Kündigung gereicht hätte, den falschen Lehrplan zu unterrichten, aber nein. Sie hat ihren Job behalten. Dann im nächsten Herbstsemester hat Joseph alles gestanden. Er hat den Mut aufgebracht, sie dafür zu melden, wie sie mit ihm umgegangen war, wie sie ihn in den vergangenen zwei Jahren verführt, ihn bestochen und ihm gute Noten versprochen hat, ihm sagte, er sei ihr Lieblingsschüler, ihn sich allein geschnappt und ihn benutzt hat. Er hatte solche Angst, in Schwierigkeiten zu geraten, das arme Lämmchen. Die Schule hat natürlich versucht, es zu vertuschen, aber wir kannten die Wahrheit. Wir haben es bei der Polizei gemeldet, aber unser Joseph hatte zu große Angst, Anzeige zu erstatten, und es gab nicht genug Beweise, um etwas auszurichten. Sein Wort stand gegen ihres. Diese niederträchtige Hexe hat unsere *beiden* Söhne auf dem Gewissen.«

Mary steht auf, geht auf und ab und hält sich dabei die Brust. Ihre Beine zittern und ihr Gesicht hat eine ungesund graue Farbe angenommen. »Wissen Sie, welche Strafe sie für die Dinge erhalten hat, die sie unserem Jungen, Joseph, angetan hat, der noch nicht einmal sechzehn Jahre alt war?« Sie stützt sich auf dem Kaminsims ab.

»Ich ... ich weiß es nicht«, sage ich und versuche all das zu verarbeiten. Mehr denn je bete ich, dass all das, was sie mir da erzählt, nichts mit meiner Mutter zu tun hat. Dass dies nicht der Skandal ist, der Dad, seinen Angaben zufolge, an den Rand des Wahnsinns getrieben hat.

»Sie bekam eine fette Abfindung und wurde vorzeitig in den Ruhestand geschickt. Die ganze Sache wurde einfach unter den Teppich gekehrt. Ein ekelhaftes Ergebnis und wir konnten nichts dagegen tun.«

Einen Moment lang fühle ich mich erleichtert. Ich erinnere mich nicht daran, dass Mum irgendeine Art von Abfindung erhalten hat – aber hätte sie mir davon erzählt? Dann läuft mir ein kalter Schauer über den Rücken, als ich mich an das Ende meines ersten Semesters an der Uni erinnere. Als Mum mir schrieb, nachdem ich auf Reisen gewesen war und sie mich dafür verantwortlich machte, dass sie ihren Job aufgeben musste.

Meine Karriere hat ein absolut erschütterndes Ende genommen, und das nur, weil du so selbstsüchtig bist ...

Das Einzige, was ich mit Sicherheit weiß, ist, dass ich diesen Joseph finden und mit ihm über meine Mutter sprechen muss. Um Dads willen muss ich wissen, ob sie verantwortlich dafür war, was den Wentworth-Brüdern zugestoßen ist. Wenn sie schuldig ist, dann muss sie bestraft werden, egal, wie lange das schon her sein mag. Es könnte helfen, Mary und John ein bisschen Frieden zu geben, aber was noch wichtiger ist: Wenn meine Mutter für ihre Verbrechen ins Gefängnis muss, kann Dad nach Hause zurückkehren, ohne Angst, ihrem Verhalten wieder hilflos ausgesetzt zu sein. Er hat genug gelitten.

Ich atme tief ein und fasse Mut, um Mary nach dem Namen der Lehrerin zu fragen, aber dazu habe ich keine Gelegenheit, da uns plötzlich eine donnernde Stimme unterbricht.

»Raus hier!«, brüllt John, der zurück ins Wohnzimmer gekommen ist. Ich erwarte schon, am Arm rausgezerrt zu werden, so wütend wie er ist, aber ich bin schon auf den Beinen und gehe rasch in den Flur, ehe er Hand an mich legen kann.

»Es tut mir leid, ich gehe schon«, sage ich und kämpfe mit dem Riegel an der Eingangstür. »Ich wollte Sie beide nicht verärgern.« Ich eile aus dem Bungalow und steige rasch in mein Auto. Erst als die Tür ins Schloss gefallen und sicher verschlossen ist, lasse ich meinen Tränen freien Lauf.

NEUNUNDZWANZIG

Als ich zurück nach Medvale komme, ist das Haus leer, was ich nicht erwartet habe. »Owen?«, rufe ich und gehe in die Küche. Auch Mum scheint nicht zu Hause zu sein, was mich nervös macht, und ich frage mich, ob sie gemeinsam irgendwohin gegangen sind. Ich überprüfe mein Handy, aber es ist keine Nachricht angekommen, und als ich Owen anrufe, springt sofort die Mailbox an.

»Hallo Schatz, ich bin's. Ich bin zurück im Haus. Wo bist du? Ist ... ist Mum bei dir? Ruf mich zurück.«

Ich hänge auf. Meine Sorge ist, dass sie ihn irgendwohin gebracht hat, ihm ihren Unsinn eintrichtert, seinen Kopf mit Lügen füllt oder ihn zu dieser Hochzeit zwingt – eine Hochzeit, die ich nicht will.

Dann erstarre ich und halte den Atem an. War da ein Geräusch – ist jemand hier?

Ich lausche, strenge meine Ohren an, aber da ist nichts, also zucke ich mit den Schultern, gehe hinauf und klopfe an Mums Schlafzimmertür – vielleicht hat sie sich hingelegt, obwohl es noch nicht einmal Mittag ist. Als ich ein Kind war, ist sie manchmal tagelang im Bett geblieben, nur um nicht am Familienleben teilnehmen zu müssen. Shelley und ich haben ihr, auf Dads Geheiß, abwechselnd Tabletts mit Essen hinaufgebracht.

Einmal, als ich kam, um das leere Geschirr abzuholen, sah ich, dass sie die Schüssel an die Wand geworfen hatte. Tomatensuppe tropfte von der Wand, als wäre jemand in den Kopf geschossen worden. Ich brauchte eine Ewigkeit, um sauber zu machen.

Aber Mums Schlafzimmer ist leer. Das Bett ist ordentlich gemacht, das kleine Sprossenfenster hinter ihrem Toilettentisch ein paar Zentimeter geöffnet. Der Raum riecht nach ihr – dem süßen blumigen Parfum, das sie immer trägt und das ich tagelang in der Nase zu haben schien, plus frisch gewaschener Wäsche und Landluft. Eine sanfte Brise bauscht die cremefarbenen Vorhänge auf.

Mein Blick wandert herum und ich fühle mich schuldig, hier zu sein, fast so, als würde Mum mich beobachten. Ich will schon wieder gehen, vielleicht hinaus, um zu sehen, ob sie oder Owen im Garten sind, da fällt mir etwas auf ihrem Toilettentisch ins Auge. Es ist ein kleines gerahmtes Foto, das ich noch nie zuvor gesehen habe. Ich gehe hinüber und nehme es in die Hand. Als ich eine jüngere Shelley und mich selbst, beide in unserem besten Sonntagsgewand und mit einem leuchtend roten Luftballon in der Hand, in die Kamera lachen sehe, muss ich lächeln. Shelley ist vielleicht zwölf und ich etwa sieben Jahre alt. Wir sehen aus, als kämen wir gerade von einem Geburtstagsfest, obwohl ich mich nicht daran erinnern kann, welches das gewesen sein sollte.

»Ach Mum«, flüstere ich und betrachte es. Ich schüttle den Kopf. Glaubt sie, dass unsere Kindheit so war? Erinnert sie sich so an diese Jahre – eingefangen in einer einzigen scheinbar glücklichen Fotografie? Viel eher eine erzwungene Erinnerung – ein Schnappschuss zu einem Zeitpunkt, zu dem wir beide zufällig lachen –, neu eingestellte Erinnerungen, mit denen sie sich vorlügt, die Dinge wären wirklich so gewesen. Es würde mich nicht überraschen, wenn dieses Bild genau zu diesem Zweck inszeniert worden wäre – *sagt Cheese!* Ich stelle es zurück auf ihren vollgeräumten Toilettentisch und stoße dabei versehentlich den Deckel eines Schmuckkästchens aus Porzellan herunter. Ich schnappe ihn und hoffe, dass er nicht kaputt gegangen ist. Schon will ich ihn zurück auf die Schale legen, da halte ich inne. »Was zum Teufel?«

Ich starre einen Augenblick lang darauf und frage mich, ob mein Verstand mir einen Streich spielt. Die zarte Porzellanschale enthält ein paar Silberketten, einige Sicherheitsnadeln, etliche Haarspangen und einen Anhänger von einem ihrer Armbänder. Alles normale Dinge, die man in einem kleinen Gefäß auf dem Toilettentisch aufbewahrt. Aber was mich mit geweiteten Augen nach Luft ringen lässt, mich langsam die Hand ausstrecken lässt, um sicherzugehen, dass ich nicht halluziniere, ist der Verlobungsring aus Weißgold mit Diamanten, der darauf liegt.

Ich nehme ihn und drehe ihn in alle Richtungen. »Mein Ring. Das ist *mein* verdammter Verlobungsring!«

Ich knalle den Deckel auf das Gefäß und mir ist egal, ob er dabei bricht oder absplittert, und gehe direkt ins Badezimmer, um wieder einmal zu versuchen, den Ring meiner Großmutter vom Finger zu bekommen, wo er die ganze Zeit schon steckt. Es ist ja nicht so, als würde er mir nicht gefallen oder ich ihn nicht wollen oder seine Geschichte nicht wertschätzen. Es ist nur einfach nicht mein Verlobungsring. Nicht der Ring, den Owen mir geschenkt hat.

Ich halte meine Hand unter heißes Wasser, kaltes Wasser, nehme Unmengen an Seife als Gleitmittel, halte dann die Hand über den Kopf, um das Blut aus meinen Fingern rinnen zu lassen, aber der antike Ring sitzt bombenfest.

Ich sitze auf dem Rand der Badewanne und stoße ein Schluchzen aus.

Meine Mutter hat so einiges zu erklären.

Als ich hinuntergehe, höre ich das Geräusch wieder. *Bumm ... bumm ... bumm ...* Zuerst halte ich es für das Geräusch meiner stampfenden Füße auf den Holzbrettern – ich bin so wütend auf meine Mutter, dass ich platzen könnte. Aber das ist es nicht. Das Geräusch kommt von woanders.

Ich bleibe stehen und lausche – zuerst höre ich nur das Rauschen des Blutes in meinen Ohren.

Aber da. Da ist das Geräusch wieder. Und noch etwas anderes ... etwas, das wie ... eine gedämpfte Stimme klingt, die ruft.

»Owen?«, rufe ich aus und renne den Rest der Stiegen hinunter. Ich schieße zwischen den Zimmern hin und her – Flur, Küche, Wohnzimmer, Esszimmer, zurück in die Küche und in den Haushaltsraum. Doch am lautesten ist das Klopfen, wenn ich im Flur bin.

Ich reiße die Tür auf, um zu sehen, ob er irgendwo draußen eingesperrt ist, aber dort ist niemand – nur Preston im Garten, über die Rosen gebeugt, um sie zurückzuschneiden. Als er mich Owens Namen rufen hört, schaut er auf, schenkt mir ein zahnloses Lächeln und einen lässigen Gruß.

Ich eile wieder hinein und stehe am Fuß der Treppe, wo ich das Geräusch gehört habe. Ich höre angestrengt und frage mich, ob ich den Verstand verliere.

»*Scheiße!* Owen ...!«, rufe ich, als ich das dumpfe *Bumm-bumm* erneut höre und jetzt genau weiß, wo es herkommt.

Der Keller.

Ich renne zur Tür unter der Treppe und drehe den alten hölzernen Türknauf, der jedoch fest verschlossen ist. *Denk nach, denk nach ...* sage ich zu mir selbst und erinnere mich plötzlich, wo Mum den Schlüssel aufbewahrt. In einer Kommode im Hauswirtschaftsraum. »Gott sei Dank«, sage ich, als ich den vertrauten Schlüsselanhänger aus einem alten

Champagnerkorken und den Faden mit dem eisernen Kellerschlüssel daran erspähe.

Meine Hände fummeln an dem Schloss herum, und endlich lässt sich der Knauf drehen. Ich schiebe die alte Tür auf und als ich nach dem Lichtschalter taste, schlägt mir ein feuchter, muffiger Geruch entgegen. Meine Augen brauchen einen Moment, um sich anzupassen, dann trete ich vorsichtig auf die abgenutzten Steinstufen, die hinunter in den kalten, feuchten Raum unter dem Haus führen. »Owen!«, rufe ich. »Bist du hier unten?«

Das Klopfen wird lauter und kommt jetzt aus einem anderen Raum am Ende des Kellers – der kleinen verschlossenen Kammer, in der Mum ihre geliebte Sammlung an Weinen aufbewahrt.

»Owen?«, rufe ich erneut und wische mir die Spinnweben aus dem Gesicht. Ich senke den Kopf, gehe über die unebenen Ziegel und blinzle im schwachen Licht der einzelnen Glühbirne, die an einem Balken über mir befestigt ist.

Bumm ... bumm ... bumm ...

»Lizzie!«, höre ich eine gedämpfte Stimme.

»O mein Gott, Owen!«, rufe ich und sehe, wie sich die kleine Tür in ihrem Rahmen bewegt, als er dagegentritt. »Was zum Teufel tust du hier drinnen?« Ich schiebe die beiden Riegel zur Seite, ziehe an der alten Eisenklinke und öffne die Tür.

»Gott sei Dank ... *endlich*«, sagt Owen mit panischem Gesichtsausdruck.

Er ist weiß wie ein Laken und bei der Umarmung spüre ich, wie er zittert. »Wo ist deine Mutter hin? Ich dachte, ich müsste hier drinnen verrecken.« Er lässt ein erleichtertes Lachen hören, aber ich merke, dass er wirklich aufgelöst ist. »Ich habe versucht, dich anzurufen, aber hier unten gibt es keinen Empfang.«

»Ich habe keine Ahnung, wo sie ist«, sage ich. »Komm, wir bringen dich mal nach oben.« Ich nehme seine Hand und führe ihn zurück zur Treppe. »Was zum Teufel hattest du überhaupt hier unten zu suchen? Und wie kommt es, dass du eingesperrt bist? Die Riegel sind an der Außenseite der Tür.«

Aber als ich zurück über meine Schulter blicke, sagt mir der Ausdruck auf Owens Gesicht alles, was ich wissen muss.

DREISSIG

»Ich habe den ganzen Morgen lang E-Mails verschickt«, sagt Owen, als ich ihn bitte, mir zu erzählen, was passiert ist. Er steht an der Küchenspüle und wäscht sich die Hände. »Als deine Mum mich also gebeten hat, ihr beim Tragen von irgendetwas zu helfen, war das eine willkommene Pause. Sie wollte, dass ich ein paar Weinkisten aus dem Keller hole. Sie sagte, sie wären ›aus ihrer besonderen Sammlung‹.«

Dabei dreht er sich um und trocknet sich die Hände ab. Ich verdrehe die Augen.

»Wie auch immer, sie hat die obere Kellertür im Flur aufgesperrt und mir gesagt, welche Kisten sie oben haben wollte. Sie sollten für die Hochzeit sein – für die wichtigen Gäste am Brauttisch, nehme ich an.«

»Das könnte stimmen«, sage ich und wappne mich für das, was kommt.

»Ich bin also die Steintreppe hinuntergegangen, durch den Hauptkeller und in den hinteren Raum. Es war sehr dunkel dort drinnen, also habe ich meine Handy-Taschenlampe benutzt, um die Etiketten zu lesen. Ich habe mich umgesehen, konnte jedoch den Malbec, den sie wollte, nicht finden. Darum wollte ich wieder hinaufgehen und sie fragen – und da habe ich bemerkt, dass die Tür des hinteren Raumes hinter mir ins Schloss gefallen war. Und sie schien verschlossen zu sein. Das muss von selbst geschehen sein, vielleicht durch die Zugluft, aber ich schwöre, ich habe kein Zuschlagen gehört. Ich nahm an, dass es eine Art Riegel geben müsse, der sich außen verkeilt hatte.«

Ich schüttle den Kopf. »Nein. Da gibt es nur zwei Schiebebolzen an dieser Tür, Owen. Die können sich keinesfalls von allein verschließen. Ich war nicht zu Hause, also gibt es nur eine Person, die dich dort unten eingesperrt haben kann.« Ich beschließe, ihm nicht zu sagen, dass die Tür am oberen Ende der Treppe ebenfalls verschlossen war und der Schlüssel zurück in die Kommode gelegt wurde.

»Aber *warum*? Warum sollte sie das tun?«, fragt Owen schließlich. »Das widerspricht irgendwie dem, was sie mich ursprünglich zu tun bat, nämlich den Wein zu holen.«

Ich seufze und versuche, die Wut zu zügeln, die sich schon in mir aufstaut, seit ich meinen Ring in Mums Zimmer entdeckt habe. Ich will es wirklich nicht vor Owen rauslassen oder gezwungen sein, zu berichten, wie sie wirklich ist, aber mit jeder Stunde, die vergeht, wird es schwieriger und schwieriger, alles zurückzuhalten.

»Du ... du hast recht«, sage ich und zwinge mich zu einem Achselzucken. »Es ist seltsam. Vielleicht hat sie gedacht, du seist schon zurück und hat den Keller verschlossen, ohne zu bemerken, dass du noch unten bist.«

»Vielleicht«, erwidert Owen, aber ich kann sehen, dass er nicht überzeugt davon ist. »Du glaubst doch nicht, dass sie es mit Absicht getan hat, oder? Um mich zum Ausrasten zu bringen ... oder etwas Schlimmeres?«

Ich schlucke und fühle mich furchtbar, weil ich meinen Verlobten anlügen werde – schon wieder. Ich muss nur alles im Griff behalten, bis wir zurück nach London flüchten können. »Es … es war wahrscheinlich nur ein Missverständnis.« Ich räuspere mich und drehe mich weg. Ich kann es nicht ertragen, ihm in die Augen zu sehen. Meine Mutter hat so oft das Gleiche mit Shelley und mir gemacht, als wir Kinder waren, uns dafür bestraft, dass wir einfach nur existiert haben.

»Wie auch immer«, sagt er, »hast du Spaß beim Kaffee mit deiner Freundin gehabt?«

Einen Moment lang frage ich mich, wovon er spricht, dann erinnere ich mich, dass das die andere große Lüge ist, die ich ihm vorher aufgetischt habe, als ich wegfuhr, um Gavins Mutter zu besuchen und dann Mary und John. Ich kann ihm keinesfalls die Wahrheit darüber erzählen oder über das, was ich als nächstes vorhabe – Joseph zu finden. Aber angesichts der Tatsache, dass er keinerlei Kontakt mehr zu seinen Eltern hat, wird das schwierig.

»Ja, habe ich, danke«, antworte ich und beobachte Preston vom Fenster aus. »Es war … nett.«

Owen kommt zu mir rüber und drückt mich, während wir gemeinsam über den Rasen blicken. »Holen wir uns eine Kleinigkeit aus dem Laden zum Mittagessen?«, schlägt er vor. »Wir können im Garten essen. Die Septembersonne ein bisschen genießen.«

Ich finde die Idee gut – alles, um aus dem Haus zu kommen –, also schnappe ich mir meine Schlüssel und wir gehen zum Auto. Doch als ich die Hand ausstrecke, um die Fahrertür zu öffnen, schrecke ich unwillkürlich zurück und schreie, als ich sehe, was auf dem Dach liegt.

»O mein Gott!« Ich halte mir den Mund zu und unterdrücke den Würgereiz.

Owen läuft zu meiner Seite hinüber. »Was zum Teufel …?«

Ich starre die zwei toten Kaninchen an, die an den Hinterläufen zusammengebunden sind. Ein Rinnsal aus Blut läuft über den Lack bis zur Oberkante der Tür. Ihre leeren Augen starren in den Himmel. Ich vergrabe mein Gesicht an Owens Schulter.

»Aye, 'tschuldigung dafür«, sagt eine Stimme. »Mrs Holmes hat mir gesagt, ich soll sie hierlassen.«

»Die Kaninchen?«, fragt Owen und dreht sich um.

Preston kommt rüber, deutet mit einer Gartenschere auf das Autodach. Als ich aufblicke, sehe ich, wie er langsam nickt.

»Vielleicht könnten Sie ... na ja, sie entfernen? Wir wollen wegfahren«, sagt Owen stirnrunzelnd und schüttelt den Kopf.

Aber Preston steht nur da, starrt zwischen uns beiden hin und her, dann erscheint ein schmales Lächeln auf seinem Gesicht und entblößt schwarze Zähne, einige fehlen überhaupt.

»Haben Sie erschreckt, nich wahr?«, sagt er, gefolgt von einem heiseren Lachen. Dann schüttelt er den Kopf, packt die armen Kreaturen an den Hinterläufen und wirft sie auf eine Bank am Ende des Rasens. Dann macht er sich wieder an die Arbeit.

Auf der kurzen Fahrt nach Long Aldbury, nachdem wir uns beide beruhigt haben, plaudert Owen über seine Arbeit – ich wage nicht zu fragen, ob es etwas Neues zur Rechnung gibt. Ich habe noch nicht erwähnt, dass ich meinen Ring gefunden habe, und er hat nicht bemerkt, dass er jetzt auf meinem Finger steckt, neben dem goldenen Ring meiner Großmutter. Ich schiebe es hinaus, es ihm zu erzählen, weil ich ihm dann – es sei denn, ich spinne noch mehr Lügen – erzählen müsste, wer ihn genommen hat – und damit auch enthüllen müsste, dass sie eine Diebin und eine Lügnerin ist, ganz zu schweigen von einer boshaften alten Hexe, die Leute im Keller einsperrt.

»Du wartest hier«, sagt er und steigt aus dem Auto, nachdem ich vor dem kleinen Supermarkt geparkt habe. »Ich spring schnell rein und hol uns knuspriges Brot und ein paar andere Kleinigkeiten. Wird nicht lange dauern.« Er grinst und ist schon auf und davon. Ich lehne den Kopf zurück und schließe die Augen. *Was für ein Morgen,* denke ich und versuche all das zu verarbeiten, was passiert ist.

Er ist erst ein paar Minuten weg, als ein Handy läutet – und es ist nicht meines. Als ich hinunterblicke, sehe ich, dass Owens Handy in der Mittelkonsole läutet, wo er es hingesteckt hat.

Ich greife es mir, es wird wohl jemand aus der Arbeit sein, aber dann sehe ich *Tara – Immobilienmaklerin* auf dem Bildschirm, also nehme ich den Anruf an.

»Hallo, Owens Anschluss«, sage ich und bete im Stillen, dass sie uns eine neue Wohnung anbietet, dass wir die Ersten auf ihrer Liste sind, die sie anruft, und unser Angebot am Ende des Tages angenommen wird. Verdammt, ich würde sogar etwas nehmen, ohne es gesehen zu haben, so verzweifelt will ich versuchen, von hier wegzukommen.

»Ist das Lizzie?«, fragt sie und ich bestätige es. »Entschuldigen Sie, dass ich störe, ich wollte nur fragen, ob Sie und Ihr Partner ein offizielles Angebot für Wohnung 3, Belvedere Court, abgeben wollen. Ich habe Ihr Formular noch nicht zurückbekommen.«

»*Was?*«

Ich stelle mir vor, wie Tara das Telefon vom Ohr weghält, so laut habe ich gekreischt.

»Ich habe von Ihnen am Montag kein offizielles Angebot erhalten, wie es eigentlich ausgemacht war. Ohne dieses wird leider nichts an den Vermieter weitergeleitet.«

»Aber ... aber Sie haben doch angerufen und uns gesagt, dass die Wohnung bereits vergeben ist.«

»Wie bitte?«, sagt Tara und klingt verwirrt. »Nein, ich habe nicht angerufen.«

»Jemand aus Ihrem Büro hat Owen am Samstagabend angerufen und gesagt, die Wohnung sei bereits an ein anderes Paar vergeben worden.« Mein Herz schlägt wild angesichts der Möglichkeit, dass die Wohnung wieder verfügbar ist.

Tara schweigt einen Moment. »Es tut mir leid, aber ich habe Ihren Partner nicht angerufen. Da muss ein Missverständnis vorliegen. Der Vermieter sammelt immer noch Angebote, also wenn Sie Ihr Formular abgeben wollen, ist immer noch ein bisschen Zeit. Er wird sich bis heute Abend entscheiden.«

Ich juble innerlich, obwohl ich irritiert bin. »Gut, bitte entschuldigen Sie die Verwirrung. Wir schicken Ihnen das Formular innerhalb der nächsten halben Stunde. Wir wollen diese Wohnung wirklich sehr gern haben!« Ich kann meine Aufregung kaum im Zaum halten.

Aber während ich warte, dass Owen zurück zum Auto kommt, rätsle ich, wer ihn am Samstagabend angerufen hat, wenn es nicht Tara war. Es waren gleich doppelt schlechte Nachrichten gewesen, wenn ich an die Sache mit Peter denke. Aber zumindest ist die Wohnung noch verfügbar; alles hängt davon ab, dass seine Rechnung bald bezahlt wird. Ich frage mich, ob ich Mum bitten könnte, uns das Geld zwischenzeitlich zu leihen, bin aber nicht sicher, ob ich nach dem, was gerade passiert ist, überhaupt mit ihr sprechen will.

Ein paar Minuten später öffnet sich die Autotür und Owen steigt ein. Er stellt eine Tüte mit Einkäufen in den Fußraum, oben schaut die Hälfte eines Baguettes heraus. »Hey«, lächelt er und schnallt sich an. »Ich hab Hähnchen und Avocado. Das, was du am liebsten isst.«

»Toll«, erwidere ich und starte den Motor. Dann schaue ich zu ihm hinüber. »Während du weg warst, hat jemand auf deinem Handy angerufen.«

»Ach?«, sagt Owen, nimmt sein Telefon und schaut auf den Bildschirm.

»Es war Tara, die Maklerin, die uns die Wohnung am Belevedere Court gezeigt hat. Offenbar ist sie immer noch verfügbar.« Ich verstumme und beobachte, wie sich sein

Gesichtsausdruck verändert und sein Kopf sich blitzschnell hebt.

»Warte, was ... *wirklich*?«

»Ja, es war merkwürdig. Nicht nur das, Tara hat auch gesagt, sie hat dich Samstagabend nicht angerufen, als wir im Pub waren.«

Owen dreht sich zu mir um – wir wechseln einen besorgten Blick und wollen nicht glauben, dass es irgendetwas mit meiner Mutter zu tun hat.

EINUNDDREISSIG

»Sehr seltsam«, sagt Owen ein paar Augenblicke nachdem ich ihm erklärt habe, dass wir immer noch im Rennen um die Wohnung sein könnten. Aber ich kann mich eines bestimmten Verdachts nicht erwehren, und ich merke, dass es Owen genauso geht. Ich sehe zu, wie er seine Anrufliste durchgeht und mit den Fingern gegen die Autotür trommelt. »Es war eine Mobilnummer, die mich Samstagabend angerufen hat.«

In meinem Kopf gehe ich durch, was im Restaurant passiert ist. Owens Handy hatte am Tisch geläutet, und er war hinausgegangen, um den Anruf entgegenzunehmen, und hatte mich allein mit Mum gelassen. Als er draußen war, hatte er auch die Gelegenheit genutzt und Peter angerufen, um für mich nach Minnie zu fragen. Als er zurückgekommen war, hatte er die schlechten Nachrichten überbracht: dass die Wohnung an jemand anderen gegangen war und dass Peter seine Meinung geändert hatte und nicht mehr wollte, dass wir bei ihm wohnen.

Wenn Mum damit zu tun hatte, dann muss sie eine Komplizin gehabt haben.

»Ehe du den Anruf angenommen hast, schienst du sicher,

dass es die Nummer der Maklerin war«, sage ich und werfe ihm einen Blick zu, als ich den Parkplatz verlasse.

»Ich habe angenommen, dass sie es war, Liebes«, gesteht Owen ein. »Und ich hatte recht. Ganz nebenbei, wer sonst sollte mich an einem Samstagabend von einer unbekannten Nummer anrufen? Wer auch immer es war, hat mir definitiv gesagt, dass die Wohnung nicht mehr verfügbar war. Ich habe einfach angenommen, dass es Tara war.«

»Ich weiß nicht«, sage ich und hasse die Richtung, die meine Gedanken jetzt nehmen, als ich mich auf die Straße konzentriere. »Ich schätze, es war jemand anderes, der in der Agentur arbeitet. Jemand, der sich wegen der Wohnung geirrt hat.« Ich werfe ihm wieder einen Seitenblick zu.

»Möglich«, erwidert Owen, »aber das wirft kein gutes Licht auf die Agentur, oder?«

»Nein, tut es nicht.« Ein paar Minuten später biege ich in die Zufahrt nach Medvale ein und ziehe die Handbremse.

»Hier, das ist die Nummer, die mich angerufen hat«, sagt Owen und hält mir sein Handy hin.

»Dann möchte ich, dass du sie zurückrufst. Jetzt gleich.« Ich verschränke die Arme und mache keine Anstalten, aus dem Auto zu steigen.

Owen starrt mich an, erschrocken über meinen harschen Ton. »Ist ja gut, Liebes«, sagt er langsam und runzelt die Stirn. Dann tippt er auf die Nummer und sieht mich an, wartet auf eine Verbindung. »Direkt auf die Mailbox«, antwortet er mit einem Schulterzucken und steigt aus dem Auto, um hineinzugehen. Ich folge ihm und schlage die Autotür fest zu.

»Wie praktisch«, brumme ich und bemerke augenblicklich, dass ich übers Ziel hinausgeschossen bin.

Owen nimmt mich am Arm und zwingt mich, stehen zu bleiben. Er dreht mich zu sich. »Hier, ich rufe noch einmal an und du hörst dir die aufgenommene Nachricht selbst an, wenn du mir nicht glaubst. Es war die gleiche Frauenstimme, die mich auch am Samstag angerufen hat.« Er wählt die Nummer noch einmal.

Ich atme tief ein, starre ihn an und murmle eine Entschuldigung, weil ich ihm misstraut habe, während ich die Stimme der Frau höre, die sich tatsächlich als Maklerin der Agentur vorstellt.

»Es ist trotzdem seltsam«, sage ich und fühle mich schrecklich, als wir in die Küche gehen, weil ich angedeutet habe, dass er gelogen hat. Beide sind wir der Meinung, dass wir das Bewerbungsformular so schnell wie möglich losschicken sollten. Und es ist immer noch keine Spur von Mum zu sehen. »Schau mal, was ich auch noch gefunden habe«, sage ich, weil ich beschlossen habe, die Wahrheit darüber zu sagen, wo ich meinen Ring gefunden habe. Ich strecke ihm meine Hand entgegen.

Owen packt die Einkäufe aus, aber er hält inne und starrt auf meinen Finger. »Du hast ihn gefunden!« Er zieht mich an sich und umarmt mich. »Gott sei Dank. Ich wollte nicht zu viel Aufhebens darum machen, aber ich war ganz schön enttäuscht, weil er weg war.«

Wie aufs Stichwort, noch ehe ich die Gelegenheit habe, zu erklären, wo ich ihn gefunden habe, kommt Mum in die Küche.

»Hochzeitsmenü und Torte sind hiermit erledigt«, verkündet sie mit einem Lachen und reibt sich die Hände. »Gut, wo ist meine To-do-Liste?« Ihr Blick wandert zu einem A4-Notizblock auf der Anrichte. Sie schnappt ihn sich und hakt ein paar Dinge auf einer offenbar sehr langen Liste ab. »Immer noch so viel zu tun.«

Owen und ich wechseln einen Blick.

»Ich habe mich für eine dreistöckige Biskuittorte mit weißer und rosa Glasur entschieden, und Lamm als Hauptgang«, teilt uns Mum mit. »Und die Vegetarier können Lachs wählen.«

Owen schnauft leise in sich hinein, während ich den Köder schlucke.

»Mum, Vegetarier essen keinen Lachs. Und haben *wir* gar nichts mitzureden beim Menü für unsere eigene Hochzeit? Aber noch wichtiger, warum zum Teufel hast du Owen im Keller eingesperrt?«

Meine Mutter erstarrt, jeder Muskel in ihrem Körper angespannt, und schaut mich unverwandt an. »Wovon sprichst du bitte?«

»Als ich zurückgekommen bin, habe ich ihn im hinteren Raum gefunden. Beide Riegel waren verschlossen. Von *außen*. Und die obere Kellertür war auch verschlossen.«

Dann starrt Mum Owen einen Augenblick lang an, schluckt und leckt sich die Lippen. Sie legt eine Hand auf die Lehne des Küchenstuhls und wirkt unsicher. »Er war nicht im Keller, als ich abgeschlossen habe. Ich weiß nicht, wo er war.«

»Ich glaube dir nicht, Mutter. Wenn wir keinen Poltergeist im Haus haben, kannst es nur du gewesen sein. Du *wusstest*, dass er da unten war. Es war ein verdammter, mieser Trick.«

Mum wirkt überzeugend niedergeschlagen. »Manchmal kann man mit dir einfach nicht vernünftig reden, Elizabeth. Aber schau, wir müssen über die Möglichkeiten für das Dessert sprechen. Wir sind auf diesen Caterer angewiesen, weil niemand in der Gegend so kurzfristig für hundertzwanzig Personen verfügbar ist. Ihre Karte ist, gelinde gesagt, sehr eingeschränkt.«

»Hundertzwanzig?« Noch ein gequälter Blick, den ich mit Owen wechsle. Er zuckt nur mit den Schultern. »Wir kennen gar nicht so viele Leute, Mum.«

»Aber *ich*. Zunächst einmal sind da die alten Kollegen deines Vaters aus der Bank und deren Familien. Dann alle Mitglieder des Frauenvereins, mit ihren Ehemännern und Familien, und außerdem kennen mich die meisten Menschen im Ort und werden eine Einladung erwarten. Wir müssen an den Bridgeclub denken und die Kirchenversammlung – die kommen aus allen umgebenden Dörfern, weißt du ...«

»Stopp, Mum!« Ich greife nach der Lehne eines Stuhls. »Buchstäblich niemand dieser Leute bedeutet Owen und mir etwas. Da kannst du gleich ein paar Komparsen bei einer Castingagentur anheuern. Ich weiß gar nicht, was ich dazu sagen soll.«

Sie hat nicht einmal jemanden aus unserer *tatsächlichen* Familie auf ihrer Liste erwähnt, auch wenn diese nicht einmal eine Kirchenbank füllen würden. Und ich bin sicher, dass Dad so weit aus ihren Gedanken gestrichen ist, dass sie ihn nicht einmal in ihre Planung mit einbezogen hat. Aber aus meinem Gedächtnis ist er seit seinem schockierenden Geständnis nicht mehr verschwunden. Tatsache ist, er hat mich angelogen. Er hat uns *alle* angelogen – und obwohl ich verstehe, dass seine psychische Gesundheit gelitten hat, frage ich mich, welche Geheimnisse er noch vor mir hat – und wie lange er die Scharade aufrechterhalten will.

Was für ein Chaos, denke ich, als ich Mum zuhöre, die über Kanapees und Tischtücher schwadroniert.

»Nun, wenn das der ganze Dank ist, den ich bekomme«, sagt sie schließlich, dreht mir den Rücken zu und knallt den Notizblock zurück auf die Anrichte. Sie ist dabei, das Zimmer zu verlassen, aber das lasse ich nicht zu. Nicht nach dem, was sie Owen angetan hat.

»Warte, Mum.«

Sie bleibt stehen. Dreht sich um.

»Sieh mal.« Ich zeige ihr meine linke Hand.

Sie starrt darauf und ihre Oberlippe verzieht sich zu einem spöttischen Lächeln. »Dieses Silber sieht billig aus neben Mummys Goldring.«

»Warte, *was*? Du fragst nicht einmal, wo ich meinen Verlobungsring *gefunden* habe?«

»Ist das denn nötig, Elizabeth? Ich habe das Gefühl, du wirst es mir gleich sagen.«

»O mein Gott«, sage ich mit entnervtem Blick zu Owen.

»Wer hätte gern ein Tässchen Tee?«, fragt er, die Hand auf dem Kessel, vermutlich in der Hoffnung, die Lage damit zu entschärfen. Ich liebe ihn dafür, aber es wird nicht helfen.

»Mein Ring war in deinem Schlafzimmer, Mum. Auf deinem Toilettentisch. In der blau-weißen Porzellandose.« Ich verschränke die Arme, unnachgiebig. Starre sie an. Warte auf ihr Geständnis.

Der Mund meiner Mutter öffnet sich weit, und für einen schrecklichen Augenblick lang denke ich, dass sie anfangen wird zu schreien. Aber dann beginnt sie zu schwanken, greift sich an die Schläfen und ihre Augen rollen zurück in die Höhlen.

»Mum ... *hör auf damit* ...«, zische ich und hoffe, Owen sieht das nicht.

»O Elizabeth, ich fühle mich merkwürdig«, sagt sie und fährt sich mit den Fingern über das Gesicht. »Maaaahhhh ...«, jammert sie.

»*Mum!*«, fahre ich sie an und schaue hinüber zu Owen, der jetzt damit beschäftigt ist, Sandwiches für uns zu machen. »Was hatte mein Ring auf deinem Toilettentisch zu suchen?«

»Ich weiß es nicht.« Sie schwankt weiter, ihr Kopf wankt.

»Hast du meinen Ring genommen, Mum?«

Noch ehe ich reagieren kann, geht sie plötzlich zu Boden, ihr Körper kippt nur Seite, aber sie gibt Acht, nicht mit dem Kopf auf den Fliesen aufzuschlagen.

»Oh ... oh ... meine Güte, wo bin ich?« Sie sieht zu mir auf, schmollend, hält sich die Schläfen, blickt sich um und gibt vor, nicht zu wissen, wo sie ist.

»O mein Gott, Sylvia, geht's dir gut? Lass mich dir aufhelfen.«

Owen eilt zu ihr und beugt sich zu ihr hinunter.

»Mit ihr ist alles in Ordnung, Owen. Das macht sie immer.«

Er schaut zu mir hinauf und wirft mir einen Blick zu, der sagt: *Sei nicht so gefühllos!*

»Komm schon, auf mit dir«, sagt Owen und hebt meine Mutter von hinten an. Nach einer kleinen Anstrengung hievt er sie auf den Küchenstuhl. »Ich bring dir einen Schluck Wasser.«

»Danke Owen. Mir ... mir wurde plötzlich ganz schwindlig. Das ist mein Blutdruck.« Sie nimmt das Wasser und lächelt zu ihm auf. Das Glas klackert an ihren Zähnen, als sie einen Schuck nimmt.

Ich gehe zur Spüle und starre mit nach oben gezogenen Schultern hinein. Zähl bis zehn, sage ich mir selbst. *Zähl bis hundert. Zähl verdammt noch mal bis tausend.*

»Es tut mir so leid, Schatz«, höre ich Mum mit atemloser Stimme sagen. »Ich weiß nicht, wie dein Ring in mein Schlafzimmer gekommen ist. Was hattest du dort überhaupt zu suchen?«

»Ich habe *dich* gesucht!«, sage ich und drehe mich um, wo ich Owen, den Arm um ihre Schulter gelegt, sehe, der mir einen vernichtenden Blick zuwirft, weil ich so gemein zu ihr bin. »Okay, okay ...«, sage ich und rudere zurück. Ich weiß, es hat keinen Sinn zu diskutieren. »Ich bin nur froh, dass ich ihn zurückhabe.«

Aber nicht froh, dass der Ring meiner Großmutter immer noch an meinem Finger steckt, denke ich. Vermutlich muss ich einen Juwelier finden, der ihn runterschneidet.

»Ich gehe rauf und schicke die Unterlagen an das Maklerbüro«, sage ich und versuche unter Aufbietung all meiner Kräfte ruhig zu bleiben. Ich lächle Owen zu, doch er sieht nicht her, weil er gerade Mum tröstet, also ziehe ich mich rasch in mein altes Kinderzimmer zurück, werfe mich aufs Bett und schlage auf mein Kissen ein. Ganz so wie früher, als Kind.

ZWEIUNDDREISSIG

Gott sei Dank gibt es meine Schwester. Ihre Textnachricht kam vor einer halben Stunde, genau als ich das fertig ausgefüllte Formular gescannt und an die Maklerin abgeschickt hatte, und sie hätte zu keinem besseren Zeitpunkt kommen können. Sie fragte mich, ob ich zu ihr kommen wolle, weil sie am Nachmittag unerwartet frei hat. Ich war innerhalb von Minuten im Auto, habe auf dem Weg hinaus nur kurz den Kopf in die Küche gesteckt und Owen gesagt, ich würde zu Shelley fahren, weil sie Hochzeitskram besprechen wolle. Das besänftigte Mum, die da mit Owen saß und Baguette mit Hähnchen und Avocado mampfte, das eigentlich für uns bestimmt war. Beide waren in ein Gespräch vertieft und ich habe gar nicht erst versucht herauszufinden, worüber. Ich bezweifle allerdings, dass Mum sich entschuldigt hat.

»Heftig ist noch untertrieben«, sage ich zu Shelley. Wir sitzen jetzt in ihrer Küche und ich erzähle ihr von meinem Ring, dem Keller-Zwischenfall und Mum, die immer noch im Hochzeitsfieber ist. »Ich habe das Gefühl, mein Kopf steckt in einem Schraubstock. Und ich bin überzeugt, sie will Unfrieden zwischen Owen und mir stiften.« Dann erzähle ich ihr von der Wohnung, dem Missverständnis und dass wir jetzt eine zweite Chance haben, aber es uns vermutlich nicht leisten können, die Wohnung anzuzahlen, selbst wenn wir sie haben könnten.

Shelley hört zu und beobachtet mich, wie ich drauflos schimpfe.

»Gott, entschuldige bitte, Shell. Ich bin so verdammt unsensibel. Meine Sorgen sind nichts im Vergleich zu deinen.«

»Blödsinn«, sagt sie freundlich. »Ich weiß nicht, wie du es aushältst, bei ihr zu wohnen, um ehrlich zu sein. Du bist aus härterem Holz geschnitzt als ich.«

»Wir haben gerade keine andere Wahl.« Dann fasse ich unsere trostlose finanzielle Situation zusammen und versuche sie weniger peinlich wirken zu lassen, als sie tatsächlich ist. »Wir stecken hier also ein bisschen fest.« Bei dem Gedanken spüre ich einen Knoten im Magen.

»Ich wünschte, du würdest es zulassen, dass ich dir noch ein bisschen Geld leihe«, sagt Shelley ruhig. »Ich weiß, du hast mein Angebot schon einmal ausgeschlagen, aber es ist wirklich kein Problem.«

Ich schaue sie an, so dankbar, dass das Angebot immer noch gilt. »Ich könnte das keinesfalls annehmen«, sage ich, aber nur, weil ich weiß, dass es das Richtige ist, nicht, weil ich es tatsächlich so meine.

Sie winkt ab. »Sie nicht albern. Ich habe Ersparnisse, die genauso gut für etwas Sinnvolles verwendet werden können. Und ich weiß, dass du alles zurückzahlen wirst.«

»Okay … dann ja, ja, o mein Gott, ja! Ich zahl es dir hundertprozentig zurück. Mit Zinsen. Owen wird so schlecht behandelt von dieser Firma. Einfach nur zu wissen, dass wir zumindest eine Anzahlung und die Miete für den ersten Monat leisten können, wird uns buchstäblich das Leben retten.«

Ich bin den Tränen nahe. »Ich danke dir tausendmal, Shell.« Ich stürze mich auf sie und umarme sie und fühle mich zum zweiten Mal heute wie ein kleines Kind, das sein Leben nicht auf die Reihe kriegt.

»Noch etwas anderes. Wann willst du mir denn deine großen Neuigkeiten erzählen?«, fragt sie und steht auf, um einen Laib Brot aus der Brotdose zu nehmen. Ein rascher Blick über die Schulter mit gehobener Augenbraue, und ich weiß, wovon sie spricht.

»Ich habe mich schon gefragt, wie lange Mum wohl brauchen würde, um es herauszuposaunen.«

»Die Frau von der Post hat es mir erzählt. Und die hat es von Angie, ein paar Türen weiter. Gott weiß, woher Angie es hat.«

Ich schüttle langsam den Kopf, obwohl nichts davon mich groß überrascht. »Wir wollten es niemandem erzählen, bis die drei Monate um sind. Danke«, füge ich hinzu, als sie mir ein Sandwich reicht. »Aber du kennst Mums Art, die Dinge zu erschnüffeln.«

»Nur zu gut. Jetzt iss auf. Ich kann dich doch nicht hungern lassen in deinem Zustand.« Ihr Zwinkern verhindert einen schwesterlichen Rempler. »Aber ...«

»Ich habe schon gespürt, dass da noch ein *Aber* kommt.« Ich beiße in das weiche Brot.

»Aber ... war das eine geplante Schwangerschaft, Lizzie? Ich meine, zu heiraten, wo ihr euch doch erst so kurz kennt, ist schon ein ganz schöner Brocken, aber dann noch ein Baby?«

Ich blicke auf mein Sandwich und mir vergeht der Appetit. Sie hat recht. *Natürlich* hat sie recht, aber das werde ich sicher nicht zugeben. »Wir schaffen das schon«, sage ich. »Wir freuen uns darauf.«

»Ich kenne dich besser als irgendjemand sonst, Liz. Unfälle passieren. Es ist okay zuzugeben, dass dir einer passiert ist.« Sie setzt sich neben mich.

»Du kannst mich mal«, sage ich rundheraus, und sie weiß, dass das ein Witz ist. Aber sie weiß auch, dass es *kein* Witz ist.

»Wie auch immer. Ich war bereit für etwas Neues in meinem Leben. Etwas, das nicht nur daraus besteht, dass ich ständig wegrenne.«

Zwischen uns findet ein unausgesprochener Austausch statt. Sie denkt *Idiotin* und ich denke *Scheiße*.

»Ich will das Baby«, sage ich und will damit eher mich selbst als sie überzeugen.

»Solange du weißt, dass du eine Wahl hast.«

»Und ich habe ja eine Wahl getroffen, oder?«

Ihre Augen weiten sich eine Spur und sie beißt stumm von ihrem Sandwich ab.

»Owen ist glücklich«, sage ich. »Er war überglücklich, als ich ihm davon erzählt habe.«

Ich lege mein Sandwich auf den Teller, weil ich Angst habe, dass mir das Brot in der Kehle stecken bleibt angesichts der dicken fetten Lüge, die den Weg versperrt.

Bist du sicher, Lizzie? Ich schätze, wir schaffen das schon ... Wir müssen wohl damit umgehen ... Kein idealer Zeitpunkt ... Das sind einige der Dinge, die Owen geäußert hat, kurz nachdem ich ihm sagte, ich sei schwanger. Bevor er überhaupt etwas sagte, war da eine Pause. Vermutlich, um die Nachricht zu verdauen. Ich kam gerade aus dem Bad und stand da mit angehaltenem Atem. Dieses einzelne Wort »schwanger« auf dem Stäbchen in meiner Hand. Zwei Silben, die den Lauf unseres Lebens für immer verändern würden.

Shelley schaut mich immer noch an, während sie langsam kaut.

»Was ich meine, ist ... Ich schätze, er war ein bisschen geschockt. Wir beide waren es. Es ist ... es ist nicht der ideale Zeitpunkt, aber wir werden zurechtkommen.«

Dann breche ich in Tränen aus und Shelley schließt ihre Arme um mich.

DREIUNDDREISSIG

»Gut. Junggesellinnenabschied«, sagt Shelley, nachdem ich mich so richtig ausgeweint habe. Wir haben uns darauf verständigt, dass sie meine Entscheidung nicht infrage stellt, doch ich weiß, dass sie hinter mir steht. Und das ist eine große Erleichterung. Ich habe sie so vermisst.

Aber sie weiß nicht, dass ich nicht hinter ihr stehe, nicht wirklich, und das seit ihrem Hochzeitstag. Obwohl ich ihr unmöglich sagen kann, weshalb.

Zunächst einmal: Wenn mir ihr Wohl am Herzen gelegen hätte, wäre ich nicht nach Dubai abgehauen und hätte sie hier zurückgelassen, als sie mich am dringendsten brauchte. Sie musste nicht nur den Verlust, sondern auch Dads Einweisung in die Klinik ganz allein verkraften. Aber noch wichtiger: Mums Ansteckssträußchen – und was es möglicherweise bedeuten könnte.

Jetzt, da ich in Shelleys Küche sitze und mir die Nase putze, bereue ich es zutiefst, dass ich es nicht dort liegen gelassen und es der Polizei überlassen habe, damit umzugehen. Und wer weiß, vielleicht wäre Mum völlig unschuldig gewesen. Aber die Alternative bereitet mir mehr Sorgen.

Was, wenn Mum Rafe getötet hat?

Ich wünschte, ich hätte den Mut, dem Detective zu sagen, was ich getan habe, wie dumm es war, das Sträußchen an mich zu nehmen, aber je mehr Zeit vergeht, desto schwieriger wird es zu gestehen und desto tiefer stecke ich in Schwierigkeiten. Ich habe die Sache nur noch schlimmer gemacht. Sie werden mir niemals glauben, dass ich Panik bekommen habe, nicht mehr klar denken konnte, meiner Mutter die Gelegenheit geben wollte, alles zu erklären, es jedoch nie getan habe. Dann sehe ich in Gedanken schon, wie ich für mein Verbrechen verhaftet werde, eine Gerichtsverhandlung durchstehen muss, im Gefängnis landen werde ... mein Baby hinter Gittern zur Welt bringen muss.

Und jetzt ist das Anstecksträußchen aus der Kiste verschwunden, in der ich es versteckt habe.

Mein Magen ist schon ganz verknotet von all den Lügen.

»Junggesellinnenabschied?«, antworte ich Shelley und bin wieder zurück in der Gegenwart. »In meinem Zustand werde ich mich ja wohl kaum volllaufen lassen, oder? Ganz nebenbei werde ich nicht in der Dorfkirche heiraten. Das ist mein letztes Wort.«

»Na viel Glück, wenn du das Mum sagst«, sagt Shelley lachend. »Aber irgendwann wirst du doch heiraten, oder? Ein bisschen Planung schadet ja nicht. Es muss auch keine Pubtour oder ein Stripper sein, oder?«

»Schlimmster Albtraum.«

»Ich werde nie vergessen, was du für meinen Junggesellinnenabschied organisiert hast. Das war so aufmerksam.«

Es war tatsächlich ein Erfolg, vor allem, weil Mum nichts davon wusste und deshalb auch nicht dabei war. Im Geheimen hatte ich ein Mädchen-Abenteuercamp in Wiltshire organisiert, ein paar Tage vor der Hochzeit, mitten unter der Woche. Die anderen Mädchen hatten die strikte Order, kein Wort darüber zu verlieren, und ich wusste, ich konnte ihnen vertrauen.

In diesen paar Tagen waren wir Campen, Klettern, Wildbaden und Rafting, und einen Nachmittag lang suchten wir nach Essbarem im Wald. Das war genau nach Shelleys Geschmack, besonders als wir unsere Ausbeute dann am Lagerfeuer zubereitet haben.

Nachdem wir nach Hause gekommen waren, hatte Shelley ein Bild der Waldpilzpastete, die sie aus den Resten zubereitet hatte, auf Instagram gepostet – #junggesellinnenabschied #hochzeit #walderte #liebemeinemädels, neben anderen Hashtags – aber ich hatte sie rasch angerufen und sie gebeten, es zu löschen, damit es nicht über Umwege zu Mum gelangte.

»Die Sache ist die, Shell. Wenn Owen und ich diese Wohnung kriegen, dann bezweifle ich, dass wir vor nächstem Jahr heiraten werden. Wir werden damit beschäftigt sein, umzuziehen, uns einzurichten, das Baby zu bekommen. Die Hochzeitsvorbereitungen sind nur so weit gediehen, weil ich Mum bei guter Laune halten wollte, um den Frieden zu wahren.« Ich verstumme und fühle mich plötzlich selbstsüchtig, trotz Mums Verhalten heute. »Obwohl ich zugeben muss, dass Owen tatsächlich sehr begeistert von der Vorstellung einer kirchlichen Trauung ist. Wie auch immer, ich kann mir nicht vorstellen, wie du dich bei all dem fühlst.« Ich habe es nicht gewagt, ihr zu erzählen, dass Mum gerade ihr Hochzeitskleid ruiniert.

»Menschen heiraten ständig auf der ganzen Welt, und egal ob sie das tun oder nicht, es bringt mir Rafe nicht zurück. Aber was noch wichtiger ist«, fährt sie fort, »*willst* du überhaupt heiraten?«

»Ja! Nur nicht hier und mit Mum, die es organisiert.«

Shelley ist der letzte Mensch, dem ich Mums anmaßende Art erklären muss, aber zuzugeben, dass ich mir um Owens Sicherheit Sorgen mache, würde bedeuten, dass ich meinen Verdacht hinsichtlich Rafes Tod offenlegen müsste. Und jetzt, da die Polizei den Fall überprüft, hoffe ich nur, dass die neuen Beweise, die sie haben, sie nicht direkt zu mir führen.

Dann schießen mir Marys Worte durch den Kopf – *nur diese schreckliche Frau ist schuld* –, was mich daran erinnert, Shelley zu der Familie zu befragen. »Jared und ich haben letztens jemandem auf einem alten Foto gesehen und ich habe versucht, etwas über ihn herauszufinden«, sage ich. »Danny Wentworth. Er ist ungefähr in meinem Alter und ging in die Oberschule. Erinnerst du dich an ihn?«

Shelley denkt einen Augenblick nach und schüttelt dann den Kopf. »Nein, nein ich glaube nicht. Wenn er ein paar Jahre unter mir war, war ich vielleicht schon an der Uni.«

»Er hatte einen Bruder namens Joseph. Klingelt da was bei dir?«

Sie schüttelt den Kopf. »Warum fragst du?«

»Aus keinem besonderen Grund«, antworte ich, nicht sehr überzeugend.

»Aber du sagtest, er *hatte* einen Bruder? Was vermutlich bedeutet, dass einer von ihnen tot ist. Habe ich recht?«

»Jesus, Shell«, sage ich. »Du hast den Beruf verfehlt. Aber ja, du hast recht. Danny starb ein paar Wochen nach seinem Examen. Er hat sich das Leben genommen.«

»O Scheiße, das ist wirklich traurig.«

Vielleicht liegt es daran, dass ich mich so schuldig fühle, weil ich Shelley nichts von dem Anstecksträußchen erzählt habe, oder vielleicht hoffe ich, dass sie sich an mehr erinnert, wenn ich ihrem Gedächtnis auf die Sprünge helfe. Aber ich kann mich nicht zurückhalten und platze heraus: »Und ich glaube, Mum hat etwas damit zu tun.«

VIERUNDDREISSIG

Als ich später am Nachmittag nach Medvale zurückkomme, geht Owen gerade mit einer kleinen Tüte voller Einkäufe zur Haustür. Ich schließe den Volvo ab, küsse ihn und wir gehen zusammen hinein.

»Deine Mum fühlt sich ein bisschen besser«, antwortet er auf meine Frage, warum er noch einmal einkaufen gegangen ist. »Sie hat mich gebeten, ein paar Kleinigkeiten aus dem Dorfladen zu holen. Tee, Milch, die Zeitung. Ich helfe ja gern.«

»Sie hat dich genau dort, wo sie dich wollte«, seufze ich und kann es kaum erwarten, ihm meine Neuigkeiten zu erzählen. »Shelley hat angeboten, uns ein bisschen Geld für die Wohnung zu leihen, wenn wir angenommen werden«, flüstere ich, als wir in die Küche gehen.

Mum steht an der Spüle und wäscht Gemüse, das ist also das Ende unseres Gesprächs, aber ich spüre, dass Owen ... Nun, ehrlich gesagt, sieht er ein bisschen zweifelnd aus, was die Vorstellung angeht. Ich schätze, er ist zu stolz, um Geld von Shelley anzunehmen, selbst wenn es nur vorübergehend ist.

»Hier sind die Sachen, die du wolltest, Sylvia«, sagt er und stellt die Tasche auf den Tisch. »Und hier sind deine zwanzig Pfund zurück. Keine Sorge, ich habe bezahlt.«

Was genau das bestätigt, was ich mir gedacht habe – obwohl gerade jeder Penny für uns zählt, ist Owen sogar jetzt zu stolz, um ein paar Pfund von Mum anzunehmen.

»Danke Owen, das ist sehr lieb von dir. Lass das Geld einfach auf dem Tisch liegen«, erwidert Mum und schrubbt Kartoffeln in der Spüle.

Owen schiebt die Zwanzig-Pfund-Note unter das Salzfass, und zunächst weiß ich gar nicht, weshalb mein Herz plötzlich so rast. Dann erkenne ich es und ringe nach Luft, als ich realisiere, was es bedeutet.

»Betty« steht mit schwarzem Filzstift in einer Ecke des Geldscheins.

Ich greife danach, starre ihn an und kann meinen Augen nicht trauen. Owen sieht gerade nicht her, weil er damit beschäftigt ist, den Tee in den Schrank und die Milch in den Kühlschrank zu stellen, ehe er die Zeitung nimmt und die Schlagzeilen studiert. »Owen?«, sage ich ruhig und halte ihm das Geld hin. »Schau mal.«

»Ja, gehört deiner Mum«, sagt er und wirft einen raschen Blick darauf. Dann schüttelt er schnell den Kopf, als wolle er mir sagen: *Keine Sorgen deswegen ... es macht mir nichts aus, die Einkäufe zu bezahlen.*

»Nein, nein, *schau da*«, beharre ich und wedle mit dem Geld vor seinem Gesicht herum, sodass er gar nicht anders kann, als es zu sehen. Ich deute auf Bettys in ihrer krakeligen Handschrift geschriebenen Namen.

Owen runzelt die Stirn, sieht mich fragend an und formt mit den Lippen »Was?«, als wäre ich verrückt.

Ich ziehe ihn rüber zum Fenster, weiter weg von Mum, die gerade die Musik angestellt hat, uns durch das Zimmer einen langen Blick zuwirft und damit meinen Gedankengang unterbricht. Plötzlich habe ich am ganzen Körper Gänsehaut.

»Alles gut, Liebes?«, fragt Owen, als ich verstumme.

»Hör mal«, zische ich. »Die Musik.«

Owen hebt die Schultern und schüttelt kurz den Kopf.

»Das ist Mozart ... es heißt ›Dies Irae‹«, kläre ich ihn auf.

Ein weiteres Schulterzucken. »Vielleicht ein bisschen düster und deprimierend, aber es macht mir nichts aus, klassische Musik zu hören.«

»Nein, *nein* ...«, flüstere ich. »Es ist ein Requiem für Begräbnisse. Es geht um den Tag des Jüngsten Gerichts und darum, wie die Seelen in die Hölle gejagt werden. Wörtlich heißt es ›Tag des Zorns‹.«

Ich hole tief Luft und weiß, dass Owen es nicht verstehen wird. Zumindest bietet mir die trübsinnige Musik einen Schutz, um Owen über das Geld zu befragen.

»Das ist *Bettys* Geld«, flüstere ich und wedle wieder mit dem Schein hin und her. »Das Geld, von dem Peter sicher war, ich hätte es gestohlen!« Er weiß bereits von meinem Verdacht hinsichtlich der blockierten Telefonnummern und auch, dass Peter mich angerufen hat und diese fürchterlichen Anschuldigungen wegen des Geldes erhoben hat. Natürlich war Owen traurig über die Nachricht, dass Betty gestorben ist, aber sein Rat in Bezug auf Peter war, dass ich es auf sich beruhen lassen sollte und alles bald wieder in Ordnung käme.

»Wirklich?«, sagt Owen und klingt schockiert. Wir sehen zu Mum hinüber, die die Musik noch lauter stellt, sodass der traurige Gesang den Raum erfüllt.

»Ich habe jede Menge Bargeld in Bettys Küche gesehen, als ich ihr mit den Einkäufen geholfen habe. Ich habe dir davon erzählt, erinnerst du dich?«

Owen nickt und sieht verwirrt aus.

»Ich erinnere mich daran, genau diesen Geldschein oben auf dem Stapel gesehen zu haben. Sie hat mir erzählt, sie hätte ihn mit ihrem Namen versehen und würde ihn in »Bettys Bank«, also ihre Teedose, legen. Als hätte ich jemals ...« Aber ich komme ins Stocken und mein Körper wird langsam immer kälter, als es mir dämmert.

»Ich weiß, du würdest nicht stehlen, Schatz.« Owen legt einen Arm um meine Taille, aber ich ziehe mich sofort zurück.

»O mein Gott, *du* warst es, oder?« Ich starre ihn an, meine Augen geweitet und panisch.

»Was? *Nein!*«, protestiert Owen und sieht gekränkt aus wegen meiner Beschuldigung.

»Nun, Mum wird ja wohl kaum nach London gefahren sein, um es zu stehlen, oder?«, zische ich. »Du ... du musst ihr gerade einen anderen Zwanzig-Pfund-Schein aus deiner Geldbörse zurückgegeben haben als den, den du von ihr erhalten hast. Sonst müsste sie ja vorher schon Bettys Geld in ihrer Börse gehabt haben, aber woher hätte sie den haben sollen?«

Owen starrt mich an, dann den Geldschein, den er mir langsam aus den Fingern zieht. »Aber nein, Liebes, du siehst das ganz falsch«, flüstert er und liest die zittrige Handschrift auf der Banknote.

»Du *wusstest*, dass ich Betty gesagt habe, wir würden sie zur Bank fahren, damit sie das Geld einzahlen kann. Und du wusstest, dass sie mindestens fünfhundert Pfund in bar versteckt hatte, wenn nicht sogar mehr.«

Owen will sich verteidigen, da werden wir plötzlich unterbrochen.

»Was flüstert ihr beiden da drüben?«

Als ich mich umdrehe, kommt Mum auf uns zu, ein großes Hackmesser in der Hand, und versucht zu erkennen, was Owen da in der Hand hält.

»Ich ... ich glaube, der gehört dir, Sylvia«, sagt er und gibt ihr das Geld zurück. »Alle Einkäufe verstaut.«

Was tut er da?, will ich schreien, aber ich halte den Mund, bis ich die Gelegenheit habe, allein mit ihm zu sprechen. Ich will nicht, dass Mum sich daran weidet, dass Owen ein Dieb sein könnte – obwohl ich kaum glauben kann, dass ich das überhaupt für möglich halte.

»Du bist ein Schatz, Owen, mein Lieber«, sagt Mum und sieht ihn direkt an. Sie nimmt das Geld und geht zu ihrer Handtasche, die hinter der Küchentür hängt, um ihre Geldbörse herauszunehmen. Als sie sie öffnet, sehe ich, dass sie überquillt vor Zwanzig-Pfund-Scheinen. Und die ganze Zeit formt sie mit dem Mund »dies irae«, während sie den Blick nicht von Owen wendet.

FÜNFUNDDREISSIG

»Owen, du musst mir das erklären«, sage ich, sobald wir allein oben in meinem alten Zimmer sind, die Tür fest hinter uns verschlossen. »*Jetzt!*« Ich hasse es, ihn zu beschuldigen, aber es gibt keine andere Erklärung dafür, dass er Bettys Geld hat.

»Langsam, Lizzie, hör auf«, sagt Owen beinahe lachend, obwohl er in erster Linie verletzt aussieht. »Beruhig dich bitte mal, okay?«

Glücklicherweise sind wir ohne mütterliches Drama aus der Küche entkommen. Sie hat uns nur nachgerufen, dass es zum Abendessen selbst gemachte Lauch-Kartoffel-Suppe geben würde, als wir hinaufgingen.

»Du hast dir da eine schreckliche Erklärung zurechtgelegt.« Er schüttelt den Kopf, nimmt einen seiner kleinen Koffer – den Rollkoffer, den er in Dubai verwendet hat – und wirft ihn auf das Bett. Er klappt den Deckel auf und zieht einen Umschlag aus einem Zippfach. Dann öffnet er ihn und nimmt einen Stoß Bargeld heraus.

»Wo zum Teufel kommt *das* denn her?«, rufe ich aus. »Jesus Christus, Owen, sag mir, dass das nicht Bettys Geld ist! *Bitte* sag, dass du es nicht gestohlen hast!«

Ich kann nicht anders, als mich von ihm zurückzuziehen. Mein Herz klopft wie wild. Das kann einfach nicht wahr sein ... nicht der Mann, den ich liebe, nicht der Mann, den ich heiraten werde.

»Hat Peter uns *deswegen* rausgeschmissen – weil du das Geld gestohlen hast? Owen, ich will, dass du völlig ehrlich mit mir bist. Das schuldest du mir und dem Baby.«

»Was zum Teufel, Lizzie?« Wieder lacht er, aber ich bezweifle, dass ich den Blick voller Schmerz und Erschrecken, der über sein Gesicht zieht, jemals vergessen kann. »Hast du wirklich gedacht, dass ich das *gestohlen* habe?«

Owen nimmt eine Handvoll Geld und wedelt damit in der Luft herum. Ein paar Scheine flattern zu Boden.

»Hältst du mich für so eine Art von Mann? Der Mann, der zu dir hält, jede gottverdammte Stunde arbeitet, um dir und dem Baby ein gutes Leben zu bieten – und jetzt denkst du, ich sei in der Lage, einer alten Dame ein paar mickrige Pfund zu stehlen?« Er seufzt und schüttelt den Kopf. »Ja, dieses Geld gehört Mrs Baxter und genau aus diesem Grund habe ich es nicht angerührt, um für das Hotel zu bezahlen, in das du so verzweifelt wolltest.«

»Nein, nein, ich habe nicht gedacht, dass du es gestohlen hast, es ist nur, dass Peter am Telefon gesagt hat ...«

»Ach ja, und was das angeht. Du hast hinter meinem Rücken zu Peter Kontakt aufgenommen, nachdem er ziemlich klar gemacht hat, dass er in Ruhe gelassen werden will. Hundert Punkte dafür, dass du mich wie einen Idioten hast aussehen lassen.«

»O Gott, Owen, es tut mir so leid. Nein, nein, natürlich habe ich nicht geglaubt, dass du etwas gestohlen hast. Nach allem, was passiert ist, bin ich einfach überempfindlich. Wenn ich zu dem falschen Schluss gekommen bin, dann tut es mir leid.« Ich setze mich neben ihn und lege einen Arm um ihn, aber er zieht sich zurück. »Es tut mir so leid, so leid ...«

Es tut mir so leid ... O Gott, ich flehe dich an ... Es tut mir leid, es tut mir leid, es tut mir leid ...

Plötzlich bin ich wieder dort, vierzehn Jahre alt, als Mum aus dem fahrenden Auto auf die Landstraße sprang. Dad trat in die Bremse, was das Auto hinter uns ebenfalls zum Anhalten zwang, und sprang hinaus, um Mum zu suchen. Die Beifahrertür war weit offen und ich saß schluchzend hinten im Auto. Shelley versuchte mich zu beruhigen, aber ich war untröstlich.

»*Es tut mir leid, es tut mir leid, es tut mir leid ...*«, hatte ich tausendmal und mehr gejammert und nicht gewagt, aus dem Fenster zu sehen. Es war meine Schuld gewesen, dass sie sich aus dem Auto geworfen hatte. Ich hätte sie niemals eine gemeine Hexe nennen sollen. Aber ich wollte so so sehr auf diesen Schulausflug nach Frankreich mitfahren, ich war es so leid, in meiner Klasse immer die Außenseiterin zu sein, die, die immer ausgeschlossen wurde. Und obwohl ich nur für zwei Tage und Nächte weg von zu Hause gewesen wäre – in Boulogne, um ein wenig vor Ort die Sprache zu üben –, fühlte es sich an, als hätte ich eine Ewigkeit von zu Hause fliehen können, wenn ich nur fahren durfte.

»Bitte, Mum, *bitte*. Ich werde auch immer brav sein und jeden Abend das Geschirr spülen, wenn du mich lässt. Ich putze sogar alle Fenster und jäte Unkraut. Alles. Nur lass mich bitte fahren. Darf ich, Mum? Bitte!«

Ich hatte immer weitergemacht, wie eine kaputte Schallplatte, bis sie sich in ihrem Sitz herumgedreht und ein so furchterregendes Gesicht gezogen hatte, dass ich noch Monate danach Albträume hatte. Sie zischte mich an, mit gefletschten Zähnen, ihre knochigen Finger waren zu Klauen gebogen und der Ausdruck ihrer Augen war wie wahnsinnig, als sie dann auf mich losging. Erst als ich sie beschimpfte und sie eine gemeine Hexe nannte, löste sie ihren Gurt, öffnete die Autotür und warf sich hinaus auf den Grünstreifen.

Seitdem war ich nie mehr besonders gut darin, für mich

selbst einzustehen oder meine Meinung zu sagen oder meine Bedürfnisse zu äußern. Das würde ja bedeuten, ein ähnliches Ergebnis zu riskieren und mit schrecklichen Folgen rechnen zu müssen. Erstaunlicherweise blieb meine Mutter völlig unverletzt, sprach jedoch eine Woche nicht mehr mit mir. Stattdessen hatte ich die Verletzungen zu tragen – psychische Verletzungen, die mit schmerzhaften schorfigen Narben verheilten.

»Wie ich dir schon zu erklären versuchte, habe ich das Geld nicht gestohlen, Lizzie«, sagt Owen jetzt. »Als ich Sonntagnachmittag zu Peters Wohnung fuhr, um unsere Sachen zu holen, war er nicht zu Hause, aber ich habe Mrs Baxter im Hausflur getroffen und sie winkte mich in ihre Wohnung. Sie erzählte mir von dem Bargeld und dann gab sie es mir, vertraute es mir an, damit ich es für sie auf ihr Konto einzahlen konnte, so wie du es vorgeschlagen hast. Ich wollte es dir erzählen, aber wir hatten ja in der letzten Zeit keine ruhige Minute zusammen.«

»Warum hat Mrs Baxter das Geld dann nicht Peter gegeben?«

»Genau das Gleiche habe ich sie auch gefragt. Sie sagte mir, Peter wäre ein paar Tage mit seinem Partner weggefahren und ohnehin immer zu beschäftigt dafür. Nach allem, was Peter für uns getan hat, fand ich, dass es das Mindeste sei, was wir für ihn tun könnten, um ihm die Mühe zu sparen. Und nach dem Absperren habe ich die Wohnungsschlüssel durch seinen Briefschlitz geworfen.«

»Owen, ich ...«

»Ich hatte buchstäblich noch keinen Moment Zeit, um es auf die Bank zu tragen. Und wenn ich es wirklich gestohlen *hätte,* meinst du nicht, ich hätte dann einen besseren Platz gefunden, um es zu verstecken?« Er schüttelt wieder den Kopf und seufzt. »Ich weiß, wie unwohl du dich hier fühlst, und ich fühle mich furchtbar, weil ich es mir jetzt gerade nicht leisten kann, irgendwo anders unterzukommen. Ich bin kein sehr guter Versorger.«

»Ja, ich verstehe, und es tut mir so ...«

»Was wir uns allerdings fragen sollten, Lizzie«, fährt Owen mit ruhigerer Stimme fort, »ist, warum deine Mutter überhaupt Bettys Zwanzig-Pfund-Note in ihrer Geldbörse hatte. Ich habe unten versucht, sie bei Laune zu halten, vor allem, weil sie mit einem Küchenmesser auf mich zugekommen ist und diese gruselige Musik gespielt hat, aber ich glaube, du hast recht. Irgendetwas stimmt nicht mit deiner Mum. Sie wirkt ein bisschen ... ich weiß nicht, verwirrt?«

»Ich weiß, ich *weiß* ... es ist einfach so furchtbar ...« Ich verstumme und sehe zu, wie Owen den Rest des Geldes zusammensucht und beginnt, es zu zählen und zu stapeln.

»Ich denke, das sagt uns alles, was wir wissen müssen.« Owen deutet auf die kleinen Stapel Bargeld auf dem Bett, tippt einmal auf jeden und zeigt mir die drei Zwanzig-Pfund-Scheine, die er in der Hand hält. »Das sind dreihundertsechzig Pfund. Weißt du, wie viel Betty mir gegeben hat, damit ich es auf die Bank bringe?« Er schnappt sich den Umschlag, in dem das Geld war, und zeigt ihn mir. »Sechshundertzwanzig, schau, ich habe es mir notiert.«

Ich sehe die gleiche Zahl in Owens Handschrift auf der Rückseite des Briefumschlags. Und darunter eine Bankleitzahl und die Kontonummer, die er neben Bettys vollen Namen geschrieben hat. Wir sehen einander an, mein Mund bleibt offen stehen, als es mir dämmert.

»Mum war wieder hier drinnen«, flüstere ich und blicke zur Tür. »Sie hat deinen Koffer durchwühlt und das Geld genommen.«

Owen nickt einmal und ich fühle mich noch schlechter, weil ich ihn beschuldigt habe, bin aber noch viel wütender auf meine Mutter. »Ja, ich glaube auch.«

»Wie kann sie es wagen!« Die Wut in mir erreicht den

Siedepunkt; ich nehme meine Jacke und schlüpfe hinein. »Gut. Das reicht. Ich habe genug. Wir verschwinden.«

Ich reiße die Tür des Kleiderschranks auf und schnappe mir einen Haufen von Owens Kleidung von den Bügeln. Ich kann mich gerade noch zurückhalten, herauszuschreien, wie sie war, als ich ein Kind war, dass ich keinerlei Privatsphäre hatte, wie sie in mein Zimmer gestürmt kam, meine Sachen durchwühlte, um nach *Hinweisen* zu suchen, wie sie es nannte. Mum war stets davon überzeugt, dass ich nichts Gutes im Schilde führte oder Drogen nahm oder irgendwo einen geheimen Freund versteckte, den ich durch das Fenster einsteigen ließ. Einmal, als ich sechzehn war, behauptete sie sogar, ich sei schwanger. Sie wollte mich schon aus dem Haus werfen, zwang mich dann jedoch, ihr zu beweisen, dass ich meine Periode hatte.

»Nichts war hier jemals auch nur ansatzweise privat«, keuche ich, als ich mir noch mehr Sachen greife. Aber dann ertönt ein Signal von meinem Handy auf dem Bett. Eine E-Mail wird angezeigt. Ein schneller Blick auf den Bildschirm verrät mir, dass der Absender das Maklerbüro ist. Ich habe meine E-Mail-Adresse auf dem Formular angegeben, nicht Owens.

Ich lege die Kleidung hin, entsperre mein Handy und bete, dass es gute Nachrichten sind. Mit der Zusage der Wohnung und Shelleys großzügigem Angebot würde das bedeuten, dass wir ein für alle Mal aus dem Haus meiner Mutter verschwinden könnten. Es ist mir egal, wenn wir übergangsweise ein paar Tage im Auto schlafen müssen.

Aber es sind keine guten Nachrichten.

»Scheiße«, sage ich, nachdem ich die E-Mail gelesen habe. Dann werfe ich Owen mein Handy zu.

»O nein, Lizzie«, sagt er und schließt mich in seine Arme. »Wir haben so sehr um diese Wohnung gekämpft. Ich schätze, es sollte einfach nicht sein.«

»Egal«, sage ich, schiebe das Handy in meine Hosentasche

und schnappe mir noch mehr Kleidung. »Ich packe unser Zeug trotzdem ein und wir ziehen aus, bevor Mum noch mehr Schaden anrichten kann.«

»Hey Liebes, hör auf. Beruhig dich und trink eine Tasse Tee, ehe du eine übereilte Entscheidung triffst.«

»Ich will keine verfluchte Tasse Tee, Owen! Ich will so weit weg von meiner Mutter wie irgend möglich. Vielleicht können wir ein oder zwei Nächte auf Shelleys Sofa schlafen. Ich weiß nicht.« Ich stürme durchs Schlafzimmer und greife wahllos nach irgendwelchen Dingen und stopfe sie in irgendeine alte Kiste oder Tasche. Mir ist egal, wenn die Dinge kaputt gehen, zerknittert oder zerdrückt werden. Ich will nur raus hier.

Dann schnappe ich mir den Autoschlüssel und versuche den großen Koffer zu schließen. »Hilf mir«, sage ich und bedeute ihm, den Deckel runterzudrücken. Doch stattdessen lässt er nur die Arme hängen, eindeutig nicht glücklich über meine Entscheidung.

Schließlich gelingt es mir, den Koffer zu schließen und ihn aus dem Zimmer auf den Flur zu schleppen. Unser Zeug aus dem Haus zu kriegen, ohne dass Mum uns sieht oder hört, wird eine Herausforderung, aber sie kann mich nicht davon abhalten, zu gehen. Als ich den Koffer die Treppe hinunterpoltern lasse, ist es mir egal, ob sie sich aufregt oder einen Wutanfall bekommt. Bis sie so richtig in Fahrt ist, sind wir längst weg.

Als ich unten angekommen bin, tropft mir der Schweiß von der Stirn, mein Gesicht ist knallrot und mir tut der Rücken weh. Aber das ist die geringste meiner Sorgen, verglichen mit dem, was passiert, als ich die Tür öffne, um zu gehen.

SECHSUNDDREISSIG

Alles scheint in Zeitlupe zu passieren. Owen versucht immer noch, mich davon abzubringen, das Auto vollzupacken und wegzufahren. Er will mit meiner Mutter reden und schauen, ob er die Wogen glätten kann.

»Lizzie, warte. Du tust dir weh, wenn du das hinausträgst. Ich kann nicht zulassen, dass meine schwangere Verlobte in einem Auto oder auf einem Sofa schläft. *Bitte …*«

»Mein Entschluss steht fest, Owen«, sage ich und steige in meine Turnschuhe, die bei der Eingangstür stehen.

Dann sagt er etwas wie *vernünftige Erklärung* und *dummes Missverständnis* über das Geld, das Mum gestohlen hat. Ich weiß gar nicht, warum er sie verteidigt nach dem, was sie getan hat, aber er weiß nicht, mit wem er es hier zu tun hat, und hat nur Angst, dass wir dann obdachlos sind. Er nimmt mich an den Schultern und dreht mich zu sich um.

»Hör mal zu, Liebes«, sagt er leise, denn wir wissen beide, dass Mum nicht weit entfernt von uns in der Küche steht. »Was, wenn wir den Rest von Mrs Baxters Geld heute Nacht für ein Hotel benutzen? Morgen ist dann hoffentlich die Rechnung bezahlt. Die

Buchhaltungsabteilung hat mir gesagt, dass die neue schnell bearbeitet und bald überwiesen wird. Sie haben sogar etwas von einer Vorauszahlung gesagt, nachdem ich unwirsch geworden bin.«

Ich bleibe stehen, eine Hand am Griff der alten Eingangstür. Mrs Baxters Geld zu benutzen ist eine Vorstellung, die mir gar nicht behagt, da es mich buchstäblich zu der Diebin macht, für die Peter mich hält, aber ich gestehe, dass es verführerisch klingt. »Ich glaube nicht, dass das sehr ... moralisch ist, oder? Unter den Umständen. Das Geld gehört uns nicht und wir können damit nicht tun, was wir wollen.«

»Ich bin sicher, Mrs Baxter würde das absolut verstehen«, sagt er. »Sobald der Geldbetrag aus Dubai kommt, stelle ich sicher, dass die gesamten sechshundertzwanzig Pfund direkt auf ihr Konto eingezahlt werden. Ich werde das auch ihrem Nachlassverwalter mitteilen.«

»Mir gefällt das nicht«, sage ich, »aber ja, gut. Machen wir das. Alles, um hier rauszukommen. Ich kann es nicht ertragen, dass *sie* ständig unsere Sachen durchwühlt.« Ich stoße mit dem Finger in Richtung Küchentür. »Nicht nach all dem, was ich herausgefunden habe über ...«

Ich verstumme. Ich will nicht, dass Owen weiß, wessen ich meine Mutter verdächtige. Nachdem ich von Dannys Tod erfahren habe und dem Skandal, der sie ihren Job gekostet hat, bin ich mir beinahe sicher, dass sie nicht nur mit einem, sondern mit zwei Todesfällen zu tun hatte, obwohl ich mir noch nicht sicher bin, welche Rolle sie dabei gespielt hat. Ich bin überzeugt, dass meine Mutter zu allem fähig ist, und je länger wir hierbleiben, in desto größerer Gefahr ist Owen vermutlich. Doch bis ich Joseph gefunden und die Gewissheit habe, dass sie die fragliche Lehrerin war, kann ich nicht mit Schuldzuweisungen um mich werfen.

»Hilfst du mir, den ins Auto zu bringen?«

»Natürlich, Liebes«, sagt Owen und hebt den Koffer auf.

»Und versuch, dir keine Sorgen zu machen. Ich habe das Gefühl, dass alles gut gehen wird.«

Durch seine tröstenden Worte fühle ich mich ein bisschen besser. Das ändert sich jedoch rasch, als ich die Eingangstür öffne und einem uniformierten Polizisten gegenüberstehe – die Hand gehoben, um die Glocke zu betätigen – sowie einem weiteren, älteren Mann in Zivil, der neben ihm steht.

»Oh!« Ich schnappe nach Luft.

»Miss Holmes?«, fragt der Mann in Zivil und hält seinen Ausweis hoch. Ich werfe einen Blick darauf. Ein Detective.

»Ja … ja, das bin ich.«

Owen tritt neben mich und seine Finger gleiten zwischen meine. »Lizzie?«, flüstert er.

»Mein Name ist Detective Inspector Doug Lambert.«

Der Beamte spricht weiter, aber ich bekomme kaum mit, was er sagt, da alle meine Sinne plötzlich aufgegeben haben zu arbeiten. Ich fühle mich wie betäubt und eingefroren, nicht in der Lage, zu begreifen, was hier gerade vor sich geht.

»Was meinen Sie mit Polizeiwache?«, höre ich Owen einen Augenblick später sagen.

Die Lippen des Detectives bewegen sich, aber mein Gehirn kann seine Worte nicht auseinanderhalten, ihnen keinen Sinn verleihen. Ich habe das Gefühl, jeden Augenblick das Bewusstsein zu verlieren.

»Was … was passiert hier?« Ich sehe zu Owen auf und drücke mich Halt suchend an ihn.

»Miss Holmes, wie ich bereits gesagt habe, würden wir es sehr zu schätzen wissen, wenn Sie hinunter zur Polizeiwache kämen für eine freiwillige Befragung. Angesichts neuer Beweismittel haben wir den Fall Rafe Lewis erneut aufgerollt, und wir würden Ihnen gern ein paar Fragen dazu stellen.«

»Befragung?« Ich greife nach Owens Arm. »Aber … aber wir waren gerade dabei … wegzufahren.« In dem Augenblick, als ich es sage, merke ich, wie verdächtig sich das anhört, als würden wir vom Schauplatz eines Verbrechens fliehen. Ich werfe einen Blick hinter die Beamten und bemerke das eindeutig erkennbare Polizeifahrzeug, ein leuchtendes Signal für alle Vorbeifahrenden.

Dann höre ich Geräusche aus der Küche, wo meine Mutter rumort. Was immer auch passiert, ich kann keinesfalls zulassen, dass sie diese Szene sieht. Das Drama würde atomare Ausmaße annehmen.

»Soll das heißen, meine Verlobte ist verhaftet?«, fragt Owen mit harter Stimme. »Sie hat Rechte, wissen Sie?«

»Wir sind uns ihrer Rechte wohl bewusst«, sagt DI Lambert erschöpft. »Und nein, sie ist nicht verhaftet. Wenn sich Miss Holmes natürlich weigert, jetzt mit uns zu kommen, könnte das unsere Vorgehensweise ändern.«

Owen stößt ein Lachen aus und legt die Hand an die Tür, als wollte er sie ihnen ins Gesicht schlagen. Dann höre ich Mums Stimme, die uns zu Essen und Wein ruft und möchte, dass wir den Tisch decken.

»Owen, lenk Mum ab«, flüstere ich. »Sag ihr, Jared hat mich abgeholt wegen einer Meinung zu seinem Haus oder dass Shelley mich für irgendetwas gebraucht hat. Halte sie nur eine Weile beschäftigt. Ich werde mit ihnen gehen und dich so bald wie möglich anrufen. Es wird nur eine Unterhaltung über das sein, was Rafe letztes Jahr zugestoßen ist.«

»Gut, wenn du sicher bist, Liebes. Soll ich einen Anwalt anrufen?« Er folgt mir in die Einfahrt, als ich zu dem Polizeiwagen geführt werde. Ich ducke mich und setze mich weisungsgemäß auf die Rückbank. Die beiden Beamten steigen vorn ein. Nichts davon fühlt sich real an.

»Nein, und bitte erzähl Mum nichts davon«, sage ich und bete, dass sie nicht mitbekommen hat, was hier vor sich geht. »Ich ... ich glaube nicht, dass ich einen Anwalt brauche«, sage ich mit schwacher Stimme durch das offene Fenster, aber insgeheim bin ich mir nicht so sicher, ob ich nicht doch einen brauche. Ich zwinge mich zu einem Lächeln, damit sich Owen keine Sorgen macht. Ich kann mir nicht vorstellen, was er denkt, als der Beamte den Wagen startet. »Pack doch bitte weiter das Auto, damit wir fahren können, wenn ich zurück bin. Und telefoniere ein bisschen wegen billiger Hotels herum.«

»Mach ich«, erwidert Owen mit besorgtem Gesichtsausdruck. »Ich hol dich ab, sobald du fertig bist. Halt mich auf dem Laufenden.« Er lehnt sich durch das Fenster und gibt mir einen Kuss, und aus irgendeinem dummen Grund frage ich mich, ob das der letzte ist, den er mir je geben wird.

Dann stößt das Auto zurück und wendet, und schon fahren wir die Auffahrt hinunter. Im Rückspiegel sehe ich Owen auf der Zufahrt stehen, die Hände in den Hüften, wie er *Ich liebe dich* mit dem Mund formt, ehe ich weggefahren werde und ihn und Mum allein lasse.

SIEBENUNDDREISSIG

Der Befragungsraum ist genauso wie der in den Polizeidramen, die Owen und ich uns immer im Fernsehen anschauen – ein kleiner, trostloser Raum mit einem laminatbezogenen Tisch, etlichen Plastikstühlen, fluoreszierendem Licht, alles in monochromen Farbtönen. DI Lambert setzt sich mir gegenüber, nachdem er mir gezeigt hat, wo ich mich hinsetzen soll. Eine Beamtin in Zivil, etwa in meinem Alter und mit einer schwarzen Hose und einem grauen Hemd, sitzt bereits am Tisch. Ihr blondes Haar ist zu einem hohen Pferdeschwanz zurückgebunden und sie trägt kein Make-up. Sie wirkt athletisch, als würde sie laufen oder ins Fitnesscenter gehen, und ihr Blick ist scharf und wachsam, taxiert mich, als er über mich wandert.

DI Lambert stellt seinen Pappbecher mit Kaffee ab, den er mir im Empfangsbereich ebenfalls angeboten hat (ich habe abgelehnt und nur Wasser genommen), dann sagt er leise etwas zu der Frau neben ihm. Sie nickt und tippt auf einen großen Aktenordner, der vor ihr liegt.

»Kein Grund, so besorgt dreinzuschauen, Miss Holmes«, sagt DI Lambert mit einem Lächeln, das mich wohl beruhigen soll. Tut es aber nicht. »Im Moment tragen wir nur die Fakten zusammen. Ich bin quasi der Neue hier in der Gegend«, sagt er in einem derart trockenen Ton, dass jeder beabsichtigte Humor sofort verpufft. »Und der Glückliche, der diesen abgeschlossenen Fall aufrollen darf, nach einer ... Entwicklung. Es ist vielleicht nichts, aber es hat uns hellhörig gemacht. Ich weiß, dass mein Vorgänger, DI Waters, seine eigene Meinung zum Fall Rafe Lewis hatte, bevor er in den Ruhestand versetzt wurde, und dass die nicht unbedingt mit den Ergebnissen des Gerichtsmediziners übereinstimmte. Wie dem auch sei ...« Er reibt seine Hände aneinander, als wollte er sie von Krümeln befreien. »Stellte gern Vermutungen an, der gute Malc.« DI Lambert wirft der Frau einen Seitenblick zu und grinst. Sie bleibt todernst.

»Was passiert ist, war schrecklich«, sage ich, nicht sicher, ob ich sprechen soll. »Meine arme Schwester.« Diese Worte fühlen sich einigermaßen sicher an.

»Wir verstehen, wie erschütternd das für Sie und Ihre Familie sein muss, und Ihr Verlust letztes Jahr tut mir sehr leid. Hoffentlich lässt sich diese kleine ... sagen wir Falte, ganz leicht ausbügeln«, hebt die Frau schließlich zu sprechen an. »Ich bin übrigens DC Rachel Powell.« Sie überkreuzt die Beine, sodass einer ihrer Füße zwischen den Tischbeinen hervorschaut. Ich sehe, dass sie schwarze Turnschuhe trägt.

»Danke«, erwidere ich. Vermutlich ist es sicherer, so wenig wie möglich zu sagen, bis ich gefragt werde.

Die beiden Beamten lehnen sich zueinander und besprechen ein paar Dinge in dem Ordner. DI Lambert nippt ein paarmal an seinem milchigen Kaffee und teilt mir mit, dass die Befragung aufgezeichnet wird, erinnert mich daran, dass ich zwar unter Rechtsbelehrung befragt werde, jedoch jederzeit gehen kann. Sie stellen sich selbst vor, geben Zeit, Datum und Ort der Befragung an, den Grund, aus dem wir hier sind – mögliche neue Beweise zum Fall Rafe Lewis –, und dann wiederholen sie meine Rechte, sagen mir, dass alles, was ich sage, vor Gericht als Beweis gegen mich verwendet werden kann. Jetzt wünsche ich mir, ich hätte ihr Angebot eines Pflichtverteidigers doch angenommen.

Bleib ruhig, sage ich mir. *Du hast nichts falsch gemacht.*

Abgesehen davon, ein möglicherweise wichtiges Beweisstück verschwinden zu lassen ..., schreit eine andere Stimme in meinem Kopf und einen Augenblick lang habe ich Angst, ich hätte das, was ich gedacht habe, laut gesagt.

»Bitte nennen Sie Ihren Namen und Ihr Geburtsdatum«, sagt DI Lambert zu mir.

»Elizabeth Alice Holmes. Geburtsdatum vierundzwanzigster Juli neunzehnhundertvierundachtzig.«

»Gut, fangen wir an«, sagt DC Powell lächelnd. »Wenn Sie uns nun bitte mit eigenen Worten eine kurze Zusammenfassung der Ereignisse vom Samstag, dem siebenundzwanzigsten August letzten Jahres geben würden.«

»Das war der Tag der Hochzeit meiner Schwester Shelley«, beginne ich. »Der Gottesdienst war für vierzehn Uhr geplant. Ich war ihre Trauzeugin. Sie hatte drei weitere Brautjungfern. Sie wollte Rafe Lewis heiraten. Sie haben zusammen gearbeitet.« Ich blicke auf meine verschränkten Finger auf dem Tisch vor mir. Ich bin nicht sicher, wie sehr ich ins Detail gehen soll. »Wir haben uns in Shelleys und Rafes Cottage für die Hochzeit fertig gemacht. Es war ein wenig eng, aber wir hatten Spaß.«

»Wenn Sie *wir* sagen, wer war da dabei?«, fragt DI Lambert. Aus dem Augenwinkel sehe ich, wie DC Powell sich Notizen macht.

»Das waren ich, Shelley, die Brautjungfern – Laura, Ann und die kleine Eesha. Sie war sechs. Und meine Mutter war auch dort.« Ich atme tief ein und hoffe, sie fragen nicht zu viel über Mum. Sie unter normalen Umständen zu beschreiben ist schon schwierig genug. Ich will nicht erklären, wie sie es darauf anlegte, dass sich der ganze Tag um sie drehte, wie sie den

Ruhm für all ihre Planungen und das Organisieren aufsog. Und sie hatte sich auch nicht damit zurückgehalten, ihr Missfallen gegenüber Rafe zu äußern.

Er scheint die ganze Zeit so reserviert und gleichgültig, Schatz. Bist du dir wirklich sicher? Es ist noch nicht zu spät, die ganze Sache abzublasen, war eines der Highlights, die sie Shelley ins Ohr geflüstert hatte, als ich den Reißverschluss ihres Kleides schloss. Sie wusste nicht, dass ich es gehört hatte, aber das hatte ich. Ich wollte sie anschreien, dass Rafe nicht im Geringsten reserviert sei, außer ihr gegenüber, aber ich hatte mir auf die Zunge gebissen, da ich keinen Aufstand machen wollte. Und ich wusste, dass Shelley mit Mums bissigen Kommentaren umgehen konnte. Schließlich haben wir damit jede Menge Erfahrung.

»Wir waren ein bisschen hinter dem Zeitplan«, erzähle ich dem Detective. Dann lächle ich. »Shelley ist furchtbar penibel mit Zeitabläufen und Plänen und hatte alles in einer Tabelle festgehalten. Wann wir frühstücken würden, um wie viel Uhr wir jeweils duschen mussten und unsere Haare und das Make-up machen. Shelley hatte an diesem Tag natürlich keine Bereitschaft, aber genau in dem Moment, als sie ihr Brautkleid anzog, rief ein Bauer sie voller Panik an. Eines seiner Pferde hatte nach einer OP schreckliche Schmerzen und alle anderen Tierärzte der Praxis, die Dienst hatten, waren entweder beschäftigt oder nicht erreichbar, weil sie Gäste auf der Hochzeit waren.«

»Hat Ihre Schwester sich des Patienten angenommen?«, fragt DC Powell.

Ich verdrehe die Augen. »Ja, gegen meinen ausdrücklichen Rat, möchte ich hinzufügen. Sie zog das Brautkleid aus, sprang in Jeans und Sweatshirt und sagte uns, es würde nicht lange dauern. Sie war etwa vierzig Minuten weg. Ihre Frisur war bereits fertig und als sie zurückkam, steckte Heu drin.« Bei der Erinnerung daran verdrehe ich wieder die Augen. »So sehr liebt sie ihre Arbeit. Rafe war genauso.«

»Konnte Sie etwas gegen die Schmerzen des Pferdes tun?«, fragt DI Lambert.

»Ich gehe davon aus«, erwidere ich. »Ich habe sie eigentlich nicht danach gefragt. Ich war eher damit beschäftigt, sie wieder in ihr Kleid zu stecken und ihre Frisur zu richten. Sie roch nach Pferd, daran erinnere ich mich, weswegen ich sie mit jeder Mange Parfum eingesprüht habe.«

»Und wo war Rafe zu diesem Zeitpunkt?«, fragt DC Powell.

»Er hat sich mit seinem Trauzeugen, George Reid, fertig gemacht. George hatte über Airbnb eine der umgebauten Scheunen am Ortsrand von Little Risewell gemietet, für sich, den Bräutigam und einige der Jungs. Er ist nicht aus der Gegend. Er und Rafe haben sich vor ein paar Jahren in London kennengelernt.«

Ich erinnere mich, dass Shelley mir erzählte, sie sei mit Rafes Wahl des Trauzeugen nicht einverstanden, und sei mit George nie einer Meinung gewesen. »Er ist ein verwöhnter Fratz, der nur für Partys lebt. Treuhandvermögen und Kokain.« Offenbar hatten George und Rafe über die gemeinsame Liebe zu Hunden zueinandergefunden, da George an der Spendensammlung für das Battersea Dogs & Cats Home beteiligt war. »Oder vielmehr bringt er seine Eltern dazu, jedes Jahr einen Arsch voll dafür hinzulegen«, hatte Shelley mich informiert und resigniert akzeptiert, dass diese spezielle Freundschaft auf dem Prinzip »Gegensätze ziehen sich an« beruhte. »Wie auch immer, Rafe sieht ihn dieser Tage nicht sehr oft«, hatte sie gesagt. »Also kann ich ihn wohl einen Tag als Trauzeugen ertragen.«

»In den Akten heißt es, dass Rafe am Abend vor der Hochzeit, also am Freitag, dem sechsundzwanzigsten August, seinen Junggesellenabschied gefeiert hat.«

»Ja, das stimmt«, antworte ich. »Er hätte eigentlich am Wochenende davor stattfinden sollen, aber Rafe musste in der

Praxis für den Bereitschaftsdienst einspringen. Deshalb haben sie es verschoben.«

Die Detectives nicken zustimmend, als hätten sie das bereits gewusst.

»Können Sie mir sagen, wer beim Junggesellenabschied dabei war und wohin sie gegangen sind?«

»Ich glaube, sie waren zu fünft oder zu sechst, Rafe und George mitgezählt. Einige waren aus der Umgebung, die anderen kamen von auswärts. Ich kenne nicht alle mit Namen. Wie gesagt, haben sie alle in der Airbnb-Scheune gewohnt. Rafe kam eigentlich aus Neuseeland und ist erst vor ein paar Jahren nach Oxfordshire gezogen. Er hat seine Ausbildung in London gemacht und dann für eine Weile in Edinburgh gelebt, ehe er in die Cotswolds gezogen ist. Da hat er dann auch meine Schwester kennengelernt.«

Ich trinke einen Schluck Wasser und hoffe, dass die Beamten meine zitternde Hand nicht bemerken.

»Und wo sie waren ...«, fahre ich fort, »ich glaube, sie haben ein Taxi nach Oxford genommen und eine Pub-Tour gemacht. George hatte das organisiert. Nichts Ausgefallenes, das war nicht Rafes Stil.«

»Wissen Sie, ob neben Alkohol auch Drogen konsumiert wurden?«

»Drogen?«, sage ich ungläubig. »Nein, das bezweifle ich sehr. Rafe hatte mit so etwas überhaupt nichts am Hut. Ein richtiger Gesundheitsapostel.« Obwohl ich mich plötzlich daran erinnere, was mir Shelley über George und seinen Kokainkonsum erzählt hat. »Rafe hat sich gesund ernährt, ist gelaufen, hat Rugby gespielt und kaum Alkohol getrunken, also, ich glaube nicht, dass er etwas genommen hätte. Nicht einmal einen Joint.«

Die beiden Officers sehen einander an, und DC Powell runzelt die Stirn, als sie in die Akte blickt. »Laut Bericht des

Pathologen fanden sich illegale Drogen in seinem Blutkreislauf.«

»*Was?*«

»Und natürlich wurde Alkohol gefunden«, fügt DI Lambert hinzu. »Was bei einem Junggesellenabschied zu erwarten ist.« Er vertieft sich in die Akte, fährt mit dem Finger die Seite hinunter und murmelt beim Lesen vor sich hin: »Details zum nicht diagnostizierten Herzleiden ... Harnanalyse ... Blutergebnisse.« Er blickt auf und schaut zu seiner Kollegin. Dann wendet er sich mir zu.

»Wissen Sie, ob sie unterwegs essen waren?«

Ich schüttle den Kopf. »Das weiß ich nicht.«

»In dem Bericht heißt es, dass das Einzige, was sie in seinem Magen gefunden haben, eine Menge vorgekochter Früchte waren«, sagt er. »Verschiedene Beeren, laut Gutachten.« Dann zuckt er mit den Schultern und schließt die Akte.

ACHTUNDDREISSIG

Ich sehe die Detectives erstaunt an und zwinge mich, ruhig zu bleiben, obwohl meine Nerven blank liegen.

»Ich kann einfach nicht glauben, dass Rafe Drogen genommen hat«, sage ich, da ich nicht über das nachdenken will, was er mir gerade mitgeteilt hat. Shelley hat niemals irgendetwas davon erwähnt, aber mir wird jetzt klar, dass sie die Details aus dem Bericht des Pathologen gekannt haben muss. Alles, was sie mir erzählt hat, war, dass Rafe aufgrund einer genetisch bedingten Erkrankung an einem Herzinfarkt verstorben ist. Ich war bei der Bekanntgabe der Ergebnisse nicht dabei, weil ich schon lange davor wieder zurück nach London gefahren bin, aber Shelley war dort und ich habe darauf vertraut, dass sie mir wahrheitsgemäß berichtet. »Da muss ein Fehler vorliegen.«

Ein Bild des Obstcrumbles, den meine Mutter Owen letztes Wochenende serviert hat, schießt mir durch den Kopf, und auch, wie ich ihn in Panik vom Tisch gewischt habe ... und dann verwandelt es sich in das Anstecksträußchen meiner Mutter, das neben Rafe auf dem Boden liegt, die Blutpfütze um seinen Kopf, wo er auf dem Fliesenboden aufgeschlagen ist ...

DI Lambert hebt seine buschigen Augenbrauen. »Ich weiß, dass das ein Schock sein muss, besonders wenn jemand normalerweise keine illegalen Substanzen zu sich nimmt. Aber der Bericht gibt an, dass das Labor Alkohol, Kokain, Ketamin und auch Fentanyl gefunden hat.«

»Unmöglich ...« Ich schüttle den Kopf und kann es nicht glauben. Ein richtiger Drogencocktail, bei dem ich mich frage, ob das Labor da nicht irgendwelche Ergebnisse durcheinandergebracht hat. »Aber ... ich dachte, Rafe ist an einem Herzinfarkt gestorben.« Ich versuche mich zu erinnern, was genau Shelley mir erzählt hat, nachdem das endgültige Gutachten des Gerichtsmediziners da war. »Er hatte doch einen nicht diagnostizierten Herzfehler, und das hat seinen Tod verursacht.«

Schon damals habe ich mich gefragt, was den Herzinfarkt ausgelöst hat. Er hatte sein gesamtes Leben ohne jegliche Symptome verbracht.

»Das ist korrekt«, lässt mich DI Lambert wissen. »Der Bericht des Pathologen gibt an, dass es die hohe Konzentration an Fentanyl war, die seine Atmung beeinträchtigt und den Sauerstoffgehalt verringert hat. Das hat wiederum sein ohnehin geschwächtes Herz-Kreislauf-System belastet, was zum Herzstillstand geführt hat. Es scheint, dass damals keine weiteren forensisch-toxikologischen Untersuchungen durchgeführt wurden, womöglich weil die Todesursache bestimmt wurde. Oder wegen fehlender finanzieller Mittel.« Den letzten Teil murmelt der Detective und verdreht dabei die Augen.

»Das schockiert mich wirklich«, sage ich, nicht sicher, was ich denken soll. »Rafe war so ein gesundheitsliebender Mensch.«

»Glauben Sie, er war der Typ, der an so einem Abend dem Gruppenzwang nachgegeben hätte?«

»Das ... das bezweifle ich sehr.« Allerdings beginne ich gerade, alles anzuzweifeln.

»Die detaillierten Aussagen der anderen Anwesenden beim

Junggesellenabschied haben sich alle gedeckt. Sie sagten aus, der Abend hätte mit ein paar Bier und Kurzen begonnen, einem Strip-Club ...«

»Aber Rafe würde *niemals* in so ein Lokal gehen.«

DI Lambert zuckt mit den Schultern. »Wie Sie sicherlich wissen, senkt Alkohol die Hemmungen und lässt Menschen Dinge tun, die sie normalerweise nicht tun würden. In ihren Aussagen haben die anderen zugegeben, im Club Kokain genommen zu haben, zur Verfügung gestellt vom Trauzeugen, George.«

Shelleys Verdacht gegen George hat sich also bestätigt. Er war kein guter Freund.

Dann überfliegt DI Lambert einen Abschnitt der Akte und fährt mit dem Finger einen langen Bericht entlang. »Einer aus der Gruppe hat ausgesagt, dass Rafe zu diesem Zeitpunkt schon sehr betrunken war ... und bereit, Kokain zu versuchen ... dann noch mehr Drinks, gefolgt von einem weiteren Club und Tanzen.« Er blickt auf und setzt ein mitfühlendes Gesicht auf. »Offensichtlich wurde Rafe im Laufe des Abends von den anderen getrennt. Sie fanden ihn schließlich, aber er war etwa eine Stunde lang verschwunden. Sie fanden ihn bewusstlos in einer Gasse hinter dem Club, nachdem er Zeugen zufolge zuvor mit ein paar zwielichtigen Gestalten mitgegangen war. Die Videoüberwachung des Clubs hat das bestätigt. Vermutlich Dealer, die ihm Ketamin verkauft haben. Bei den anderen Teilnehmern des Junggesellenabschieds wurden Drogentests durchgeführt und diese haben nur Kokain, nicht aber Ketamin aufgezeigt.«

»*Ketamin?* Rafe? Das ist unmöglich. Absolut unmöglich. Ich kann nicht einmal das Kokain glauben, geschweige denn den Rest.« Jetzt ist klar, weshalb Shelley mir nie etwas davon erzählt hat – sie wollte die Erinnerung an Rafe schützen, da sie wusste, wie er sich geschämt hätte, wäre all das an die Öffentlichkeit gelangt.

»Es tut mir wirklich leid, aber dies sind nun mal die Ergebnisse, Miss Holmes. Ich dachte, Sie wüssten es.«

Ich schüttle den Kopf.

»Ketamin von der Straße wird oft mit Fentanyl gestreckt. Das passiert leider allzu oft, und was die Leute nicht realisieren, ist, dass es unglaublich leicht überdosiert werden kann. In der falschen Menge ist es tödlich. Besonders für jemanden mit einem zugrunde liegenden Herzproblem. Der Bericht des Pathologen legt zudem die Vermutung nahe, dass am nächsten Morgen noch weitere Drogen konsumiert wurden. Wenig überraschend, da er wahrscheinlich einen furchtbaren Kater hatte.«

Das hatte ich nicht erwartet zu hören, als sie mich hierher brachten, obwohl ich mich ein bisschen schäme für die Erleichterung, die ich spüre. Wenn es die Drogen waren, die Rafe getötet haben, dann hatte Mum mit seinem Tod vielleicht gar nichts zu tun. Und vielleicht waren die Beeren einfach nur das. Beeren, die er entweder zum Frühstück oder zum Dessert am Vorabend gegessen hatte. Nichts Giftiges, das einen Herzinfarkt auslösen könnte. Meine Gedanken machen einen Sprung, da mein Verstand darauf gedrillt ist, im Schnellgang zu funktionieren, wenn es um meine Mutter geht.

Aber ich weiß immer noch nicht, wie ihr Anstecksträußchen auf dem Boden des Cottages gelandet ist, nachdem sie zur Kirche gegangen war. Irgendetwas stimmt hier nicht.

»Wie auch immer, machen wir weiter«, sagt DI Lambert, als hätte er noch etwas Besseres zu tun. »Man begann also, sich Sorgen zu machen, als Rafe nicht zur Hochzeit in der Kirche auftauchte. Er hatte George zuvor gesagt, dass er noch etwas erledigen müsse, seinem Trauzeugen aber versichert, er würde rechtzeitig in der Kirche sein.«

»Ja, das stimmt.«

»Wissen Sie, was das war, was er tun musste?«

»Nein, keine Ahnung.«

»Seinem Trauzeugen zufolge hatte Rafe, wie George erst

später bemerkte, die falschen Schuhe mit in das Airbnb genommen. Offenbar waren es nicht seine schwarzen Abendschuhe. Er glaubt, dass Rafe – sobald er sicher war, dass die Brautgesellschaft das Haus verlassen hatte – zurück nach Hause gegangen ist, um sie zu holen, zusammen mit passenden Strümpfen. Angeblich bringt es ja Unglück, die Braut vor der Hochzeit zu sehen.« DI Lambert wirft mir ein kleines Lächeln zu.

Noch schlimmeres Unglück, die Mutter *der Braut zu sehen,* denke ich unwillkürlich.

»Das klingt plausibel«, sage ich und erinnere mich an Rafes bloße Füße. Ich denke daran, wie schrecklich er sich gefühlt haben muss – übernächtigt, schwach, zitternd. Der Junggesellenabschied sollte niemals am Abend vor der Hochzeit stattfinden.

»Nachdem Shelley in der Kirche angekommen ist, natürlich besorgt und aufgebracht, weil ihr Verlobter nicht da war, haben Sie und George sich auf die Suche nach Rafe gemacht, wenn ich das richtig verstehe. Und Sie haben beschlossen, zu Shelleys und Rafes Haus zu gehen, um zu überprüfen, ob er zurück nach Hause gekommen war?«

Ich denke nach – es ist alles so verschwommen. Zuerst waren wir nicht allzu besorgt und dachten, er hätte Torschlusspanik bekommen und sich vielleicht ein paar Minuten für sich selbst genommen. Dann begann ich mir Sorgen zu machen, dass Mum etwas zu ihm gesagt hätte, um ihn davon abzuhalten, Shelley zu heiraten. Ihr traue ich alles zu.

»Ja, das stimmt. Shelley hatte mir ihren Haustürschlüssel gegeben, damit ich zurückfahren und nachsehen konnte. George wollte herumfahren und Rafe in der weiteren Umgebung suchen.« Mittlerweile glaube ich, dass er vermutlich immer noch zu viel Restalkohol hatte, um zu fahren. »Ich borgte mir Mums Auto aus, um zu Shelleys Cottage zu fahren.«

»Und was fanden Sie dort vor, als Sie angekommen sind?«

Mein Herzschlag beschleunigt sich bei der Erinnerung.

»Die Eingangstür war offen«, beginne ich, »was seltsam war, da ich mich daran erinnerte, sie abgeschlossen zu haben, als die Wagen gekommen waren, um uns abzuholen. Die Brautjungfern, Mum und ich waren in einem anderen Auto als Shelley. Sie und Dad fuhren zusammen im Rolls-Royce, da Dad sie zum Altar führen würde. Ich ging in das Cottage und rief Rafes Namen. Ich dachte, er bräuchte vielleicht einen Augenblick für sich. Kalte Füße in letzter Sekunde. Aber niemand hat geantwortet.«

Ich nehme wieder einen Schluck Wasser und hole tief Luft.

»Das Wohnzimmer war leer, also ging ich weiter in die Küche und ...«

In meinem Kopf sehe ich plötzlich kristallklar vor mir, was ich vorgefunden habe. Zunächst dachte ich, Rafe müsste etwas fallen gelassen haben und wolle es nun vom Boden aufheben. Doch dann erkannte ich schnell, dass er sich nicht bewegte, dass er bäuchlings dalag, die Arme ausgestreckt und die Beine zu einer Seite gedreht. Seine Haut wies einen bläulichen Farbton auf und rund um seinen Kopf befand sich, dort wo er aufgeschlagen war, eine Pfütze aus dunklem, geronnenem Blut.

»... und da fand ich Rafe auf dem Küchenboden liegend.«

Ich bedecke meine Gesicht und verdrehe die Augen, schluchze auf und versuche auszulöschen, was ich da noch neben ihm liegen gesehen habe, gleich neben dem Blut. Was ich noch getan habe. Der Polizei kann ich es unmöglich erzählen. Dafür ist es jetzt zu spät.

»Gut, danke«, sagt DC Powell. »Sie machen das ganz toll. Der Grund, aus dem wir Sie heute hierher gebeten haben, Miss Holmes, ist, dass wir sie fragen wollen, ob Sie sich daran erinnern, das hier irgendwo gesehen zu haben.«

Hinter meinen Händen nehme ich ein raschelndes Geräusch wahr und dass etwas auf den Tisch gelegt wird, gefolgt von DI Lamberts Erwähnung, es werde nun ein Beweisstück präsentiert, gefolgt von einem Aktenzeichen. »Für die Aufnahme«, fügt er hinzu.

Langsam lasse ich die Hände vor meinem Gesicht sinken, sodass meine Augen nicht mehr bedeckt sind, und atme tief ein, um mich zu beruhigen. Als ich auf den Tisch blicke, liegt dort eine durchsichtige Plastikhülle vor mir. Ich schaue sie einen Augenblick lang an und versuche auszumachen, was sich darin befindet.

Das Blut in meinen Adern gefriert zu Eis.

Einige der Blütenblätter fehlen zwar und die Rose ist jetzt trocken und braun, aber es besteht kein Zweifel daran, dass der Beweisbeutel das Ansteckstäußchen meiner Mutter enthält.

NEUNUNDDREISSIG

Es ist Jared, der im Empfangsbereich der Polizeiwache auf mich wartet, bis die Befragung zu Ende ist. Ich fühle mich wie betäubt und total kaputt. Ich muss die Tränen zurückhalten, als ich ihn dort stehen sehe, wie er mit seinen Schlüsseln spielt, ein Stirnrunzeln im Gesicht – das sich bei meinem Anblick augenblicklich in Erleichterung verwandelt.

»Lizzie, o mein Gott, geht's dir gut?« Er kommt zu mir rüber und legt mir die Hände auf die Schultern, als würde er ein verloren gegangenes Eigentum zurückfordern. Es kostet mich meine ganze Kraft, mich nicht gegen ihn fallen zu lassen und zusammenzubrechen. Stattdessen nicke ich ihm kurz zu.

»Mir geht's gut. Lass uns von hier verschwinden«, sage ich und gehe zum Ausgang.

Nachdem mich die beiden Detectives ausgequetscht haben, will ich so weit weg von diesem Ort wie irgend möglich. Ein weiterer sechs Monate langer Aufenthalt in Dubai wirkt gerade sehr verführerisch.

Auf dem Weg zu Jareds Auto atme ich tief die kühle Abendluft ein. »Wer hat dir verraten, dass ich auf der Polizeiwache bin?«, frage ich, als er die Tür für mich öffnet.

»Steig erst ein, dann erkläre ich es dir.« Sein Blick ist wieder ernst. Sobald wir im Wagen sitzen, steckt er den Schlüssel in die Zündung und dreht sich zu mir um. »Versuch dir keine Sorgen zu machen, Lizzie, aber ... aber es gab einen Unfall. Owen ist ...«

»O mein Gott, was ist passiert? Geht es ihm gut?«

»Er ist im Krankenhaus«, sagt Jared. »Die Rettung ist gekommen.«

»Die *Rettung*?«

»Deine Mutter hat den Notruf gewählt, nachdem ... nachdem Owen die Treppe runtergefallen ist. Sie hat ihn gefunden.«

Ich schweige einen Augenblick, überlege, frage mich, stelle mir vor, wie das überhaupt passieren konnte. Mir ist schlecht. *Was hat sie ihm angetan?*

»Geht es ihm gut? Ist er schwer verletzt?« Ich kann es kaum ertragen, die Einzelheiten zu hören. Ich *wusste,* dass so etwas passieren würde. Ich hätte sie niemals zusammen allein lassen sollen, aber ich hatte genau genommen keine andere Wahl, als die Polizisten mich mit auf die Wache nahmen.

»Ich weiß nicht viel mehr als das«, sagt Jared und startet das Auto, »aber ich fahr dich sofort zu ihm.«

»Wie hast du es erfahren?«, frage ich. Jared ignoriert das Tempolimit und rast durch den Ort.

»Ich habe vorhin in Medvale vorbeigeschaut, um dich zu besuchen«, erwidert Jared. »Als ich ankam, war da ein Rettungswagen auf der Zufahrt und Owen wurde auf einer Trage hinausgebracht. Er war bei Bewusstsein, trug aber vorsichtshalber eine Halskrause. Er konnte mir zuflüstern, wo du bist, und hat mich gebeten, dich abzuholen. Er hat sich mehr Sorgen um dich gemacht als um sich selbst.«

Ich vergrabe das Gesicht in den Händen. »O *Jesus* ... armer Owen. Und Mum war auch dort?«

»Ja, sie war leichenblass und sehr bestürzt. Ich war nur dort, weil ich dich fragen wollte, ob du mit Dannys Eltern gesprochen hast. Gav sagte, seine Mum hätte dir verraten, wo sie wohnen.«

Es kommt mir irreal vor, dass ich erst diesen Morgen im Bungalow war und mit Mary über ihre Söhne gesprochen habe. Und erst gestern Nachmittag hatte Dad seine Bombe platzen lassen. Ich halte mich am Türgriff fest, als wir um eine Ecke rasen.

»Hast du sie gefunden, Dannys Eltern?«, fragt Jared und konzentriert sich auf die Straße.

Ich versuche meine Sorge um Owen beiseite zu schieben und konzentriere mich darauf, Jared von meinem Besuch zu berichten, wie Mary bereit schien, mit mir zu sprechen, aber John barsch und abweisend war. »Es war so traurig«, sage ich und erzähle ihm von Dannys Selbstmord und dem entfremdeten Sohn Joseph, gehe allerdings nicht ins Detail und erzähle nichts über den Missbrauch, den er meldete. Ich bin sicher, es hat mit Mum zu tun und damit, dass sie ihren Job aufgegeben hat. Aber im Moment mache ich mir zu viele Sorgen um Owen, um über all das nachzudenken. Ich wage mir kaum vorzustellen, wie er die Treppe hinuntergefallen sein könnte.

Zwanzig Minuten später setzt Jared mich am Eingang des Krankenhauses ab und sucht dann einen Parkplatz. Ich laufe an den Krankenwagen vorbei und stelle mir vor, wie Owen ausgestreckt in einem davon liegt. Hoffentlich hat er nicht zu große Schmerzen. An der Rezeption der Notaufnahme gibt es eine kurze Warteschlange, und als ich schließlich dran bin, sagt mir eine Frau, wo ich Owen finden kann. Ich weiß nicht, was mich erwartet, als ich durch die Doppeltür gehe, durch den Triage-Bereich und weiter zu den Kabinen. Einige Krankenschwestern gehen schnell vorbei und ich trete zur Seite, um einem Pfleger Platz zu machen, der einen sehr krank aussehenden alten Mann in einem Rollstuhl den Gang entlangfährt.

»Entschuldigen Sie«, spreche ich eine junge Schwester an,

die an einem Schalter steht und etwas in einem Computer tippt. »Ich suche nach meinem Verlobten, Owen Foster. Er wurde mit dem Krankenwagen hierher gebracht. Wissen Sie, in welcher Kabine er ist?«

Obwohl die Schwester gestresst und gehetzt wirkt, lächelt sie mich an und wechselt den Bildschirm, um schnell nach ihm zu suchen. »Ah ja. Er ist bei den schweren«, sagt sie.

Schweren? Mein Stirnrunzeln veranlasst sie zu einer Erklärung.

»Dieser Bereich hier ist für kleinere Verletzungen. Gehen Sie dort entlang zum Bereich für die schweren Verletzungen. Er ist in Kabine sieben«, fügt sie hinzu und ich eile weiter zur nächsten Doppeltür, jetzt noch besorgter, was passiert sein mag. Ich muss warten, weil ein weiterer Pfleger ein Ultraschallgerät vorbeischiebt.

»Kabine eins, zwei ... drei ...«, zähle ich mit, während ich an den Nischen vorbeieile.

Bei den meisten sind die Vorhänge geschlossen, aber einige sind offen und zeigen Patienten jeden Alters auf Betten liegend. Und dann, um die Ecke, erspähe ich die Nummer sieben. Ich hole tief Luft, ehe ich den Vorhang zurückziehe und hineingehe, unsicher, was mich erwarten wird.

»Ach Owen«, flüstere ich, den Blick auf ihn gerichtet, wie er da auf dem Bett liegt, ein weißes Laken über sich gebreitet. Er liegt flach auf dem Rücken in einem Krankenhaushemd, um ihn herum piepsen verschiedene Maschinen, aber ich ringe unvermittelt nach Luft, als ich die Person sehe, die im Stuhl neben ihm sitzt, ihre Hand fest um seine gelegt. »*Mum* ... was tust *du* denn hier?«

Sie schaut zu mir auf, ein selbstgefälliger Ausdruck breitet sich auf ihrem Gesicht aus. »Nun, irgendjemand musste ja bei ihm bleiben, oder? Ich habe gehört, du hast dich mit diesem Jared herumgetrieben. Aber du hast gelogen, nicht wahr? Er kam, um dich zu suchen, kurz nach dem Unfall, also wo warst du, Elizabeth? Nein, warte, halt!« Mum hebt ihre freie Hand in meine Richtung hoch, weicht vor mir zurück und verdreht die Augen. »Ich will deine unverschämten Lügen gar nicht hören. Tatsache ist, du warst nicht für deinen Verlobten da, und das ist unverzeihlich. Ich hätte ihn ja kaum allein ins Krankenhaus fahren lassen können, oder?«

Ich hole tief Luft, schließe meine Augen einen Herzschlag lang, ehe ich zu Owen gehe und nun gegenüber von Mum auf der anderen Seite des Bettes stehe. Owen muss ihr die Geschichte erzählt haben, die ich ihm vorgeschlagen habe – dass ich mit Jared das Haus besichtigen würde, das er kauft. Sie weiß jetzt, dass das eine Lüge ist, aber sie scheint sich nicht bewusst zu sein, dass ich ein paar zermürbende Stunden auf der Polizeiwache verbracht habe. Noch mehr Kraft kostet es mich, das zu verdrängen, was ich dort erlebt habe – das Ansteckträußchen meiner Mutter in einem Beweismittelbeutel präsentiert zu bekommen.

»Owen, Schatz, wie fühlst du dich?« Ich beuge mich über ihn und spreche sanft mit ihm, während ich sein Haar streichle. Dann hebe ich vorsichtig seinen Arm, löse seine Hand aus dem Griff meiner Mutter und lege meine Finger um seine.

»Lizzie?«, antwortet Owen schwach und öffnet die Augen. Er blickt erstaunt zu mir hinauf und ich brauche keinen Arzt, um zu sehen, dass er unter starken Schmerzmitteln steht.

»Ich bin hier«, sage ich und streiche das Laken glatt. »Hast du Schmerzen? Wo tut es weh?«

»Ja, ein bisschen«, sagt er stöhnend. »Es ist mein Genick.« Er hebt die freie Hand, um seine Schädelbasis zu berühren, und verzieht das Gesicht.

»Haben sie dich geröntgt? Hast du dir etwas gebrochen?« Ich bemerke, dass er keine Halskrause mehr benötigt, was mich hoffen lässt, dass es nicht allzu schlimm ist.

»Nein ... nein, nichts gebrochen, Gott sei Dank«, flüstert er und schließt wieder die Augen. »Ich warte immer noch auf die ... Ergebnisse des Schädel-CTs.«

»Okay, ruh dich aus, wenn du kannst.«

»Gehirn... Gehirnerschütterung«, sagt er und berührt seine Schläfe.

Ich beuge mich über ihn und küsse ihn auf die Stirn. Er fühlt sich klamm und kühl an. »Ich gehe einen Arzt suchen und sehe, ob er mir irgendetwas sagen kann«, flüstere ich ihm zu, doch es ist Mum, die antwortet. Der Tonfall ihrer Stimme jagt mir Schauer über den Rücken.

»Mach keinen Aufstand, Elizabeth. Er hat nur einen kleinen Absturz hingelegt, das ist alles.« Mum sieht mich an, sitzt ganz still, als ihr Blick sich in meinen bohrt. Ich habe diesen Blick so viele Male zuvor gesehen – arrogant und selbstgefällig. Sie braucht keine Worte, um zu vermitteln, was sie denkt. »Ist ja nichts passiert.« Ich löse mich aus ihrem Blick, verlasse die Kabine und stoße beinahe mit einer Reinigungskraft zusammen, die gerade einen Mülleimer leert. Beim Zubinden des Sackes erspähe ich einen Strauß frischer Blumen, immer noch in Zellophan, die vielleicht weggeworfen wurden, weil sie im Behandlungsbereich nicht erlaubt sind. Ich muss auf die roten Rosen starren, ein paar Blütenblätter sind aus der Verpackung und auf den Boden gefallen, zertreten von der Reinigungskraft, die gerade einen neuen Beutel in den Mülleimer einlegt.

»Wissen Sie, was das ist?«, hatte DI Lambert mich gefragt. Ich starrte die trockenen Blütenblätter des Sträußchens in seinem versiegelten Beweisbeutel an. Sie wiesen jetzt ein tiefes Dunkelrot auf, die Farbe von getrocknetem Blut.

»Ich ... ich bin nicht sicher.« In meinem Kopf suchte ich fieberhaft nach einer Antwort, die zwar der Wahrheit entsprach, mich aber nicht belastete. Es bestand keinerlei Zweifel daran, dass dies das Ansteckssträußchen meiner Mutter war, dennoch hatte ich keinen blassen Schimmer, wie es in den

Besitz der Beamten gekommen war. Das letzte Mal, als ich es gesehen hatte, war es in einer der Kisten verstaut, die mein Vater auf den Dachboden stellen wollte. Und dann war es verloren gegangen.

»Sehen Sie es sich genau an. Nehmen Sie sich Zeit«, hatte DC Powell dann gesagt. Ich wusste, dass sie mich beide genau beobachteten – die Frau mit den Armen fest über der Brust verschränkt, ein Bein über das Knie gelegt, der schwarze Turnschuh rhythmisch gegen das Tischbein schlagend. DI Lambert hatte sich in seinem Stuhl zurückgesetzt, nippte an seinem Kaffee und wartete auf meine Antwort.

»Ich glaube, das sind Blumen«, sagte ich. Meine Antwort roch geradezu danach, als wolle ich etwas verheimlichen – und sie hatten jedes Recht, das zu vermuten.

»Wissen Sie, wo sie herkommen?«, fragte DC Powell.

»Ähm, nein. Vielleicht ... von einem Blumenladen? Sie sehen aus, als wären sie zusammengebunden. Sehen Sie?« *Jesus ... was habe ich mir dabei gedacht?* Ich hatte sogar auf den dunkelgrünen Draht gezeigt, der die Stiele zusammenhielt. Meine Mutter hatte erhebliche Probleme gehabt, die Blumen mit ihrer perlenbesetzten Nadel an ihrer Jacke zu befestigen.

»Glauben Sie, es könnte sich um ein Ansteckssträußchen für eine Hochzeit handeln?«, hatte DI Lambert schließlich gefragt. Sein Ton war leicht herablassend, als hätte er etwas Besseres zu tun.

»Oh«, hatte ich erwidert. »Ja, ja, das könnte sein.«

Dann fragten die Detectives mich über die Blumenarten aus, die Shelley für ihre Hochzeit bestellt hatte. Dummerweise gab ich an, mich nicht zu erinnern. Stattdessen sagte ich: »Es war meine Mutter, die sich mit all dem beschäftigt hat. Sie ... sie hat eine große Rolle bei der Organisation des ganzen Tages gespielt.«

»Wir sind in Kontakt mit Martha's Flowers, der Floristin, die die Veranstaltung ausgestattet hat«, sagte DC Powell dann, und nahm ein A4-Blatt aus ihrer Akte. »Hier ist der Auftrag vom neunten Mai des vergangenen Jahres.« Sie fuhr mit dem Finger eine Zeile entlang, die bereits gelb hervorgehoben wurde. »Wir glauben, dass dies der fragliche Gegenstand ist, ein Anstecksträußchen aus einer einzelnen roten Rose mit cremefarbenen Freesien, sehen Sie? Es war das einzige in diesem speziellen Stil auf dem Auftrag.«

Ich nickte, als ich die Rechnung sah. »Ja, ich glaube, jemand hatte so ein Anstecksträußchen. Das ist möglich. Der ganze Tag ist ein wenig verschwommen. Es tut mir leid.«

»Entschuldigung!«, sagt jemand jetzt und eilt an mir vorbei – eine Schwester, die ein Blutdruckmessgerät in eine Kabine schiebt. Ich trete zur Seite, in meinem Kopf dreht sich alles. Und dann erblicke ich eine Ärztin, die in Owens Kabine geht, also folge ich ihr hinein.

»Haben Sie die Ergebnisse des CTs?«, frage ich sie und eile an Owens Seite. Die Ärztin nimmt ein Klemmbrett, das am Ende des Bettes befestigt ist. »Ich bin hier, Liebling«, sage ich und ergreife wieder Owens Hand. Er scheint jetzt ein bisschen wacher zu sein und hat sein Bett in eine halb aufgerichtete Position gestellt. Ein gutes Zeichen, hoffe ich. Er lächelt mich an, und Erleichterung durchströmt mich. »Wie ist der Unfall denn passiert?«, flüstere ich ihm zu, während die Ärztin Owens Daten studiert. »Warum in aller Welt bist du gefallen?«

Hinter mir spricht die Ärztin jetzt, wie ich merke, mit einer Krankenschwester, die ebenfalls in die Kabine gekommen ist. Sie sagen etwas über Überwachung ... Schmerzlinderung ... Gehirnerschütterung ... Entlassung ..., aber mein Hauptfokus liegt auf Owen, besonders als er den Kopf langsam in Richtung meiner Mutter dreht und sie mit dem Blick fixiert.

VIERZIG

Ich befolgte die Anordnung der Ärztin, die gesagt hatte, Owen dürfe achtundvierzig Stunden nicht allein gelassen werden, für den Fall, dass weitere Symptome der Gehirnerschütterung auftreten, was bedeutet, dass ich kaum eine Sekunde geschlafen habe. Die ganze Nacht über – oder eher den Rest der Nacht, nachdem wir nach Mitternacht zurückkamen –, gab ich auf ihn Acht, um sicherzugehen, dass er atmet und ich das leise Ein- und-Ausschnaufen höre, während er schläft. Ich fühlte auch die Temperatur seiner Haut und legte einige Male meine Finger um sein Handgelenk, um zu überprüfen, ob sein Puls stabil und gleichmäßig war.

Jetzt, als das Licht hinter den Vorhängen des Schlafzimmers einzudringen beginnt – dem Schlafzimmer, aus dem ich gestern Nachmittag zu fliehen versuchte –, fühle ich mich erschöpft, den Tränen nahe, niedergeschlagen und bereit aufzugeben.

Ich werde niemals vergessen, wie Owen meine Mutter im Krankenhaus angesehen hat, als ich ihn nach dem Grund für seinen Sturz fragte. Aber der Augenblick, sie damit zu konfrontieren, was sie getan hat, war rasch vorübergegangen, als die Ärztin anfing, über die CT-Ergebnisse und Owens Entlassung zu sprechen.

Sie hatte ihm völlige Entwarnung gegeben, da kein Zeichen einer Blutung, von Gehirnschäden oder Verletzungen am Schädel zu erkennen war und auch seine Röntgenaufnahmen unauffällig seien. Gott sei Dank. Sie warnte uns, dass es wohl ein paar blaue Flecken geben und er einige Tage ein wenig steif sein würde. Dann hatte sie ihm einige Schmerzmittel gegeben und ihn mit einem Informationsblatt über Gehirnerschütterungen nach Hause geschickt.

Nachdem Jared uns alle in Medvale abgesetzt hatte, war das Erste, was ich Owen fragte, als wir allein waren: »War es Mum? Hat sie dich die Treppe runtergestoßen?«

Owen hatte mich nur angeblickt und tief geseufzt, was mir alles sagte, was ich wissen musste. Ich schloss die Augen, als meine schlimmsten Ängste sich bestätigten.

»Ich glaube nicht, dass sie mich verletzen *wollte,* Liebes. Es ... es ist alles ein bisschen verschwommen. Ich holte unsere Sachen aus dem Schlafzimmer, um sie hinunter ins Auto zu tragen, und deine Mum war plötzlich hinter mir auf dem Treppenabsatz.«

»Was tust du da, Owen?«, habe sie ihn gefragt. »Du gehst doch nicht, oder?« Er beschrieb weiter, wie aufgebracht sie schien, wie er versuchte, sie zu beruhigen, ihr sagte, ich würde ihr alles erklären, sobald ich zurück sei. »Dann hat sie mich darüber ausgefragt, wo du bist, und es gefiel ihr nicht gerade, als ich ihr erzählte, du seist mit Jared unterwegs. Sie hat ein paar grobe Worte vor sich hingemurmelt, aber sie hatte diesen ... diesen *Blick* in den Augen, Lizzie. Der hat mir ein bisschen Angst gemacht, um ehrlich zu sein.«

Ich holte tief Luft, da ich genau wusste, welchen Blick er meinte, und ich konnte mir auch ihr Vokabular lebhaft vorstellen. »Also hat Mum dich ... gestoßen?«

Owen zögerte, als sei er unsicher, was er antworten solle – die Wahrheit, weil er es hasste, mich anzulügen, oder ein Lügenmärchen, das leichter für mich zu verdauen wäre. Schließlich sagte ich ihm, er solle einfach erzählen, wie es gewesen war.

»Nein ... nein, ich würde nicht sagen, dass sie mich wirklich *gestoßen* hat. Ich bin sicher, es war nur ein Unfall. Ich kämpfte mit unseren Sachen, und ich glaube, sie wollte mir etwas abnehmen, um mir zu helfen. Obwohl ...«

»Obwohl *was*?«

»Ach, nichts. Ich habe mir ihre Hände auf meinem Rücken wahrscheinlich nur eingebildet. Sie hätte das niemals absichtlich getan. Ich hatte die Stimmung nach dem Vorfall im Keller wieder ins Lot gebracht und dachte, wir würden gut miteinander auskommen. Aber egal, das Nächste, woran ich mich erinnere, ist, dass ich kopfüber die Treppe runtergefallen bin. Dann wurde alles schwarz.«

»Ach, Owen ...«

Ich vergrub bei dem Gedanken daran mein Gesicht in den Händen und wäre vor Wut fast explodiert. Für mich schien es eindeutig, dass meine Mutter ihn tatsächlich die Treppe runtergeschubst hatte. Für Owen war es ein unglücklicher Unfall und Mum hatte nur versucht, ihm zu helfen.

Als wir vergangene Nacht spät aus dem Krankenhaus gekommen waren, war es aussichtslos, Medvale zu verlassen. Und wenn ich Owen so ansehe, der jetzt neben mir im Bett liegt – ein violetter Bluterguss um sein linkes Auges, immer noch schlafend und verletzt –, glaube ich nicht, dass es klug wäre, heute zu fahren und in einem Hotel eingepfercht zu sein. Aber hier fühle ich mich auch nicht sicher.

»Was ist, wenn ich das fertig einräume und uns ein Hotel suche?«, frage ich.

»Ich ... ich bin nicht ganz sicher, ob ich mich dafür fit genug fühle, Liebes. Vielleicht könnten wir morgen darüber nachdenken?«

Er hat recht. Ich handle überstürzt. Ganz nebenbei, wo sollten wir hin, wenn uns Bettys Geld ausgeht? Selbst wenn Shelley uns das Geld leiht, gibt es keine Wohnungen zu mieten und ich hatte gestern noch keine Gelegenheit, die Seiten der Makler zu überprüfen, wodurch ich mich hier noch eingesperrter fühle, unter der Kontrolle meiner Mutter.

Ich greife nach meinem Kissen und ziehe es über meinen Kopf, grabe die Finger in die Federn und lasse einen stummen Schrei los.

Plötzlich horche ich auf. Ein Geräusch. Ein Klopfen an der Tür. Ohne Owen zu stören, schlüpfe ich aus dem Bett, greife nach meinem Bademantel, um zu sehen, wer das ist – obwohl es natürlich nur ein Mensch sein kann.

»Mum?«, flüstere ich und öffne die Tür einen Spaltbreit. Ich spähe hinaus und sehe sie dort stehen, ein Tablett in den Händen und einen zerknirschten Ausdruck im Gesicht. »Was willst du?«

»Ich dachte, du hättest vielleicht gern Frühstück«, sagt sie und hält mir das Tablett hin. Darauf stehen eine Kanne Tee und zwei Becher, etwas Toast, Butter, Marmelade, zusammen mit zwei Joghurtbechern und einer Schüssel mit gemischten Beeren. »Aber wenn du es nicht willst, kann ich auch gehen ...«

»Nein, Mum, warte.« Unsere Blicke treffen sich für einen Moment. In meinen Augen sieht sie vermutlich Argwohn, Erschöpfung, Misstrauen und Angst. In ihren sehe ich ... *nichts*. Sie ist leer und kalt, und fast wünsche ich mir, ich hätte der Polizei gestern die Wahrheit über das Sträußchen gesagt. Doch hätte ich das getan, so sage ich mir, wäre *ich* in Schwierigkeiten gewesen. Und das kann ich nicht riskieren, nicht wenn ich ein Baby erwarte.

»Haben Sie irgendeine Idee, wer uns dieses Ansteckstäußchen geschickt haben könnte?«, hatte DI Lambert im Interviewraum müde gefragt. »Oder warum? Es ist anonym angekommen. Unsere Videoüberwachung zeigt einen Teenager auf einem Fahrrad, der es zum Haupteingang der Wache bringt. Leider ist sein oder ihr Gesicht hinter einer Kapuze und einem Tuch verborgen, und wir konnten das Fahrrad nur einen bestimmten Weg lang mit den städtischen Kameras verfolgen. Dann war es außerhalb unserer Reichweite. Aber wir vermuten, dass er oder sie von jemand anderem gebeten wurde, es abzuliefern. Das wäre ja nicht das erste Mal, dass so etwas passiert.«

Ich machte ein verwirrtes Gesicht und schüttelte den Kopf. »Nein, ich habe nicht die geringste Ahnung.« Das war zumindest nicht gelogen.

»Es kam mit einer kurzen Nachricht.« DC Powell öffnete die Akte und nahm eine Plastikhülle, die ein A4-Blatt enthielt, heraus. Sie schob es mir zu und ich sah, dass es wohl eine Farbkopie der Originalnachricht sein musste – ein paar Worte auf ein Stück braunen Umschlag gekritzelt. Teile der diagonalen Klappe waren auf der Fotokopie zu erkennen und der Rand war ausgefranst und zerrissen.

»*Der Fall Rafe Lewis. Sie ist eine Mörderin*«, las ich laut vor und setzte wieder ein verwirrtes Gesicht auf, obwohl es mir eiskalt den Rücken runterlief. Die Schrift war klobig und kindlich, die leicht unregelmäßigen Buchstaben sahen aus, als wäre die Schrift verstellt worden. »O mein Gott, das ist schrecklich. Was, glauben Sie, bedeutet das?«

Aber ich wusste genau, was es bedeutete – dass ich nicht die Einzige war, die meine Mutter einer schrecklichen Tat verdächtigte.

»Wir hatten gehofft, Sie könnten uns das vielleicht beantworten«, erwiderte DI Lambert.

Ich hob die Schultern und sah wieder auf die vertrockneten Blumen in dem Beutel. Was sollte ich ihnen sagen – dass ich das Ansteckrsträußchen meiner Mutter gefunden und dann versteckt hatte, um meine Schwester, meinen Vater, *mich selbst* zu schützen? Im Laufe des Jahres hatte es in unserer Familie genügend Probleme gegeben, und ich wusste, dass es meinen Vater um den Verstand bringen würde, wenn meine Mutter etwas mit Rafes Tod zu tun hatte. Wie sich herausstellte, ist das ja ohnehin passiert – obwohl ich mich jetzt frage, was Dad noch weiß.

Ich sehe zu ihnen auf, mein Kopf voll mit den Ereignissen dieses Tages.

»Vielleicht ist es jemandem von der Kleidung gefallen und auf dem Boden neben Rafe gelandet?«, schlug ich vor und will ihnen verzweifelt erzählen, wem es gehörte, ohne mich selbst zu beschuldigen.

Die Detectives sahen einander an. »Wessen Kleidung könnte das denn sein?«, fragte DC Powell.

»Ich ... ich ...« Der Name meiner Mutter steckte mir in der Kehle und wartete darauf, ausgespuckt zu werden. Aber ich konnte es nicht. Der Augenblick, in dem ich ihren Namen laut aussprach, würde der Augenblick sein, in dem ich verhaftet würde. »Ich weiß es nicht, es tut mir leid. So viele Menschen sind an diesem Nachmittag gekommen und gegangen, es ist wahrscheinlich heruntergefallen, ohne dass jemand es bemerkt hat. Jemand muss es aufgehoben und die ganze Zeit aufbewahrt haben.« Es war nicht die beste Antwort und mir war bewusst, wie nervös ich wirken musste. Weder erklärte das die begleitende Notiz noch die Tatsache, weshalb es nicht sofort der Polizei übergeben worden war. Aber es war etwas, an dem sie zu knabbern hatten, da sie offensichtlich unbedingt Antworten von mir wollten.

DC Powell schrieb etwas in ihr Notizbuch, während DI Lambert etwas ungläubig dreinschaute.

»Danke«, sagte DI Lambert schließlich resigniert und gereizt. »Obwohl ... eine Sache, die Sie gesagt haben, verwirrt mich«, sagte er und wieder erschien der strenge Ausdruck auf seinem Gesicht.

»Ja?«, antwortete ich und griff nach der Tischkante.

»Warum haben Sie gesagt, das Anstecksträußchen lag neben Rafe Lewis' Leiche? Niemand hat dieses Detail zuvor erwähnt.«

EINUNDVIERZIG

Ich beobachte Owen, der seinen Tee trinkt. Er sitzt aufrecht im Bett und ich bin froh, dass sich seine Gesichtsfarbe allmählich normalisiert, obwohl seine linke Gesichtshälfte einen hässlichen Bluterguss aufweist, der in allen Farbschattierung von Grau, Violett und Grün leuchtet.

»Und du bist sicher, dass du jetzt kein Kopfweh mehr hast?«, frage ich ihn ungefähr zum fünften Mal.

»Kaum noch«, sagt er. »Ich hatte Glück. Es hätte weitaus schlimmer kommen können.« Er beißt in eine der Toastbrotscheiben, die Mum vorher raufgebracht hat; die Schüssel mit Blaubeeren und Himbeeren habe ich vorsorglich lieber zur Seite gestellt.

»Und du bist sicher, dass es dir nichts ausmacht, wenn ich schnell hinaus in die Garage gehe?« Ich bin bereits ein halbes Dutzend Mal die Treppe rauf- und runtergelaufen und habe unser Zeug nach der missglückten Flucht aus dem Volvo wieder zurück in unser Schlafzimmer gebracht. Ich habe ihm auch berichtet, was gestern auf der Polizeiwache passiert ist, nur das Anstecksträußchen verschweige ich ihm.

»Was sind wir bloß für ein Pärchen – ich liege im Krankenhaus und du wirst von den Bullen ausgequetscht«, sagte er und schüttelte dabei den Kopf. Dann stöhnte er auf und griff sich an den malträtierten Nacken. Doch wir konnten zumindest ein bisschen über unsere Situation lachen. Die andere Option wäre reine Verzweiflung gewesen. Dann sagte ich ihm, dass ich, wenn wir weiterhin gezwungen wären, vorübergehend hier bei Mum zu bleiben, etwas tun müsste.

Und mit gezwungen, meine ich, dass sich unsere Situation jetzt genauso anfühlt, als wären wir Gefangene. Während Owen auf ärztliche Anordnung ein paar Tage ruhen muss, haben mich die Detectives dringend ersucht, in der Gegend zu bleiben, falls sie noch einmal mit mir sprechen müssten. Und dass nur, weil mir herausgerutscht war, dass das Ansteckssträußchen neben Rafes Leiche gefunden worden sein könnte. Da hatten sie wohl beschlossen, dass noch ein paar Befragungen fällig wären.

Ich schalte das Garagenlicht an und hoffe, dass ich finde, was ich brauche. Wenn nicht, muss ich einen Ausflug in den Baumarkt unternehmen.

Dad war immer schon sehr darauf bedacht gewesen, dass in seiner Werkstatt alles fein säuberlich geordnet ist – all seine Werkzeuge hängen an den richtigen Haken an der Wand, verschiedene Schränke und Kisten enthalten Ausrüstung, die er im Laufe der Jahre für Bastelprojekte rund ums Haus benötigt hat.

Ich überfliege die handgeschriebenen Etiketten, deutlich beschriftet in leicht schiefen Großbuchstaben, die mich zu dem Schrank führen, den ich brauche – den mit den Schlössern und Riegeln. Drinnen finde ich ein großes Sortiment an Schiebebolzen, die meisten klein und von der Art, die sich für eine Badezimmertür eignet. Doch darunter befindet sich der perfekte Metallbeschlag – eine Stahl-Überfalle, die mit einem Vorhängeschloss verwendet wird. Und in einem anderen Fach finde ich Vorhängeschlösser, jedes mit dem passenden Schlüssel. Ich muss lächeln, weil alles so geordnet ist, und danke Dad im Stillen, dass er mir meinen Job so einfach gemacht hat. Ich schnappe mir seinen Akkuschrauber vom Ladegerät sowie ein paar Schrauben und gehe zurück in unser Schlafzimmer. Ich will Owen nicht zu lange allein lassen, auch wenn er meint, es gehe ihm gut.

»Was zum Teufel tust du da, Elizabeth?«, fragt meine Mutter fünfzehn Minuten später, als ich die letzte Schraube befestige, die ich an der Außenseite unseres Türrahmens eindrehe. Beim Klang ihrer Stimme hinter mir springe ich hoch.

»Ich sichere unser Eigentum mit einem Schloss«, sage ich, ohne aufzublicken. »Keine Sorge, ich fülle die Löcher wieder auf, wenn wir abreisen, aber Mum ...«, ich drehe mich zu ihr um, »du kannst es uns wahrlich nicht übel nehmen, dass ich das tue. Du hast meinen Verlobungsring gestohlen. Du hast Geld aus Owens Koffer gestohlen. Du hast in unseren Kisten geschnüffelt und mein Schwangerschaftsbuch gefunden. Wie viel, glaubst du, kann ich noch ertragen, ehe ich ...« Ich zwinge mich ruhig zu bleiben, obwohl sie das hören muss. »Ehe ich *zusammenbreche?*«

Mum bleibt stumm, das einzige, was zu hören ist, ist das leise Geräusch, wenn sie schluckt. Sie nickt. »Gut«, sagt sie knapp. »Tu, was du tun musst, Elizabeth.« Sie zeigt auf das Schloss. »Und es tut mir leid, dass du mich für eine Diebin hältst, aber du solltest wissen ...«

»Mum, halt«, sage ich ruhig. »Ich will keine Entschuldigungen und Ausflüchte mehr hören. Alles, was ich will, ist, dass es Owen besser geht und wir einen Platz finden, wo wir wohnen können.«

»Und deine Hochzeit«, flüstert sie hoffnungsvoll und neigt den Kopf. »Reverend Booth hat es arrangiert, dass du am Montag ein besonderes Mitglied des Klerus kennenlernen kannst, jemanden, der dir die Lizenz ausstellen kann. Mach dir keine Sorgen, ich bezahle die Gebühr, und sobald das erledigt ist, kann die Hochzeit ...«

»Mum ... noch einmal, *halt*.« Ich habe nicht einmal mehr die Kraft, sie anzublaffen. »Ich brauche ein bisschen Zeit allein, okay? Nur Owen und ich. Bitte, kannst du aufhören, so einen Wirbel zu machen und zu organisieren und alles an dich zu reißen? Ich kann damit jetzt wirklich nicht umgehen.«

»Gut«, sagt Mum und wendet sich zum Gehen um. »Ich verstehe.« Als sie hinuntergeht, höre ich ein kehliges Geräusch, das sich in meinen Ohren wie ein Knurren anhört.

ZWEIUNDVIERZIG

Den Rest des Tages verbringen wir in einem Nebel aus schlafen, Tee trinken und essen, nachdem ich etwas zu Mittag für uns zubereitet habe. Owen und ich liegen zusammen auf dem Bett, plaudern über alles, von vagen Plänen für die Zukunft bis zu den verschieden Dingen, die wir in Dubai gemacht haben. Die Erinnerung an unser Kennenlernen scheint die schmerzhafte Schärfe unserer Zwangslage abzumildern. Genau das, was wir beide brauchen.

»Ich würde so gern wieder Windsurfen gehen«, sagt er und blättert durch ein paar Fotos auf seinem Handy. »Ich glaube, ich war nicht sehr gut darin, aber wir hatten unseren Spaß, oder?«

»Das hatten wir wirklich«, sage ich und betrachte die Bilder sehnsuchtsvoll. Ich zoome in eines der Bilder hinein – ein Selfie, das er nach unserer Stunde am Kite-Strand aufgenommen hat. Mein Haar ist voller Sand und meine Nase mit Sommersprossen übersät, und in meinen Augen ist ein Leuchten zu erkennen, das ich schon lange nicht mehr gesehen habe. Unwillkürlich denke ich, dass ich im Sonnenschein so viel glücklicher und gesünder aussehe. Die Zeit, die Owen und ich zusammen in Dubai verbracht haben, einander kennenlernten, merkten, dass unsere Seelen harmonieren, unsere Werte und Ziele übereinstimmen, unsere Körper einen natürlichen Rhythmus miteinander fanden ... das war so kostbar. Ich will dieses Gefühl zurück – sorglos, abenteuerlustig, im Augenblick lebend.

Es ging nur um uns.

Jetzt geht es nur um Mum.

Ich habe keine Ahnung, wie wir von dort nach hier gelangt sind – wir zwei in meinem früheren Kinderzimmer im Haus meiner Mutter eingelocht, ich in Angst vor ihren Plänen, und Owen, der sich von einem schweren, von ihr verursachten Unfall erholt.

»Wir kommen schon wieder auf Kurs, Lizzie«, sagt Owen, setzt sich auf und reibt sich den Nacken. »Wenn es dich beruhigt: Ich habe die Zusicherung, dass das Geld noch diese Woche überwiesen wird, wir müssen uns also vielleicht nicht einmal etwas von deiner Schwester leihen.«

Ich kann mir ein Schnauben nicht verkneifen. »Ehrlich? Das glaube ich erst, wenn ich es sehe«, sage ich. »Ich wünschte, du müsstest nicht für diese miserable Firma arbeiten.«

»Keine Angst«, beruhigt mich Owen, »ich habe meine Fühler schon in alle möglichen Richtungen ausgestreckt. Zu Beginn der Woche hatte ich ein paar vielversprechende Treffen in London. Schließlich muss ich jetzt auch an unser Baby denken.« Er legt eine Hand auf meinen Bauch und ich kuschle mich an ihn. »Alles wird gut.«

Ich seufze, weil ich weiß, dass die Dinge weit entfernt von gut sind.

»Es macht mir Sorgen, dass meine Mutter nach alldem immer noch die Pläne für unsere Hochzeit vorantreibt. Ich glaube, wir müssen einige ... einige praktische Entscheidungen treffen, Schatz«, sage ich und weiß, wir müssen jetzt auf derselben Seite stehen. Aus Gewohnheit spiele ich mit den zwei Verlobungsringen an meinem Finger. »Sie soll ja schon morgen in einer Woche stattfinden.«

Ich verstumme, warte auf eine Reaktion, aber erst mal kommt da nichts. Ich fühle mich so selbstsüchtig, weil ich es anspreche, da ich ja weiß, wie sehr Owen hier in Little Risewell heiraten will.

»Stattfinden *soll*? Heißt das, du willst mich jetzt nicht heiraten?« Er klingt enttäuscht, als er sich zu mir umdreht.

»Nein, nein, natürlich meine ich das nicht.« Der Schmerz in seiner Stimme schneidet mir ins Herz, also gleite ich unter der Bettdecke hervor und setze mich mit überkreuzten Beinen neben ihn auf das Bett. Es ist kaum möglich, es zu erklären, ohne mit allem herauszuplatzen, und das werde ich keinesfalls tun. »Mein kleines Bäuchlein und ich wollen dich mehr als alles auf der Welt heiraten«, sage ich und hole tief Luft, weil mir bewusst ist, dass dies der Punkt ist, an dem ich entweder den Kurs wechsle und Mums Hochzeitsplänen zustimme oder die Bremse ziehe und riskiere, Owen zu verstimmen.

»Ich habe das Gefühl, da kommt noch ein *Aber*.« Owen sieht zu mir hinauf, einen Arm hinter dem Kopf, um seinen Nacken zu stützen. Das Laken ist um seine Mitte gewunden, die Brust nackt. Es ist immer noch ein bisschen Farbe aus Dubai zu sehen, eine kleine Erinnerung an die guten Zeiten – obwohl mich der Bluterguss in seinem Gesicht an die schlechten erinnert.

»Nicht in dem Sinn, dass ich dich nicht heiraten will. Ganz im Gegenteil. Aber was du über meine Mutter begreifen musst, sind ... Dinge, die sie in der Vergangenheit getan hat ... und ich habe Angst, dass ...« Das bringt nichts. Die Worte wollen immer noch nicht kommen.

Owen lächelt – ein warmes, beruhigendes, wissendes, tröstendes Lächeln. »Liebes, ich habe deine Mutter schon längst durchschaut«, sagt er überraschenderweise.

Wie kann ich ihm begreiflich machen, dass er nicht die

leiseste Ahnung hat, wie sie wirklich ist? Dass das, was er zu wissen denkt, nicht einmal an der Oberfläche kratzt?

»Ich habe begriffen, dass sie launenhaft und unberechenbar ist. Ich weiß auch, dass sie dir und Shelley das Leben schwer gemacht hat, als ihr Kinder wart. Und dass dein Dad deswegen gelitten hat. Aber die Dinge haben sich geändert, okay? Ich bin hier. Ich beschütze dich und unser Baby. Emotional *und* körperlich, auch wenn das hoffentlich nicht nötig sein wird.«

Das Leben schwer gemacht ... ich wiederhole seine Worte in meinem Kopf. Ich habe nicht einmal die Energie, ihm zu sagen, wie falsch er liegt, dass, wenn meine Mutter uns das Leben nur schwer gemacht hätte, die Dinge ganz anders gelegen hätten. Angenehm sogar.

»Meiner bescheidenen Meinung nach«, sagt er dann, »ist sie trotz all ihrer Fehler ein guter Mensch.« Einen Augenblick lang sieht Owen aus, als hätte er etwas Bitteres geschmeckt, als würde er etwas sagen, von dem er glaubt, dass ich es hören will, aber dann entspannt sich sein Gesicht. »Und da wir über die Hochzeit sprechen, sollst du wissen, dass es buchstäblich nichts auf der Welt gibt, was ich lieber tun würde, als dich nächste Woche zu heiraten. Der Gedanke, dass wir bald Mr und Mrs Foster sind, in dieser hübschen Kirche getraut werden, ein Baby unterwegs – dieser Gedanke erfüllt mich mit einem Glücksgefühl, das ich nicht einmal annähernd beschreiben kann. Ich bedaure nur, dass meine Mum, mein Dad und mein Bruder nicht dabei sein können.«

»Ach Owen«, sage ich, nehme seine Hände in meine und blicke ihn ernst an. »Auch ich will dich mehr als alles andere auf der Welt heiraten, das verspreche ich dir. Aber ...« Ich verstumme, meine Kehle ist wie zugeschnürt und hält mich davon ab, zu sagen, was ich wirklich denke. Ich muss mich entscheiden, was schlimmer ist: zu den Bedingungen meiner Mutter zu heiraten oder Owen unglücklich zu machen.

Etwas in meiner Brust flattert – das gleiche Gefühl wie

damals, als wir uns das erste Mal begegnet sind. Vorfreude und Aufregung, das Versprechen von Magie und etwas Schönem. Die Art und Weise, wie wir einander ansahen, genau wussten, was der andere dachte; die zufälligen kleinen Geschenke, die wir für einander kauften, einfach nur um zu sagen: Ich liebe dich. Im Morast von Mums Anwesenheit, dem Gewicht von allem anderen, war es zu einfach gewesen, das zu vergessen.

»Seit ich meine Familie verloren habe, hatte ich nie wieder das Gefühl, wirklich irgendwohin zu gehören«, sagt Owen. »Und hier zu sein, in deinem Elternhaus, umgeben von den Dingen, die dir lieb waren ...« In einem Augenwinkel bildet sich eine Träne und er muss beschämt lachen und schniefen gleichzeitig. »Was ich versuche zu sagen ist, dass ich trotz des ganzen Irrsinns deiner Mutter diese Hochzeit wirklich will. *Dich* wirklich will. Es wird alles gut, ich verspreche es. Es wird der Neubeginn des Guten. Diese letzten paar Wochen waren hart, sicher, aber es werden wieder bessere Tage kommen. Und sie beginnen mit unserer Hochzeit.«

Ich blicke in seine Augen, sehe all das, was mir so vertraut ist, alles, in das ich mich verliebt habe. Wenn ich mich auf das konzentriere, dann weiß ich, dass wir nichts anderes brauchen.

»Na gut«, flüstere ich, und ein kleines Lächeln schleicht sich in mein Gesicht. Ich kann einfach nicht anders, als auf und ab zu hüpfen, und meine Aufregung wächst, als ich meine Mutter und alle meine Bedenken in den letzten Winkel meines Verstandes schiebe. Nach Owens Unfall habe ich erkannt, wie zerbrechlich das Leben ist. »Tun wir's«, sage ich. »Heiraten wir nächsten Samstag in der St. Michael's Church. Feiern wir ein großes Fest in einem Partyzelt auf dem Rasen, mit lauter Menschen, die wir nicht kennen.« Ich lache bei dem Gedanken, mein Grinsen wird immer breiter. »Lass Mum ruhig ihr Affentheater aufführen und alle in den Wahnsinn treiben, und lass den Lammbraten hart wie Schuhsohlen sein. Lass die Vegetarier Lachs essen und die Hochzeitstorte wie Sägespäne schmecken. Lass die Musik ruhig schnulzig und unmelodisch sein, lass das Zelt zusammenbrechen und den Himmel sich mit Donnergrollen öffnen und alles wegwaschen. Und am wichtigsten von allem: Lass es Shelley gut gehen und das, was letztes Jahr passiert ist, nur für einen Tag vergessen sein. Lass mich dich in meinem wunderschönen Kleid in der wunderschönen Kirche heiraten, und dann ist es mir wirklich total egal, was noch passiert. Weil niemand uns diesen Zauber wegnehmen kann, stimmt's?«

»Sollen sie es nur wagen«, flüstert Owen, sieht mir in die Augen, lächelt mich an und zieht mich an sich, um mich zu küssen.

DREIUNDVIERZIG

Das Treffen mit dem Pfarrer heute Morgen verlief reibungslos. Ich hatte Schwierigkeiten erwartet, aber im Büro des zuständigen Klerikers im Pfarrhaus in der Stadt war alles ohne Probleme über die Bühne gegangen. Ganz nebenbei gesagt ist Papierkram noch das kleinste meiner Probleme. Owen und ich waren allein gegangen, nachdem ich Mum davon überzeugt hatte, dass sie ihre Zeit besser mit Aussuchen von Blumen oder Gastgeschenken für die Tische verbringen würde. Alles, damit sie beschäftigt war, während wir uns um die Genehmigung kümmerten.

Selbstverständlich war sie außer sich vor Freude, als ich ihr sagte, ich würde mich auf den großen Tag freuen – obwohl ich mich zwingen musste, den selbstgerechten Blick zu ignorieren, den sie mir zuwarf, als sich ihr mürrischer Ausdruck in so etwas wie ein Lächeln verwandelte. Sie hat keine Ahnung, dass ich in höchster Alarmbereitschaft bin und alles, was sie tut, mit Argusaugen beobachte, um auf alles vorbereitet zu sein, was sie vielleicht plant.

»Ich kann es nicht glauben«, sagte ich zu Owen, als wir das Pfarrhaus verließen. »Es passiert wirklich!« Nur für ihn versuchte ich die gute Laune aufrechtzuerhalten, aber ich konnte ihm keinesfalls erzählen, wie mein Adrenalinspiegel stieg oder wie ich im Kopf jeden Augenblick unseres großen Tages in eine Katastrophe verwandelte.

Er drückte meine Hand, als wir zurück zum Auto gingen, und sah mich mit einem Blick an, der mir sagen sollte, dass wir genau das Richtige tun – das nichts anderes von Bedeutung sei und nichts schiefgehen würde.

»Ich muss es Peter sagen«, bemerkte ich auf der Fahrt zurück nach Medvale. »Es ist zwar kurzfristig, aber ich will wirklich, dass er bei unserer Hochzeit dabei ist.« Außerdem ist er jemand, der mir an dem Tag den Rücken freihalten, jemand, der ein Auge auf meine Mutter haben kann. Er weiß genau, wie sie ist.

Owen hatte mich von der Seite angesehen. »Wenn du dir sicher bist«, hatte er gesagt. »Ich meine ... er hat da ein paar ganz schön heftige Anschuldigungen geäußert, Liebes. Bist du sicher, dass er die Art Mensch ist, die uns bei unserer Feier helfen soll?«

Aber es brauchte nicht viel, um ihn zu überzeugen, dass Peter einfach nur auf Mrs Baxter aufgepasst hatte und dass ich ihm dafür vergeben habe, dass er vom Schlimmsten ausgegangen war.

»Ich beende doch unsere Freundschaft nicht wegen eines Missverständnisses.« Ich versprach Owen auch, dass ich Peter sagen würde, dass das Geld bei uns sicher war und wir für seine Rückkehr in Mrs Baxters Nachlass garantierten. »Ich werde auch Dad besuchen und ihm von unseren Plänen erzählen, damit er sich mental auf Samstag vorbereiten kann. Ich hätte gern, dass er mich zum Altar führt.« Ich wollte auch sichergehen, dass er Shelley gegenüber gesteht, dass er die ganze Zeit freiwillig in Winchcombe war, dass er alle angelogen hat, doch das behielt ich lieber für mich. Ich plapperte aufgeregt weiter und Owen griff vom Beifahrersitz auf meinen Oberschenkel und drückte ihn sanft.

»Es freut mich so, dass du so glücklich bist«, sagte er dann, »aber glaubst du, dein Dad wird dieser Rolle gewachsen sein? Ich bin sicher, deine Mum würde einspringen, wenn es nötig wäre.«

Bei dem Vorschlag schauderte es mich, obwohl ich mich fürchterlich fühlte, so ein großes Geheimnis vor ihm zu bewahren – *noch* eines. »Dads Gesundheit hat sich ... hat sich in letzter Zeit sehr verbessert.« Ich räusperte mich. »Ich denke, es wäre gut für ihn, mich zum Altar zu führen.« Dann wechselte ich das Thema.

Nachdem ich Owen in Medvale abgesetzt habe – und er mich überzeugt hat, dass es ihm – abgesehen von dem schmerzenden Nacken und dem blauen Wangenknochen – gut geht, fahre ich hinüber zu Shelleys Haus, um zu sehen, wer zu Hause ist. Ich hoffe, dass sowohl sie als auch Jared da sind. Doch noch ehe ich die Einfahrt verlasse, rufe ich Peter aus dem Auto an.

»Ich kann dir gar nicht sagen, wie erleichtert ich war, als ich erfahren habe, dass das Geld in Sicherheit ist«, sage ich, nachdem ich ihm erklärt habe, dass Mrs Baxter das Geld Owen anvertraut hatte, damit er es zur Bank brächte. »Ich glaube, ihr Gedächtnis war schlechter, als wir alle dachten.« In der Leitung bleibt es stumm und ich frage mich, ob wir getrennt wurden.

»Peter, bist du noch da?«

»Bin ich«, sagt er kurz angebunden. »Obwohl ...«

»Obwohl was? Ich werde persönlich sicherstellen, dass jeder Penny auf ihr Konto eingezahlt wird, also mach dir darüber keine Sorgen. Owen hat es sicher in einer Tasche verstaut.« *In einem versperrten Zimmer,* denke ich, aber Peter muss nichts von all den Schwierigkeiten mit Mum erfahren oder wie ich den Rest des Geldes zurückbekomme, das sie aus dem Umschlag gestohlen hat, was ich dann nach der Hochzeit erledigen werde. Keinesfalls werde ich noch davor in das Hornissennest stechen.

»Nichts«, sagt er nach einer weiteren Pause. »Gib Bescheid, wenn es eingezahlt wurde, dann informiere ich ihren Sohn.«

Dann erzähle ich ihm von unseren Hochzeitsplänen und hoffe, dass er sich mit mir freut.

»Du willst das also wirklich durchziehen?« Das ist eigentlich nicht die Antwort, die ich erwartet habe.

»Ja, das werden wir«, sage ich. »Das ist das, was Owen und ich wollen. Was wir *brauchen*«, füge ich hinzu und kann nicht verhindern, dass meine Stimme dabei zittert. »Diese letzte Woche ... war eine Herausforderung, aber sie hat mir gezeigt, dass das Einzige, was ich will, ist, mich mit Owen irgendwo niederzulassen und glücklich zu sein. Ihm geht es genauso.« Dann hole ich tief Luft, ehe ich ihm von meiner Schwangerschaft erzähle, und wie glücklich wir darüber sind. »Zu heiraten ist so ungefähr das Einzige, worüber ich im Moment Kontrolle habe, also tue ich es jetzt auch.«

Unerwarteterweise habe ich das Gefühl, sofort in Tränen ausbrechen zu müssen. Ich kneife die Augen zusammen und schlucke, versuche meine Kehle davon abzuhalten, sich zusammenzuschnüren.

»Lizzie, Schatz, geht's dir gut?«

»Ja ... nein ... ich weiß es nicht ...«, flüstere ich und will ihn nicht mit meinen Problemen belasten, aber ich kann nichts dagegen tun. »Pete ... ich ... ich habe Angst.«

Da, jetzt ist es heraus.

»O mein Liebes, wovor? Sag mir, wie ich dir helfen kann.«

»Es ist Mum. Ich schwöre dir, sie heckt irgendetwas Furchtbares aus. Ich habe schreckliche Angst, dass Owen verletzt wird, dass sie ihm etwas Fürchterliches antut. Ich weiß nur nicht, was.«

Dann hört Pete zu, als ich ihm alles erzähle, was seit unserer

Ankunft hier passiert ist. Als ich fertig bin, wartet er geduldig ab, während die Tränen endlich fließen.

»Wenn du das wirklich durchziehen willst, dann kannst du auf meine Hilfe zählen. Ich bin dein Ohr auf dem Boden und werde sie wie ein Habicht beobachten. Sobald sich eine Bedrohung oder Katastrophe abzeichnet, wende ich sie ab, bevor du überhaupt mitbekommst, was vor sich geht. Vertraust du mir?«

Etwas in meinem Inneren löst sich ein wenig – ein Finger weniger im Griff der Angst, als ich Petes tröstende Worte höre. »Natürlich, danke«, sage ich und putze mir die Nase. »Du bist ein guter Freund, Pete.«

»Und außerdem, ganz abgesehen von deiner Mutter, würde ich mir deine Hochzeit um nichts in der Welt entgehen lassen. Schreib mir die Details.«

Erleichterung durchflutet mich. »Bring Jacko mit«, sage ich, ehe wir uns voneinander verabschieden. Und als ich mich endlich auf den Weg zu Shelley mache, fühle ich mich ein ganzes Pfund leichter als gestern um diese Zeit.

VIERUNDVIERZIG

»Ich fürchte, du hast sie gerade verpasst«, sagt Jared, als ich Shelleys Cottage betrete. Ich folge ihm durch in die Küche. »Ich stelle Wasser auf.«

»Prost und herzlichen Glückwunsch«, sage ich, nachdem er zwei Tassen Tee gemacht hat, und stoße mit ihm an. »Auf dein neues Zuhause!« Gerade hat er mir erzählt, dass der Verkäufer von Cherry Tree Cottage sein Angebot angenommen und Gavin den Kontakt zu einer lokalen Architektin vermittelt hat, um die Planung in Gang zu bringen.

»Danke Lizzie«, sagt er und sieht sehr zufrieden aus. »Jetzt muss ich es nur noch mit einer Familie füllen.« Der wehmütige Ausdruck in seinen Augen ist mir nicht entgangen.

»Hat es in deinem Leben in letzter Zeit niemand Besonderen gegeben?«

Jared lacht laut auf. »Nope. Es sei denn, du rechnest ein paar Beziehungen in L. A. dazu, die zu nichts geführt haben, aber ich glaube, ich war nicht mit ganzem Herzen bei der Sache, weil ich wusste, ich würde zurück nach England gehen. Es hat Spaß gemacht, solange es gedauert hat.«

»Vielleicht lernst du ja jemanden bei der Hochzeit

kennen«, sage ich und zwinkere ihm zu. »Die meisten unserer Gäste sind allerdings Freunde von Mum und Dad, also durchschnittlich zwischen fünfundsechzig und achtzig Jahre alt. Vielleicht nicht ganz dein Beuteschema.«

Jared lächelt. »Ich habe keine Eile.« Obwohl mir der unwillkürliche Seufzer, der seinen Brustkorb hebt, sagt, dass er vielleicht doch Eile hat. Und ich nehme es ihm nicht übel. Verliebt zu sein, sich sicher und aufgehoben in dem Wissen, dass da, was immer das Leben für einen in petto hat, immer jemand sein wird, der hinter dir steht, ist unbezahlbar. Trotz all meiner Ängste fühle ich mich plötzlich wie die glücklichste Frau der Welt.

»Und was die Hochzeit angeht«, fahre ich fort, »habe ich mich gefragt, ob du Owen eine große Ehre erweisen würdest. Na ja, *mir* einen großen Gefallen tun würdest, nehme ich an.«

»Sprich weiter«, sagt Jared, dessen Interesse jetzt geweckt ist.

»Würdest du Owens Trauzeuge sein?« Ich versuche seine Reaktion abzuschätzen, aber er sieht mich nur vom anderen Ende des Tisches aus an. »Er hat keine Familie, die zur Hochzeit kommt, und jede Freundschaft, die er im Laufe der Jahre hatte, ist im Sand verlaufen, weil er so viel unterwegs war. Es würde ihm sehr viel bedeuten, einen anderen Mann an seiner Seite zu haben, jemanden, der ihn unterstützt.«

Jared scheint darüber nachzudenken, und einen schrecklichen Augenblick lang glaube ich, dass er es ablehnen wird. »Natürlich«, sagt er mit seinem typischen Lächeln – bei dem seine Augen strahlen. »Wenn du das gern hättest.«

Ich greife rüber und berühre seinen Arm. »Ich danke dir«, sage ich, aber ich kann mich des Gedankens nicht erwehren, dass da ein Zögern in seiner Stimme war.

»Ich weiß, was du denkst«, sage ich und lache nervös. »Shelley findet auch, wir überstürzen es, aber ich war mir noch nie in meinem Leben so sicher.«

»Wir machen uns nur Sorgen um dich, Lizzie«, fügt er hinzu, was schon recht vielsagend ist. *Wir* muss bedeuten, dass er und Shelley darüber gesprochen haben. »Woher, meintest du, kommt Owen ursprünglich?«, fragt Jared. »Gibt es keine Freunde von der Schule oder der Uni, die er einladen könnte?«

»Seine Familie lebte weiter im Norden, in der Nähe von Middlesbrough. Seine Eltern und sein Bruder sind bei einem Autounfall ums Leben gekommen. Wir haben ihr Grab besucht, als wir aus Dubai zurückgekommen sind. Stell dir vor, du müsstest dich von drei Familienmitgliedern gleichzeitig verabschieden. Schrecklich.«

»Das ist entsetzlich«, sagt Jared nachdenklich.

»Er hat an der Universität Leeds Physik studiert, aber er hat eigentlich keinen Kontakt mehr zu jemandem von damals.«

»Physik«, sagt Jared beeindruckt. »Ein kluger Kerl.« Obwohl ich an seinem Gesichtsausdruck ablesen kann, dass er sich das alles genau durch den Kopf gehen lässt. »Jedenfalls, wegen Samstag, ich habe ein paar ganz anständige Anzüge, also wenn du nichts dagegen hast, würde ich vorschlagen, ich nehme einen grauen. Vielleicht mit einer cremefarbenen Seidenkrawatte?«

»Perfekt«, antworte ich. »Owen leiht sich einen Cut.«

»Sehr schick«, antwortet Jared und wirkt immer noch nachdenklich. »Wenn wir schon von alten Freundschaften reden: Einer der Gründe, weshalb ich am Freitag nach Medvale gekommen bin, um dich zu besuchen, war, weil ich dir etwas zeigen wollte ... warte mal kurz.« Er steht auf, geht hinauf und kommt dann mit einem alten Schuhkarton zurück. »Ich habe eine ganze Menge davon«, sagt er und setzt sich neben mich. »Nachdem ich Gavin unser altes Foto gezeigt habe, hat ihn die Nostalgie gepackt. Er hat einen ganzen Haufen alter Schülerzeitungen, Ausschnitte und Klassenfotos auf einem Schrank im Haus seiner Mutter gefunden. Wir haben einen Drink genommen und dabei mögliche Pläne für das Haus besprochen, und er hat das mitgebracht. Er sagte, ich könne es mir leihen, um es dir zu zeigen.«

»Uh, wie aufregend«, sage ich, auch wenn ich weiß, dass da keine Fotos von mir dabei sein werden, weil die hier aus der St-Lawrence-Oberschule sind, nicht von der Gesamtschule. »Sind da Fotos von Shelley dabei?«

»Mit Sicherheit«, grinst er. »Und von meiner Wenigkeit. Und auch ein paar von Gav. Gut, dass er die hier ausgegraben hat.« Er wühlt sich durch den Stapel und zieht eine Millenniums-Sonderausgabe der Schülerzeitung hervor – ein dunkelblaues Cover mit goldenen Buchstaben. »Wir haben ein paar Seiten gekennzeichnet.« Jared blättert zu einem bestimmten Klassenfoto, auf dem alle Schülerinnen und Schüler aufgereiht stehen – die Mädchen in blau karierten Sommerkleidern und die Jungen in ihren weißen Hemden mit den blauen Hosen.

»O mein Gott, sieh mal, das bist du, oder?«, sage ich und deute auf ein Gesicht. »Ganz hinten natürlich, weil du so groß bist.«

»Schuldig«, erwidert Jared. »Gott weiß, was du an mir gefunden hast. Ich war ein schlaksiger Nerd.«

Wir sehen einander einen Moment lang in die Augen, dann brechen wir in Gelächter aus.

»Du bist immer noch ein schlaksiger Nerd«, sage ich und stupse ihn an. Ich blättere ein paar Seiten weiter und sehe mir Bilder von den Höhepunkten des Schuljahres an – von Aufführungen zu Klassenausflügen, von Sportveranstaltungen zu Preisverleihungen. Ich überfliege die Namen darunter, um zu sehen, ob ich jemandem aus dem Ort finde.

»Schau mal, hier ist Danny Wentworth«, sagt Jared. »In der Schulaufführung.«

»Du hast recht, das ist er«, sage ich leise und fühle mich schlagartig traurig, aber auch schuldig. Ich berühre sein Gesicht, versuche jedoch, nicht zurückzufallen in die trostlose Welt von Mary und John. Nicht diese Woche. Nicht, ehe meine Hochzeit vorbei ist. Ich will mich nur darauf konzentrieren. Dann versuche ich vielleicht, Joseph aufzuspüren und herauszufinden, was er mir erzählen kann – ein Teil von mir muss immer noch wissen, ob meine Mutter damit zu tun hatte. Obwohl es mir noch viel wichtiger wäre zu wissen, dass sie *nichts* damit zu tun hatte.

Jared blättert um. »Ah, die Schwimmveranstaltungen. Also das war immer ein Ereignis. Gott, ich habe diesen Außenpool geliebt. Delphin war genau meins.«

Ich lache und stelle mir vor, wie Jared seine langen Arme wild durchs Wasser schwingt. Dann höre ich auf und nehme ihm die Zeitung weg, um einen genaueren Blick darauf werfen zu können. »Schau mal, das ist Dannys jüngerer Bruder, Joseph, genau hier«, sage ich und lese den Namen Joseph Wentworth unter einem Bild von drei Jungen auf dem Siegerpodest. »Sieht aus, als hätte er eine Bronzemedaille im Tauchen gewonnen.«

»Ist er derjenige, der nicht mehr mit seinen Eltern spricht?«

Ich nicke. »Das ist so schlimm für die Familie. Es wirkt, als würden sie in diesem Bungalow in einer Zeitschleife festhängen, in der Vergangenheit leben, nicht in der Lage, nach vorn zu schauen, fast so, als würden sie darauf warten, dass er zurückkommt. Also zumindest seine Mum.« Ich habe niemandem die ganze Geschichte über das erzählt, was ich von Mary Wentworth erfahren habe, dass eine Lehrerin Joseph verführt hat.

»Sein Gesicht ist recht deutlich zu erkennen«, sagt Jared und blickt mir über die Schulter. »Er hat eindeutig Ähnlichkeit mit Danny. Verrückt, wenn man bedenkt, dass das mehr als zwanzig Jahre her ist.«

»Ich frage mich, ob Joseph in den sozialen Medien ist«, sage ich. »Eine Suche nach ähnlichen Bildern wird nichts bringen, weil er heute wahrscheinlich ganz anders aussieht, aber ich könnte seinen Namen suchen.«

»Wirst du Kontakt mit ihm aufnehmen?«

Ich sehe zu Jared auf. »Vielleicht. Weißt du, einfach nur,

um zu sehen, wie es ihm geht.« Ich blicke seinen jungen, hageren Körper an, die leuchtend rote Badehose, das Gesicht eifrig und begeistert, als er seine Medaille hält und in die Kamera grinst. Das Bild ist so klein, dass ich es mit meinem Handy fotografiere und hineinzoome, wobei es immer noch unschärfer wird. »Eindeutig eine Ähnlichkeit mit seinem Bruder«, sage ich und zeige es Jared.

»Du weißt schon, dass das genau meine Baustelle ist«, erwidert er und stößt mich an. »Ich kenne da ein paar KI-Typen in Silicon Valley, die das Bild vergrößern und sogar einen Alterungsprozess simulieren könnten. Man weiß ja nie, jemand aus der Gegend könnte ihn wiederkennen, wenn du es online stellst.«

»Hört sich nach ganz schön viel Aufwand für mich an«, sage ich, weil ich weiß, dass mir das wohl nicht die Antworten liefern wird, nach denen ich suche. »Aber klar, gern, wenn es nicht zu mühsam ist. Danke.« Zumindest könnte mir das helfen, die vielen Joseph Wentworths einzugrenzen, die eine schnelle Suche in den sozialen Medien ergeben hat.

FÜNFUNDVIERZIG

Als ich zurück nach Medvale komme, sitzt Mum im Esszimmer mit Schwaden weißen Stoffes, den sie mit ihren Händen zusammenrafft. Ihre Stirn ist zu einem konzentrierten Runzeln verzogen und zwischen ihren Lippen stecken etliche Stecknadeln.

»Hallo Mum«, sage ich zögernd, komme herein und schließe die Tür hinter mir. Seit sie mich dabei erwischt hat, wie ich das Schloss an der Tür anbrachte, haben wir kaum miteinander gesprochen – nur ein paar Worte, dass wir mit der Hochzeit weitermachen würden. Ich machte mir nicht die Mühe zu erwähnen, dass ich es nur Owen zuliebe tun würde – sie verdient keinerlei Erklärung. Hier zu sein widerspricht all meinen Instinkten, und ich zähle die Stunden, bis wir endlich hier wegkönnen. In der Zwischenzeit bin ich darauf bedacht, sie nicht zu reizen. Gerade jetzt, da Owen oben schläft, will ich keine harschen Worte zwischen uns riskieren, die ihn stören könnten.

»Elizabeth«, sagt sie, blickt auf und nimmt die Stecknadeln aus dem Mund. Ihr Ausdruck ist ernst und starr und lässt mein Herz klopfen wie damals, als ich ein Kind war und nicht wusste, ob eine Umarmung oder ein Klaps folgen würde. Was auch immer, ich duckte mich.

»Du hast immer noch den Igel«, sage ich und deute auf das Nadelkissen, das ich in der Schule gemacht habe, als ich zehn war. Wir haben Muttertagsgeschenke gebastelt und ich bin mir ziemlich sicher, ich war das einzige Kind, das sich vorstellte, die Nadeln in seine Mutter und nicht in das Filztier zu stecken.

»Natürlich habe ich ihn noch«, sagt sie und blickt auf. »Diese kleinen Dinge bedeuten mir so viel.«

Langsam gehe ich zu ihr hinüber, ziehe den Esszimmerstuhl neben ihr heraus und setze mich. »Ich dachte immer, du hasst solche Dinge. Du hast nie irgendwelche meiner Bilder aufgehängt oder dich sehr für das interessiert, was ich in der Schule gemacht habe.«

»Habe ich das nicht?«, erwidert Mum mit abwehrender Stimme. »Ich ... ich erinnere mich nicht mehr so genau.« Aber in ihrem Tonfall liegt auch etwas Trauriges, als hätte sie die Arbeit an Shelleys Brautkleid – der Versuch, es in etwas Passendes für meinen großen Tag zu verwandeln – nachdenklich gestimmt und sie vielleicht dazu gezwungen, über all ihre Fehler der Vergangenheit nachzudenken. »Weißt du, ich hätte niemals gedacht, dass ich das tun würde.« Sie hält den Stoff hoch, ein angespanntes Lächeln auf den Lippen.

»Wir könnten einfach ein neues Kleid kaufen, weißt du, Mum. Es ist noch nicht zu spät, einkaufen zu gehen. Shelley würde es mit Sicherheit nichts ausmachen. Eigentlich glaube ich, dass sie das hier lieber nicht tragen würde.« Ich suche den Stoff nach Blutflecken auf der Vorderseite des Rockteils ab, dort, wo Shelley schluchzend neben Rafes Leiche gekniet hat.

Mum seufzt und lässt den Stoff auf ihren Schoß fallen. »Ehrlich gesagt weiß ich überhaupt nicht, was ich hier tue.« Ich könnte schwören, ich höre ein Zittern in ihrer Stimme, als wäre sie kurz davor aufzugeben, könnte es sich jedoch noch nicht ganz eingestehen. »Ich habe versucht, das Beste daraus zu machen.«

»Lass mich mal sehen.« Vielleicht kann ich sie zumindest davon überzeugen, das Projekt fallen zu lassen.

Mum steht auf und hebt den Seiden- und Spitzenstoff hoch, der vor nicht einmal einem Jahr noch ein wunderschönes Brautkleid war, das Shelley liebte. Sie wäre entsetzt, wenn sie es jetzt sehen könnte.

»O Gott Mum, das ist ja furchtbar. Was in aller Welt hast du denn damit angestellt?« Ich hebe ein Stück des Rockes an, um zu sehen, wie sie versucht hat, die Schleppe auf der Rückseite zu kürzen, aber irgendwie eine der Lagen in die Seitennaht der Korsage eingenäht hat. »Und was ist hier passiert?«, frage ich und zeige auf den Ausschnitt, an dem jetzt in einem schiefen Winkel ein Stück von Owens Hemdärmel angenäht ist. »Das ist ein Frankenstein-Monster von einem Kleid.«

Ich unterdrücke ein ungläubiges Lachen und erinnere mich daran, dass ich einmal unangemessen gelacht hatte, als sie mir eine Abreibung verpasste, weil ich im Krippenspiel der Schule nur die Rolle des Sterns ergattert hatte. Sie wollte, dass ich die Jungfrau Maria spiele. Das Lachen war reiner Angst entsprungen, als ich das groteske Kostüm gesehen hatte, das sie als Strafe für mich gemacht hatte.

Einen Augenblick lang ist Mum wie erstarrt und scheint mich mit ihren Augen in der Farbe von schwarzem Granit aufzuspießen. Ich warte, dass sie explodiert oder um sich schlägt oder mich mit ihren schneidenden Worten verletzt. Aber dann scheinen ihre Augen zu schmelzen und einen weicheren, silberblauen Farbton anzunehmen, und da erkenne ich, dass ihr Mund sich zu einem Lächeln verzieht. Einen Augenblick später gackert sie vor Lachen, lässt das Kleid auf den Boden fallen, während sie sich Halt suchend auf mich stützt und vor und zurück wippt, vor Lachen beinahe hysterisch.

Es ist seltsam, aber ich klammere mich an sie und stimme in das Gelächter mit ein. Wir können beide nicht aufhören, jede von uns aus unterschiedlichen Gründen, nehme ich an. Ich warte immer noch auf den Schlag – selbst wenn er in der Form schneidender Worte kommt, jetzt, da ich erwachsen bin.

»Ach Mum«, sage ich und spüre ihre knochigen Schultern unter mir. Ich kann mich nicht einmal erinnern, wann wir das letzte Mal Körperkontakt hatten. »Du bist immer noch da drinnen, oder? Die Frau, die Dad liebt.« Von meinen eigenen Worten geschockt, bedecke ich meinen Mund, als sie sich von mir zurückzieht. »Es tut mir leid«, murmle ich hinter meiner Hand. »Gott, es tut mir so leid ...«

»Wovon sprichst du überhaupt, Elizabeth?« Plötzlich lacht sie nicht mehr. Sie wischt sich mit einem Finger über die Haut unter ihrem Auge und versucht mich nicht sehen zu lassen, dass sie fast geweint hätte. Sie schnieft es alles zurück. »Glaub nicht alles, was dir dein Vater erzählt.«

Ich sehe sie an, beobachte, wie sie ihre eigenen Lügen glaubt, und frage mich, was unter dieser eisigen Oberfläche lauert, hinter die ich so selten geblickt habe.

»Was ist passiert, Mum? Was hat dich so ... so wütend und feindselig gemacht? Warum kämpfst du bei jeder Gelegenheit gegen die Welt und gegen jedermann – auch deine eigene Familie? Ich weiß, dass du nicht immer so warst.« Dads Worte kommen mir in den Sinn.

Mum erschaudert und schüttelt den Kopf, dann wendet sie den Blick ab. »Ich weiß nicht, was du meinst, Elizabeth. Ich glaube, der Stress ist dir zu viel geworden. Vielleicht solltest du ein Schläfchen machen.«

»Nein Mum, ich brauche kein Schläfchen.«

»Es tut mir leid, wenn du mich nicht magst, Elizabeth. Das ist eine sehr heftige Aussage und ...«

»Verdreh mir nicht die Worte im Mund. Ich möchte nur wissen, warum du ständig das Gefühl hast, jeden andauernd angreifen zu müssen. Das ist anstrengend für mich – für *alle*. Es muss auch unglaublich anstrengend für dich sein.« Ich kann kaum glauben, dass ich so mit ihr spreche, während ich als Kind beim ersten Anzeichen eines Konflikts sofort die Beine in die Hand genommen habe – ab in mein Zimmer und unter die Bettdecke. Und später, als Erwachsene, hatte ich mich der Situation entzogen, indem ich Hunderte, *Tausende* Meilen zwischen uns gebracht habe. Doch irgendetwas hält meine Füße fest auf dem Boden, die Arme über der Brust verschränkt, als ich auf ihre Antwort warte.

»Das sind keine Angriffe, Elizabeth, das sind *Verteidigungen*. Und eine gute Verteidigung beginnt schon lange, ehe du jemandem die Gelegenheit gibst, dir zu nahe zu kommen. Dir wehzutun. Wenn das passiert, dann hast du dich schon selbst hängen lassen.« Mum reckt das Kinn in die Luft.

Es ist so, als würde sich der Nebel um sie herum lichten – nicht vollständig, aber meine Mutter zeigt eine verletzliche Seite, die ich nie zuvor an ihr gesehen habe. Irgendetwas hat sie zu dem Menschen gemacht, der sie heute ist, aber ich habe keine Ahnung, was das ist.

»Was ist geschehen, Mum?«, frage ich und nehme ihre Hand in meine. Sie versteift sich und versucht, sie wegzuziehen, aber ich lasse nicht los. »Wer hat dir wehgetan?«

Sie schüttelt den Kopf und blickt zur Seite, aber unsere Gesichter sind einander nahe.

»Weißt du, wie schwer es ist, alle anderen um mich herum glücklich zu sehen, wenn ich es nicht bin?«, fragt sie plötzlich. »Schon von klein auf zu lernen, dass man wertlos und unerwünscht ist und Leid verursacht, was immer man auch tut, wohin immer man auch geht? Es wurde zu meiner zweiten Natur, nicht gemocht zu werden. Ich wurde zu dem Menschen, für den meine Mutter mich hielt.«

»O *Mum* ...« Ich lege ihre Worte auf mich um – ein einfacher Tausch – und weiß, wie vorsichtig ich jetzt sein muss, auf dem Weg zur Ehefrau, mit meinem eigenen Baby. Dieser Kreislauf muss sofort ein Ende haben. Genau jetzt, mit mir. Meinem Kind werde ich das nicht weitergeben.

Dann fühle ich, wie Mums Finger mit meinen Verlobungsringen spielen – sowohl dem alten Ring ihrer Mutter als auch dem schönen Ring, den Owen mir geschenkt hat. Sie hebt meine Hand hoch und hält sie zwischen uns, als sie darauf blickt.

»Das ist gar nicht der Ring deiner Großmutter«, flüstert sie und lässt den Kopf hängen. »Ich weiß überhaupt nichts über seine Geschichte.«

»Aber ich dachte, du hättest gesagt ...«

»Du denkst eine Menge Dinge, oder, Elizabeth? Aber hast du jemals darüber nachgedacht, ob du *recht* hast? Hast du auch nur einmal daran gedacht, dass vielleicht etwas anderes hinter all dem Rauch und den Spiegeln meines Schmerzes liegt?«

»Was? Nein, ich ...«

»Ich habe diesen Ring vor ein paar Jahren auf einem Antiquitätenmarkt gekauft. Der Verkäufer meinte, er sei aus den 1930er-Jahren. Ich habe keine Ahnung, ob die Steine echt sind oder nicht. Aber er hat mir gefallen. Ich habe mir die Art von Frau vorgestellt, die ihn einst getragen hat. Eine kluge Frau, eine freundliche Frau, eine Frau mit Leidenschaft und einem Blick für schöne Dinge. Eine Frau, die ihre Familie liebte und Lebensfreude versprühte. Eine Frau, die ihr Kind liebte und vergötterte. Die ihre Tochter liebte und vergötterte. Ihre *einzige* Tochter ... *Mich*.«

»Aber ... aber warum hast du mir dann erzählt, es sei Grannys Ring?«

»Weil ich mir wünschte, dass diese Frau, der dieser Ring in meiner Vorstellung gehört hat, deine Großmutter war. All die Geschichten, die ich mir über meine Fantasie-Mutter ausgedacht habe«, lacht sie dann und schüttelt den Kopf. »Das waren Fantasieversionen der Realität. Selbst jetzt mache ich das noch.

In meiner Fantasiewelt hat sie mir diesen Ring hinterlassen, damit ich ihn einer meiner Töchter weitergeben kann, wenn sie heiratet.«

Verwirrt überlege ich einen Moment lang. Ich war noch sehr klein, als meine Großmutter starb, also habe ich keinerlei Erinnerung an sie, und Shelleys Erinnerungen waren immer recht vage und beschränkten sich ihr zufolge auf ein, zwei Begegnungen mit ihr zu Weihnachten.

»Aber du hast mir immer erzählt, was für eine starke, wunderbare Frau sie war. Wie sehr du sie verehrt und zu ihr aufgesehen hast.« Dann fällt mir auf, dass Mum kaum über meinen Großvater gesprochen hat – einen Mann, über den ich nur wenig weiß. Auch er starb Mum zufolge, als ich noch klein war. *Hat zu viel geraucht,* sagte sie einmal zu mir.

»Deine Großmutter war weder stark noch wunderbar. Sie war das genaue Gegenteil davon. Sie war kalt, herablassend und ihr kam leicht die Hand aus. Und sie hasste mich.«

»Nein, Mum ... das ... das kann nicht wahr sein ...«

Etwas in meinem Inneren verschiebt sich, als würde mein Verstand versuchen, diese Information in das Bild des Lebens meiner Mutter einzufügen. Aber es passt irgendwie nicht.

»Was war mit Großvater?«

Sofort formt Mum mit den Lippen ein »Pah«. »Hab ihn kaum gekannt. Außer wenn er betrunken nach Hause kam, um meine Mutter zu verprügeln.«

Ich schnappe nach Luft.

»Deine Großmutter war Stenotypistin, Elizabeth, aber wollte nichts mehr als zum Film. Sie war mit Sicherheit ein Hingucker und eine talentierte Schauspielerin, das muss ich ihr lassen.« Über die Oberlippe meiner Mutter zieht sich eine Art höhnisches Lächeln. »Dort, bei einem Vorsprechen, hat sie meinen Vater kennengelernt. Er war Beleuchter.«

Ich höre das alles zum ersten Mal. Meine eigene Kindheit war so sehr davon geprägt, Mums seltsamen Launen und unvorhersehbaren Ausbrüchen auszuweichen, dass ich nie überlegt habe, wie wohl ihre eigene Kindheit ausgesehen hat. Sie hatte stets vorgegeben, sie sei ganz normal, ereignislos, zufrieden gewesen.

»Mein Vater war beträchtlich älter als meine Mutter, aber das hat ihn nicht abgehalten. Ich bin mir nicht ganz sicher, aber ich glaube, er hatte noch eine andere Familie. Er war beruflich viel unterwegs, reiste von Filmset zu Filmset. Sie haben sich in den 1950er-Jahren in den Ealing Studios kennengelernt.«

»Das hört sich romantisch an«, sage ich, erstaunt über diese Neuigkeiten. »Als hätte es ein Happy End geben müssen.«

»Nun ja, das gab es nicht«, erwidert Mum. »Meine Mutter hat es als Schauspielerin nie geschafft, nicht im Sinn einer Karriere zumindest. Sie war ziemlich gut darin, eine Show abzuliefern, wenn sie Aufmerksamkeit brauchte. Aber niemals gut darin, sie zu geben.«

Mum lässt sich wieder auf den Esszimmerstuhl fallen und ich setze mich neben sie.

»Dann kam ich. Deine Großmutter war eine alleinerziehende Mutter in einer Einzimmer-Dachbodenwohnung in London, ohne jegliche Unterstützung. Es war Ende der Fünfzigerjahre, kurz vor den Swinging Sixties, aber meine Mutter war niemals Teil des Ganzen. Und dafür grollte sie jeder Zelle meines Körpers. Manchmal tut sie mir fast leid.« Eine Pause, als sich meine Mutter über die Augen wischt. »Meistens jedoch nicht.«

»Mum ...«, sage ich und nehme ihre Hände wieder in meine. »Ich hatte ja keine Ahnung.« Jetzt verstehe ich zumindest ansatzweise, weshalb sie so verbittert ist, aber es nimmt dem, was sie ihre eigenen Töchter durchleben ließ, wie sie ihre Wut durch Shelley und mich auslebte, nicht die Schärfe.

»Du weißt nicht einmal die Hälfte«, sagt sie und sieht mich direkt an. »Meistens bin ich damit zurechtgekommen, habe meine Leben geführt. Aber als du und Shelley kamt, war es, als würde ein Schalter in mir umgelegt, als wäre ich umprogrammiert worden, um mich in meine eigene Mutter zu verwandeln. Und ich konnte nichts dagegen tun. Ich versuchte es zu bekämpfen, anders zu sein als sie, aber es war so schwer. Ich wusste einfach nicht, wie man es richtig macht.« Dann lässt Mum den Kopf hängen und eine Träne rollt über ihre Wange. »Ich habe es vielleicht nicht immer gezeigt, Elizabeth, aber ich bin furchtbar stolz auf dich und Shelley. Ihr seid beide zu der Art von Frauen herangewachsen, die ich immer sein wollte. Aber im Gegensatz zu mir wirst du deinem Kind die beste Mutter auf der Welt sein, da bin ich mir sicher.« Mum nimmt ein Taschentuch aus der Schachtel und putzt sich die Nase.

Ich schließe die Augen und atme tief ein. Nichts davon hatte ich erwartet, als ich ins Esszimmer gekommen war. Ein Teil von mir will ihr so gern glauben, doch die Erfahrung sagt mir, sie legt es darauf an, dass ich Mitleid mit ihr habe, um mich in die Defensive zu locken, wenn sie zuschlägt. Ich beiße die Zähne zusammen, denn ich weigere mich, mich noch weiter von ihr manipulieren zu lassen.

»Weißt du was?«, sage ich und deute auf den Ring meiner imaginären Großmutter. »Ich glaube, ich werde ihn trotzdem zu meiner Hochzeit tragen.« Meine Mutter hebt überrascht den Kopf und sieht mich erstaunt an. »Er wird mir als Erinnerung an all das dienen, was du mir gerade erzählt hast«, sage ich, auch wenn sie nicht weiß, dass ich bei mir denke: als Erinnerung an all das, was ich nicht werden will.

»Danke, Elizabeth«, sagt Mum, beugt sich hinunter und küsst meine Hand. Dabei wirft sie mir einen Hauch des selbstgerechten Lächelns zu, das ich so gut kenne.

SECHSUNDVIERZIG

»Das hier wird reichen«, ruft Shelley hinter dem Vorhang der Umkleidekabine hervor. Es ist das erste Kleid, das sie probiert. »Passt gut. Sieht gut aus.«

»Lass mich sehen«, rufe ich zurück und finde, ich sollte zumindest absegnen, was meine Trauzeugin tragen wird. »O wow, Shell. Das ist wirklich umwerfend«, sage ich, als sie rauskommt. Das cremefarbene Satinkleid ist schlicht, aber wunderschön – zarte Träger und ein tiefer Wasserfallkragen.

»Besonders schick mit den Doc Martens«, sage ich und zwinkere ihr zu.

»Heißt das, ich darf sie am Samstag tragen?«

Ich verziehe das Gesicht und schüttle bedächtig den Kopf. Dann trottet meine Schwester zurück in die Kabine. »Ich muss mich beeilen. Später ist die dienstägliche Kleintierklinik, und ich muss vorher noch nach Hause.«

»Alles klar«, sage ich und scrolle durch mein Handy, während ich warte – diesmal Instagram, in der vagen Hoffnung, den richtigen Joseph Wentworth zu finden.

»Wen hat Mum denn aufgetrieben, der deine Hochzeitsfotos machen soll?«, fragt Shelley, als wir zurück zum Cottage fahren. »Ich würde ja den Kerl empfehlen, den Rafe und ich hatten, aber ich konnte mich noch nicht überwinden, die Fotos anzuschauen, die er gemacht hat, also habe ich keine Ahnung, wie sie geworden sind.«

»Du hast Hochzeitsfotos?«, frage ich verwirrt, denn natürlich haben die beiden eigentlich gar nicht geheiratet.

»Ja, ein paar. Der Fotograf hat mir die geschickt, die er letztes Jahr gemacht hat, bevor ... Meine Anweisung lautete, dass die Aufnahmen so ungestellt wie möglich sein und kostbare Augenblicke einfangen sollten, ohne dass die Gäste mitbekommen, dass sie fotografiert werden. Nicht diese gestellten Sachen. Das ist nicht mein Stil. Er hat mit der Ankunft der Gäste in der Kirche begonnen, so etwas in der Art, aber dort hat es auch schon aufgehört. Dann hat er keine mehr gemacht.«

»Ach Shell«, sage ich und greife rüber, um ihre Hand zu drücken. »Das muss hart sein. Aber mir gefällt die Idee mit den ungestellten Fotos.« Ich nehme mir vor, das auch dem Fotografen zu sagen, den Mum gebucht hat. »Glaubst du, du wirst dir die Fotos je anschauen können?«, frage ich sie, als ich den Wagen vor ihrem Haus parke. Sie drückt die Einkaufstüte an sich – mit dem Kleid und den cremefarbenen Ballerinas, die sie dankenswerterweise selbst bezahlt hat. »Vielleicht sind ja Fotos von Rafe dabei.«

»Kann sein«, erwidert sie. Sobald wir drinnen sind und sie Wasser aufstellt, fügt sie hinzu: »Vielleicht könntest du ja für mich einen Blick auf die Fotos werfen? Schauen, ob du glaubst, sie ... na ja, du weißt schon ... regen mich auf. Der Fotograf hat sie mir etwa einen Monat nach Rafes Tod gemailt.«

»Na klar, Shell«, stimme ich zu und sehe zu, wie sie den Laptop öffnet. Sie sucht nach der Nachricht des Fotografen und lädt alle Anhänge herunter. Dann wendet sie sich weiter dem Tee und Mittagessen für uns beide zu. »Okay, schauen wir mal, was wir hier haben«, sage ich und öffne den Ordner.

Jedes Bild benötigt ein paar Sekunden für den Download,

aber während ich mir die ersten paar Aufnahmen ansehe, sind auch die anderen etwa fünfzig Aufnahmen fertig geladen. Ich sehe mir eins nach dem anderen an und fühle mich augenblicklich wieder an den Tag der Hochzeit zurückversetzt. »Er hat auf jeden Fall einen guten Job gemacht und deine Anweisungen befolgt«, bestätige ich Shelley, die in der Küche rumort. »Er hat den Ausdruck in den Gesichtern so gut eingefangen.«

Die ersten paar sind von Gästen, die im Pfarrhof eintreffen, alle elegant gekleidet und fröhlich. Ich erkenne ein paar der Gesichter, die meisten sagen mir jedoch nichts. Die Grabsteine im Hintergrund sind lichtgesprenkelt, weil das Sonnenlicht durch die Eiben fällt, die um die Kirche stehen. »Da ist eine tolle Aufnahme von Tina und ihren Mädchen«, sage ich zu Shelley, und sie wagt einen raschen Blick auf den Bildschirm. Tina ist eine ihrer ältesten Freundinnen, die jetzt mit ihrer Familie in Birmingham lebt.

»Ich erinnere mich nicht einmal daran, sie an diesem Tag gesehen zu haben, aber sie sehen alle wunderhübsch aus in ihren Kleidern.« Rasch wendet sie sich wieder dem Lunch zu.

»Hier sind einige Bilder der eintreffenden Jungs. Der Trauzeuge und die anderen«, berichte ich, damit sie darauf vorbereitet ist, George zu sehen – Rafe ist natürlich nicht mit ihm auf den Fotos. Obwohl Shelley mir nie die ganze Wahrheit über den Bericht des Pathologen erzählt hat, kann ich mir vorstellen, dass ihre Gefühle gegenüber dem Trauzeugen eher feindselig sind. Das Kokain, das er blöderweise zum Junggesellenabschied mitgenommen hat, war zwar wahrscheinlich nicht mit der Droge versetzt, die Rafe das Leben gekostet hat, aber er war es gewesen, der den Abend ins Chaos gestürzt, Rafes Hemmschwelle gesenkt und den Startschuss für diese Höllennacht gegeben hatte.

»Die will ich nicht sehen«, sagt Shelley erwartungsgemäß. »Und auch *ihn* will ich nie wiedersehen.« Auf der Fahrt zum Kaufhaus, wo wir das Kleid für sie aussuchten, hatte ich ihr vorsichtig berichtet, was auf der Polizeiwache passiert war, wie die Detectives mich gebeten hatten, die Ereignisse des vergangenen Jahres noch einmal durchzugehen, weil sie ein paar alte Blumen in einem Umschlag erhalten hatten, von denen sie annahmen, sie hätten etwas mit der Hochzeit zu tun.

»Mich haben sie am Tag davor genau das Gleiche gefragt«, hatte Shelley gesagt, geschockt darüber, dass sie in Medvale aufgetaucht waren, um mich auf die Wache zu bringen. Ich spielte herunter, wie schrecklich es war, und dirigierte sie in Richtung der Theorie, wer auch immer die Blumen geschickt habe, hätte sich wohl einen kranken Scherz erlaubt, die Polizei hätte bloß Routinefragen gestellt, und sie solle sich keine Sorgen machen.

»Allein der Gedanke, dass alles wieder aufgewühlt wird, lässt mich wünschen, von hier zu verschwinden«, sagte sie und überraschte mich damit. »Einfach alles hinter mir lassen und irgendwo ganz neu beginnen. Weißt du, wie ich jetzt meine Tage verbringe? Arbeiten, Dad besuchen, Mum irgendwie bei Laune halten und die beiden getrennt halten. Oh, und schlafen. Das ist alles. So habe ich mir mein Leben vor einem Jahr nicht vorgestellt.«

»O *Shell*«, erwiderte ich. »Ich nähme es dir nicht übel, wenn du irgendwohin abhauen würdest. Obwohl ich dir nicht gerade empfehlen kann, es mir gleichzutun. Die Probleme verfolgen dich sowieso.«

Ich sehe mir noch ein paar mehr Fotos auf ihrem Laptop an und verweile bei dem einen oder anderen davon ein bisschen länger: ein kleines Mädchen in einem fliederfarbenen Kleid, das schüchtern neben dem mit Bändern und Blumen geschmückten Eingang zum Pfarrhof steht, zwei alte Männer, die mit breitem Grinsen hinauf in den Himmel blicken, und einige von Shelleys und Rafes Arbeitskollegen, wie sie in die Kirche gehen. Das Haar einer Frau im Wind, ein Korb mit Blütenblättern, eine Nahaufnahme des handgeschriebenen

Schildes »Shelleys und Rafes Hochzeit« an den Toren der Kirche.

Doch die nächsten paar Fotos lassen mich den Atem anhalten. Das erste zeigt den weißen Jaguar, mit gelben Schleifen auf der Motorhaube geschmückt, der mich, Mum und die Brautjungfern zur Kirche brachte. Diese Fotos wurden vom Inneren des Kirchhofes aus aufgenommen, gerade als das Auto auf die Zufahrt einbog, auf der Rückbank unsere glücklichen Gesichter. Diese Standfotos ergeben hintereinander gesehen eine Art bewegter Szene.

Ich erschaudere, als ich realisiere, dass das nicht lange vor Rafes Tod gewesen sein kann.

Die nächsten paar Fotos zeigen uns plaudernd, wie wir in den Kirchhof gehen und gelegentlich zum Fotografen blicken. Mich selbst in meinem Satinkleid zu sehen – das Haar in Wellen gelegt, meine kleine Seidentasche am Handgelenk, mit meinem hellrosa Lippenstift – gibt mir das Gefühl, es sei erst gestern gewesen. Ich betrachte mich selbst und wünschte, ich könnte die Zeit zurückdrehen. Wüsste nichts von dem Horror, der uns bevorsteht.

»Da sind ein paar von mir, Mum und den Brautjungfern, wie wir ankommen«, sage ich zu Shelley. Sie arbeitet immer noch mit dem Rücken zu mir. Sie nickt mit gesenktem Kopf und räuspert sich ein wenig.

Als diese Bilder aufgenommen wurden, war Shelley im Rolls-Royce wohl gerade aufgebrochen, auf dem Weg zur Kirche, Dad neben ihr. Ich stelle mir vor, wie Shelley nach der Ankunft in Little Risewell immer besorgter wurde, als der Fahrer an der Einfahrt in den Kirchhof immer wieder die Anweisung erhielt, das Dorf zu umrunden, wie ihre Angst mit jeder Minute, die verging, größer wurde.

Und dann sehe ich es – ein Foto von Mum in ihrer schönsten Mutter-der-Braut-Pose, mit Schmollmund und Rehaugen, aufgenommen kurz bevor sie in die Kirche geht. Es ist eine Aufnahme von Kopf und Schultern in ihrer pfirsichfarbenen Jacke mit einem passenden Fascinator – und dem blutroten Anstecksträußchen am Revers.

Der Beweis dafür, dass sie es noch trug, als wir in die Kirche gingen.

Und hinter ihrem scharf abgebildeten Gesicht erkenne ich die undeutlichen Umrisse von mir selbst und den Brautjungfern, die durch die alte Kirchentür gehen.

Ich studiere die nächsten paar Fotos – andere ankommende Gäste, die in die Kirche strömen, Nahaufnahmen, wie sie einander begrüßen und plaudern und lachen. Dann halte ich bei einem bestimmten Bild an – eine größere Aufnahme des Kirchhofes mit etwa einem halben Dutzend Gästen, die draußen herumstehen. Die meisten sind schon drinnen.

Ich runzle die Stirn, als ich sehe, wie meine Mutter in Richtung der Tore geht. Erstaunt sehe ich das Foto an und versuche mich zu erinnern, ob sie wieder hinausgegangen ist, als wir alle schon unsere Plätze gefunden hatten. Möglich wäre es. Ich erinnere mich daran, dass ich mit der kleinen Eesha eine Toilette suchte und den Kirchendiener fragte, ob es eine gäbe, die wir benutzen könnten. Freundlicherweise führte er uns in einen kleinen Gemeinschaftsraum im hinteren Bereich und schloss die Kabine für uns auf.

Hat sich Mum da unbemerkt aus der Kirche geschlichen? Sie sieht auf dem Bild auf jeden Fall aus, als wäre sie auf einer Mission, mitten im Schritt abgelichtet, das rechte Bein vorgestreckt. Das nächste Foto zeigt sie wieder im Hintergrund, diesmal auf dem Weg. Es sieht aus, als würde sie mit jemandem sprechen. Einem Mann.

Ich vergrößere das Foto und blinzle, um sicherzugehen, dass ich richtigliege. Sie steht vor einem Mann, der sehr viel größer ist als sie, jedoch nicht für eine Hochzeit gekleidet ist – alte grüne Jacke, graues Haar unter einer Tweedkappe, Stiefel.

Als ich das nächste Foto vergrößere – der Fotograf steht hier

Gott sei Dank wieder an der Straße am Kirchentor –, ist Mum viel deutlicher zu sehen. Und auch der Mann, mit dem sie spricht.

Ich bedecke meinen Mund mit der Hand, unterdrücke ein Keuchen.

Denn bei dem Mann auf dem Foto handelt es sich um John Wentworth – Dannys und Josephs Vater.

Dann, ein paar Fotos später, ist Mum zurück im Kirchhof. Und an ihrer Jacke fehlt das Anstecksträußchen.

SIEBENUNDVIERZIG

Dad sitzt am Fenster des Wohnzimmers von Winchcombe Lodge, als ich ankomme, und nimmt seinen Nachmittagstee mit zwei Damen ein, beide etwa in seinem Alter. Eine der Frauen häkelt an einem rosa-grünen Quadrat, während sie ihren Blick aus glasigen Augen nicht von meinem Vater abwendet, der aus dem Fenster in den Garten schaut.

»Hey Dad«, sage ich und beuge mich über ihn, um ihn zu küssen. Mit einem »Hallo« lächle ich die Frauen an. »Ich liebe diese Farben«, sage ich zu der häkelnden Dame und deute auf ihre Wolle.

»Für das Baby«, sagt sie und einen törichten Augenblick lang glaube ich, sie meint meines.

»Ihr Enkelkind?«

Sie sieht mich verwirrt an, den Kopf zur Seite geneigt. »Nein, Liebes. Nein. *Mein* Baby.« Sie strahlt mich an. Dann gleitet ihre knochige Hand zu ihrem Bauch und reibt darüber. »Er kann jetzt jeden Tag kommen, also sollte ich mich besser damit beeilen.« Sie lacht schelmisch, dann widmet sie sich wieder ihrer Häkelarbeit.

»Tapetenwechsel gefällig?«, frage ich, während Dad seine Teetasse leert, und hoffe, dass er die Anspielung versteht – *Lass uns wo hingehen, wo wir allein sind.*

Und das tut er tatsächlich, denn er schnappt sich ein Sandwich, steht auf und beißt hinein, während wir über den Flur zurück in sein Zimmer gehen. »Hallo Lizzie, mein Schatz«, sagt er, sobald wir angekommen sind und die Tür hinter uns verschlossen haben. »Wie geht es meinem holden Mädchen heute?«

»Gut, Dad«, sage ich und schaue ihn stirnrunzelnd an. Ich will ihm verzeihen, dass er mich angelogen hat, nichts als Erleichterung darüber fühlen, dass es ihm gut geht, aber das wird seine Zeit brauchen. »Da ist etwas, das ich dich fragen möchte.«

Dad sieht mich verwundert an.

»Owen und ich heiraten am Samstag in der Kirche von Little Risewell.« Allein beim Klang dieser Worte fühle ich gleichzeitig Aufregung und schreckliche Angst. »Ich hätte gern, dass du mich zum Altar führst. Es wird ein eigenes Auto für uns geben, mit dem wir fahren werden. Es ist schon alles organisiert.« Ich erzähle ihm nicht, dass es Mum war, die alles organisiert hat. Schließlich will ich ihn nicht abschrecken – nach meinem letzten Besuch vermute ich, dass er sie trotz allem, was sie durchgemacht haben, immer noch liebt.

»Keine Wiederholung von letztem Jahr, hoffe ich«, sagt er, als er sich in seinen Lehnstuhl sinken lässt.

»*Dad* ... sag doch so etwas nicht.« Aber mir dreht sich immer noch der Magen um. Ich versuche erfolglos, das, was ich auf den Fotos in Shelleys Haus gesehen habe, aus dem Kopf zu bekommen – Mum, die kurz vor Rafes Tod vor der Kirche mit John Wentworth spricht. Ich würde alles dafür geben, zu erfahren, worüber sie gesprochen haben – genauer gesagt, weshalb sie überhaupt miteinander gesprochen haben. Ich kann mir nicht vorstellen, dass John irgendetwas mit meiner Mutter zu tun haben will.

Auf den Bildern gab es keinen Zeitstempel und damit auch keinen Hinweis darauf, wie lange Mum weg war, als sie die Kirche verließ – oder wie sie die Zeit fand, zu Shelleys und Rafes Cottage zu kommen, ehe sie wieder in die Kirche zurückkehrte. Alles, was ich mit Sicherheit weiß, ist, dass sie ohne ihr Anstecksträußchen zurückkam, das ich dann viel später neben Rafe fand.

»Also, wirst du zu meiner Hochzeit kommen?«, frage ich Dad. »Es würde mich so glücklich machen, wenn du mich zum Altar führst.«

Dad winkt mich zu sich, also gehe ich zu ihm und setze mich auf den Rand des Bettes, wo er nach meinen Händen greift. Er blickt auf meine Finger. »Zwei Ringe?«

Ich erzähle ihm von dem verloren gegangenen Verlobungsring und Mums Ersatz – erzähle ihm auch die Geschichte über den Ring ihrer Mutter, der gar nicht ihrer Mutter gehörte.

»Ich vermisse sie, weißt du. Deine Mum. Sogar ihre schlechten Seiten. Es fehlt mir, wie die Dinge immer waren. Und glaube nicht, ich wüsste nicht, dass Shelley ihr Bestes gibt, um uns voneinander fernzuhalten.« Er lacht, aber auf traurige Art und Weise. »Aber ich kann es ihr nicht verübeln. Sie hat eine Menge durchgemacht und braucht nicht noch mehr Kummer durch uns. Deine Schwester ist eine Friedenswächterin.«

»Sie ist *tapfer,* das ist sie«, sage ich. »Wann hast du Mum das letzte Mal gesehen?«

Dad öffnet den Mund, als wolle er sprechen, aber nichts kommt heraus. Er schließt ihn wieder, verdreht die Augen nach oben, als würde er nachdenken. »Ich ... ich bin mir nicht sicher.«

An der Art, wie sein Kinn zittert und sein Kiefer sich anspannt, erkenne ich, dass er lügt. »*Dad?*«

Seufzend lässt er die Schultern fallen. »Sie besucht mich manchmal, okay? Aber erzähl es bloß nicht Shelley. Ich will sie nicht aufregen.«

»Ich hatte ja keine Ahnung.«

»Shelley glaubt, dass ich deine Mutter zu Ostern das letzte Mal gesehen habe. Und das stimmt ja auch ... damals hat sie mich besucht.« Dad senkt den Kopf, was mich vermuten lässt, dass es da etwas gibt, das er mir verheimlicht.

»Dad, was ist los?«

»Diese Tabletten, von denen ich dir erzählt habe, Lizzie«, flüstert er. »Die ich nicht genommen habe.«

»Was ist damit?« Mein Verstand läuft plötzlich wieder auf Hochtouren.

»Ich habe sie immer in meine Hand gehustet, wenn die Schwestern nicht hinsahen. Sie hatten keinen Grund zu vermuten, dass ich sie nicht schlucken würde, also haben sie es nie überprüft. Ich wusste nicht, was ich damit tun sollte, also habe ich sie in einer alten Socke aufbewahrt, die ich hinter dem Waschbecken in meinem Badezimmer versteckt habe.«

»O mein Gott, *Dad!* Du kannst doch nicht einfach Medikamente herumliegen lassen. Wie viele Tabletten waren es?«

»An die hundert, vielleicht mehr«, sagt er und starrt zu Boden. »Aber die Sache ist die ...« Er lässt den Kopf wieder sinken, sein Gesicht vor Kummer verzerrt. »Ich glaube ... ich glaube, deine Mutter hat sie gefunden. Sie hat einmal das Bad benutzt, und dann waren sie weg.«

»Mum hat deine Tabletten *gestohlen?*«

Dad nickt. »Niemand außer dir und Shelley hat mich je besucht, und hätten die Schwestern die Tabletten gefunden, wüsste ich es. Es kann also nur deine Mutter gewesen sein.«

Ich schüttle den Kopf und werde mir plötzlich bewusst, dass meine Eltern vermutlich viel besser zusammenpassen, als ich je gedacht hätte.

»Was hat sie damit getan?«

Dad hebt die Schultern. »Vielleicht hat sie sie einfach nur weggeworfen. Ich weiß es nicht.«

Ich schaue ihn an und schüttle langsam den Kopf. Kaum zu glauben, was er mir da erzählt.

»Aber ... aber ich glaube wirklich, dass die Dinge mit deiner Mum diesmal anders laufen könnten«, fährt er fort, was meine Gedanken zu ihrer Beziehung nur bestärkt. »Sie hat versprochen, dass sie sich geändert hat.« Er verstummt, sein Gesichtsausdruck jetzt voller Hoffnung. »Ich habe ihr im Laufe der Jahre mein Herz und meine Seele geschenkt, Lizzie. Ich will nach Hause kommen. Es noch einmal versuchen. Ich könnte es nicht ertragen, sie jetzt zu verlieren ...«

Wieder verstummt er und dafür bin ich dankbar. Da es nur mehr drei Tage bis zu meiner Hochzeit sind, kann ich mich gerade auf nichts anderes konzentrieren – nur auf mein neues Leben mit Owen in London und das Baby, das in mir heranwächst.

»Du bist also entschlossen zu heiraten?«, fragt Dad in einem Tonfall, der darauf schließen lässt, dass er Zweifel hat.

Stirnrunzelnd nicke ich und frage mich, was jetzt kommt.

»Dann freue ich mich für dich, mein holdes Mädchen«, sagt er, nimmt meine Hände in seine und drückt sie. »Ein Neubeginn für uns alle.«

»Neubeginn?«

»Ich habe beschlossen, mich bald selbst zu entlassen. Es ist an der Zeit«, sagt er. In seinen Augenwinkeln bilden sich Tränen. »Ich habe all diese Lügen und Heucheleien satt, und das ist kein Leben hier für mich. Und ganz nebenbei wird das Geld auch nicht für immer reichen. Aber ... aber zuerst musst du mir einen Gefallen tun.«

»Ja, Dad. Wenn ich dir helfen kann, tue ich es gern.«

Er steht auf, geht zu seinem Kleiderschrank und öffnet ihn. Dann zieht er etliche Paar Schuhe heraus und sucht in einem von ihnen herum. Schließlich zieht er etwas heraus.

Eine Socke. »Würdest du die für mich mitnehmen? Sie entsorgen?«

»*Noch mehr* Tabletten?«

Er nickt und macht ein schuldbewusstes Gesicht. »Nimm sie, bevor deine Mutter sie in die Hände bekommt.«

Ich seufze und schließe die Augen. »Na gut«, sage ich. Zumindest eine Sache, bei der wir einer Meinung sind.

ACHTUNDVIERZIG

Auf dem Weg zurück nach Medvale mache ich einen Abstecher durch Long Aldbury, um ein paar Dinge – bloß Shampoo und Zahnpasta – aus dem großen Supermarkt zu holen, der günstiger ist als der Dorfladen in Little Risewell. Ich hasse es, dass ich überlegen muss, ob wir uns diese Dinge leisten können, aber widerstrebend habe ich die beiden Zwanzig-Pfund-Noten akzeptiert, die mir Owen vorher gegeben hat, als ich Medvale verlassen habe, nachdem er mir versichert hatte, dass es in Ordnung wäre und dass wir das Geld bald wieder auf Mrs Baxters Konto einzahlen könnten.

»Während du weg bist, werde ich einen vielversprechenden Video-Call mit den Bossen haben. Wir besprechen die Details eines neuen Sechs-Monats-Vertrags, Lizzie.« Er umarmte mich fest. »Wir müssen uns in Zukunft keine Sorgen mehr über Gelddinge machen, und sie haben bestätigt, dass meine Rechnung auf der Liste der heute auszuzahlenden Beträge steht. Ehrlich, Gerry war fuchsteufelswild, dass sie immer noch nicht bezahlt wurde.«

Das war genau das, was ich hören wollte – ein weiterer fixer Vertrag in Planung –, und auch, dass es ihm nach seinem

Sturz so viel besser geht. Die paar Tage Ruhe haben ihm gutgetan. Endlich geht es mit seiner Arbeit voran ... und hoffentlich bald auch mit einer Wohnung. Nur wenn ich an Mum denke, wischt ein Adrenalinstoß alle positiven Gefühle weg und macht mich nervös. Dann habe ich schreckliche Angst, dass es die falsche Entscheidung war, mit der Hochzeit weiterzumachen.

Ich parke den Wagen und mache mich auf den Weg zu Price-Beater, dem Billigladen des Dorfes, wobei »Dorf« mittlerweile leicht untertrieben ist. Long Aldbury ist heutzutage eher eine kleine Stadt und hat sogar eine eigene Schule, die es zu meiner Zeit noch nicht gab.

»Oh, entschuldigen Sie bitte«, sage ich und gehe zur Seite, als eine Frau an mir vorbeistürmt. Sie ist kleiner als ich und auch älter, offenbar in Gedanken versunken, mit dem Kopf tief über den Einkaufswagen gebeugt. Aber irgendetwas zwingt mich dazu, sie zu beobachten, als sie sich ihren Weg zur Milchabteilung bahnt, dort stehen bleibt und die Milchkartons mustert, ehe sie sich einen greift und ihren Blick nun hinüber zum Käse wandern lässt.

»Das ist doch *Mary*«, flüstere ich und dränge mich näher an sie heran, um sicherzugehen, dass sie es wirklich ist, mit dem unter dem Kinn zusammengebundenen Kopftuch. Sie wählt ein Stück Käse und studiert das Preisschild, ehe sie seufzt und es zurück in die Kühltheke legt. Dann nimmt sie stattdessen ein anderes, kleineres Stück Käse der Supermarkt-Eigenmarke und wirft dieses in ihren Einkaufswagen.

Ich folge ihr den Gang hinunter und den nächsten wieder hinauf – Dosensuppen und Bohnen, Reis und Nudeln –, beobachte ihr Gesicht, als sie überprüft, was im Angebot ist. Sie legt zwei kleine Dosen preisgünstige Bohnen in ihren Wagen, gefolgt von einer Dose Ravioli. Dann geht sie weiter den Gang entlang.

»Hallo ... Mary?«, sage ich und nähere mich ihr. Sie dreht

sich abrupt um und starrt mich an. Zunächst ernte ich einen düsteren Blick, dann drückt ihr Gesicht Erkennen aus.

»Oh«, sagt sie, »die Journalistin.«

»Na ja, ich bin eigentlich keine Journalistin.« Ich fühle mich immer noch mies, weil ich sie und ihren Mann angelogen habe. »Nur jemand auf ... auf der Suche nach Informationen.« Das hebt meinen Schwindel hoffentlich irgendwie auf, aber Mary geht gar nicht weiter darauf ein. Sie schaut in ihren Einkaufswagen und schüttelt den Kopf.

»Wenn meine Jungs zu Hause waren, haben sie mir immer sämtliche Vorräte weggefuttert. Heuschrecken habe ich sie genannt.« Sie lacht. »Aber sehen Sie jetzt. Billigessen für John und mich.«

»Das kann ich mir vorstellen«, sage ich. »Das Geld ist heutzutage bei allen knapp.«

Mary sieht zu mir hinauf, als würde sie mir etwas sagen wollen, hätte es sich aber anders überlegt. »John darf nicht sehen, was ich hier kaufe«, sagt sie zu mir. »Gott sei Dank war er nie ein großer Koch, sodass er es gar nicht merkt, wenn ich ihm den Teller vorsetze. Aber wenn er die Wahrheit wüsste, dass ich gezwungen bin, diese Billigmarken zu kaufen, all die Kürzungen, die ich vornehmen muss ...«

Sie schüttelt den Kopf und fährt fort, als ich fragend die Stirn runzle.

»Er ist ein stolzer Mann, das sage ich Ihnen, aber wir haben buchstäblich nichts mehr übrig. Ich habe mich immer um unsere Finanzen gekümmert, aber unsere staatlichen Renten decken kaum die Kosten – Heizung, Grundsteuer, Benzin. Das ist nicht das, was man sich vorstellt, wenn man das ganze Leben lang arbeitet, in eine private Pensionsvorsorge einzahlt, von der man denkt, dass sie für den Rest des Lebens reicht. Gar nicht das, was man sich vorstellt.«

»Es tut mir leid, das zu hören«, erwidere ich und kann den Kampf in ihrem Gesicht sehen.

»John weiß es nicht, verstehen Sie?«

Wir gehen auf die Seite, als eine erschöpfte Mutter mit einem heulenden Kleinkind im Einkaufswagen an uns vorbeifährt und sich den gesamten Gang lang unentwegt entschuldigt.

»John weiß es nicht?« Ich werde hellhörig und frage mich, was Mary von Shelleys Hochzeitsfotos halten würde – ihr Ehemann, der letztes Jahr vor der Kirche mit meiner Mutter gesprochen hat. »Was denn?«

»Dass unser gesamtes Geld so gut wie weg ist.« Sie schüttelt den Kopf und hat wieder den gleichen Gesichtsausdruck, kurz vor dem Platzen, als könnte sie nicht anders als mir, einer völlig Fremden, zu vertrauen, weil es besser ist, als all ihre Sorgen hinunterzuschlucken. »Und es ist alles meine Schuld.«

»O Mary, das kling wirklich hart.«

»Aber was kann eine Mutter tun, wenn ihr Sohn Hilfe braucht? Es ist die einzige Möglichkeit, wie ich es wiedergutmachen kann, all das Unrecht, das er erlitten hat. Er ist ein guter Junge, wirklich. Na ja, jetzt ist er ja ein *Mann*.« Sie ringt sich von irgendwoher ein Lachen ab, aber es ist klar, dass ihr Schmerz tief sitzt. Ich habe immer noch keine Ahnung, wovon sie spricht.

»Man tut doch alles für die eigenen Kinder«, sage ich und überrasche mich selbst, weil ich ihren Arm berühre. Mutter zu Mutter. Zukünftige Mutter zumindest.

»Unser Joseph hatte recht zu kämpfen, nachdem er mit sechzehn die Schule verlassen hat. Nichts war mehr so wie zuvor, nach dem, was diese Frau ihm angetan hat.«

Bei der Erwähnung der Frau, die – wie ich annehme – meine Mutter ist, zucke ich innerlich zusammen.

»John glaubt, dass Joseph uns nie kontaktiert, aber er meldet sich gelegentlich bei mir. Manchmal ein Brief, ein Anruf oder eine Textnachricht alle heiligen Zeiten, nur um mich wissen zu lassen, was er tut, wo er ist. Er will nicht, dass sein Vater es weiß. Wir standen uns stets nahe, mein Junge und ich.« Sie lächelt wehmütig. »Aber es stimmt, was man sagt. Dass Kinder sich immer nur melden, wenn sie etwas brauchen.«

Dann greift Mary in ihren Einkaufswagen und stellt eine der Dosen mit den Bohnen wieder in das Regal zurück. Wieder lacht sie – ein resigniertes Krächzen. Sie verschränkt die Arme über ihrem beigen Regenmantel, die Füße weit auseinander, als könne sie sich so gegen die Welt verteidigen.

»Wir sind jetzt an einem Punkt, an dem ich nur mehr darauf warte, dass John und ich sterben. Dann kann Joseph den Bungalow verkaufen und es sich gut gehen lassen. Es ist sinnlos, ihm einmal ein paar tausend Pfund hier, ein paar tausend Pfund da zu schicken. Heutzutage und in seinem Alter ist das ja gleich weg, besonders mit den ganzen Geschäftsvorhaben, die er versuchte zum Laufen zu bringen. Er hatte bei Gott eine Menge Jobs im Laufe der Jahre – Lagerarbeiter, Portier im Krankenhaus, Taxifahrer – aber nichts scheint von Dauer zu sein. Es ist das Trauma, wissen Sie.«

»Ach Mary, das tut mir so leid.« Sie hat keine Ahnung, wie ernst es mir damit ist. »Wissen Sie, wo er jetzt lebt? Können Sie ihn besuchen?«

»Das letzte Mal, als ich vor einigen Monaten von ihm hörte, lebte er in Bedford. Er lieferte Pizzen mit seinem Motorrad aus. Das Motorrad, für das *ich* ihm natürlich das Geld gegeben hatte. John hätte einen Anfall bekommen, wenn er wüsste, dass er Motorrad fährt. Aber es war nicht Josephs Schuld, dass das Bike gestohlen wurde. Dann hat sich sein Mitbewohner bei Nacht und Nebel davongemacht, also hat er die Kaution für die Wohnung verloren, die ich ihm kurz davor geschickt katte. Vor einigen Jahren hatte ich ihm Geld geliehen, um ein Café-Business aufzuziehen, aber die Pandemie hat ihn ruiniert, also musste er endgültig schließen. So ist es ihm in den letzten Jahren ergangen. So viel Pech.«

Mary schüttelt den Kopf, nicht einmal annähernd den

Tränen nahe, so wie ich es wohl gewesen wäre. Sie ist einfach ganz sachlich und stoisch, was die Aufzählung der kostspieligen Fehlschläge anbelangt – Fehlschläge, für die *sie* offenbar aufgekommen ist. Da kann ich mich nur glücklich schätzen und sehr, sehr dankbar für das sein, was Owen und ich haben. Auch wenn unsere Hochzeit von meiner Mutter finanziert wird.

»Mehr als fünfzigtausend Pfund unserer hart verdienten Rente sind in den letzten zehn Jahren draufgegangen. Ich hasse es, meinen Ehemann anzulügen, aber er hat keine Ahnung, dass nichts übrig ist. Obwohl ich glaube, er hat Verdacht geschöpft. Die Ersparnisse eines ganzen Lebens sind praktisch nicht mehr vorhanden.« Mary blickt wieder auf den mageren Inhalt ihres Einkaufswagens und schüttelt den Kopf. »Also ja, man tut alles für seine Kinder.« Sie lacht auf. »Jeden Abend bete ich, dass er eines Tages auf unserer Türschwelle auftaucht und zurück nach Hause kommen will. Ich würde ihn mit offenen Armen willkommen heißen, meinen Jungen. Das Dumme ist, dass ich ihn überall zu sehen glaube, egal wo ich hinsehe. Irgendein Mann im Bus. Jemand im Fernsehen. In meinen Träumen.« Sie schüttelt den Kopf und schiebt eine lose Strähne grauen Haars zurück unter ihr Kopftuch. »Ich verliere schön langsam den Verstand, Liebes.« Ein weiteres resigniertes Lachen.

»Lassen Sie mich Ihre Einkäufe bezahlen, Mary«, sage ich und folge ihr, als sie zur Kasse geht. Der Inhalt ihres Einkaufswagens macht keine zehn Pfund aus und irgendwie fühlt es sich angemessen an. Ich schnappe mir die paar Dinge, für die ich hergekommen bin, und sie lächelt dankbar zu mir hinauf, als ich der Kassiererin das Geld reiche, sobald ihre Einkaufstasche voll ist.

Draußen hat es zu regnen begonnen und sie macht sich auf den Weg in Richtung ihrer Straße, gute zehn Minuten bergauf. »Mary, warten Sie. Kann ich Sie mitnehmen? Mein Wagen steht gleich dort drüben.« Ich deute auf den Volvo, der direkt vor dem Laden parkt.

»Danke, Liebes«, erwidert sie und klettert auf den Beifahrersitz. Als ich im Auto sitze und mich angeschnallt habe, wirft Mary einen Blick auf meine Hand am Lenkrad. »Sie sind verlobt, nicht wahr?«

Ich lächle, stoße auf dem Parkplatz zurück und fahre auf die Straße. »Ja, bin ich. Unsere Hochzeit findet diesen Samstag in der Kirche von Little Risewell statt.«

»Wie schön«, lächelt sie mit feuchten Augen und sieht dann starr aus dem Fenster, während ich sie zu ihrem Bungalow fahre. Als wir angekommen sind, steigt sie aus dem Auto, steckt jedoch noch einmal den Kopf durch die Autotür. »Kein Wort von dem, was ich Ihnen erzählt habe, zu irgendjemandem, Liebes.«

»Natürlich«, sage ich und ergreife ihre Hand, um sie kurz zu drücken.

»Wenn *er* das herausfindet, steht nicht nur mein Leben auf dem Spiel.« Und sie wirft einen Blick zu dem Bungalow, ehe sie die Autotür schließt und hineingeht.

NEUNUNDVIERZIG

»Oh. Mein. Gott«, sage ich. »Es ist absolut umwerfend.« Ich kann mich kaum auf Owens Laptop-Bildschirm konzentrieren und bin überzeugt, meine Augen spielen mir einen Streich. Ich sehe ihn an, mein Gesicht nahe an seinem, als wir nebeneinander an Mums Küchentisch sitzen, der Duft ihres Kanincheneintopfs vom Ofen herüberzieht, während ich mir immer wieder die Bilder auf der Website der Immobilienagentur ansehe.

»Oder?«, sagt er in einem Ton, der viel zu ruhig ist. »Ich wusste, es würde dir gefallen.«

»Gefallen? Es ist sogar besser als die Wohnung, die wir gesehen haben, ehe wir hier angekommen sind. Es ist meine Traumwohnung. Aber sieh mal, da steht, sie ist schon seit Montag auf dem Markt. Heute ist Donnerstag, also ist sie mit Sicherheit schon weg. Hast du dort angerufen?«

»Natürlich«, sagt er, immer noch viel zu ruhig in Anbetracht der Umstände.

»Wenlock Avenue ... und es ist ganz in der Nähe der U-Bahn, hat zwei Schlafzimmer, eine perfekte Küche, einen privaten Garten ... warte – einen privaten Garten!« Ich schlage meine Hände unter dem Kinn zusammen und weiß, wir *müssen* diese Wohnung haben. »Sie ist so hell, und außerdem möbliert. Ich liebe einfach alles an ihr. Aber was, wenn sie weg ist, noch bevor wir sie gesehen haben? Was haben sie gesagt, als du angerufen hast?«

Owen lacht leise. »Du machst dir immerzu Sorgen«, sagt er, während er zum Kühlschrank geht. Er kommt mit einer Flasche von Mums Champagner zurück.

»Ich kenne einfach die Marktsituation«, erkläre ich ihm. »Wir wurden zu oft enttäuscht.« Ich lade die Seite neu und warte eine Sekunde, bis sie wiederhergestellt ist. »Machst du die auf?«, frage ich und beäuge die Flasche in seiner Hand. »Auf eigene Gefahr«, füge ich hinzu, da ich sicher bin, Mum wird es nicht gefallen, wenn er sich so einfach bedient. Ich springe wieder zwischen den Bildern hin und her und ziehe geistig schon in eine weitere Wohnung ein, die wir höchstwahrscheinlich nicht bekommen. Dann springe ich auf – ich weiß nicht ob aufgrund des Korkens, als Owen Mums Moët öffnet, oder wegen der maßlosen Enttäuschung, als ich das VERMIETET-Banner über der Wohnung sehe.

»Cheers«, sagt Owen und reicht mir ein Glas Orangensaft.

Alles, was ich tun kann, ist, meine Hand zu heben und auf die Worte auf dem Bildschirm zu deuten. »Wann hast du diese Seite das letzte Mal neu geladen?«, frage ich, mittlerweile ziemlich immun gegen das Gefühl des Verlustes. »Schau mal. Sie ist schon weg. Buchstäblich vor meinen Augen.«

Owen lässt sein Glas immer noch gegen meines klirren, ein merkwürdig durchtriebenes Lächeln im Gesicht. »Sie ist tatsächlich weg«, verkündet er ein wenig zu vergnügt. »Wir haben sie bekommen! Sie gehört *uns*, Lizzie.«

Ich starre ihn an, sprachlos und nervös. Ich will mir keine Hoffnungen machen, wenn er einen Scherz macht oder sich geirrt hat – was beides grausam wäre. »Was? Warte! Du meinst, das ›Vermietet‹-Zeichen bezieht sich auf ... auf dich und mich?«

Owen nickt. Und nippt an seinem Champagner.

»Oh. Mein. Gott«, sage ich nun schon das zweite Mal in fünf Minuten. »Bist du dir sicher? Das ist unsere Wohnung? Aber wir haben sie nicht einmal gesehen. Ich meine ... Was, wenn ...? Wieso denn ...? Aber warum ...?« Die Fragen sprudeln aus mir heraus, sodass Owen keine Gelegenheit hat, mir zu antworten. Er lacht, als ich stotternd und stammelnd den Schock und die Freude über das verarbeite, was er mir gerade erzählt hat.

»Als ich das letzte Mal in London war, habe ich heimlich einen Blick darauf geworfen. Ich habe dir nichts davon erzählt, denn es hätte ja sein können, dass nichts daraus geworden wäre. Ich habe eine Kaution hinterlegt – die Firma hat mir endlich eine Übergangszahlung geleistet, die gerade gereicht hat – und so, wie es ausschaut, ist es buchstäblich gerade offiziell unsere geworden. Perfektes Timing!«

Angesichts dieser Nachricht stürze ich mich auf ihn, egal, ob er mich mit Champagner vollschüttet. Mir ist sogar egal, ob Mum ihn dafür rügt, dass er ihn überhaupt geöffnet hat. Sie ist ohnehin draußen damit beschäftigt, die Partyzelt-Leute anzuweisen und herumzuscheuchen, die gerade das riesige Zelt auf dem Rasen aufbauen.

»Das passiert alles wirklich, oder?«, sage ich und drücke ihn leicht. »Unsere Hochzeit, das Baby, ein eigenes Zuhause ... sogar ein neuer Arbeitsvertrag für dich, nachdem das Treffen am Dienstag gut gelaufen ist. Alles fügt sich schlussendlich. Gott sei Dank.« Ich lehne den Kopf an seine Schulter und spüre die Sicherheit seiner Arme, die er um meinen Rücken geschlungen hat. »Ich bin sicher, ich wache jeden Augenblick auf, aber im Moment freue ich mich. In weniger als achtundvierzig Stunden werden wir Mr und Mrs Foster sein und ich kann es kaum erwarten.«

Ich schließe die Augen und sauge die Erleichterung und das Glücksgefühl auf, aber dann tauchen hinter meinen Augen

Marys besorgtes Gesicht, ihre beiden bemitleidenswerten Söhne und das Foto meiner Mutter ohne ihr Anstecksträußchen vor der Kirche in einem grässlichen Aufblitzen von Realität auf.

Doch der Augenblick wird unterbrochen, als ich spüre, wie Owens Körper sich schüttelt. Als ich zurückweiche, sehe ich, dass es vor Lachen ist. »Oh-oh, schau nur«, sagt er und deutet aus dem Küchenfenster. »Ich glaube, die Partyzelt-Typen bekommen gerade ihr Fett ab.«

Ich gehe hinüber zum Fenster und wünschte, ich könnte hören, was Mum gerade sagt. Dem Ausdruck ihres Gesichts nach zu urteilen, ist es nichts für Zartbesaitete. Drei stattliche Männer stehen um sie herum, einer mit einem riesigen Hammer in der Hand, doch alle wirken völlig verängstigt.

»Sie hat ihnen vermutlich gerade befohlen, das ganze Ding zehn Zentimeter nach Westen zu versetzen.«

»Kann ich mir vorstellen«, sagt Owen und legt seine Arme um mich.

Ich beobachte, wie sich die Szene draußen entwickelt. »Du hältst mich bestimmt für albern, aber als wir ankamen, als all das Gerede von Hochzeiten anfing und davon, dass wir länger bleiben würden, hatte ich wirklich Angst. Ich habe versucht, es vor dir zu verbergen, aber ...« Ich verstumme und frage mich, ob ich zur Gegenwartsform wechseln soll – dass ich *immer* noch Angst habe –, aber ich beschließe, dass es keinen Sinn hat, auch Owen zu ängstigen. Besonders, weil ich nichts beweisen kann.

»O Liebes«, sagt er. »Warum hattest du Angst?«

Ich deute aus dem Fenster. »So wie diese armen Kerle hier, die vermutlich schon bereuen, dass sie diesen Job je angenommen haben, und sich fragen, ob sie es lebendig hier herausschaffen, nun ja ... habe auch ich mir Sorgen gemacht, dass sie dir etwas antun würde.«

»*Was?*« Owen hört sich aufrichtig schockiert an. »Du dachtest, deine Mutter wollte mich verletzen? Warum?«

Ich schlucke, unsicher, wie ich es ausdrücken soll. »Sie war immer schon überfürsorglich, was Shelley und mich anging«, sage ich. »Und in ihren Augen wird kein Mann je gut genug sein für ihre Töchter.«

Aber die Worte kommen immer noch nicht heraus – Worte, die ihn höchstwahrscheinlich seine Meinung über seine Hochzeit mit mir am Samstag ändern lassen würden.

»Und deswegen liebe ich dich, Lizzie«, sagt Owen und zieht mich eng an sich. »Dafür, dass du bei mir bleibst, selbst angesichts der teuflischen Mutter der Braut!« Er knurrt und hebt seine Hand in einer albernen Klauenbewegung, aber ich stoße ihn in die Rippen und zische ein *Schhhh,* als ich höre, dass Mum zurück ins Haus kommt.

»Ich könnte sie alle umbringen!«, sagt sie, als sie in die Küche gestürmt kommt. »Diese nutzlosen Idioten haben den Eingang zum Zelt auf die falsche Seite gesetzt. Jetzt müssen sie alle Seiten versetzen. Ich wollte, dass heute Abend alles fertig ist, damit ich überlegen kann, wo die Tische hinkommen. Die Möbel wurden geliefert und sind jetzt drinnen aufgestapelt ...«

»Du siehst aus, als könntest du eines davon gebrauchen, Sylvia«, sagt Owen und hält meiner Mutter das Glas mit Champagner entgegen.

»Oh«, sagt sie und beäugt die Flasche auf der Arbeitsplatte. Wundersamerweise sagt sie nichts außer: »Danke. Das tue ich tatsächlich.«

»Wir feiern«, sagt Owen und zieht einen Stuhl für sie heraus. »Ich zeige dir, warum.« Er öffnet seinen Laptop mit den Bildern unserer Wohnung immer noch auf dem Bildschirm.

»Ich brauche meine Brille«, sagt Mum und holt sich die Lesebrille, die neben dem Radio liegt. »Ich habe furchtbare Kopfschmerzen. Das ist der Stress. Ich brauche Tabletten.« Sie geht zum Schrank und nimmt eine Packung Paracetamol heraus.

»Das erinnert mich an etwas. Ich bin gleich wieder zurück«,

flüstere ich Owen zu. Ich verlasse die Küche und nehme auf dem Weg hinauf meine Handtasche von der Bank im Flur. Seit ich vor zwei Tagen von meinem Besuch bei Dad zurückgekommen bin, war ich so mit Hochzeitsvorbereitungen beschäftigt, dass ich den Gefallen, den ich ihm tun sollte, völlig vergessen habe.

Nachdem ich die Schlafzimmertür aufgesperrt habe, setze ich mich aufs Bett, dankbar für einen Moment allein. Ich krame in meiner Tasche und suche nach den Tabletten, die Dad mir gegeben hat. Ich muss sie loswerden – keine Ahnung, warum er sie nicht einfach in der Toilette runtergespült hat. Vermutlich hatte er Angst, erwischt zu werden.

Während ich suche, frage ich mich, was Mum mit den Tabletten getan hat, die sie gestohlen hat, als sie ihn besucht hat. Wenn sie sie immer noch hat, will ich lieber nicht darüber nachdenken, was sie damit vorhat. Dann schaue ich finster in meine Tasche, kippe den Inhalt auf dem Bett aus – Geldbörse, Taschentücher, Schlüssel, Lippenstift, Stifte, ein zusätzliches Handy-Ladegerät ... der übliche Kram fällt heraus.

Aber da ist keine Socke. Und da sind auch keine Tabletten.

Die Erkenntnis, dass sie verschwunden sind, dämmert mir gerade, als meine Mutter von unten ruft.

»Schatz, das Essen ist fertig!«

FÜNFZIG

»Ich kann dir gar nicht sagen, wie nötig ich das hatte«, sage ich und werfe den Würfel. Dann ... »O *nein!*«, als ich sehe, dass ich eine Vier gewürfelt habe.

Ich stopfe mir etwas von dem Essen rein, das Shelley vorbereitet hat. Ich habe den ganzen Tag nicht viel gegessen nach den schwer verdaulichen Fish & Chips, zu denen ich Owen gestern Abend unbedingt überreden musste, unter dem Vorwand massiver Schwangerschaftsgelüste. Ich habe ihm nicht gesagt, dass der eigentliche Grund die Tabletten waren, die Mum gestohlen hat und die mir den Verstand raubten. Ich wollte nicht riskieren, ihren Kanincheneintopf zu essen, besonders nachdem wir uns den armen Dingern von Angesicht zu Angesicht auf unserem Autodach gegenübergesehen hatten. Und ich war den ganzen Tag sauer auf mich selbst, weil ich meine Handtasche unbeaufsichtigt im Flur gelassen hatte.

»Ahhh, zurück zum Anfang mit dir«, sagt Jared und zieht mit meinem Hütchen demonstrativ bis zum Schwanz der Schlange zurück.

»So hast du zumindest irgendeine Art von Junggesellinnenabschied«, sagt Shelley, »plus ein paar Junggesellen.«

»Darauf trink ich, darauf trink ich«, sagt Lynda, die mit überkreuzten Beinen auf dem Boden vor dem Couchtisch sitzt, wo wir Brettspiele spielen. Wenn ich schon einen Junggesellinnenabschied haben muss, dann gäbe es wohl keinen besseren als den, den Shelley für mich organisiert und für den sie einfach ein paar Freunde zu Snacks und Getränken eingeladen hat. Obwohl ich nicht abstreiten kann, dass es sich beunruhigend anfühlt, am Abend vor meiner eigenen Hochzeit in dem Cottage zu sein, in dem ich Rafe entdeckt habe. Aber ich weiß, dass Shelley das jeden einzelnen Tag tun muss, also versuche ich es aus meinen Gedanken zu verbannen.

»Cheers«, rufen die anderen und heben ihre Gläser. Niemals zuvor wollte ich so sehr mitfeiern wie in diesem Moment – mein letzter Abend als Single, mit Shelley und Jared, Gavin und Lynda. Jared hatte angeboten, mit Owen einen Junggesellenabschied zu feiern, aber dieser hatte abgelehnt und gemeint, er sei müde nach einem Tag intensiver Online-Meetings. Außerdem wolle er ausgeruht sein für die morgige Hochzeit, besonders nach seinem Sturz vor einer Woche.

Ich fühle mich selbstsüchtig, bin jedoch erleichtert, dass er nicht ausgeht. Nach vergangenem Jahr käme es mir vor, als würden wir das Schicksal herausfordern. Obwohl das natürlich bedeutet, dass er allein mit Mum in Medvale festhängt. Ich wollte sie zwar nicht allein lassen, aber Owen bestand darauf, dass alles in Ordnung sei und er früh ins Bett gehen würde. Für meinen eigenen inneren Frieden schreibe ich ihm ständig Textnachrichten – wie der Abend hier läuft, wie aufgeregt ich wegen morgen bin, ein Foto des Essens, das Shelley vorbereitet hat. Alles, was ihn zu einer Antwort veranlasst, die mir bestätigt, dass es ihm gut geht.

»Solltet ihr mich nicht eigentlich gewinnen lassen?«, frage ich und würfle wieder, als ich dran bin. »Das ist doch *mein* Junggesellinnenabschied, oder? Bisher habe ich drei Partien

Snap verloren, mehrere »Operationen« verpfuscht, und mein Esel hat nach nur zwei Versuchen schon gebockt.« Shelley entdeckte die gebrauchten Kinderspiele heute Nachmittag an einem Stand der lokalen Pfadfinderinnen, die Geld für die Tierschutzorganisation sammelten, die auch ihre Praxis unterstützt.

»Zumindest hast du Spaß«, sagt Shelley und greift nach meiner Hand, um sie zu drücken. »Es geht nicht immer nur ums Gewinnen, es geht ums Spielen.«

Es geht ums Durchkommen, denke ich, aber sage es nicht laut, da ich gerade heute Abend nicht jammern will. Aber genau so fühlt es sich an in diesen zwei Wochen, seit wir zurück in Little Risewell sind – als hätte ich diese Tage gerade so überstanden.

»Danke, dass du das alles organisiert hast und dir solche Mühe machst«, sage ich und schaue zu dem Essen, das sie vorbereitet hat. »Das ist genau das, was ich brauche.«

»Liz, ich bin auf dem Heimweg von der Arbeit nur schnell bei Marks & Spencer reingesprungen und hab mir ein paar Sachen zum Aufreißen und Aufwärmen geschnappt. Das kann man wohl kaum als Mühe bezeichnen.«

»Mir bedeutet es viel«, sage ich. »Ich weiß, wie schwer es für dich ist.« Wir wechseln einen schwesterlichen Blick, den kein anderer bemerkt, und werden dann von Lyndas heiserem Gelächter unterbrochen.

»Gewonnen! Gewonnen!«, kräht sie lauthals und ich glaube, ich habe noch nie jemanden so aufgeregt gesehen.

»Gut, als nächstes Jenga«, sagt Gavin und greift zur Schachtel. Er und Lynda stellen es auf dem Couchtisch auf, wobei Lynda jedes Mal Gavs Hand wegschlägt, wenn er die Steine stapelt.

»Mach es gerade, mach es gerade. Du willst ein Baumeister sein, Gav? Du willst ...?«

»Frechdachs«, antwortet Gavin und fasst seine Frau um die

Taille, was den ganzen Stapel an Bausteinen zum Einsturz bringt, noch ehe wir überhaupt zu spielen begonnen haben. Noch mehr Gelächter, als die beiden hysterisch auf dem Boden herumrollen.

»Bitte lieber Gott, lass Owen und mich in zehn Jahren genauso sein wie sie«, sage ich zu Shelley. »Die zwei sind die Besten«, füge ich hinzu und lasse mich von ihrem Lachen anstecken. Dann bemerke ich, wie Jared sie beobachtet, ein kleines Lächeln im Gesicht, wie er da am Rand des Sofas sitzt – nachdenklich und wehmütig. »Sie ist irgendwo da draußen«, sage ich leise zu ihm und stoße sanft an sein Bein. Als Antwort nickt er nur und sieht mich eine Kleinigkeit zu lange an.

»O Gott, hoffentlich ist das kein beruflicher Anruf«, sagt Shelley und spring beim Läuten ihres Telefons in der Küche vom Boden auf. »Ich habe heute keine Bereitschaft und ich habe meinen Kollegen gesagt, dass ich wegen deiner Hochzeit morgen unabkömmlich bin.«

»Das hat sie auch bei dem Anruf am Morgen *ihrer* Hochzeit gesagt«, sage ich zu den anderen, als sie das Zimmer verlassen hat, und beschließe, die Geschichte nicht zu Ende zu erzählen. Am Vorabend meiner eigenen Hochzeit erscheint es mir nicht angebracht, über irgendetwas zu sprechen, was an Shelleys tragischem Tag passiert ist. Aber es spricht für ihre Hingabe an ihre Arbeit, dass sie aus ihrem Hochzeitskleid geschlüpft ist, um sich um ein Pferd zu kümmern, das Schmerzen litt. Ich war überzeugt, sie würde zu spät in die Kirche kommen, doch tatsächlich war es Rafe gewesen, der es nicht zum Altar geschafft hatte.

Ich war schon zweimal bei Jenga an der Reihe, als Shelley zurück ins Zimmer geschlichen kommt und sich hinter mich stellt. Sie klopft mir auf die Schulter, und als ich mich umdrehe, bedeutet sie mir mit einer Kopfbewegung und gerunzelter Stirn, ihr zu folgen. Ich stehe auf und gehe mit ihr in die Küche.

»Alles in Ordnung? Du siehst aus, als hättest du ein Gespenst gesehen.«

Shelley öffnet die Flasche Tequila, die sie für den Fall gekauft hat, dass jemand später ein paar Shots möchte, und gießt sich selbst eine großzügige Menge in ein Glas. Dann kippt sie es.

»Ehrlich gesagt, ich weiß es nicht.« Sie wischt sich den Mund mit dem Handrücken ab.

»Was ist passiert?«

Sie blickt zum Telefon, das neben ihr auf der Arbeitsplatte liegt. »Erinnerst du dich an den seltsamen Anruf, von dem ich dir erzählt habe?«, fragt sie. »Nun, das war gerade wieder einer.«

»Was? Wieder mit unterdrückter Nummer?«

Sie nickt. »Jap. Die Stimme war rau und tief, wie schon beim letzten Mal, und auch irgendwie verzerrt, aber diesmal bin ich sicher, dass es ein Mann war. Es war schrecklich. Er sagte etwas über Vergeltung und ... und dass jemand ermordet wurde. Nein, warte ...« Sie greift sich an die Stirn, verwirrt und gequält. Dann schenkt sie sich einen weiteren Tequila ein und kippt ihn wieder weg wie nichts. Ihre Hände zittern sichtbar. »Nein, er sagte etwas davon, dass jemand, den ich *kenne,* ein Mörder ist.«

»O mein Gott, Shell, das ist furchtbar.« Ich schnappe mir ihr Handy, um zu sehen, ob es noch weitere Benachrichtigungen gibt, aber das war's.

Sie schließt die Augen und holt tief Luft. »Ich bin ein bisschen beschwipst, also versuche ich, es genau hinzubekommen. Er hat mich unterbrochen, als ich fragte, was er damit meint. Aber das ist es auch schon ... ja, er ... o Jesus, er hat über eine Frau gesprochen, Lizzie.« Sie umfasst meine Hände und zieht mich an sich heran.

»Ich bin bei dir, Shell, alles gut. Atme tief ein.«

»Ich schwöre, er sagte, es war ...« Sie wirft einen raschen

Blick zur Tür, um sicherzugehen, dass niemand uns hört oder unterbricht. Sie zittert und lallt ein bisschen und ist kaum zu verstehen. »Ich könnte schwören, er sagte, es sei *Mum*. Ich bin sicher, dass er ihren Namen gesagt hat. Er sagte, er würde dafür sorgen, dass sie bekommen würde, was sie verdient. Dann, als ich ihn fragte, wer da sei, und ihm sagte, er solle aufhören, mich anzurufen, oder ich würde die Polizei verständigen, lachte er und meinte, das solle ich ruhig tun. Und wenn ich sie anrufe, solle ... solle ich ihnen sagen ... ihnen sagen, dass sein Name John sei.«

EINUNDFÜNFZIG

Ich öffne die Augen und wache langsam auf. Erinnere mich. Ein Lächeln überzieht mein Gesicht, ich blinzle und schirme meine Augen mit dem Arm ab, bis ich mich langsam an das Sonnenlicht gewöhnt habe, das Shelleys Extra-Zimmer durchflutet. Jared hat netterweise auf dem Sofa übernachtet.

Heute werde ich heiraten.

Aber dann erinnere ich mich an den seltsamen Anruf von letzter Nacht, daran, wie aufgebracht Shelley war und wie – besorgniserregend – viel sie getrunken hat, um das alles auszublenden. Beim Gedanken daran zieht sich mein Magen zusammen. Ich wollte ihr so gern sagen, wer der Anrufer meiner Meinung nach ist: Marys Mann John – Dannys und Josephs Vater John –, aber ich schweig. Das hätte bedeutet, die gesamte Geschichte über Dannys Selbstmord zu erzählen, was Mary mir über seine Lehrerin gesagt hat – höchstwahrscheinlich unsere *Mutter* –, die für seinen Tod verantwortlich ist, ganz zu schweigen von dem, was sie Joseph angetan hat, und das konnte ich einfach nicht tun. Nicht während die anderen anwesend waren, und nicht ein paar Stunden vor meiner Hochzeit.

Ich schob es alles in den hintersten Winkel meines Kopfes,

zusammen mit allem anderen, und dort würde es auch bleiben, zumindest bis der heutige Tag vorüber war.

Ich schlage die Bettdecke zurück, setze mich auf und ziehe die Vorhänge des kleinen Fensters auf. Schöneres Wetter hätte ich mir gar nicht wünschen können – ein klarer blauer Himmel mit ein paar kleinen zarten Wölkchen.

Ich überprüfe mein Handy, um zu sehen, ob Owen sich noch gemeldet hat, nachdem ich gestern Abend schlafen gegangen bin, aber es gibt keine neuen Nachrichten. Wir waren den ganzen Abend über in Kontakt, also habe ich mir nicht allzu viele Sorgen gemacht, aber im kalten Licht des Tages spüre ich, wie meine Angst wieder zunimmt. Als »zuletzt online« scheint 23.24 Uhr auf. Im Laufe der Nacht konnte alles Mögliche passiert sein.

Ich tippe auf den Bildschirm, um ihn anzurufen. Es ist mir egal, dass wir der Tradition entsprechend nicht miteinander sprechen oder einander sehen dürfen, bevor wir uns vor dem Altar treffen, ich will nur wissen, dass es ihm gut geht. »Komm schon, *komm schon,* heb ab!«, murmele ich und stoße einen Fluch aus, als sein Handy läutet und läutet. Schließlich springt es auf seine Mailbox, also hinterlasse ich ihm eine Nachricht mit der Bitte um Rückruf.

Dann rufe ich Mum an.

»Guten Morgen, Schatz«, flötet sie nach dem dritten Läuten. »Hast du gut geschlafen? Ich hoffe, du bist frisch für deinen großen Tag.«

»Ja, ja danke, mir geht's gut«, antworte ich, obwohl das nicht ganz richtig ist. Als ich endlich weggedöst bin, waren meine Träume voll mit Bildern von Johns wütendem Gesicht, während er auf meine Hochzeitstorte einsticht, beim Empfang randaliert und die Gäste zu Tode ängstigt. In einem anderen Traum – oder eher Albtraum – stehe ich am Altar, um zu heiraten, und als ich meinen frisch angetrauten Ehemann küssen will, steht dort stattdessen John, den Mund voll schiefer Zähne, die über mir schweben.

»Ist Owen da, Mum?«, frage ich. »Ich habe versucht, ihn anzurufen, aber er ist nicht drangegangen.«

»Oh, nein, nein. Du weißt, dass das nicht erlaubt ist, Schatz«, protestiert Mum. »Das nächste Mal siehst du ihn erst vor dem Altar.«

»Mum, es ist wichtig. Kannst du ihn bitte für mich holen?« In meinem Bauch wächst die Angst.

Ein paar Augenblicke lang herrscht Stille in der Leitung. »Eigentlich nicht, Elizabeth. Es passt gerade nicht.«

»*Was?* Mum, wenn du mich nicht augenblicklich mit ihm sprechen lässt, komme ich rüber und spreche selbst mit ihm. *Bitte!*«

Mum seufzt. »Er ... er ist unter der Dusche. Ich kann das Wasser oben hören. Ich richte ihm aus, dass du angerufen hast.«

»Gut«, erwidere ich, entschlossen, meine Ängste zu zügeln und nicht diejenige zu sein, die den Tag verdirbt. Aber ich bin immer noch besorgt – ein kleines nagendes Gefühl in meinem Hinterkopf. Irgendetwas stimmt da nicht. »Sag ihm, er soll mir schreiben, wenn er aus der Dusche kommt. Das kann ja wohl kein Unglück bringen?«

»Ich sage es ihm«, antwortet Mum. »Jetzt beeil dich und mach dich fertig, Elizabeth. Du willst deinen Bräutigam doch nicht vor dem Altar warten lassen, oder? Wir sehen uns in der Kirche.« Und dann ist die Leitung tot.

Jetzt sind nur mehr Shelley und ich im Cottage. Jared hat Lynda und Gavin kurz nach Mitternacht nach Hause gebracht. Er hatte nur ein Getränk und das sehr früh, wofür ich sehr dankbar war, und als Shelley und ich aufstehen, finden wir eine Notiz, dass er laufen gegangen ist und dann direkt nach Medvale fährt. Ich tröste mich mit der Überzeugung, dass er mich sofort anrufen wird, wenn dort etwas nicht stimmen sollte.

»Danke dafür«, sage ich zu Shelley, als ich das Frühstück aus frisch gebackenen Croissants und Obst sehe, dazu Saft und Kaffee. Obwohl ich gar nicht hungrig bin. Mit meiner überbordenden Fantasie und der einsetzenden Morgenübelkeit ist essen das Letzte, woran ich denken kann.

»Du brauchst etwas im Magen, das dich durch den Tag bringt«, sagt sie, doch mir fällt auf, dass sie sich neben ihrem Kaffee bereits die Überreste einer Flasche Prosecco von gestern Abend eingeschenkt hat. Ich beschließe, nichts zu sagen, weil ich weiß, wie hart der heutige Tag für sie wird. »Mum hat übrigens die Marmelade gemacht«, fügt sie hinzu und macht ein neues Glas auf. Sie liest das Etikett. »Heckenmarmelade«, sagt sie und verdreht die Augen. »Seit sie Wind von meinem Junggesellinnenabschied letztes Jahr bekommen hat, zwingt sie mir ständig selbst gemachte Pasteten und Suppen auf. Sie hat die Zutaten selbst gesammelt. Vermutlich versucht sie so Punkte zu sammeln.«

Ich sehe die Marmelade an und dann Shelley. »Hast du die schon probiert?«

Shelley schüttelt den Kopf. »Nein. Gott weiß, was ›Heckenmarmelade‹ bedeutet. Wahrscheinlich Brombeeren. Es gibt schon jede Menge.« Shelley kleckst ein wenig von dem schwarzen Gelee auf ihren Teller, ehe sie etwas davon auf einem Croissant verstreicht.

»Und das andere Zeug, die Pasteten und Suppen, hast du die gegessen?«

Shelley setzt einen schuldbewussten Blick auf. »Sag es ihr ja nicht, aber ich habe kurz probiert und – verdammt noch mal, war das eklig. Also habe ich es weggeschmissen. Ich habe ihr natürlich erzählt, es sei köstlich gewesen. Aber selbst Mum kann bei Marmelade nicht viel falsch machen, oder?«

Ich will schon antworten, als mein Handy eine Nachricht

anzeigt. Owens Name erscheint auf dem Bildschirm – *Gott sei Dank.* »Oh, es geht ihm gut«, sage ich lächelnd und lese seine Nachricht. »Er hat ein Foto geschickt.«

»Warum sollte es ihm nicht gut gehen?«, fragt Shelley und nippt an ihrem Prosecco.

Ich schaue das Foto an, das er mir geschickt hat – jede Menge Essen auf dem Küchentisch. Mum hat ihm Speck, Eier und Pilze zum Frühstück gemacht und neben dem Teller sehe ich einen Toastständer und ebenfalls ein Glas Marmelade.

Mutter der Braut verwöhnt mich zu Tode, lautet der Text. *Liebe dich xx*

Ich starre die Nachricht kurz mit offenem Mund an. Dann zeige ich Shelley das Bild.

»Erwarte nicht, dass die Nettigkeit anhält«, sagt sie. »Besonders wenn sie und Dad später nur einen Steinwurf voneinander entfernt sind.«

Sie zuckt mit den Schultern, als hätte sie sich daran gewöhnt, dass zwischen den beiden die Fetzen fliegen, und nimmt noch ein Stück Croissant. »Ich glaube, Dads mentale Gesundheit hat sich so gebessert, weil du zu Hause bist«, fährt sie fort, aber ich bin in Gedanken schon woanders.

»Ich muss gehen«, sage ich zu Shelley und stehe unvermittelt auf. Aber zuerst reiße ich ihr das Croissant aus der Hand, nehme ihren Teller und werfe alles, was darauf war, in den Müll. »Und iss das auch nicht«, sage ich und werfe das Marmeladenglas hinterher.

»Was zum Teufel ... Lizzie? Warte, wo gehst du hin?« Sie schiebt ihren Stuhl zurück und folgt mir. Ich bin immer noch im Bademantel. Gerade als ich mir meinen Autoschlüssel von der Kommode geschnappt habe, zur Tür gegangen bin und in meine Schuhe schlüpfe, spüre ich Shelleys Hand um meinen Arm.

»Bleib sofort stehen, Elizabeth Holmes«, sagt sie. »Was zum Teufel ist denn in dich gefahren?«

Mein Atem ist schnell und flach und plötzlich fühle ich mich ganz benommen. Shelleys Gesicht dreht sich um mich und der Boden kippt weg. »Es ist wegen Owen ... er ist ... ich glaube, Mum versucht ...« Aber ich bekomme die Worte immer noch nicht raus, nicht meiner Schwester gegenüber. Meiner armen, wunderschönen, todunglücklichen Schwester gegenüber, die so stark für mich ist und nichts von alldem hier verdient hat – wie kann ich ihr alles erzählen, gerade heute?

»Ich muss gehen«, sage ich und befreie mich aus ihrem Griff. »Ich ... ich ... wir müssen hier fort. Owen und ich. Das war alles ein Fehler. Ich muss gehen.«

»O nein, das wirst du nicht tun«, sagt Shelley und verbarrikadiert die Tür mit ihren Armen. »Du verlässt dieses Haus nicht, es sei denn in einem weißen Kleid, in einem Rolls-Royce und mit mir an deiner Seite.«

»Aber Owen, er isst die Pilze und die Marmelade, und da sind die Drogen und die Tabletten und ... und ... und was Danny getan hat und der arme Joseph. Und ich schwöre, dass John ... aber sicher würde Mum es niemals wagen ...« All das stoße ich keuchend hervor. »O Gott, ich fühle mich schwach«, sage ich und lehne mich an die Wand.

»Komm schon her, du«, sagt Shelley und hält mich fest, als ich beginne, zu Boden zu sinken. Halb trägt, halb stützt sie mich und schafft mich hinüber zu dem Sofa, wo sie mich hinlegt und meine Füße hochlagert. Nach ein paar Minuten fühle ich mich schon besser. Shelley ließ mich in meine geballten Hände atmen und beruhigt mich mit sanften Worten.

»Sieh mal, willst du tatsächlich heiraten?«, fragt sie mich schließlich und blickt auf mich hinunter.

»Ja, aber ...«

»Gut, dann machen wir uns an die Arbeit und tun es jetzt einfach, weil nichts anderes zählt, Lizzie. Heute wird nichts Schlimmes passieren, dafür sorge ich. Nicht einmal die Mutter der Braut kann diesen Tag ruinieren.«

ZWEIUNDFÜNFZIG

Zwei Stunden später betrachte ich mich im Spiegel. Die Frau, die mir da entgegenblickt, hat nichts mit der verängstigten, nervösen, aufgeregten, angespannten und erschöpften Person zu tun, die ich im Innersten bin.

»Na bitte. Absolut umwerfend«, sagt Shelley und streicht mit dem großen Puderpinsel noch einmal leicht über meine Wangen. Dann zwirbelt sie einige Strähnen meines Haares, die in einem lockeren Knoten im Nacken zusammengenommen und mit kleinen gelb-weißen Maßliebchen geschmückt sind.

In den Händen halte ich einen einfachen Strauß aus cremefarbenen Rosen und Schleierkraut mit zart herabhängendem Grün. Mein hauchzarter Schleier ist perfekt arrangiert, mit einem silbernen Clip unter dem Chignon befestigt, und fällt mir über die nackten Schultern den Rücken hinunter. Und mein Kleid sieht jetzt noch atemberaubender aus als in der Boutique.

Ich schniefe, halte einen kleinen Huster zurück und versuche mir das Lächeln zu verkneifen, das sich auf meinem Gesicht ausbreitet, als ich sehe, was Shelley mit meinen Haaren und meinem Make-up gezaubert hat.

»Wage es ja nicht zu heulen«, sagt sie, legt einen Arm um mich und betrachtet uns zwei im Spiegel. »Das ist vermutlich die beste Make-up-Operation, die ich je vollbracht habe.«

»Kein schlechter Job für eine Landtierärztin, die ihr Leben damit verbringt, sich mit Schafen und Pferden im Heu herumzuwälzen«, grinse ich unser Spiegelbild an. Auch Shelley sieht in ihrem cremefarbenen Kleid und dem hochgesteckten Haar umwerfend aus. »Danke Shell. Für alles. Wenn Rafe uns jetzt sehen könnte, wäre er so stolz auf dich.«

»Oh, er ist ganz sicher hier bei uns«, sagt sie und trinkt den letzten Schluck Prosecco aus. »Er hat mir übrigens gesagt, ich soll definitiv die Doc Martens tragen.« Sie setzt an, um den Fuß in einen ihrer schwarzen Stiefel zu stecken, doch ich kicke ihn gerade noch rechtzeitig aus dem Weg.

»Denk nicht einmal daran«, sage ich lachend, als sie schmollt und die Ballerinas anzieht.

Dann höre ich unten auf der Straße ein Auto hupen. Als ich aus dem Fenster schaue, steht neben einem glänzend weißen Rolls-Royce, der mit Schleifen verziert ist, ein uniformierter Chauffeur und winkt mir zu.

»Time to rock 'n' roll, Schwesterchen«, sagt Shelley und kommt zu mir hinüber. »Ich habe dein Handy, deinen Schlüssel und deinen Lippenstift in meiner Tasche, okay?« Sie hält den Satinbeutel hoch und ich bemerke den traurigen Ausdruck auf ihrem Gesicht. Es ist das gleiche Brauttäschchen, das sie letztes Jahr bei ihrer eigenen Hochzeit verwendet hat.

»Meine holden Mädchen«, ist das Erste, was Dad sagt, als Shelley und ich ihn aus Winchcombe abholen. Sein Blick aus stolzen und funkelnden Augen gleitet über uns beide und seine Arme sind weit ausgebreitet, als er dort in der Einfahrt steht. Er trägt einen grauen Anzug mit hellrosa Krawatte, sein silbernes Haar ist frisch geschnitten und ordentlich frisiert. Auf dem Kies neben ihm steht ein Koffer, den ein Krankenpfleger aufhebt und in den Kofferraum des Rolls-Royce legt.

»Sind wir pünktlich?«, fragt Dad und strahlt, als Shelley ihm ins Auto hilft. »Fahrer, könnten Sie meinen Koffer bitte nach Medvale House bringen, nachdem wir in der Kirche angekommen sind?«

»Wir haben genug Zeit, Dad«, sage ich. »Und mach dir keine Sorgen, wir haben schon organisiert, dass deine Sachen zurück nach Hause gebracht werden«, füge ich mit einem Blick auf Shelley hinzu. Gestern Abend, bevor die anderen gekommen sind, haben meine Schwester und ich über Vorkehrungen für Dad gesprochen, da er jeder von uns gegenüber den Wunsch geäußert hat, wieder nach Hause zu kommen. Wir können nichts dagegen tun, dass Mum und er unter einem Dach wohnen, fanden wir übereinstimmend, wenn es das ist, was er möchte.

»Du hast es gewusst?«, habe ich Shelley gefragt, die nicht im Geringsten schockiert schien, als ich ihr erzählte, dass Dad sich selbst eingewiesen hat, um weg von Mum zu kommen, und ihm geistig nichts fehlte.

»Nicht so genau, aber ich hatte einen Verdacht«, sagte sie und nickte langsam. »Ich habe es mir irgendwie gedacht. Es war nur so viel einfacher für mich, ihn in Winchcombe und von Mum getrennt zu wissen.«

Wir haben schließlich beschlossen, Mum gegenüber kein Wort zu sagen.

»Zur Kirche, Fahrer!«, ruft Dad vom Rücksitz, wo wir aufgereiht sitzen. Shelley reicht ihm eine weiße Rose fürs Knopfloch, aber seine Finger zittern, als er versucht, sie an seinem Jackett zu befestigen, sodass sie immer wieder herunterfällt. Also macht sie es für ihn.

Zehn Minuten später fahren wir langsam in Little Risewell ein, nachdem wir die meiste Zeit des Weges hinter einem Getreidelaster hergefahren sind. Zu dieser Jahreszeit blockieren sie ständig die Straßen, aber wir sind noch im Zeitplan. Nachdem wir Winchcombe verlassen haben, ist meine Hand über die cremefarbene Lederpolsterung des Autositzes gekrochen und hat sich um Shelleys Finger geschlungen, und dort ist sie noch immer. Sie warf mir einen Blick zu, einen Blick, der mir sagte: Ich bin bei dir, genau neben dir, um dich zu unterstützen und deine Nerven zu beruhigen. Wenn sie nur wüsste, wovor ich wirklich Angst habe ...

Shelley schaut aus dem Fenster, als wir uns der Kirche nähern, und ich sehe an ihrem Kehlkopf, dass sie heftig schlucken muss. »Ganz schön viele Leute hier«, sagt sie mit belegter Stimme. Der Weg ist von Autos gesäumt sowie von einigen elegant gekleideten Gästen, von denen ich die meisten gar nicht kenne. Eine vertraute Szene, denke ich, und erinnere mich an die Fotos auf Shelleys Laptop. Ich weiß, dass sie nur für mich so tapfer ist. Abgesehen davon, dass sie ihren toten Verlobten zu Grabe tragen musste, ist dies wohl eine der härtesten Situationen, die sie je durchstehen musste.

»Ich fahre um das Dorf herum, Miss«, sagt der Fahrer und schaut mich im Rückspiegel an, als wir die Kirche passieren.

Ich halte den Atem an und verspanne mich beim Anblick seiner Augen unter der Chauffeursmütze. Und als ich aus dem Seitenfenster blicke, sehe ich Mum an dem alten Holztor stehen, das in den Kirchhof führt. Sie winkt uns mit ihrer weiß behandschuhten Hand energisch weiter und tippt mit einem Finger auf ihre Uhr.

»Wir sind nur einen Deut zu früh, keine Sorge«, fügt der Fahrer hinzu, der mein Unbehagen bemerkt. Ich beiße mir auf die Unterlippe und spähe zur Bestätigung auf Dads Uhr. Stimmt, es ist noch ein bisschen Zeit.

Ich stoße Shelley an und beuge mich ganz nahe zu ihrem Ohr. »Also wie lange weißt du es schon?« Ich werfe einen Blick auf Dad, der Gott sei Dank gerade aus seinem Seitenfenster schaut. »Dass Dad eigentlich nicht krank ist ...?«

Sie lässt die Schultern fallen. »Ich hab dir schon gesagt, ich wusste es nicht mit Sicherheit, Lizzie«, antwortet sie ein klein wenig schuldbewusst. »Es war überhaupt nicht so wie das erste Mal, als er in der Klinik war. Nach allem, was letztes Jahr passiert ist, brauchte Dad eine Pause.« Dann könnte ich schwören, ich höre sie murmeln: »*Von Mum* ...«

Ich beobachte Dad – sein Gesicht ist fast kindlich. Er blickt auf das hübsche Grün, den Gedenkstein, das Rathaus, den kleinen Zeitschriftenladen, und auf unserer Dorfrunde kommen wir sogar an Medvale House vorbei.

»Aber dir ist schon klar, dass sie sich nie trennen werden«, flüstert Shelley mir ins Ohr. »Dad vergöttert Mum, und Mum ... sie vergöttert ihn auch, auf ihre eigene Weise. Sie wären ohne einander verloren.«

Ich schüttle den Kopf und versuche zu ergründen, wie ihre Verbindung sich in diese toxische Liebesbeziehung verwandeln, nein, eher *ausarten* konnte. In erster Linie, damit Owen und mir das nicht passiert.

Als wir wieder zurück und den Hügel hinauf zur Kirche fahren, verlangsamt der Fahrer den Rolls, weil uns zwei Reiter auf Pferden entgegenkommen, und deutet dem Mann auf der kastanienfarbenen Stute einen Gruß, als sie vorbeitrotten. Dann warten wir an der engen Stelle einen weiteren Getreidelaster ab. Endlich, als wir uns der Kirche nähern, höre ich die Kirchenglocken – und ich realisiere, dass sie für mich und Owen läuten.

Wir halten vor der Kirche, und mir fällt auf, dass Weg und Kirchhof jetzt leer sind, nachdem alle hineingegangen sind. Ich lasse Shelleys Hand los, drücke mir selbst die Daumen und schließe die Augen, als der Fahrer den Motor abstellt. Dann spreche ich ein stilles Gebet: *Bitte lieber Gott, lass Owen sicher am Altar stehen.*

DREIUNDFÜNFZIG

Der Fahrer steigt aus dem Rolls-Royce, öffnet die Tür und hilft mir und Shelley heraus. Als wir schließlich auf dem Weg stehen, ordnet Shelley mein Kleid. Es weht ein leichter Wind und die Sonne scheint, als ich zu der hübschen Dorfkirche aufblicke und tief Luft hole. Trotz all meiner Ängste bin ich wohl die glücklichste Frau auf diesem Planeten.

»Schöner Tag für eine Hochzeit!«, ruft eine Stimme aus. Wir alle drehen uns um. Auf dem Weg, etwa drei Meter entfernt, steht eine Frau mit ihrem Hund – ein kleiner Terrier an einer langen Leine. Ich habe sie schon früher einmal im Dorf gesehen und glaube, sie kennt Mum aus einer ihrer verschiedenen Gruppen. Deshalb bin ich erstaunt, dass sie keine Einladung erhalten hat, wo Mum doch die meisten Dorfbewohner zu dem Ereignis eingeladen hat. Vielleicht steht sie deswegen hier herum, um darauf hinzuweisen, dass sie vergessen wurde.

»Wirklich ein schöner Tag«, sage ich, lächle ihr zu und winke. Aber mir fällt auf, dass die Frau einen leicht säuerlichen Gesichtsausdruck hat. Beinahe spöttisch, und er jagt mir einen leichten Schauer über den Rücken.

»Komm schon«, flüstert Shelley mir zu. »Gehen wir in den

Kirchhof. Schau nur, der Fotograf wartet schon. Diese Frau hasst Mum. Sie ist aus einer der Frauengruppen und sie geraten wegen jeder Kleinigkeit aneinander. Ich habe ihren Hund in der Praxis behandelt und sie hat sich in einer Tour nur über Mum beklagt.«

Ich folge Shelleys Anweisungen, und die Frau tut mir ein bisschen leid. Ich fange an zu grinsen, als ich in den Kirchhof gehe und eine Kamera erblicke, die auf uns gerichtet ist.

»Warten Sie, Ihnen ist etwas heruntergefallen«, ruft die Frau und eilt zu uns herüber. Sie bückt sich, um etwas aufzuheben, und reicht es Dad. »Ihre Knopflochblume ist herausgefallen, als Sie aus dem Auto gestiegen sind.« Ihr Ton ist beinahe abfällig. »Sie wollen doch keine Wiederholung von letztem Jahr, oder?«, fügt sie hinzu, verschränkt die Arme und sieht Shelley an.

»Was meinen Sie damit?«, werfe ich zurück, selbst schon leicht gereizt.

»Na, Sie wissen schon, als das Ansteckssträußchen Ihrer Mutter heruntergefallen ist.«

Das Blut rauscht in meinen Ohren. Habe ich sie richtig verstanden?

»Ich komme hierher und sehe mir die Hochzeiten an, wenn ich weiß, dass eine stattfindet. Dann komm ich ein bisschen raus«, fügt sie hinzu, in einem Ton, der mich erahnen lässt, dass sie wohl einsam ist. »Als ich das Ansteckssträußchen fand, war Ihre Mutter schon zurück in die Kirche gestampft, nachdem dieser wütende Mann aufgehört hatte, sie mitten auf der Straße anzuschreien. Er hat sie so beschimpft, dass ich schon überlegt habe, die Polizei zu rufen, aber er ist schließlich seiner Wege gegangen.« Sie setzt ein selbstzufriedenes Gesicht auf und macht eine Pause, fast so, als würde sie auf eine Reaktion warten. »Wie auch immer, Liebes, ich habe das Anstecksträußchen dem Bräutigam gegeben«, wendet sie sich nun Shelley zu. »Er flog fast an der Kirche vorbei, so eilig hatte er es. Sah aus wie der Tod und ist irgendwohin verschwunden. Hat nicht mal mit mir gesprochen, als ich es ihm gab.«

Mein Verstand arbeitet auf Hochtouren. Ist *das* also die Erklärung dafür, dass das Anstecksträußchen im Cottage gelandet ist?

»Rafe?« Ich höre, wie Shelley flüstert, als sie sich bewusst wird, dass diese Frau vermutlich einer der letzten Menschen war, die ihren Verlobten lebendig gesehen haben. »Sie haben das Anstecksträußchen meiner Mutter Rafe gegeben?«

Wütender Mann?, denke ich.

»Ja, Liebes«, sagt die Frau und genießt diesen Moment sichtlich. »Ich hoffe, es hat den Weg zurück zu Ihrer Mutter gefunden.« Und damit lächelt sie noch einmal spöttisch und wendet sich zum Gehen, wobei sie grüßend die Hand hebt und wieder auf ihren Hund einredet.

»Seltsam«, sagt Shelley und fummelt an meinen Haaren herum, um eine lose Strähne festzustecken. »Ich habe keine Ahnung, wovon sie da gesprochen hat.«

»Sehr seltsam«, sage ich und bemühe mich, Dad die Besorgnis in meiner Stimme nicht hören zu lassen, als ich versuche, dem Ganzen einen Sinn zu geben.

Wenn Rafe das Anstecksträußchen mit ins Cottage genommen hat, hatte er womöglich vor, es Mum zurück in die Kirche zu bringen, nachdem er Strümpfe und Schuhe gewechselt hatte. Was er dann nicht mehr geschafft hat. Und es ist auch möglich, dass John zufällig hier vorbeigegangen ist und Mum grob zur Rede stellte, als er sie gesehen hat. Aber als ich mich auf den Weg zur Kirche mache, verdränge ich das alles aus meinem Kopf. Ich werde gleich die Liebe meines Lebens heiraten und ich will jeden Augenblick davon genießen.

»Es sieht so schön aus«, sage ich zu Shelley und sehe zum mit Blumen geschmückten hölzernen Bogen hinauf. »Die Floristin hat einen fabelhaften Job gemacht.« Dann sehe ich all die weißen Blütenblätter, die auf dem Weg zur Kirchentür verstreut sind, und mir wird plötzlich bewusst, dass ich aus allen Blickwinkeln fotografiert werde. Es ist fast so, als wäre ich in einem Märchentraum, und nichts fühlt sich wirklich an – die Welt dreht sich rund um mich.

»Hübsch und natürlich, so ist es gut«, sagt der Fotograf. »Ignorieren Sie mich einfach, tun Sie so, als wäre ich gar nicht hier.«

»Ist gut«, kichere ich und blinzle ins Sonnenlicht. Ich greife wieder nach Shelleys Hand. »Jetzt ist es so weit«, sage ich zu ihr. »Ich werde wirklich heiraten. Aber, o Gott, Shell, mir ist auch wirklich, wirklich verdammt schlecht.« Das Gefühl kommt aus dem Nichts, also drücke ich ihre Hand fester, und dann ist auch Dad an meiner anderen Seite, legt seinen Arm um meine Schultern. Ich schaue zurück zum Tor, wo der Rolls gerade wegfährt, und frage mich, ob es zu spät ist, rauszurennen und den Fahrer zum Anhalten zu bringen, damit er mich zum nächstbesten Flughafen bringen kann.

»Ich glaube, ich muss kotzen. Ich kann das nicht ...«, sage ich, und mein Atem geht immer schneller. »Was, wenn Owen mich eigentlich gar nicht heiraten will? Was, wenn er nur das Richtige tun will wegen des Babys? Was, wenn ...«

»Lizzie, *nein*«, sagt Shelley ganz ruhig. »Gleichmäßig atmen.« Sie nimmt meine beiden Hände und stellt sich vor mich hin. »Schau mich an.«

Ich tue, was mir gesagt wird. Zitternd und bebend, meine Atmung völlig außer Kontrolle und mein Herzschlag wie der eines Spatzes, starre ich meiner Schwester in die Augen.

»Willst du Owen heiraten?«

»Ja, will ich!«, sage ich mit klappernden Zähnen. Plötzlich ist mir eiskalt und auf meinem Arm breitet sich Gänsehaut aus. Ich verspüre das überwältigende Gefühl, in hysterisches Lachen auszubrechen.

»Sehr gut. Dann bringen wir dich jetzt in diese Kirche.«

»Okay«, sage ich und nicke, während ich mich zusammenreiße. Dann breche ich in Lachen aus, als Dad seinen Arm durch meinen schiebt und mich zur Kirchentür führt.

»O mein Gott, o mein Gott, ich tue es wirklich. Ich werde wirklich heiraten!« Der Fotograf folgt uns, der Auslöser seiner Kamera klickt immer wieder, als er das breite Grinsen auf meinem Gesicht einfängt. Shelley folgt uns, den kleinen Seidenbeutel an einem Arm, in ihren Händen einen Blumenstrauß, der zu meinem passt. Ich blicke zu ihr zurück und forme ein »*Danke*« mit den Lippen. Sie lächelt und wirft mir einen Kuss zu.

»Keine Angst, meine holden Mädchen«, sagt Dad, als wir den kühlen dunklen Kirchenvorbau betreten. Er dreht sich zu mir um. »Alles wird großartig werden.«

An der Tür steht ein Platzanweiser, seine Hand auf dem alten eisernen Riegel, bereit, ihn zu öffnen. Ich habe keine Ahnung, wer der junge Mann ist, aber ich hole tief Luft, sammle mich noch einmal, hebe das Kinn, achte darauf, dass mein Rücken gerade und mein Arm fest durch Dads Arm geschoben ist, und blicke geradeaus.

»Okay, ich bin bereit«, sage ich und setze ein strahlendes Lächeln auf.

Die Tür öffnet sich weit und ich stehe vor einer Kirche voller Menschen, die alle die Hälse recken, um mich zu sehen. Die Orgel setzt zum »Hochzeitsmarsch« an und ich mache die ersten beiden Schritte in Richtung Altar, während mein Blick krampfhaft die vorderen Kirchenbänke absucht. Aber Owen ist nicht dort.

VIERUNDFÜNFZIG

Ich bleibe stehen, völlig erstarrt. Ich spüre, dass Dad mich am Arm zieht. Shelleys Hand liegt auf meinem Rücken. »Komm schon«, flüstert sie. »Geh weiter.«

Ich kann nicht. Owen ist nicht an seinem Platz. Er ist nicht in der Kirche.

Ganz vorn sehe ich Mum in ihrer Kirchenbank links vom Mittelgang. Sie steht auf, woraufhin alle ihrem Beispiel folgen und ebenfalls aufstehen.

Wo ist Owen? Mein Blick wandert herum – aber keine Spur von ihm. Ich kann Owen nicht sehen.

Jared steht dort in der Nähe des Altars, in der Kirchenbank genau gegenüber von Mum.

Aber Owen steht nicht neben ihm. *O mein Gott, wo ist er?*

Unter den Gästen wird Flüstern hörbar. Ich sehe stirnrunzelnde Gesichter und ermutigendes Lächeln, alle fragen sich, weshalb ich stehen geblieben bin.

Bilder von Owen, der auf dem Boden in Medvale liegt, ganz allein und verblutend, tauchen vor meinem inneren Auge auf. Ich stelle mir eine Pfütze aus Blut um seinen Kopf vor, wie er da liegt, die Beine ausgebreitet, das Gesicht schmerzverzerrt.

Ich ringe nach Luft. Wie kann ich zum Altar schreiten, wenn mein Verlobter nicht hier ist? Ich kann das nicht.

»Ich muss gehen«, flüstere ich Shelley zu und drehe leicht den Kopf, als wir noch im Vorbau stehen. »Ich muss Owen finden. Er ist nicht hier. O mein Gott, Shell, ich glaube, er ist ... Ich glaube, er wurde ...«

»Hör jetzt auf!«, zischt mich Shelley durch ein aufgesetztes Lächeln an. »Wovon redest du überhaupt? Reiß dich um Himmels willen zusammen!« Ich spüre einen scharfen Stoß in den Rücken.

»Komm schon, holdes Mädchen«, sagt Dad Leise. »Hol dir deinen Mann!«

Langsam drehe ich mich um und sehe wieder den Gang entlang. Ich bin überwältigt von all den Gesichtern, die mich anblicken, mein Blick ist verschwommen. Die Orgelmusik erfüllt die Kirche und ich sehe die Blumen am Ende jeder Kirchenbank, die meinen Weg zum Altar kennzeichnen.

Und dann sehe ich, wie jemand aufsteht ... ganz vorn neben Jared. Jemand, der hinuntergebeugt hinter der Kirchenbank versteckt war.

Ein großes erleichtertes Lächeln breitet sich auf meinem Gesicht aus, als ich sehe, dass es Owen ist.

Er hat seine Schnürsenkel gebunden ... seine gottverdammten Schnürsenkel!

Ich gehe nun weiter den Gang entlang, strahlend, sehe unsere Gäste an (wer auch immer sie sind), und komme immer näher zum Altar. Alles wird gut, sage ich mir selbst und versuche, mein hämmerndes Herz zu beruhigen.

Owen fängt meinen Blick auf und lächelt mich an – dieses warme, liebevolle, freundliche Lächeln, das ich so gut kenne. Und nichts in der Welt ist mehr von Bedeutung, als ich auf meinen Bräutigam zugehe. Am Altar übergibt mein Vater stolz meine Hand an Owen, ehe er neben meiner Mutter Platz nimmt.

Aber dann bemerke ich hinter mir ein Plätzerücken, und als ich mich umdrehe, sehe ich, dass Jared rasch die Bankreihe gewechselt hat, um neben Shelley zu sitzen. Ich bin mir zwar nicht ganz sicher, aber ich glaube, er flüstert ihr etwas zu.

Hat Lizzie meine Nachricht erhalten?

»Liebe Anwesende«, sagt Reverend Booth mit seiner lauten, tiefen Stimme, nachdem die Orgelmusik verklungen ist, und lächelt die Gemeinde an, wie er da mit seiner förmlichen weißen Robe steht, ein aufgeschlagenes, in Leder gebundenes Buch in Händen. »Ich darf Sie hier heute alle herzlich willkommen heißen ...« Er fährt mit seiner Begrüßung fort, erzählt allen, was für eine Freude es für ihn ist, Owen und mich an diesem wunderschönen Septembertag zu verheiraten ... aber ich höre seine Worte nicht, zumindest nicht deutlich. Ich konzentriere mich vielmehr auf das Flüstern hinter mir – zwischen Shelley und Jared.

Ich drehe mich um, versuche zu erkennen, was da vor sich geht. Auf Shelleys Gesicht ist ein merkwürdiger Ausdruck, und ein verblüffter auf Jareds, als Shelley ihren kleinen Satinbeutel öffnet, um ein Handy herauszunehmen. *Mein* Handy. Wie Owen kennt auch sie meinen Code – ich habe seit Jahren den gleichen, mein Geburtsdatum gefolgt von ihrem –, und ich sehe zu, wie sie mein Handy mit zitternden Händen entsperrt. Sie wirft mir einen raschen Blick zu. Einen *beunruhigenden* Blick.

Ich wende mich wieder Reverend Booth zu, da ich seine Worte genießen will, aber jetzt bin ich besorgt. Was ist so wichtig, dass Shelley mein Handy überprüfen muss?

»Wir sind also heute hier im Angesicht Gottes versammelt wie auch im Angesicht dieser – reizenden, wie ich hinzufügen darf – Gemeinschaft, um diesen Mann und diese Frau miteinander zu vereinen ...« Der Pfarrer lächelt herzlich und scheint diesen Moment eindeutig zu genießen. Doch ich bin abgelenkt und blicke wieder zu Shelley, die jetzt die Hand über den Mund gelegt hat und mit Jared spricht.

»... im heiligen Bund der Ehe, der allen Menschen als ehrenvoll gilt. Wie dieses Paar weiß, darf er keinesfalls unbedacht oder leichtfertig eingegangen werden, sondern ehrfürchtig, klug, mit Bedacht, weise und feierlich ...«

Plötzlich ist Shelley auf den Beinen, drängt sich an Jared vorbei und geht auf mich zu. Sie ist jetzt halb geduckt und versucht sich möglichst unauffällig zu verhalten, aber den Gästen ist, dem Flüstern nach zu schließen, das rund um mich hörbar wird, durchaus aufgefallen, dass sie neben mich am Altar getreten ist. Sie legt eine Hand auf meinen Arm, aber ich blicke geradewegs zu Reverend Booth. Was immer es auch ist, ich will es nicht wissen. Nichts wird mich davon abhalten, Owen zu heiraten.

»... in diesen heiligen Stand wollen die beiden Anwesenden nun treten ...«, fährt Reverend Booth fort, aber ich kann mich nicht konzentrieren. Shelley zupft an meinem Arm und hält mir das Handy vors Gesicht.

»Lizzie, du musst dir das ansehen«, flüstert sie kurz angebunden, und versucht, mich auf eine Seite zu ziehen. Doch ich bleibe standhaft. »Lizzie, *bitte*.«

»*Was?*«, zische ich zurück und merke, dass der Reverend jetzt aufgehört hat zu sprechen.

»Bitte, sieh dir diese E-Mail an, die Jared dir vorher geschickt hat. Da sind Bilder dabei. Es ist wichtig.«

Ich blicke zum Pfarrer und er nickt mir zu, also schaue ich kurz auf den Bildschirm meines Handys und erwarte irgendeine Katastrophe bezüglich des Caterings, oder dass der DJ für den Abend abgesagt hat. Ich bin mir bewusst, dass Owen neben mir steht, sich räuspert und ungeduldig von einem Bein auf das andere tritt, als ich Shelley mein Handy abnehme und mir das ansehe, was sie so beunruhigt.

Zuerst kann mein Verstand nicht begreifen, was er da sieht, beziehungsweise wessen Gesicht mich da aus dem Bild ansieht. Ich meine, ich weiß, *wer* es ist – es ist ein Foto von Owen. Aber es ist auch *nicht* Owen. Ich kann mein Gehirn einfach nicht dazu bringen, zu begreifen oder zu enträtseln, was es da sieht. Einen Mann, der auf einem Siegerpodest steht ... einen Mann, der genauso aussieht wie der Mann, den ich gleich heiraten werde. Und doch sind die anderen um ihn herum alles Jungen. Owens Gesicht wirkt falsch auf dem viel jüngeren Körper, als wäre es irgendwie manipuliert worden oder computergeneriert und zurück auf den falschen Körper gesetzt worden.

Oder von einer KI generiert.

»Da ist noch ein anderes Foto. Schau.« Shelley fährt über meinen Handybildschirm und zeigt mir eine Nahaufnahme des gleichen Gesichts, aber vergrößert. Auch dieses sieht computergeneriert aus, aber die Ähnlichkeit mit meinem Verlobten ist unheimlich.

Mit geöffnetem Mund sehe ich zu ihr auf. Kein Wort kommt heraus. Und plötzlich steht Jared neben mir und zieht mich ein paar Schritte weg vom Altar.

»Lizzie, das ist von meinem Kontakt im Silicon Valley. Erinnerst du dich, dass ich sie gebeten habe, das Bild von Joseph Wentworth künstlich altern zu lassen? Ihre Technologie ist auf dem neuesten Stand und wird auch von der US-Regierung und vom FBI verwendet. Ich habe ihre Nachricht wegen der Zeitverschiebung erst heute Morgen erhalten. Ich habe versucht, dich zu erreichen.«

Ich nicke, versuche verzweifelt zu begreifen, was das bedeutet. Dann schüttle ich den Kopf. »Da liegt ein Fehler vor. Irgendetwas stimmt da nicht. Das ist nicht real.« Ich höre meine Worte, aber ich glaube nicht wirklich daran.

»Lizzie?«, höre ich Owens Stimme neben mir. »Alles in Ordnung?« Eine Hand legt sich um meine Taille und zieht mich sanft zurück zum Altar.

»Ja, ja ... entschuldige«, sage ich und sehe stirnrunzelnd zu ihm auf. Ich werfe einen letzten Blick auf mein Handy, bevor ich es Shelley zurückgebe. Dann trete ich wieder vor Reverend

Booth und bedeute ihm mit einem kleinen Kopfnicken, weiterzumachen.

Aber etwas stimmt nicht. Als der Pfarrer zu sprechen beginnt, ist mein Kopf ganz durcheinander.

Owen ... Joseph ...

Mit Sicherheit nicht. Wie kann das überhaupt möglich sein? Mein Verstand rast, versucht das alles zu verarbeiten, das zusammenzusetzen, was ich über Owen weiß. Das wenige, was ich über Joseph weiß.

»Deshalb frage ich euch ...«, fährt Reverend Booth feierlich fort.

»Wer von euch einen Grund vorbringen kann, warum dieses Paar nicht den heiligen Bund der Ehe eingehen soll, der möge jetzt sprechen oder für immer schweigen.«

Stille.

Jemand hustet.

Etwas raschelt.

Noch mehr Stille.

Dann klingt eine Stimme durch die Kirche – scharf und klar. Eine einzige Silbe.

»Nein!«

Die Stimme einer Frau.

»Nein, halt! *Warten Sie!*« Die Stimme derselben Frau, die jetzt durch die gesamte Kirche hallt.

Jemand schnappt nach Luft. Geflüster und Schock machen sich unter den Anwesenden breit.

»Diese Hochzeit kann nicht fortgesetzt werden«, sagt sie, diesmal mit belegter und tränenerstickter Stimme.

Ich drehe mich um und sehe meine Mutter an, ihr Ausdruck schockiert, als unsere Blicke sich treffen und wir einander anstarren.

Aber die Frau, die spricht, bin ich.

FÜNFUNDFÜNFZIG

»*Was?*«, flüstert Owen, »Lizzie, sei nicht albern. Was in aller Welt ist los mit dir?«

Ich drehe mich zu ihm um, sehe zu ihm hinauf und runzle die Stirn. »Es tut mir leid ... ich weiß es nicht ... ich ... kann das nicht«, sage ich gefasster, als ich es mit gutem Recht eigentlich sein dürfte. »Wer *bist* du?« Ich weiche vor ihm zurück. Owen greift nach meinem Arm im Versuch, mich zurückzuhalten.

»Elizabeth?«, ertönt die Stimme meiner Mutter plötzlich neben mir. »Was ist in dich gefahren? Ist dir bewusst, was ich alles durchgemacht habe, um diese Hochzeit zu organisieren? Beruhige dich bitte!«

»Mum, nicht«, höre ich Shelley sagen, die näher gekommen ist, um sie wegzuholen. »Komm und setz dich.«

»Verschwinde!«, erwidert Mum und windet sich aus Shelleys Griff. »Elizabeth, reiß dich zusammen und lass Reverend Booth mit der Zeremonie fortfahren.«

»Deine Mutter hat recht, Lizzie«, sagt Owen mit seiner sanften Art. »Du hast nur Bammel. Das ist normal.« Er wirft Mum einen Blick zu. »Stimmt's nicht, Sylvia?«

Mum zögert mit ihrer Antwort, hauptsächlich weil Shelley

ihr jetzt mein Handy vors Gesicht hält und sie zwingt, sich die Fotos von ... von Owen ... von *Joseph* ... als Teenager und dann als Erwachsener anzusehen – dem Mann, der neben uns steht. Der sich ändernde Ausdruck auf ihrem Gesicht sagt alles, als Shelley ihr etwas ins Ohr flüstert.

»Oh ...«, sagt sie und sieht zu ihm hinauf. »O ... o mein Gott.«

Plötzlich ist ein Geräusch hinten aus der Kirche zu hören – jemand sagt: *Entschuldigen Sie,* gefolgt von Tumult und Schritten. Als ich mich umdrehe, sehe ich Mary Wentworth neben einer der hinteren Kirchenbänke stehen und uns durch das ganze Kirchenschiff anstarren. Trotz ihrer schmalen Statur verfügt sie über eine starke Präsenz, die Hände in die Hüften gestemmt, der Blick lodernd.

»Joseph«, ruft sie mit für eine so kleine Frau überraschend lauter Stimme. »Was hast du *getan*?« Sie marschiert auf uns zu.

»Das ist doch alles lächerlich«, sagt Owen. »Wer ist diese Frau?« Er streckt eine Hand in Richtung Mary aus.

Reverend Booth räuspert sich. »Soll ich denn jetzt fortfahren, oder vielleicht wäre eine persönliche Unterhaltung in der Sakristei angebracht?«, schlägt er vor, aber niemand antwortet ihm.

Mary steht jetzt direkt vor Owen und starrt zu ihm hinauf. »Jetzt hast du den Bogen überspannt, mein Sohn«, fährt sie ihn an. »Ich bin hinten hineingeschlüpft, um zu sehen, wie diese junge Frau heiratet. Sie war sehr freundlich zu mir, und ich hatte keinen Schimmer, wer ihre Mutter ist. Und niemals hätte ich gedacht, dass sie *dich* heiratet. Was zum Teufel glaubst du, dass du hier tust? Du solltest doch in Bedford sein. Oder war es Deutschland? Oder vielleicht bist du diesmal verarmt in London, ich kann mich nicht mehr so genau erinnern. Wirfst du so mein Geld raus?« Ihr Gesicht ist eine Mischung aus Verzweiflung und Wut, als sie ausholt und ihm auf den Arm schlägt. »Du lässt deinen Vater und mich für dich bluten.«

»Kann jemand mir diese Irre vom Leib halten?«, sagt Owen. »Ich habe sie noch nie zuvor im Leben gesehen.«

»Ich bin deine *Mutter*«, spuckt Mary ihm ins Gesicht. »Die Lügen, die Betrügereien, die rührseligen Geschichten, mit denen du mich abgespeist hast. Mein Gott, das Mitleid und die Sympathie und die Freundlichkeit, die ich dir entgegengebracht habe, mein Sohn. Immer vom Pech verfolgt. Immer einen Schritt von Obdachlosigkeit und Mittellosigkeit entfernt. All deine verrückten Geschäftsideen, und jedes Mal habe ich dir aus der Patsche geholfen. Tausende Pfund, die ich im Laufe der Jahre an unterschiedliche Geschäftskonten überwiesen habe. Du hast mir so leidgetan nach dem, was Danny zugestoßen ist. Aber jetzt ... jetzt heiratest du *ihre* Tochter?« Sie sticht mit dem Finger in Richtung Mum und schüttelt den Kopf. »Zahlst du es mir so zurück?« Marys Wangen sind knallrot vor Zorn, obwohl in ihren Augen auch Tränen zu erkennen sind.

»Wie können Sie es wagen!«, fährt Mum nun Mary an und tritt ihr gegenüber. »Ich stimme Ihnen jedoch zu, dass Ihr Sohn tatsächlich ein Lügner der abscheulichsten Sorte ist.«

»Mum, bitte setz dich hin. Lass Lizzie und mich das regeln«, sagt Shelley und versucht, Mum zurück zu ihrem Platz zu bringen. Aber nicht mit meiner Mutter. Jared stellt sich zwischen Mum und Mary und versucht, die Situation zu entschärfen.

»Vielleicht waren das auch alles Lügen«, fährt Mary fort und boxt Owen mit der Faust in die Seite. »All die Anschuldigungen *ihr* gegenüber, als du noch in der Schule warst?« Ein weiterer Blick zu Mum. »Ich hasse sie abgrundtief für das, was sie meinem Danny angetan hat, dass sie seinen Selbstmord verschuldet hat, aber wenn du über den Missbrauch gelogen hast, Joseph, dann bist du ein größeres Monster, als ich es mir je hätte vorstellen können.«

»Jared, als mein Trauzeuge, würdest du bitte diese verrückte, von Wahnvorstellungen geplagte Frau aus der Kirche bringen, damit die Zeremonie fortgesetzt werden kann?«, sagt Owen.

Einen Moment lang klingt mein Verlobter ruhig und vernünftig und genauso wie der Mann, den ich kenne und liebe – aber da ist auch etwas in seinem Blick, etwas Schwarzes und Leeres und ... und etwas *Verängstigtes,* das mein Herz rasen lässt.

Die Fotos, die ich gerade gesehen habe – ein junger Joseph, von der KI in einen Mann verwandelt, der so sehr wie Owen aussieht, dass es unheimlich ist –, lässt alles plötzlich logisch erscheinen, ganz zu schweigen von Marys leidenschaftlicher Behauptung, dass dies zweifellos ihr Sohn ist, der Sohn, der sie betrogen hat, der sie dazu veranlasst hat, ihm im Laufe der Jahre so viel Geld zu schicken, dass ihre und Johns ganzen Ersparnisse dabei draufgingen. Ich denke an die schockierenden Beträge, die sie ihm gegeben hat, wie sie mir im Laden in Long Aldbury erzählt hat. Bedeutet Owens unbezahlte Rechnung in Wahrheit, dass der armen Mary, seiner alternden Mutter, einfach das Geld ausgegangen ist?

»Owen, bitte sag mir, dass nichts davon wahr ist«, sage ich so ruhig wie möglich, obwohl es mir schwerfällt, meine Stimme ruhig zu halten. »Und sag mir *wirklich* genau das. Keine Anschuldigungen von wegen verrückte Frauen oder Lügen. Sieh mir einfach in die Augen und sag mir, dass du in Wirklichkeit nicht Joseph Wentworth bist. Dass Owen Foster immer dein Name war und du der Mann bist, der du behauptest zu sein – der Mann, der der Vater meines Babys ist, der Mann mit dem tollen Job in Dubai, der Mann, um den ich in den vergangenen sechs Monaten meine gesamte Zukunft aufgebaut habe.« Meine Stimme zittert und ich bin den Tränen nahe.

»*Dubai?*«, höhnt Mary hinter mir.

Owen schaut mich an, dann wandert sein Blick auch über die Menge, die sich jetzt um den Altar versammelt hat. Meine Mutter, mein Vater, Shelley, Jared, Mary, Reverend Booth ...

und sogar Peter und etliche andere Männer der Gemeinde, die sich zu uns gesellt haben, vermutlich für den Fall, dass die Dinge aus dem Ruder laufen. Owen sieht ängstlich und in die Enge getrieben aus – und stinksauer.

»Owen?«, sage ich ruhig und nehme seine Hände in meine. Die Kirche ist völlig still, als alle auf seine Antwort warten. »Wer *bist* du?«

Dann geht alles ganz schnell – Owen packt mich, ich taumle zur Seite gegen ihn, verliere das Gleichgewicht, als ich auf mein langes Kleid trete. Er fängt mich, bevor ich auf dem Steinboden aufschlage, zieht mich am Arm hoch und tut mir an der Schulter weh. Ich schreie vor Schmerz auf, gleichzeitig schreien auch meine Mutter und Shelley, während Jared auf Owen einschlägt, damit er mich loslässt.

»Haut ab!«, schreit Owen, seine Stimme ohrenbetäubend nahe an mir. »Zurück, alle!«

Dann legt mir Owen seinen Arm um den Hals, die Beuge seines Ellbogens direkt unter meinem Kinn, und würgt mich. Ich greife nach seinem Arm, versuche, ihn wegzuziehen, aber er liegt so fest um meine Kehle, dass ich kaum Luft bekomme.

»Lass sie sofort los!«, schreit Jared und stürmt mit ausgestreckten Armen nach vorn, um ihn zu packen. Auch Peter stürzt auf uns zu, aber Owen zerrt mich weiter den Gang entlang, meine Füße halb stolpernd, halb schleifend, in Richtung Kirchentür. Dann sehe ich aus dem Augenwinkel, wie etwas Glänzendes und Helles durch die Luft zuckt. Es ist ein Messer. Ein Klappmesser, das ich noch nie zuvor gesehen habe. Langsam führt er es an meine Kehle.

SECHSUNDFÜNFZIG

»Ich schwöre, wenn irgendjemand die Polizei ruft, ist sie tot«, faucht Owen mit wutverzerrtem Gesicht. Ich spüre das kalte Metall der Klinge an der Seite meines Halses und weiß, er ist nur einen Schnitt davon entfernt, mir die Arterie aufzuschlitzen. Er zieht mich näher zur Kirchentür, tastet nach dem alten Eisenriegel hinter seinem Rücken und öffnet ihn mit seiner freien Hand.

»Elizabeth!«, höre ich Mum schreien. »Hör auf! Lass sie gehen!«

Irgendjemand sagt ihr, dass sie still sein soll, und ich sehe, dass Jared, Dad und Shelley uns den Gang entlang in Richtung Tür folgen, jedoch in sicherem Abstand, um Owen nicht noch mehr aufzubringen.

»Owen, nicht«, flehe ich, meine Stimme nicht mehr als ein Krächzen. Ich ziehe an seinem Arm, der um meinen Hals geschlungen ist, und versuche, ihn zu lockern, aber ich habe keine Chance, ihn zu überwältigen. »Denk an unser Baby, ich bitte dich ...« Ich weine, versuche jedoch, meine Tränen nicht ungehemmt fließen zu lassen. »Lass ... lass mich einfach gehen und dann kannst du verschwinden ... keine Polizei ...« Ich huste und habe Schwierigkeiten zu atmen, als sein Würgegriff fester wird. »Wir können vergessen, dass das hier je passiert ist.«

»Das Baby ist dein Problem«, zischt Owen in mein Ohr. »Ich wollte das verdammte Balg sowieso nie.«

Ich versuche mich herumzudrehen, um ihm in die Augen sehen zu können, in der Hoffnung, so an seine sanftere Seite zu appellieren, von deren Existenz ich bis vor ein paar Minuten noch überzeugt war. Da muss doch noch ein Funken Gefühl in ihm sein, für uns als Paar, als Familie. Es kann doch nicht alles gespielt gewesen sein.

»Owen ... *Joseph*«, sage ich leise, damit niemand sonst uns hören kann. »Warte ... bitte. Lass uns von hier abhauen, nur wir beide. Wir müssen auch nicht heiraten, wenn du das nicht willst. Wir lassen dieses Chaos hinter uns, verlassen meine Mutter, gehen irgendwo hin, wo niemand uns findet. Was auch immer sie dir damals in der Schule angetan hat, es tut mir so, *so* leid ...«, lüge ich. »Ich glaube dir, okay? Ich ... ich verstehe total, dass du ihr wehtun willst, Vergeltung willst. Ist es dir darum gegangen?« Ich huste wieder und kann kaum sprechen. »Wir könnten zurück nach Dubai gehen. Nur du und ich. Was sagst du?« Ich muss ihn nur dazu bringen, seinen Griff so weit zu lösen, dass ich mich aus dem Staub machen kann.

»Halt deine verdammte Fresse«, knurrt er in mein Ohr und versetzt mir einen Stoß. »Und du, bleib zurück!«, schreit er Jared zu, der von der Gruppe am nächsten zu uns steht.

»Okay, okay, Kumpel, bleib ruhig.« Jared bleibt wieder stehen und hebt seine Handflächen, um zu zeigen, dass er Owen nichts Böses will. »Warum lässt du Lizzie nicht einfach gehen? Dann können wir darüber reden. Der Bräutigam und sein Trauzeuge reden es aus, okay?« Jared klingt ruhig und gefasst, aber er bringt Owen dazu, seinen Griff noch fester zu schrauben. Er reißt meinen Kopf zurück und legt noch mehr von meinem Hals bloß. »Ruhig jetzt«, sagt Jared und zieht sich wieder zurück. »Niemand muss verletzt werden.«

»Mein Sohn, warte«, ruft Mary aus, als ich rückwärts aus der Kirchentür gezerrt werde. Owen stolpert auf der Treppe und es gelingt mir, den Kopf zu drehen. Ich sehe Mary, nur ein paar Schritte von uns entfernt, als sie uns nach draußen folgt. »Tu das nicht, mein Sohn. Wir hatten schon genug Tragödien in unserer Familie. Komm mit nach Hause. Warum denn nicht? Komm zurück zu deiner Mum und zu deinem Dad, und alles wird besser. Wir schauen auf dich, bis du wieder auf die Beine gekommen bist. Tu dieser armen Frau nicht weh. Was würde denn unser Danny dazu sagen, wenn er hier wäre?«

Bei der Erwähnung von Danny zögert Owen – oder *Joseph,* wie ich ja jetzt weiß. Sein Arm lockert sich ein bisschen, als würde er über die Worte seiner Mutter nachdenken. Dann höre ich ein tiefes Knurren aus seiner Kehle und merke, wie sein Atmen kürzer und stoßartiger wird.

»*Nein* ...«, krächzt er. »Wage es ja nicht, Danny da mit hineinzuziehen ... Ich tue das für *ihn*. Verstehst du das nicht, du dumme Frau?«

»Joseph, nein ... er würde das nicht wollen ...«

»Du weißt doch gar nicht, was Danny wollen würde! Es ist die Schuld dieser Schlampe von Lehrerin, dass er tot ist. Und du und Dad, ihr hättet ihn beschützen sollen! Ich sollte euch alle umbringen.« Er blickt hinter seine Mutter, wo ich meine eigene Mutter erspähe, die alle anrempelt, um rauszukommen.

Irgendjemand in der Kirche schreit – ich habe keine Ahnung, wer –, aber eine Sekunde später steht Mum neben uns, atemlos und knallrot im Gesicht.

»Wenn du weißt, was gut für dich ist, dann lässt du meine Tochter sofort los! Du warst schon in der Schule eine tickende Zeitbombe, und du bist jetzt um nichts besser. Hast bösartige Gerüchte über mich verbreitet, mich für Dinge angeschwärzt, die ich nie getan habe, um mich für den Selbstmord deines Bruders zu bestrafen. Ich habe meine Fehler, das weiß ich, und ja, ich habe einen schweren Fehler begangen, als ich diese

Klasse falsch unterrichtet habe. Aber keinesfalls habe ich dir *jemals* wehgetan oder dich verführt oder dich missbraucht, und ich würde so etwas Abscheuliches niemandem jemals antun.« Mein Mutter lässt ein wütendes, frustriertes Schluchzen hören, dann spuckt sie Owen, so fest sie kann, ins Gesicht und trifft ihn direkt auf der Wange. Ich fühle das Spritzen noch auf meiner eigenen Haut. »Und wenn irgendjemand für den Selbstmord deines Bruders verantwortlich ist, dann dein tyrannischer Vater, der ihn unter Druck gesetzt hat, nicht ich.«

»Verdammte Lügnerin!«, schreit Owen und holt mit dem Messer aus. Mum springt zurück. »Du hast meine Familie zerstört und jetzt zerstöre ich deine. All die Planung, die dafür nötig war – das Grab einer toten Familie zu finden, meinen Namen zu ändern, deine Tochter aufzuspüren, ihr sogar bis ins verdammte Ausland zu folgen, mich in diese Poolparty einzuschleichen, meine vorgetäuschte Karriere, sie davon zu überzeugen, mich zu heiraten ...« Er lässt ein wahnsinniges Lachen hören, das mir einen Schauer über den Rücken jagt.

»Owen, hör auf ... *bitte*«, weine ich, kaum in der Lage, die Worte herauszubringen, so eng liegt sein Arm um meinen Hals. Ich fühle einen Stoß in meinem Rücken und Owens heißen, hektischen Atem in meinem Ohr, als er das Messer wieder an meine Kehle führt. »Ich kann nicht ... atmen ...«

»Halt den Mund!«, schreit er mich an und wendet sich wieder meiner Mutter zu. »Weißt du, wie sehr ich versucht habe, dich vor vielen Jahren in der Schule zu ruinieren, indem ich diese Lügen über dich erfunden habe?«, sagt er zu ihr. »Klar, ich war nur ein Kind, und keiner hat mir geglaubt. Es wurde unter den Teppich gekehrt und du hast eine verdammt auskömmliche Rente bekommen. Aber die Dinge liegen jetzt anders ...«

Er stößt mich erneut.

»... ich habe nie vergessen, was du getan hast. Jeden Tag spüre ich die Auswirkungen des Todes meines Bruders. Es hat

Jahre der Planung gebraucht, in denen ich dich beobachtet, deinen langsamen Untergang geplant habe. Ich habe den richtigen Augenblick abgewartet, auf den perfekten Moment gewartet. Und bis *er* sich eingemischt hat, war alles bereit für eine lange, langsame Folter, bei der ich dich gezwungen hätte zuzuschauen, wie ich das Leben deiner Tochter Stück für Stück zerstöre, und dann auch deins.«

Owen sieht zu Jared rüber, der immer noch in unserer Nähe steht, sein Blick weit und wachsam. »Und du hättest nichts dagegen tun können. Schade, ich hatte gerade erst angefangen.« Er schüttelt den Kopf, macht ein Geräusch, das sein Missfallen ausdrückt und drückt das Messer noch fester gegen meine Haut, als wollte er den tödlichen Schnitt ausführen.

SIEBENUNDFÜNFZIG

Ich höre ein ersticktes Wimmern – aber das bin ich selbst. »Owen, hör auf, bitte ...«, flehe ich wieder, aber er ignoriert mich und drückt mir das Messer fest gegen die Haut. Eine falsche Bewegung und es ist vorbei.

»Und was die dumme Schwester angeht ...«, lacht Owen und wendet sich Shelley zu, die neben Jared steht, das Gesicht vor Angst verzerrt. »Was ich gestern Abend am Telefon zu dir gesagt habe, ist wahr. Deine Mutter ist eine Mörderin. Sie ist der Grund dafür, dass Danny tot ist.«

»Das warst *du,* der da angerufen hat?«, fragt Shelley mit ungläubiger Stimme. Sie schüttelt den Kopf und versucht es zu begreifen, während ihr Blick hinunter zu dem Messer an meinem Hals wandert. »Warum?«

Owen spannt sich an und wirft seiner Mutter einen harten Blick zu. Aber als es mir gelingt, den Kopf leicht zu drehen und zu ihm hinaufzuschauen, sehe ich statt Schwärze noch etwas anderes in seinen Augen – einen Blick, der mir in den vergangenen Monaten sehr vertraut geworden ist.

»Nach Dannys Tod war alles, was ich wollte, dass mein Vater alles besser macht, den Tod meines Bruders rächt und diese Frau für das, was sie getan hat, bezahlen lässt«, sagt er und deutet mit dem Messer auf meine Mutter. »Meine Mutter hat gelitten, ich habe gelitten. Ich war doch nur ein Kind, und ich habe den Bruder verloren, den ich vergöttert habe. Aber anstatt seine Wut gegen *sie* zu richten oder gegen die Schule oder die Behörden, hat mein Vater *mich* seine Wut spüren lassen.« Owen holt tief Luft und verschluckt sich fast, als er diese Worte ausstößt. »Einmal war er so gewalttätig, dass ich nahe dran war, es meinem Bruder gleichzutun. Nahe dran, mir ebenfalls das Leben zu nehmen.«

Owen schließt für einen Moment die Augen und bekämpft die Gefühle, die, da bin ich mir sicher, hinauswollen. Ich spüre wieder, wie sich sein Arm enger um meinen Hals schließt, als er tief einatmet und sich wieder fängt. Und da erkenne ich endlich den Ausdruck in seinen Augen wieder – es ist der Blick eines Jungen, der nicht in der Lage ist, seinen Weg zu gehen. Der Blick von jemandem, der in der Vergangenheit festhängt, bis zum Hals im Trauma steckt. Als wir einander kennenlernten, hatte das wie ein liebenswerter jungenhafter Charme gewirkt. Aber jetzt erkenne ich, was es wirklich ist – reiner Schmerz. Schmerz, der jetzt hervorsprudelt.

»Ich wollte, dass jeder weiß, was diese Frau getan hat. Deswegen habe ich dich angerufen. Ich wollte tun, was mein Vater damals hätte tun sollen – und ich fand, vorzugeben, ich sei er und allen die Wahrheit zu sagen, wäre ein guter Anfang. Besonders am Abend vor meiner Hochzeit. Ich kann ihn ganz gut nachmachen, oder?«, feixt er. »Ein wütender Bastard. War er immer schon.«

Ich kann kaum glauben, wie falsch ich mit allem lag.

»Genug!«, ruft Mum aus und stürzt nach vorn, aber Jared hält sie zurück.

»Beruhig dich, *Sylvia*«, sagt Owen in einem Ton, bei dem mir schlecht wird. Er ist es ... aber er ist es auch wieder *nicht*. Als wäre er besessen. »Übrigens, vergiss nicht, das Geld zurückzugeben, dass du dieser dummen alten Frau gestohlen hast – pardon, das Geld, das *ich* ihr gestohlen und dann in deine Geldbörse gesteckt habe. Du weißt schon, dass dein schreckliches Verhalten mir das sehr erleichtert hat. Und ich kann es nicht fassen, dass ihr alle dachtet, ich würde nach London pendeln, um zu *arbeiten,* dabei habe ich die meiste Zeit in Pubs herumgehangen.« Er lacht wieder und hört sich dabei völlig irre an und so gar nicht wie der Mann, in den ich mich verliebt, dem ich vertraut habe. »Das heißt aber nur, dass ich das hier schneller zu Ende bringen muss – meine seit Langem fällige Rache. Vergeltung für meinen Bruder.« Dann lehnt er sich nach vorn und drückt mir einen feuchten Kuss auf die Wange. »Schade, ich fing fast schon an, dich zu mögen, Lizzie.«

»Du bist ja wahnsinnig!«, schreit Mum ihn an. »Ein Psycho ...«

»Wollt ihr noch etwas wissen, bevor ich sie umbringe?«, fragt Owen mit gefletschten Zähnen und einem furchterregenden Ausdruck in den Augen und lässt den Blick durch die Runde schweifen, die sich versammelt hat.

Doch ehe er weitersprechen kann, springt Mum plötzlich nach vorn, wird jedoch abrupt gestoppt, als Dad sie am Ärmel zurückhält. »Sylvia, nein, um Lizzies willen, tu das nicht! Überlass das der Polizei«, höre ich Dad sagen, der Peter einen verstohlenen Blick zuwirft. Sie alle stehen etwa zwei Meter entfernt. Niemand wagt es, etwas zu tun, während die Klinge an meine Kehle gepresst ist. Sie klammern sich, Unterstützung suchend, aneinander, während ich, zitternd und schlotternd, in Owens eisernem Griff gefangen bin.

»Ich habe die Polizei angerufen«, ruft Peter plötzlich. »Sie wird gleich da sein!«

Aber ich wünschte bei Gott, er hätte den Mund gehalten.

»Großer Fehler, Pete. Aber ich hätte mir schon denken können, dass du derjenige sein würdest«, knurrt Owen ihn an. »Ich konnte dich noch nie leiden, deswegen habe ich dich auch auf Lizzies Handy blockiert. Ich wusste, du würdest Probleme machen.« Er zieht mich näher in Richtung des Kirchhoftors, das zur Straße führt, und ich spüre, wie sich sein Körper hinter mir anspannt. Ich habe keine Ahnung, wohin er mit mir will, da er auf diese Wendung der Ereignisse wohl nicht vorbereitet war. Alles, was er tut, beruht jetzt auf reinen Emotionen.

»Bitte ... Owen, lass mich gehen«, flehe ich. »Du tust mir weh und ... ich ... ich kann nicht vernünftig atmen. Das wird dem Baby schaden ... bitte, lass mich gehen ...«

»Halt den Mund«, weist er mich an und stößt mich erneut, sein Blick wandert umher. Er fühlt sich gefangen, auf Messers Schneide, und er weiß nicht, was er als Nächstes tun soll. Wenn er Polizeisirenen hört, die sich nähern, fürchte ich um mein Leben. So habe ich ihn noch nie gesehen – die Liebe muss die Frühwarnzeichen überdeckt haben –, aber es steht fest, dass er bei so vielen Dingen gelogen hat. Vermutlich hat er sich *selbst* die Treppe hinuntergestürzt. Allein der Gedanke, dass ich die ganze Zeit vor meiner Mutter Angst hatte, obwohl das wahre Monster direkt vor mir war!

Dann spüre ich, wie sich sein Griff einen kurzen Moment lang lockert, als er sich umdreht, um den Riegel des Kirchhoftors zu öffnen, das zur Straße führt.

»*Jetzt!*«, schreit jemand – Jared –, und etliche Körper stürzen sich auf uns.

Noch ehe ich das Ganze realisiere, falle ich zur Seite und schlage mit dem Kopf auf dem hölzernen Türpfosten auf.

Rund um mich gibt es einen Kampf – Gekeuche, und Fäuste fliegen –, dann rast meine Mutter an mir vorbei und wirft sich auf das Gewirr aus Körpern und Gliedmaßen, das auf die Straße hinausgetaumelt ist. Ich rapple mich auf, stolpere über mein Kleid, aber kann mich wieder aufrichten.

Menschen schreien und rufen, und ich weiß nicht, wo oben und unten ist, ehe ich wieder das Gleichgewicht gefunden habe.

»Mum!«, schreie ich. Sie kämpft mit Owen, der um sich schlägt und das Messer durch die Luft schwingt, als er versucht, Jared und Peter abzuschütteln und gleichzeitig Mums Attacke abzuwehren. Ich habe sie noch nie so erbittert gesehen.

Plötzlich spritzt Blut durch die Luft. Ich weiß zuerst nicht, von wem es stammt, aber dann sehe ich die klaffende Wunde auf Jareds Wange, von einem einzelnen schnellen Hieb mit der Klinge, gefolgt von einer roten Linie, die durch Peters Hemd sickert, nachdem Owen seine Schulter erwischt hat. Die beiden stürzen weg, schreien vor Schmerzen auf.

Jetzt kämpfen nur mehr Mum und Owen miteinander – Owen packt sie an den Schultern und versucht ihre umherschlagenden Arme festzuhalten. Mum tritt ihm ans Bein und versucht ihn mit dem Knie in die Leiste zu treten, die sie jedoch verfehlt, weil er sich nach vorn dreht, um dem Aufprall zu entgehen.

Sie stolpern rückwärts auf die Straße, mit einer Hand hält sich meine Mutter mit all ihrer Kraft an Owens Jacke fest, während sie mit der anderen versucht, nach dem Messer zu greifen. Niemals in meinem ganzen Leben habe ich meine Mutter so selbstlos und mutig gesehen, wie sie sich ins Gefecht stürzt, um ihn von mir fernzuhalten.

Aber dann sehe ich, quasi in Zeitlupe, vor mir, wie der Lauf der Dinge sein wird, wenn ich nicht rasch eingreife ... das Entsetzliche, das passieren wird.

»Mum!«, schreie ich aus brennender und heiserer Kehle.

Der Getreidelaster donnert aus Richtung der Farm den Hügel hinunter, gerade als Mum und Owen auf die Mitte der Straße zusteuern.

»Mum!«, schreie ich wieder, als plötzlich mein Instinkt übernimmt. Ich springe hinaus auf die Straße, werfe mich auf Owen und versuche meine Mutter aus seinem Griff zu befreien. Der Schatten des Lasters liegt bereits über uns dreien, als seine ohrenbetäubende Hupe ertönt.

Eine halbe Sekunde – so lange dauert mein letzter Blick in Owens Augen.

Meine Finger schließen sich fest um sein Handgelenk, das Messer zittert in seiner Hand, während meine andere Hand direkt auf seiner Schulter liegt, unsere Gesichter nah aneinander, jeder von uns keuchend. Danach, wenn ich zurückdenke, könnte ich schwören, ich habe seinen letzten Atemzug an meiner Wange gespürt. Das Flüstern eines Abschiedskusses.

Aber dann ist er weg.

Seitlich von mir weggeschleudert, als ihn der Laster erwischt und ihn unter dem vorderen Satz Reifen zerquetscht ... dann unter dem nächsten ... und dem nächsten. Erst am Ende der Fahrbahn kommt der LKW zum Stehen, nachdem er Owen viele Meter mitgeschleift hat.

Ich stehe ganz ruhig da, mit geöffnetem Mund, alles still und unwirklich. Dann verdrehe ich die Augen und falle auf die Knie, als ich die Blutspur sehe, die sich die gesamte Straße hinunter erstreckt.

ACHTUNDFÜNFZIG

Die Polizei ist weg. Die Rettung und die Sanitäter sind weg.
Owen ... oder vielmehr *Joseph* ... ist weg.
Meine glückliche Zukunft ist weg.
Es kostet mich all meine Kraft, den Kopf hochzuhalten und in den Kamin gegenüber zu starren, als ich in Medvale auf dem Sofa sitze. Ich trage immer noch mein Brautkleid – ich bringe nicht einmal die Energie auf, mich umzuziehen, obwohl Shelley mir gut zuredet. Ich senke den Kopf und schaue auf den wunderschönen Rock, der jetzt zerrissen und blutverschmiert ist. Ich war zu Owen gerannt und neben ihm auf die Knie gefallen.
»Hilfe!«, hatte ich geschrien. »*Bitte,* tut doch etwas!« Sein Gesicht war eine blutige Masse, die Haut weg, dort, wo er mitgeschleift worden war. Sein Körper verdreht und gebrochen, wie er da auf dem Asphalt im Schatten des Getreidelasters lag. Jemand zog mich hoch und von ihm weg, drückte mein Gesicht gegen seine Schulter, damit ich den Anblick nicht ertragen musste. Jared.
Ich war in den letzten paar Wochen so entschlossen, Joseph Wentworth zu finden, ihn zu fragen, ob die Anschuldigungen

gegen meine Mutter stimmten, dass ich es nicht einen Augenblick für möglich gehalten hätte, dass ich die vergangenen sechs Monate im selben Bett mit ihm geschlafen habe. Und jetzt ist er tot.

»Hey, trink das, wenn du kannst.« Shelley reicht mir einen Becher. Ich nippe daran. Warmer süßer Tee. Meine Hände zittern so sehr, dass ich ihn kaum halten kann. Ich habe das Diazepam abgelehnt, das mir die Sanitäter angeboten haben, obwohl sie sagten, es sei sicher für mein Baby. Aber ich wollte es nicht riskieren. Shelley schließt mich fest in ihre Arme.

»Es tut mir so leid, dass dir das passiert, liebste Schwester. Wir sind für dich da. Deine Familie.«

Mum und Dad sind in der Küche. Ab und zu schnappe ich ein Wort ihres Gespräches auf, was sie der Polizei gesagt haben, ihre Fassungslosigkeit. Mums Selbstgerechtigkeit ist selbst aus dem Nebenraum noch hörbar. *Ich wusste es ... konnte ihn nie leiden ... miserable Familie ...*

Dann Dads beruhigender, ruhigerer, geduldiger Tonfall, als er zurück in seine vertraute Rolle als Jasager, Ermöglicher, des Mannes, der seine Frau beschwichtigt, fällt. Das Klappern von Besteck, als sie, gemeinsam, eine Mahlzeit zubereiten, die niemand essen wird.

»Arme Mary«, flüstere ich und starre in meinen Becher. »Zwei Söhne tot.«

»So wie es sich anhört, hat sie beide schon vor langer Zeit verloren«, sagt Shelley sanft. »Nichts davon ist deine Schuld, Lizzie. Du wurdest von diesem Mann reingelegt. Das Einzige, woran du Schuld hast, ist Liebe.«

»Das wird mir eine Lehre sein, mich zu öffnen«, sage ich, schüttle den Kopf und nippe an meinem Tee. »Nie wieder.«

»Du darfst dir nicht selbst die Schuld geben.«

Der rationale Teil von mir weiß, dass das stimmt, dass ich nichts davon hätte verhindern können. Und das ist der Teil, auf den ich mich konzentrieren muss, denn ich kann nicht erwarten, dass Shelley meinen Schmerz mitträgt, nicht, wenn sie noch bis zum Hals in ihrem eigenen steckt.

Aber wie das ängstliche kleine Mädchen, das sich selbst für alles die Schuld gab, das seiner Mutter den Schmerz abnehmen und ihn zu seinem eigenen machen wollte, fühle ich mich trotzdem verantwortlich für das, was geschehen ist. Und es bringt mich dazu, fortlaufen zu wollen. Zum Ende der Welt zu fliehen, um dem nagenden Schmerz zu entfliehen, den ich im Innersten spüre. Doch nirgendwo auf dieser Welt wäre ich weit genug weg.

Ich blicke aus dem Fenster – es beginnt gerade dunkel zu werden.

Ungefähr jetzt sollten Owen und ich unseren ersten gemeinsamen Tanz tanzen. Ich ertrage es nicht, aus dem Fenster zu schauen, wo immer noch das dekorierte Partyzelt in der Mitte des Rasens steht. Nachdem die Polizei die Unfallstelle begutachtet und die Aussagen aller Anwesenden aufgenommen hatte und die Rettungssanitäter Owen weggebracht hatten, waren wir nach Medvale gekommen. Mum war herumgehetzt und hatte dem Cateringpersonal zu verstehen gegeben, dass es zusammenpacken und verschwinden solle, und meine Hochzeit mit ebenso viel Effizienz abgeschlossen, wie sie sie organisiert hatte. Zum *zweiten* Mal.

Vor einer Stunde waren DI Lambert und DC Powell gekommen, nachdem sie gehört hatten, was passiert war. »Ihr Verlust tut mir unendlich leid, Miss Holmes«, hatte er gesagt, während sein Blick zwischen uns allen herumgesprungen war. Ich sah, dass sein Verstand auf Hochtouren arbeitete, ungläubig, dass etwas so Ähnliches zweimal in derselben Familie vorkam.

Die Polizeibeamten, die schon zuvor unsere Aussagen aufgenommen hatten, sagten uns, dass es eine Untersuchung geben würde, eine umfassende Ermittlung zu den Umständen von Owens Tod, doch ich hatte nur wie betäubt vor ihnen gesessen und ihre Fragen beantwortet, ihnen durch einen Schleier aus Tränen und Taschentüchern alles gesagt, was ich wusste.

Ich konnte kaum den Kopf heben, als DI Lambert noch einmal das Anstecksträußchen meiner Mutter erwähnte. Alles drückte auf mich herab. »Angesichts der Entwicklungen des heutigen Tages – glauben Sie, es könnte Ihr Verlobter gewesen sein, der das Anstecksträußchen mit der Notiz an die Polizei geschickt hat? Natürlich werden wir unsere Ermittlungen fortsetzen.« Als sie hier waren, nahmen sie auch den Perlenanstecker mit, der ebenfalls als Beweis dienen würde.

Nachdem die Beamten gegangen waren, versuchte mein tauber Verstand, die Theorie zu verarbeiten. Natürlich war es möglich – Owen war auf dem Dachboden gewesen, als er einen Platz für unsere Sachen suchte, und ich erinnere mich, dass ich glaubte, die Kiste wäre geöffnet worden. Er hatte eindeutig gehofft, etwas zu finden, das meine Mutter belasten würde, als er in ihr Haus kam. Doch damit zurechtzukommen, dass Owen mich nur heiraten wollte, um meine Mutter zu zerstören, ist fast noch schwieriger, als mit seinem Tod zurechtzukommen. Ich weiß nicht, ob ich je über das hinwegkommen werde, was er getan hat.

Kaum hatten die Beamten das Haus verlassen, läutete mein Handy. Shelley ging für mich dran und hörte dem Anrufer zu, während sie in ihrer Tasche nach einem Stift und einem alten Briefumschlag kramte, auf dem sie etwas notierte.

»Das war Jenkins & Jones, ein Immobilienmakler in London«, erklärte sie mir dann. »Irgendetwas über eine Wohnung, die von Interesse für dich ist. Ich habe ihr gesagt, dass jetzt kein guter Zeitpunkt ist, aber sie hat weitergeredet und gemeint, es ginge um einen Mietvertrag mit einer Familie, die aus den USA nach London kommen sollte, was jedoch buchstäblich ins Wasser gefallen sei. Ich habe die Adresse und die Telefonnummer notiert, um sie loszuwerden.«

»Danke«, sagte ich, obwohl ich jetzt wirklich keine Nerven dafür hatte, über Wohnungen nachzudenken. Ich nahm ihr das Stück Papier trotzdem ab. Mein Kopf war zu voll, um mich zu konzentrieren – Owens Tod war erst ein paar Stunden her, sein Blut immer noch auf meinem Kleid. Aber ich musste zweimal hinsehen, als ich die Adresse sah, die sie aufgeschrieben hatte. *Wenlock Avenue* – die gleiche Wohnung, die Owen angeblich für uns gemietet hatte –, seine Lügen, mit denen er mich in eine Zukunft gelockt hat, die nie eintreten würde. Reiner Zufall und Glück für ihn, dass das »Vermietet«-Zeichen genau zum passenden Zeitpunkt auf der Website erschienen war. Die Rechnungsvorauszahlung war zweifellos ebenfalls eine Lüge. Es scheint, als wäre niemals auch nur ein wahres Wort aus seinem Mund gekommen.

Ich nippe an meinem Tee, der jetzt fast kalt ist. Minnie kommt ins Zimmer und streicht um Shelleys Beine, ehe sie sich an meine schmiegt. Dann springt sie auf meinen Schoß und bearbeitet mein Brautkleid mit den Vorderpfoten, bevor sie sich niederlässt, gleichgültig gegenüber dem, was passiert ist. Aus dem anderen Zimmer höre ich Mum und Dad zanken – wobei es eher Mum ist, die Dad mit schriller herrischer Stimme sagt, was er zu tun hat. Plötzlich erscheint Dad in der Tür, sein Gesichtsausdruck resigniert und stoisch.

»Noch etwas Tee für euch, holde Mädchen«, sagt er feierlich und trägt ein kleines Tablett zu uns. Er setzt sich neben mich und reicht mir einen anderen Becher.

Ich ringe mir ein Lächeln ab – »Danke, Dad« –, obwohl ich eigentlich keinen Tee möchte. Viel lieber möchte ich wissen, warum er so darauf bestanden hat, ich solle nicht heiraten, ich solle wegrennen und niemals zurückkommen. Als ich ihn das frage, denkt er einen Augenblick lang nach, dann nimmt er meine Hand in seine.

»Hörst du das?« sagt er, und ich lausche. Aber da ist nichts, nur Stille. Stirnrunzelnd schüttle ich den Kopf.

»Warte einen Moment«, sagt Dad und sitzt ganz still neben mir. »Es kommt gleich.« Dann, wie aufs Stichwort, ertönt ein spitzer Schrei aus der Küche, dann ein Knall, gefolgt von Fluchen, und Mum, die schreit und schluchzt, ehe sie wieder verstummt. »Das«, sagt er.

»Mum?«

»Nein, *Ehe*. Ich hatte Angst um dich, Lizzie. Ich hätte nichts sagen sollen, das war falsch von mir, und deine Erfahrungen hätten ja meinen nicht gleichen müssen. Aber wie es aussieht, waren meine Bedenken ja nicht unbegründet.« Er zieht scharf die Luft ein. »Selbst als Shelley und du noch Kinder wart, bin ich mit alldem so falsch umgegangen, habe euch beigebracht wegzurennen, anstatt euch den Dingen zu stellen. Wie *ich* mich den Dingen hätte stellen sollen.« Er lässt den Kopf sinken.

»Also lässt du dich scheiden?«, fragt Shelley auf ihre unverblümte Art.

»Guter Gott, nein. Ich liebe eure Mutter von ganzem Herzen«, sagt Dad. »Aber ihr müsst es mir nicht gleichtun, meine holden Mädchen. Ich renne nicht wieder nach Winchcombe zurück, so viel ist sicher. Eure Mutter und ich werden die Dinge auf unsere eigene Art und Weise klären. Ich sage nicht, dass es einfach wird, aber wir werden es versuchen. Das ist alles, was ich tun kann.«

Wir alle sitzen eine Weile still zusammen, lauschen den gelegentlichen Geräuschen aus der Küche, wodurch ich mich seltsamerweise sicher fühle, zu Hause. Es wird seine Zeit brauchen, um alles zu verarbeiten, was da passiert ist, und ich weiß, dass Mum immer *Mum* sein wird, aber sie hat vorher geholfen, mir das Leben zu retten, und ihr eigenes dafür riskiert. Niemand hätte erwartet, dass das heute zu den Pflichten der Mutter der Braut gehören würde.

Jetzt gesellt auch sie sich zu uns ins Wohnzimmer. »Im Ofen steht etwas für später. Aber Lizzie, Liebes, du bist weiß wie ein Laken. Du musst deinen Blutzuckerspiegel hoch halten«, sagt sie und wuselt um mich herum. »Hier, ich habe dir die gebracht.«

Sie stellt ein weiteres Tablett auf den Couchtisch, voll mit Scones, die sie immer im Gefrierschrank hat, dazu die Butterdose, ein wenig Sahne und ein Glas ihrer Heckenmarmelade.

»Und du sollst wissen, Schatz, dass es mit Sicherheit nicht ich war, die deinen Verlobungsring versteckt hat, wie sehr er mir auch missfallen hat. Und ich hätte Preston deswegen beinahe rausgeschmissen.«

Ich nicke, da ich mir schon gedacht habe, dass es vermutlich Owen war, der ihn in Mums Schlafzimmer gelegt hat. »Preston?«, sage ich und blicke auf. »Warum?«

»Darüber brauchst du dir jetzt keine Gedanken zu machen, Schatz. Aber ich muss meine Freundin zurückrufen und ihr sagen, dass er es doch nicht war. Als wir im Brautmodenladen waren, habe ich ihr am Telefon anvertraut, dass ich ihn loswerden wolle. Jetzt iss auf, Schatz. Ich will nicht, dass du umkippst.«

»Du musst Lizzie erst davon überzeugen, dass deine Marmelade nicht vergiftet ist«, sagt Shelley zu Mum.

»*Nun gut*«, erwidert Mum stirnrunzelnd und betroffen, merkt jedoch rasch, dass eine Szene unter den Umständen nicht angebracht ist. »Ich wollte es ja nicht erwähnen, als die Polizei vorher hier war, aber guter Gott, ich hätte ein ganzes Dorf vergiften können mit dem, was ich letztens auf der Zufahrt gefunden habe.«

Dann rügt Mum Dad, dass er vorsichtiger mit seinen Medikamenten umgehen müsse, aber keiner hört zu. Jeder hängt seinen eigenen Gedanken nach und versucht das Geschehene zu verarbeiten.

»Die Socke lag direkt neben deinem Auto, Elizabeth, auf dem Kies. Sie muss herausgefallen sein, nachdem – wie ich vermute – dein Vater sie dir gegeben hat, um den Inhalt zu entsorgen. Ich habe vor ein paar Monaten das Gleiche getan, als ich alle seine nicht eingenommenen Tabletten gefunden habe. Ich konnte sie doch nicht im Bad versteckt lassen.« Sie schüttelt missbilligend den Kopf, als wäre das eine absolut normale Sache, die eine Familie eben so tut. Dann gibt sie etwas Sahne und Marmelade auf einen Scone, ehe sie ihn mir reicht. »Iss das jetzt, Schatz. Es wird dir guttun.«

Ich schaue den Scone einen Moment lang an, nicht im Geringsten hungrig. Aber sicherheitshalber schiebe ich den Teller, als Mum nicht schaut, wieder auf das Tablett zurück.

EPILOG
ZWEI MONATE SPÄTER

Die Lichter des »Bitte anschnallen«-Zeichens gehen aus und Shelley entspannt sich. Sie ist noch nie gern geflogen, aber sie hat vor, den vierundzwanzig Stunden dauernden Flug nach Auckland mit ein paar Drinks, einigen hirnlosen Filmen und schlafen hinter sich zu bringen. Alles, um sie bis zur anderen Seite durchzubringen. *Es ist ja nur für ein Jahr,* sagt sie sich, von plötzlichem Heimweh erfasst, als sie den neuseeländischen Akzent des Mannes neben sich hört, der sie an Rafe erinnert. *Ein Praktikumsjahr in einer Tierarztpraxis auf der anderen Seite der Welt ... Du schaffst das ... Es wird dir helfen zu vergessen ... Wird dir guttun ...*

Und genau das braucht sie – etwas in ihrem Leben, das ihr guttut. Selbst wenn sie weglaufen muss, um es zu bekommen. Oder vielleicht entflieht sie dem Schlimmen. Da ist sie sich nicht ganz sicher.

Lizzie hat sie vorher zum Flughafen gebracht und versprochen, dass sie, wenn Shelley nach der Geburt des Babys immer noch in Auckland ist, mit der kleinen Nichte oder dem kleinen Neffen zu Besuch kommen würde. »Das wird die Gelegenheit für mich, wegzulaufen, ohne wirklich wegzulaufen«, sagte sie und ließ die Cottage-Schlüssel vor Shelley baumeln. »Keine Angst, ich passe so gut auf dein Häuschen auf, als wäre es mein eigenes.«

»Du *hattest* ja niemals ein eigenes«, hatte Shelley gewitzelt und ihre Schwester noch einmal umarmt, bevor sie sich auf den Weg zur Sicherheitsschleuse machte.

»Weshalb ich dir auch so dankbar bin, dass du mir deines anvertraust. Jared ist ja noch hier, und auch wenn er in sein neues Haus zieht, ist er nicht weit weg. Er wird mir bei allen Hauskatastrophen helfen, bei denen ich nicht weiterweiß. Oder ich rufe Gavin an. Ich habe jetzt echte Freunde. Und während du weg bist, komme ich wieder auf die Beine. Finde Arbeit, bekomme mein Baby, finde mich selbst, ohne an den falschen Orten zu suchen.«

Noch mehr Umarmungen, noch mehr Tränen. Noch mehr Lächeln. Und Shelley war der warme Ausdruck in den Augen ihrer Schwester nicht entgangen, wann immer sie über Jared sprach. Es passierte jedes Mal, wenn sein Name fiel. Die beiden hatten einfach etwas an sich.

»FaceTime ist unser Freund, verstanden?«, sagte Shelley. »Der Zeitunterschied ist mir egal. Du rufst mich an, wann immer du dich einsam oder traurig fühlst, okay?«

»Das gilt auch für dich«, erwiderte Lizzie. Die beiden hatten ein tiefes Verständnis für den Schmerz der jeweils anderen, für die Flut an Emotionen, die sie regelmäßig übermannten. In der einen Minute war alles gut, in der nächsten fiel ihnen alles auf den Kopf und sie mussten darüber sprechen.

»Ich weiß, dass die Polizei und der Gerichtsmediziner Owens Tod als furchtbaren Unfall eingestuft haben«, hatte Lizzie während ihrer nächtlichen Gespräche in den vergangenen Wochen mehr als einmal gesagt. »Aber ... ich habe es ungefähr eine Million Mal in meinem Kopf durchgespielt und jedes Mal fühlt es sich mehr und mehr wie ... wie ein ...« An diesem Punkt zögerte sie immer, konnte die Worte irgendwie nicht aussprechen. »Ich habe es einfach im Kopf, dass es *Mum* war, die Owen in die Bahn des Lasters gestoßen hat. Ich fühle mich schrecklich, weil ich so etwas überhaupt denke.«

»Shhhh, ist schon gut«, hatte Shelley erwidert und ihre Schwester fest in die Arme genommen.

»Du kannst es nicht immer wieder im Kopf durchspielen, Lizzie, sonst drehst du durch. Glaub mir, ich weiß es.«

Doch Shelley dachte das Gleiche. Sie hatte gesehen, was passiert war. Auch ihr war es aufgefallen. In diesem hellen, scharfen, fokussierten, furchtbaren Augenblick, als ihre Schwester, ihre Mutter und Owen auf der Straße vor der Kirche gekämpft hatten, war tatsächlich etwas passiert.

Sie erinnerte sich daran, wie Lizzie den Kopf gedreht hatte und den Lastwagen vom Hügel kommen sah, wie sich ihr Ausdruck veränderte, als er auf sie zuhielt. Sie hatte gedacht, nur ihr sei der kurze Stoß aufgefallen, den ihre Mutter Owen versetzt hatte. Anstatt ihn zurück in Sicherheit zu ziehen, hatte sie ihn auf die Straße gestoßen, im Wissen, was passieren würde. Ihre Mutter hatte Owen umgebracht.

Shelley hatte nicht vor, jemandem zu erzählen, was sie gesehen hatte. Genauso wenig, wie sie irgendjemandem erzählen würde, dass sie das Ansteckrsträußchen ihrer Mutter vergraben in einer Kiste auf dem Dachboden von Medvale House gefunden hatte, als sie nach ihren alten Veterinärbüchern suchte.

Sie hatte es behalten, nicht wissend, was es bedeutete, doch als DI Lambert herumschnüffelte, hatte sie Panik bekommen. Der gelangweilte Teenager im Ort hatte ihre zwanzig Pfund gern genommen, um das Sträußchen auf der Polizeiwache abzugeben, zusammen mit einer anonymen Nachricht, die den Detective hoffentlich eine Zeit lang von jeder Spur abhalten würde, die er vielleicht aufgenommen hatte.

Nein, sie würde das Geheimnis ihrer Mutter bewahren, so wie sie auch ihr eigenes bewahrte.

Während Lizzies Verlust noch frisch war, hatte sich der von Shelley im vergangenen Jahr ein bisschen gedämpft. Obwohl sie sich immer an den Morgen ihrer Hochzeit erinnern würde, als wäre es heute – immer noch genauso deutlich in ihrer Erinnerung wie damals.

Die scheinbar endlose Fahrt in dem Rolls-Royce zur Kirche, ihre anfängliche Freude, die sich zu Beunruhigung, Angst, Sorge auswuchs ... die Fahrt durch den Ort, ratlose Blicke des Fahrers ... die beruhigenden Worte des Pfarrers, als alle nach Rafe suchten ... der Anruf der schluchzenden Lizzie, die ihr sagte, sie solle rasch nach Hause kommen.

Dann der vertraute Geruch ihres Hauses ... Lizzie hysterisch ... Rafes Leiche auf dem Küchenboden liegend ... der Schmerz in ihren Knien, als sie neben ihm zu Boden fiel ... ihre Hände, die fieberhaft über den gesamten Körper ihres Verlobten strichen, nach Lebenszeichen suchten, ihn schüttelten, streichelten, die Fassungslosigkeit. Lizzie, die aus der Hintertür stürmte, um sich zu übergeben ... der Klang von Polizeisirenen, die sich dem Cottage näherten ... Alles davon scharf und überdeutlich.

Und da hatte sie es gesehen. Ihre Sinne zum Zerreißen gespannt. Alles in Alarmbereitschaft. Es klebte an der Sohle von Rafes bloßem Fuß. Rückblickend dauerte es eine Ewigkeit, bis ihr Gehirn begriff, was es war und wo es herkam.

Aber in Wirklichkeit hatte es weniger als eine Sekunde gedauert.

Wie hatte sie nur so *nachlässig* sein können?

Und in der gleichen Sekunde, als ihre Schwester draußen war, hatte sie ihren gesamten Morgen durchgespielt. Das Gelächter, die Aufregung, als sie, Lizzie und die Brautjungfern sich fertig, Haare und Make-up gemacht, die Erwachsenen Champagner getrunken hatten. Selbst ihre Mutter war gut drauf gewesen.

Dann der Anruf des Bauern. Ihr Kopf war bereits benebelt,

weil sie Alkohol auf nüchternen Magen getrunken hatte. Dazu kamen ihre Nerven, ihr vermindertes Urteilsvermögen. »Klar, ich bin gleich dort«, hatte sie zu ihm gesagt. Eines seiner Pferde hatte ernste postoperative Schmerzen. Sogar zu fahren war riskant nach dem, was sie getrunken hatte, aber sie hätte ihre Hochzeit nicht genießen können, wenn sie wusste, dass ein Tier litt.

»Shelley, um Himmels willen, es ist dein Hochzeitstag. Du hast keine Rufbereitschaft«, hatte Lizzie gefleht. »Lass jemand anderen fahren!«

»Ich bin in einer halben Stunde wieder zurück«, hatte sie steif und fest behauptet, war in ihre Jeans und ein Sweatshirt geschlüpft, hatte sich ihre Tierarzttasche geschnappt und war zum Hof gerast – nur eine höchstens zehnminütige Fahrt. Sie würde es langsam angehen, obwohl ihr der Kopf schwirrte.

Irgendwie, trotz ihrer Ausbildung, ihrer Vernunft und ihrer jahrelangen Praxis, trotz all ihrer Erfahrung und ihres Wissens hatte sie einen Fehler begangen. Sie hatte es seitdem auf den Alkohol geschoben, auf all die Ablenkungen des Morgens, auf die Eile, weil sie nicht zu spät zu ihrer eigenen Hochzeit kommen wollte, aber sie war es, die ihn gemacht hatte. Sie war diejenige, die diesen folgenschweren Fehler begangen hatte.

Shelley konnte nie ganz begreifen, weshalb die Entsorgung des Fentanyl-Pflasters für Pferde so schiefgegangen war. Sie erinnerte sich, dass das erste, das sie aufgeklebt hatte, nicht richtig kleben blieb – ihre Finger ungeschickt, das Pferd unruhig und aufgeregt –, also hatte sie es mit einem zweiten versucht.

Es gab strenge Regeln für den Umgang mit den Arzneien, aber auch für die sichere Entsorgung, und sie kannte das Protokoll gut. Aber sie hatte die Regeln schon gebrochen, weil sie die Pflaster überhaupt bei sich hatte. Diese waren für gewöhnlich sicher in der Praxis verwahrt, aber sie war nach ihrem letzten Bereitschaftsdienst in Eile gewesen und hatte keine Zeit gehabt, sie zurückzulegen und wieder einzutragen. Nur dieses eine Mal hatte sie beschlossen, es erst nach dem Wochenende zu tun. Das würde niemandem auffallen. Es war schließlich ihr Hochzeitswochenende. Die Pflaster waren sicher in ihrer Tasche, eingeschlossen in ihrem Haus. Sie wusste ja nicht, dass es einen Grund geben würde, sie zu benutzen, als sie hinaus zum Hof gerufen wurde.

Shelley hatte von dort, wo sie neben Rafes Leiche auf dem Küchenboden kniete und sich die Pfütze aus dunklem, geronnenem Blut um seinen Kopf ausbreitete, aufgeblickt. Die Dosis Drogen in dem durchsichtigen Klebepflaster war für ein Pferd gedacht – und tödlich für Rafe, besonders nach dem Kokainkonsum bei seinem Junggesellenabschied, aber auch angesichts seines unbekannten Herzfehlers. Sie konnte nicht glauben, was sie getan hatte. Wie nachlässig sie gewesen war. Den Fehler, den sie begangen hatte.

War das Pflaster irgendwo kleben geblieben – an ihrer Tasche, ihrer Kleidung, von dort herausgefallen, wo sie gedacht hatte, es sicher verwahrt zu haben? Sie wusste es nicht. Sie wusste nur, dass sie etwas falsch gemacht hatte, dass sie ihren Fehler nicht bemerkt hatte und das Pflaster nach ihrer Rückkehr irgendwo auf dem Küchenboden gelandet war.

In dieser gleichen, endlosen einen Sekunde war sie aufgesprungen, hatte ein Taschentuch geholt, das Pflaster von seinem Fuß gerissen und es in der Toilette runtergespült, bevor jemand es sah. Was danach passieren würde, wusste sie nicht. Eine einzelne Sekunde reichte nicht aus, um sich all das vorzustellen.

Aber ihr Fehler hatte Rafe umgebracht. Da war Shelley sich sicher.

»Gin und Tonic, bitte«, sagt Shelley, als der Getränkewagen vorbeikommt. Der Mann neben ihr verlangt das Gleiche in seinem neuseeländischen Akzent, und sie reicht es ihm hinüber.

»Cheers«, sagt er und lächelt sie an. »Auf dem Weg nach Hause?«

»Vielleicht«, erwidert Shelley. »Kommt darauf an, ob es mir dort gefällt oder nicht. Und Sie?«

Der Mann denkt einen Augenblick darüber nach und lächelt Shelley an. Er ist etwa in ihrem Alter, der Typ, dem sie vermutlich einen zweiten Blick schenken würde, wäre sie aus gewesen und in der Stimmung dazu – was beides seit sehr langer Zeit nicht mehr stattgefunden hat.

Dann nickt er. »Ich glaube ja«, sagt er. »Mein Name ist Alex. Ich bin Arzt und habe ein Jahr Praktikum in London gemacht. Doch jetzt ist es an der Zeit, zurück nach Hause zu gehen. Man kann ja nicht für immer weglaufen, nicht wahr?«

Shelley lacht und hebt ihr Plastikglas in die Luft. »Ach, ich glaube, das kann man«, erwidert sie.

Vor allem, wenn man seinen Ehemann umgebracht hat …

MEHR VON BOOKOUTURE DEUTSCHLAND

Für mehr Infos rund um Bookouture Deutschland und unsere Bücher melde dich für unseren Newsletter an:

deutschland.bookouture.com/subscribe/

Oder folge uns auf Social Media:

 facebook.com/bookouturedeutschland
 x.com/bookouturede
 instagram.com/bookouturedeutschland

EIN BRIEF VON SAMANTHA

Liebe Leser:innen,

ich danke euch von ganzem Herzen, dass ihr euch die Zeit genommen habt, *Mutter der Braut* zu lesen. Ich hoffe, ihr habt es ebenso spannend zu lesen gefunden wie ich, es zu schreiben. Wenn ihr über meine Neuerscheinungen auf dem Laufenden bleiben wollt, klickt einfach auf den Link hier unten (ihr könnt euch jederzeit wieder abmelden).

deutschland.bookouture.com/subscribe/

Eine Hochzeit kann einer der glücklichsten Tage im Leben sein, sich jedoch zweifellos auch zu einem der stressigsten auswachsen – besonders, wenn es eine Mutter der Braut wie Sylvia gibt, die es darauf anlegt, den Tag an sich zu reißen.

Die Möglichkeiten für gesteigerte Emotionen im Vorfeld des »großen Tages« waren zu vielfältig, um sie nicht für einen Psychothriller zu nutzen. Meine zukünftige Braut in Situationen zu bringen, die weit außerhalb ihrer Komfortzone liegen, war meiner Hauptdarstellerin Lizzie gegenüber vielleicht grausam, aber notwendig für ihre Entwicklung. Immerhin ist es normal für sie, ständig wegzulaufen, um ihrer Familie und möglichen Konflikten um jeden Preis zu entkommen.

Lizzie ist davon überzeugt, dass sie in Owen die Liebe ihres Lebens gefunden hat, und sobald das Paar zurück in England und gezwungen ist, in Lizzies Elternhaus zu wohnen, wird die

Angst vor ihrer Mutter immer größer – und vor der Gefahr, in den diese den Verlobten ihrer Tochter bringt.

Aufgrund ihrer traumatischen Kindheit voller unvorhersehbarer Situationen hat Lizzie ein Problem mit Beziehungen, und das hat mich zum Nachdenken gebracht ... Was, wenn die größte Bedrohung gar nicht von ihrer Mutter ausgeht? Was, wenn die wirkliche Gefahr von dem Mann ausgeht, der sie eigentlich aus ihrer problematischen Vergangenheit retten soll – von der einen Person, zu der sie vollstes Vertrauen haben sollte? Mit der zusätzlichen Tragödie von Rafes Tod, der immer noch aktuell und schmerzhaft ist, wird das Leben für Lizzie plötzlich zu einem brodelnden Topf an Emotionen, und macht sie blind für die *echte* Bedrohung in ihrem Leben.

Wenn euch *Mutter der Braut* und Lizzies Reise gefallen haben (in meiner Vorstellung bringt sie übrigens ein entzückendes kleines Mädchen zur Welt!), dann wäre ich euch unendlich dankbar, wenn ihr eine kleine Rezension auf Amazon dazu hinterlasst, um anderen Leser:innen davon zu berichten. Das sorgt tatsächlich für mehr Aufmerksamkeit.

Und in der Zwischenzeit vertiefe ich mich in die Arbeit an meinem nächsten Roman – ein weiterer Psychothriller, damit ihr auch weiterhin gern umblättert!

Herzlich

Eure Sam x

facebook.com/SamanthaHayesAuthor
x.com/samhayes
instagram.com/samanthahayes.author

DANKSAGUNG

Ein großes Dankeschön an Lucy Frederick, meine wunderbare Lektorin, für all ihre harte Arbeit an diesem Buch – es war eine wahre Freude, mit dir zu arbeiten! Mein Dank gilt auch meiner ebenso großartigen, sonst üblichen Lektorin Jessie Botterill – willkommen zurück! Von Herzen danke ich auch Sarah Hardy und dem gesamten Publicity-Team bei Bookouture dafür, dass ihr so hart daran arbeitet, meine Bücher zu promoten. An Seán für seine scharfsichtige redaktionelle Bearbeitung und Jenny Page für ihr Korrektorat – ich danke euch vielmals! Ein herzliches Dankeschön an das gesamte Team von Bookouture dafür, dass ihr auch weiterhin an mich glaubt und meine Bücher veröffentlicht.

Und natürlich gilt mein Dank Oli Munson, meinem wunderbaren Agenten, sowie dem ganzen Team von AM Heath.

Wie immer bedanke ich mich von ganzem Herzen bei den engagierten Buch-Blogger:innen, Rezensent:innen und Leser:innen auf der ganzen Welt, die sich die Zeit nehmen, über meine Bücher zu berichten. Ich weiß das wirklich sehr zu schätzen!

Zu guter Letzt gilt meine Liebe Ben, Polly und Lucy sowie dem Rest meiner Familie.

Sam xx

Printed in Poland
by Amazon Fulfillment
Poland Sp. z o.o., Wrocław